中华传统文化国粹
经典文库

名家导读版

楚 辞

〔战国〕屈原等 ◎ 著
石 厉 ◎ 导读

中国民族文化出版社
北 京

图书在版编目（CIP）数据

楚辞 /（战国）屈原等著；石厉导读 . — 北京：
中国民族文化出版社有限公司 , 2023.11（2024.1 重印）
（中华传统文化国粹经典文库：名家导读版）
ISBN 978-7-5122-1539-9

Ⅰ . ①楚… Ⅱ . ①屈… ②石… Ⅲ . ①楚辞—通俗读物 Ⅳ . ① I222.3

中国国家版本馆 CIP 数据核字（2023）第 057071 号

楚辞
CHUCI

作　　者	〔战国〕屈原等
导 读 者	石　厉
责任编辑	何敬茹
责任校对	李文学
装帧设计	宋双成
出 版 者	中国民族文化出版社　地址：北京市东城区和平里北街 14 号 邮编：100013　联系电话：010-84250639　64211754（传真）
印　　装	三河市南阳印刷有限公司
开　　本	710mm×1000mm　16 开
印　　张	25
字　　数	386 千
版　　次	2023 年 4 月第 1 版
印　　次	2024 年 1 月第 2 次印刷
标准书号	ISBN 978-7-5122-1539-9
定　　价	42.80 元

版权所有　侵权必究

中华传统文化国粹经典文库

品文化经典　通古今智慧

李继男

　　策划人、出版人、北京书香文雅图书文化有限公司董事长。专业从事图书策划，儿童文学、儿童阅读推广，国内文化交流等。已成功策划"儿童文学光荣榜"系列、"爱阅读课程化丛书"系列、"文学百年·名家散文典藏"系列、"科幻文学群星榜"系列、"绘本里的世界"系列、"童诗百年"系列等多种类型出版物。

于润琦

　　中国现代文学馆研究员、中国作家协会会员。总主编《插图本百年中国文学史》（3卷），主编《清末民初小说书系》（10卷）、《海派作家作品精选》（16册），校、注古典小说《型世言》《金屋梦》《中国古典文学海外珍稀本文库》30余种，参与编选《明、清、民国时期珍稀老北京话历史文献整理与研究》（30册）、《中国现代文学百家》（116册），以及《北京的门礅》《老北京的门楼》北京民俗著述多种。

（按姓名音序排列）

薄克礼
文学博士，天津城建大学教授。攻文史，好四书。

陈鹏程
历史学博士，天津师范大学文学院副教授。

陈世旭
当代作家，曾任中国作家协会主席团委员、江西省文联主席兼作家协会主席。

陈喜儒
作家，著名翻译家，曾任中国作家协会外联部副主任、中国外国文学学会日本文学研究分会会长。

冯蒸
首都师范大学文学院教授，博士生导师，北京国际汉字研究会理事、副会长。

官铎
管子思想理论和应用资深研究学者。

关四平
哈尔滨师范大学文学院教授，博士生导师。主要从事中国古代小说及戏曲等研究。

韩小蕙
著名作家，中国作家协会会员，中国散文学会副会长，南开大学文学院兼职教授。

侯忠义
北京大学教授，曾任北京大学图书馆古籍整理研究室主任。主要从事先秦两汉文学史、文言小说研究。

李海涛
天津师范大学历史文化学院教授，天津市孙子兵法研究会荣誉会长。

李瑞兰
天津师范大学历史文化学院教授，曾任中国先秦史学会理事。

李树果
资深《易经》研究者，中国散文诗学会理事，《中华时报》记者。

李硕儒
作家，著名编剧。合著长篇历史小说《大风歌》获重庆市"五个一工程奖"。

廉玉麟
天津中医药大学第一附属医院主任医师，教授。

林海清
天津师范大学国际教育交流学院副教授，天津市红楼梦研究会副秘书长兼理事，中国三国演义学会、中国水浒学会会员。

◎林 骅
天津师范大学文学院教授，曾任古典文献研究所所长、天津市红楼梦研究会顾问。

◎马文大
首都图书馆研究馆员、北京地方文献中心主任，北京史研究会副会长。

◎孟昭连
南开大学文学院中国语言文学系教授，中国东方文化研究会理事。

◎宁稼雨
南开大学英才教授、博士生导师，2017年度国家社科基金重大项目"全汉魏晋南北朝小说辑校笺证"首席专家。

◎宁宗一
南开大学学术委员会委员、中国武侠文学学会名誉会长、中国儒林外史学会副会长。

◎牛 倩
天津大学国际教育学院副教授、硕士研究生导师。

◎欧阳健
福建师范大学文学院教授，曾任《明清小说研究》杂志主编。

◎潘务正
安徽师范大学文学院教授，教育部人文社会科学重点研究基地安徽师范大学中国诗学研究中心副主任，中国韵文学会赋学专业委员会（中国辞赋学会）副会长。

◎乔卉林
中国城乡金融报社记者。其作品曾多次获得奖项。

◎尚学峰
又名尚学锋。文学博士，北京师范大学文学院教授。

◎邵永海
北京大学中文系教授。主要从事汉语史方面的教学和研究工作。

◎石定果
北京语言大学人文学院教授，汉语言文字学博士。著有《说文会意字研究》等多部作品。

◎石 厉
原名武砺旺。著名诗人，文艺理论家。《诗刊》编委，《中华辞赋》杂志总编辑，中华诗词学会副会长。

◎石 麟
湖北师范大学文学院教授。中国水浒学会会长。

◎孙立仁
曾任《中国老年报》社长，发表多篇小说、诗歌、散文、报告文学等。当代篆刻家。

◎孙钦善
北京大学中文系教授，全国高等院校古籍整理研究工作委员会委员，中华炎黄文化研究会理事。

◎田秉锷
江苏省文艺评论家协会顾问，徐州市孔子学会顾问，江苏师范大学客座教授。

◎王建新
中国历史文献研究会理事，中原传媒集团出版部副主任。

◎王 蒙
著名作家、学者，文化部原部长。茅盾文学奖获得者。多年来致力于传统文化研究。2019年获"人民艺术家"国家荣誉称号。

◎王晓华
民国史专家，中国第二历史档案馆研究馆员。中央广播电视总台、北京电视台、湖北卫视等多个栏目主讲嘉宾。

◎吴波
湖南农业大学教授、党委委员、副校长，中国儒林外史学会副会长，湖南省古代文学学会副会长。

◎武道房
安徽师范大学中国诗学研究中心教授。

◎徐 刚
诗人，作家。曾获鲁迅文学奖、郭沫若散文奖、中国报告文学终身成就奖等。

◎俞 前
中国作家协会会员，苏州市吴江区南社研究会会长，苏州南社文化研究院副院长。

◎查洪德
文学博士，南开大学中国语言文学系教授，博士生导师。内蒙古元代文学学会会长。主要从事元明清文学与文献研究。

◎张秋升
曲阜师范大学历史文化学院教授，主要研究儒家史学理论。

◎张世林
新世界出版社编审，著有《大师的侧影》等著述。

◎张弦生
中州古籍出版社编审、副总编辑。

◎郑铁生
天津外国语大学教授，原中国三国演义学会常务副会长兼秘书长，曾任中国红楼梦学会学术委员会委员、北京曹雪芹学会副会长。

◎周传家
北京联合大学应用文理学院教授，中国昆剧古琴研究会副会长，中国戏剧文学学会顾问，中国戏曲学会常务理事。

◎卓 然
原名王坤元，笔名卓然。作家，诗人。著有中短篇小说集《我记忆中的河》、散文集《天下黄河》等作品。

名家导读

西汉末，世居楚国彭城（现江苏省徐州）的汉高祖刘邦异母弟楚元王刘交后裔、大学者刘向，将屈原、宋玉等楚人的诗赋作品编辑成册，并附加他追思屈原的一篇《九叹》，以"楚辞"命名，从此，"楚辞"就成了这部诗集的名称。到了东汉年间，楚地南郡宜城（今湖北宜城）人、文学家王逸为《楚辞》作注，编成《楚辞章句》，并增加一篇他为悼念屈原而作的《九思》。"楚辞"一词，最早文献记载可参看《史记·张汤传》和《汉书·朱买臣传》，两处均曰朱买臣以能言"楚辞"而见宠于汉武帝。《汉书·地理志》载："始楚贤臣屈原被谗放流，作《离骚》诸赋以自伤悼。后有宋玉、唐勒之属慕而述之，皆以显名。……而吴有严助、朱买臣贵显汉朝，文辞并发，故世传楚辞。"辞可同诗，一声之转，只不过其义比诗更宽泛。《礼记·曲礼上》关于辞有"毋不敬，俨若思，安定辞，安民哉"，孔颖达疏"言语也"，其实《礼记》所说能安民的言语应是类似雅颂的诗歌语言。《孟子》有"不以文害辞，不以辞害志"，汉代赵岐注"诗人所歌咏之辞"，此辞即诗歌也。

楚国的诗歌语言，无疑属古汉语系统，大概皆属于《诗经》中《周南》《召南》所波及或王化的采诗范围。"楚辞"，既然是诗歌，就应该能够歌唱，这是所有古代诗歌的重要特征。而诗，又可用歌来互相指称。关于楚歌，先秦典籍中多有记载，譬如《论语·微子》记载的《接舆歌》："楚狂接舆而过孔子曰：'凤兮凤兮，何德之衰。往者不可谏，来者犹可追。已而已而，今之从政者殆而。'"《庄子·人世间》所载此诗更长。《孟子·离娄》载楚《孺子歌》："沧浪之水清兮，可以濯我缨。沧浪之水浊兮，可以濯我足。"在刘向《说苑》中能发现多首楚歌，其《善说》篇记载，春秋晚期一位名叫子皙的楚王子，在游船上听越人船夫唱歌。歌声缠绵悱恻，悠扬动听，打动了王子。但不知何意，王子便让人翻译成楚国歌谣，这就是《越人歌》："今夕何夕兮搴舟中流，今日何日兮得与王子同舟。蒙羞被好兮不訾诟耻，心几顽而不绝兮知得王子。山有木兮木有枝，心说君兮君不知。"楚国诗歌长短句兼有，句式不限，接近口语，与周天子所统中原王朝严整的四字句诗歌大不一样，可以说是古代中国自由诗之滥觞。

到了汉代，古代楚地一带的诗歌风格突然在中原王朝开始流行，与汉高祖刘邦一统天下不无关系。刘邦出生地在楚国丰邑，他登基以后，楚文化自然北移。汉代在政治上虽然"汉承秦制"，但在文化上受楚国传统的影响却非常大，汉高祖刘邦的《大风歌》、汉武帝的《秋风》《瓠子》都是楚声，汉武帝时的《汉郊祀歌》都是楚调。刘向大概就是在西汉兴起的楚地诗歌风格的氛围中，整理出最能代表楚国水平的诗歌选集《楚辞》，从此以后，以《楚辞》为代表的诗歌，直接影响了中国诗歌的总体走向。以前是规整的以《诗经》为代表的四字句诗歌，楚国诗歌或《楚辞》风格的诗歌风行汉朝以后，五言诗开始流行。李陵与其所训练的五千荆楚"敢死之士"（司马迁语）纵横匈奴腹地，因寡不敌众受降后在大漠以北所创作的一系列诗歌，与其说是五言诗，不如说是楚风诗。后来其他人所写的五言诗，又受其影响。汉乐府诗，更是受到《楚辞》的影响。在这样的诗歌嬗变中，诗人们就像《楚辞》的作者一样，又一次体会到了更为自由的诗歌表现方式。诗歌的演化史，就是不断走向表达自由的演化史。因为《楚辞》中的语言，更接近民间语言，是比较原始的汉语口语，而以《诗经》为代表的王化语言，却是经典的书面语言，即雅言。事实上是，以《诗经》为代表的书面雅言，越来越走向象牙塔，而以《楚辞》为代表的更为自由的语言风格，因为接近口语化，显得越来越有生命力。诗歌经过五言、七言的酝酿，再到长句，进而到彻底的自由诗，我们都可在《楚辞》中找到影子；同时，也可在汉语诗歌的一系列演化中，找到《楚辞》的影子。

《楚辞》的作者群中，屈原无疑是代表，宋玉其次，其他有景差等。

《史记·屈原贾生列传》曰:"屈原既死之后,楚有宋玉、唐勒、景差之徒者,皆好辞而以赋见称,然皆祖屈原之从容辞令,终莫敢直谏。"《楚辞》是中国第一部有作者署名的诗歌选集。这部集子中的作品,以屈原为主要创作者,以抒情为主调,显示了楚国方言的特点,所涉背景及内容包括楚地及周围的政治历史、风俗民情、神话、名物及山川地理等。北宋黄伯思的《东观余论》中说:"屈宋诸骚,皆书楚语,作楚声,纪楚地,名楚物,故谓之楚辞。"《楚辞》中《离骚》《九歌》《天问》《九章》《远游》皆是屈原所作,而《卜居》《渔父》从行文来看,非屈原所作,应是后人追悼屈原的作品,但王逸最早注《楚辞》时,就搞混了,前后说法不一致,给后世造成许多疑问。王逸先是肯定"《卜居》者,屈原之所作也。""《渔父》者,屈原之所作也。"而在《渔父》题解之后又曰:"楚人思念屈原,因叙其辞以相传焉。"由此来看,这两篇诗歌确非屈原所作。《九辩》为宋玉所作,《招魂》王逸说是宋玉所作,但司马迁说是屈原所作,后人多附议司马迁的说法。关于《大招》,王逸曰:"《大招》者,屈原之所作也,或曰景差,疑不能明也。"

  《楚辞》中最具代表性也最为优秀的诗歌作品就是屈原的《离骚》,这是中国诗歌史上影响最大的作品。而关于这篇作品的主旨或题解,《史记·屈原贾生列传》曰:"离骚者,犹离忧也。"骚乃忧愁之义,无异议;但"离"作何解,却多异议。东汉班固《离骚赞序》曰:"离,犹遭也;骚,忧也。"王逸《离骚经序》曰:"离,别也;骚,愁也。"结合《离骚》全篇"离"的用法来推测,"离"同"罹",应为遭遇之义。那么,"离骚"的意思,就非王逸所认为的离别忧愁,而是班固所认为的遭遇忧愁。在学术界,前后两种解释一直并从,不同的学者只能根据自己的理解或心法来取舍。

  屈原之所以在《离骚》等诸篇中饱含那么多的忧愁,这与屈原的人生遭遇有极大的关系。屈原(约公元前340年—公元前278年),战国中期楚国人。司马迁在《史记·屈原贾生列传》中说屈原名平,而屈原在《离骚》中自叙由"皇考"(父亲或祖父)为他取名正则,字灵均。姜亮夫认为,平即天秤本字，即准则之义；灵，美好也；均，等于"畇"，原田之美者也。因此，正则即是平，灵均即是原。这只是一种解释，有可能屈原在作品中提起自己的名字时，还有所顾虑，故不惜用曲笔的方式有意隐瞒或寓意其中。屈原是楚王的同姓，楚国贵族，早年受楚怀王信任，曾任左徒、三闾大夫，管理内政外交，后遭同行排挤，遭谗言诽谤，被流放汉北和沅湘一带。在楚顷襄王二十一年（公元前278年）春二月，秦将白起率大军攻破郢都（湖北省江陵北），焚烧了楚国的王陵，楚军溃败，顷襄王逃至陈城（今河南省淮阳县境内），同年夏历五月初五，屈原自沉于汨罗江。从时间上看，应是为国而殉节。《离骚》这篇作品，写的是屈原被放逐后的悲愤和忧伤，虽思接千载，视通万里，但一直神牵君王和楚国。"闺中既以邃远兮，哲王又不寤。怀朕情而不发兮，余焉能忍与此终古？"（《离骚》）愁怨不得不抒发，但仍称赞不能醒悟的楚王为"哲王"。楚国虽远离中原，这篇作品的寓意却与先秦大儒所提倡的忠义及家国思想不谋而合，所以两千多年以来，屈原及他的《离骚》受到历代文人正统的追捧，亦受到历代王朝的提倡。其具体的写作时间，有人主张是在楚怀王时，有人主张是在楚顷襄王时，詹安泰认为是在楚怀王被秦扣留、楚顷襄王初立之时。不同时期的说法似乎都能找到立论的依据，但并不影响作者抒情的精彩与幽深。司马迁《史记·屈原贾生列传》中的评价，可谓至情至理："屈平之作《离骚》，盖自怨生也。《国风》好色而不淫，《小雅》怨诽而不乱，若《离骚》者，可谓兼之矣。……其称文小而其指极大，举类迩而见义远。……推此志也，虽与日月争光可也。"司马迁用孔子评价《关雎》"乐而不淫，哀而不伤"的方式，来评价屈原《离骚》的内容走向，赞美屈原诗歌中的忠义精神，认为可与日月争光。司马迁的评价至今被人不断重复引用，可见《楚辞》尤其是《离骚》的光彩，千秋不灭。

石 厉

离　骚 / 001

九　歌 / 036

天　问 / 062

九　章 / 106

远　游 / 163

卜　居 / 182

渔　父 / 188

九　辩 / 193

招　魂 / 213

大　招 / 231

惜　誓 / 244

招隐士 / 250

七　谏 / 254

九　怀 / 281

九　叹 / 305

九　思 / 350

离 骚

〔概论〕

《离骚》是我国古代伟大诗人屈原的代表作,是我国古典诗歌史上最优秀的浪漫主义长篇抒情诗之一,也是《楚辞》中最具代表性、思想性和艺术性的作品。

据司马迁的《史记·屈原贾生列传》和《报任安书》等文献记载,《离骚》可能作于屈原被楚怀王疏远之后,也可能作于被楚顷襄王流放江南之后。到底何时所作,至今没有定论。

屈原是战国时楚国的诗人和政治家。他历经楚怀王和楚顷襄王两朝,博学多才,胸怀大志,曾官拜左徒大夫、三闾大夫等职,深得楚怀王信任。他对内主张章明法度,举贤任能,改革政治,施行"美政";对外主张联齐抗秦。但屈原为人正直,得罪了上官大夫及以楚怀王幼子子兰为首的保守贵族集团而遭到陷害,被楚怀王疏远,后来又因为劝阻怀王入秦而被流放到汉北。楚顷襄王继位之后,与屈原的政治主张正好相反,子兰等主和派视屈原为眼中钉,屈原再度遭到迫害,被流放到更远的江南。公元前278年,楚国被秦国攻灭,屈原满怀悲愤绝望,投汨罗江而死。

司马迁认为,"离骚者,犹离忧也",又认为"屈平之作《离骚》,盖自怨生也"。屈原为了振国安邦,主张实行"美政",一心为国为民,却遭到排挤,报国无门,又岂能无怨呢!《离骚》正是屈原饱含一腔爱国爱民的深厚激情写成的一首悲伤怨愤之歌。

《离骚》一共三百七十三句。根据清代王邦采在《离骚汇订》中的观点,《离骚》大致可以分为三部分:第一部分,主要讲屈原如何实践自己的政治主张和在政治斗争失败之后被疏远的遭遇;第二部分,屈原通过奇幻瑰丽的想象,表现了他在天地神境中执着追求的昂扬意志和理想破灭后的痛苦心态;第三部分,主要讲屈原在坎坷的境遇中彷徨,最终决定去国远游,与楚国黑暗的现实宣告决裂。屈原以丰沉浓郁的笔势,通过申述自己远大的政治理想和在政治斗争中遭受的迫害,揭露并批判了楚国黑暗的政治现实,反映了他与腐败的社会政治和腐朽的邪恶势力之间所发生的激烈冲突,从而表现了他顽强的斗争意志和志洁行廉、上下求索的傲岸情怀,以及崇高的爱国主义精神。

另外,《离骚》大量使用"香草美人"的比兴手法,把历史和神话、真实与幻想糅合为一体,语言真挚、构思奇特、意境开阔、想象丰富,表现出了宏伟的气魄,抒发了深刻的忧愤之情,读之摧肝裂胆,撼人心魄。

屈原是中国文学史上伟大的爱国诗人,他用生命谱写的《离骚》,标志着中国诗歌进入了由集体歌唱到个人独唱的新时代。

原文

帝①高阳②之苗裔③兮,朕④皇⑤考⑥曰伯庸⑦。
摄提⑧贞⑨于孟陬⑩兮,惟庚寅⑪吾以降⑫。
皇⑬览⑭揆⑮余初度⑯兮,肇⑰锡⑱余以嘉名。
名余曰正则兮,字余曰灵均。

【字词注解】

①帝:这里引申为始生之祖。夏、商、周时期,已死的君主被称为帝。

②高阳:古代帝王颛(zhuān)顼(xū)的称号。相传,颛顼是南楚神话中的地方神,后逐渐演变成楚人的祖先,他的后人熊绎受封于楚国。屈原与楚王同宗,所以也以颛顼为始生之祖。

③苗裔：子孙后代。

④朕：我。在先秦时期，上至天子，下至庶人，皆可自称"朕"。从秦始皇开始，"朕"才成为封建帝王自称的专用词。在这里是屈原的自称。

⑤皇：美，伟大。

⑥考：指亡父。

⑦伯庸：屈原父亲的名或字。

⑧摄提：岁星名。战国时代根据岁星（木星）在天空运转所指方位来纪年，相当于干支纪年法中的寅年，也被叫作摄提格。

⑨贞：正，正当。

⑩孟陬（zōu）：孟春正月。孟，指农历一季的第一个月。陬，陬月，古代十二个月都有不同叫法，正月也称陬月。

⑪庚寅：屈原出生的日子。古代以干支纪日，指庚寅这一天。

⑫降：降生，诞生。屈原生在寅年寅月寅日。

⑬皇：即上文"皇考"的简称，指亡父。

⑭览：观察。

⑮揆（kuí）：揣度，估量。

⑯初度：出生时的容貌、气度。

⑰肇（zhào）：开始，指降生时。一说"肇"是"兆"的假借字，占卜的意思。

⑱锡：同"赐"，赐给。

——●【精彩解说】

我是远祖帝王颛顼高阳氏的后代子孙，我那伟大的亡父的名字叫伯庸。

岁星运转到寅年正月，正好庚寅日那一天我降生了。

父亲观察揣度我初生时的气度，然后据此赐予我美好的名字。

给我取名叫作正则，给我表字叫作灵均。

原文

纷①吾既有此内美②兮，又重③之以修能④。
扈江离⑤与辟芷⑥兮，纫⑦秋兰以为佩。
汨⑧余若将不及兮，恐年岁之不吾与⑨。
朝搴⑩阰⑪之木兰⑫兮，夕揽洲之宿莽⑬。
日月忽其不淹兮，春与秋其代序。
惟草木之零落兮，恐美人⑭之迟暮⑮。
不抚壮⑯而弃秽兮，何不改此度⑰？
乘骐骥⑱以驰骋兮，来吾道夫先路⑲。

【字词注解】

①纷：众多的样子，形容下文的"内美"。

②内美：内在的美，指与生俱来的美好品质。

③重：加上。

④修能：修饰的美态，指后天对道德品质和学问的修养。能，通"态"。

⑤江离：香草名，也作"江蓠"，又名"蘼芜"，生长在水边。

⑥辟芷：幽香的白芷。辟，幽香。芷，白芷，香草名。

⑦纫（rèn）：连结，连缀。

⑧汨（yù）：水流快速的样子，这里指时光如流水。

⑨不吾与："不与吾"的倒装，即不等待我。与，等待。

⑩搴（qiān）：摘，拔取。

⑪阰（pí）：楚地方言中指土坡、山坡。

⑫木兰：香木名，又名辛夷，皮似桂而香，状如楠树，开花像莲，现代通称紫玉兰。这里指木兰花。

⑬宿莽：经冬不死的草。

⑭美人：屈原用这个词有时指国君，有时指自己，有时指美好的人。从下文来看，这里指楚怀王。

⑮迟暮：指年老。

⑯抚壮：趁着年富力强。抚，趁着，凭着。

⑰此度：这种态度，指"不抚壮而弃秽"的态度。一本有"也"字。

⑱骐（qí）骥（jì）：骏马，这里指贤臣。

⑲先路：充当前驱，即在前面带路。

●【精彩解说】

上天赋予我众多美好品质，我又不断加强自己的修养。

我披戴着江离和幽香的白芷，缀结秋兰作为腰间配饰。

光阴似箭我似乎追寻不上目标，担心流年似水不给我更多的时间。

早上拔取山坡上的木兰，傍晚采摘水洲中的宿莽。

时光匆匆一刻不停下脚步，四季更替变化有常。

想到草木都要凋零啊，害怕楚王逐渐衰老。

为什么不趁着年富力强抛弃弊政，为什么不改变这些不当的态度？

骑上骏马纵横驰骋吧！来吧，让我在前面为你引路。

原文

昔三后①之纯粹②兮，固众芳③之所在④。
杂申椒⑤与菌桂⑥兮，岂维纫夫蕙茝⑦？
彼尧舜之耿介⑧兮，既遵道⑨而得路⑩。
何桀纣⑪之猖披⑫兮，夫唯捷径⑬以窘步⑭。
惟夫党人⑮之偷乐⑯兮，路⑰幽昧⑱以险隘⑲。
岂余身之惮⑳殃㉑兮，恐皇舆㉒之败绩㉓。
忽奔走以先后㉔兮，及前王之踵武㉕。
荃㉖不察余之中情兮，反信谗而齌怒㉗。
余固知謇謇㉘之为患兮，忍而不能舍也。

指九天以为正㉙兮,夫唯灵修㉚之故也。
曰黄昏以为期兮,羌中道而改路。
初既与余成言兮,后悔遁而有他。
余既不难㉛夫离别兮,伤灵修之数化㉜。

【字词注解】

①三后:三位君主。但具体指哪三位,众说纷纭,一说是上古帝王黄帝、颛顼和帝喾,一说是夏禹、商汤、周文王,一说是楚国之先君。这里取"楚国之先君"说。

②纯粹:道德至善至美,毫无瑕疵。

③众芳:群贤,比喻众多有才能的人。

④在:聚集。

⑤申椒:申地所产的花椒树,是一种香木。

⑥菌桂:像竹子一样圆的桂树,也是一种香木。

⑦蕙茝:蕙和茝均为香草名,与上文的"申椒""菌桂"都比喻有才能的人,即上文所说的"众芳"。

⑧耿介:光明正大。

⑨遵道:遵循正道。

⑩路:大道,指正确途径。

⑪桀纣:夏桀和商纣的并称。桀是夏朝末代君主,纣是商朝末代君主,两人都是暴君。

⑫猖披:衣不系带,散乱不整的样子。引申为狂妄偏邪之意。披,"鈹"的假借字,偏邪的意思。

⑬捷径:原指近便的小路,这里比喻不循正途。

⑭窘步:困窘失足。

⑮党人:朋党,指朝中那些结党营私的奸臣。

⑯偷乐:贪图享乐。

⑰路：比喻国家的前途。

⑱幽昧：昏暗不明。

⑲险隘：危险狭隘。

⑳惮（dàn）：害怕。

㉑殃：灾难。

㉒皇舆：古代君王乘坐的车子，比喻国家政权。

㉓败绩：古时既指战车的翻覆，也指战争的溃败，这里比喻国家的覆亡。

㉔奔走以先后：指为楚王效力。

㉕踵武：足迹。踵，脚后跟。

㉖荃：香草名，多喻指君王。

㉗齌（jì）怒：暴怒。

㉘謇（jiǎn）謇：直言的样子。

㉙正：通"证"，验证。

㉚灵修：能神明远见者，这里指代楚怀王。

㉛难：畏惧，惧怕。

㉜化：变化。

—•【精彩解说】

从前楚国的三位国君德行完美无缺，所以吸引群贤聚集在自己身边。

聚合申椒、菌桂一般的优秀人物，缀结的何止是优秀的蕙和茝？

尧、舜是多么光明正大啊，遵循正道使国家走上正途。

但桀、纣是那么狂妄偏邪，贪图捷径导致走投无路。

结党营私的人贪图享乐，国家的前途昏暗不明、危险重重。

难道我是害怕自己遭受灾祸吗？我是担心国家因此而覆灭。

我尽心尽力，奔走于君王鞍前马后，希望他能追随先王们的足迹。

君王却不明察我内心的真情，反而轻信谗言对我勃然大怒。

我本来就知道忠言直谏会引起祸患，本想忍耐却又忍不住进谏。

手指苍天请它为我做证,这一切都是因为君王的缘故啊。

说好在黄昏时分相约会面,走到半路又中途改道。

当初已经跟我订下誓约啊,随后又反悔另有他求。

我已不再为君臣分离而难过,只是伤心于君王的反复无常。

> 余既滋①兰之九畹②兮,又树③蕙之百亩。
> 畦④留夷⑤与揭车⑥兮,杂杜衡⑦与芳芷⑧。
> 冀枝叶之峻茂兮,愿竢⑨时乎吾将刈⑩。
> 虽萎绝⑪其亦何伤兮,哀⑫众芳之芜秽⑬。

── 【字词注解】

①滋:栽种。

②九畹(wǎn):形容很多。畹,古代面积单位,一畹为三十亩田,一说为十二亩田。

③树:种植。

④畦:四面有边界的田地,这里指分垄种植。

⑤留夷:香草名,一说为芍药。

⑥揭车:香草名。

⑦杜衡:香草名,也作"杜蘅",俗名马蹄香。

⑧芳芷:香草名,即白芷。与上文的"留夷""揭车""杜衡",均比喻所培养的人才。

⑨竢(sì):通"俟",等待。

⑩刈(yì):收获,收割。

⑪萎绝:枯死,这里比喻所培养的人才,不能为国家效力,却与敌国同流合污。

⑫哀:怜惜。

⑬芜秽：荒芜，指田地不整治而杂草丛生，这里比喻所培养的人才变质了。

——•【精彩解说】

我已经栽种了很多兰花，又种植了百亩的蕙草。

将留夷和揭车分垄种植啊，其间还有一些杜衡和芳芷。

希望它们能长得枝繁叶茂，我愿等待成熟的季节将它们收获。

即便枯萎凋谢又有何伤感啊，悲哀的是它们的本质变坏了。

原文

众①皆竞进②以贪婪兮，凭③不厌④乎求索⑤。
羌⑥内⑦恕己⑧以量人⑨兮，各兴心而嫉妒。
忽驰骛⑩以追逐兮，非余心之所急。
老冉冉⑪其将至兮，恐修名⑫之不立。
朝饮⑬木兰之坠露兮，夕餐⑭秋菊之落英⑮。
苟⑯余情⑰其信姱⑱以练要⑲兮，长顑颔⑳亦何伤？
揽㉑木根㉒以结茝㉓兮，贯薜荔㉔之落蕊。
矫㉕菌桂以纫蕙兮，索㉖胡绳㉗之纚纚㉘。
謇㉙吾法㉚夫前修㉛兮，非世俗之所服。
虽不周于今之人兮，愿依彭咸㉜之遗则。

——•【字词注解】

①众：众小人，指楚怀王的宠臣。

②竞进：争先恐后地追名逐利。

③凭：楚地方言，满足的意思。

④厌：满足。

⑤求索：贪求索取。

⑥羌：楚地方言，发语词。

⑦内：向内，即对自己。

⑧恕己：宽恕自己。

⑨量人：衡量他人。

⑩驰骛（wù）：疾驰，奔走。

⑪冉冉：渐渐地，形容时光渐渐流逝。

⑫修名：美名。

⑬饮：小口吸食。

⑭餐：大口吞食。

⑮落英：坠落的花朵。

⑯苟：如果，只要。

⑰余情：德行。

⑱信姱（kuā）：真正的美好。姱，美好。

⑲练要：精粹专一，操守坚贞。

⑳顑（kǎn）颔（hàn）：因饥饿而黄瘦憔悴的模样。

㉑揽（lǎn）：执持。

㉒木根：木兰的根。

㉓茝：香草名，即白芷。

㉔薜（bì）荔：香草名，又名木莲。

㉕矫：举起。

㉖索：本义为绳索，这里是搓绳子。

㉗胡绳：一种香草，茎叶可做绳索。

㉘纚（xǐ）纚：形容绳子又长又好看的样子。

㉙謇（jiǎn）：楚地方言，这里为发语词。

㉚法：效法。

㉛前修：前贤，即前代的贤人。

㉜彭咸：王逸《楚辞章句》载，"彭咸，殷贤大夫，谏其君不听，自投水而死。"屈原投江，即效法彭咸。

——【精彩解说】

众人都在追名逐利、贪得无厌啊，利欲熏心从不满足。

他们宽恕自己猜疑别人，各怀鬼胎心生妒忌。

四处奔走追逐名利，并不是我心中所求。

人生暮景渐渐来临，我担心的是美名不能树立。

早上啜饮木兰花上的清露，晚上吞食秋菊的残瓣。

只要我的德行美好、精粹专一，神形消损又有什么可悲戚的？

我手持木兰的细根编结芷草，又把薜荔刚绽放的花心联结成串。

举起菌桂的枝条缀结上蕙草，用胡绳搓成细绳整齐好看。

我效法前代圣贤的美好装束啊，不是流俗之辈所能习惯的。

即使不能迎合当世的人，但我愿依从彭咸留下的典范。

原文

长太息[①]以掩涕兮，哀民生之多艰。

余虽好修姱[②]以鞿羁[③]兮，謇朝谇[④]而夕替[⑤]。

既替余以蕙纕[⑥]兮，又申[⑦]之以揽茝[⑧]。

亦余心之所善[⑨]兮，虽九[⑩]死其犹未悔。

怨灵修之浩荡[⑪]兮，终不察夫民[⑫]心。

众女[⑬]嫉余之蛾眉[⑭]兮，谣诼[⑮]谓余以善淫。

固时俗之工巧[⑯]兮，偭[⑰]规矩[⑱]而改错[⑲]。

背绳墨[⑳]以追曲[㉑]兮，竞周容[㉒]以为度[㉓]。

忳[㉔]郁邑[㉕]余侘傺[㉖]兮，吾独穷困乎此时也。

宁溘死[㉗]以流亡兮，余不忍为此态也。

鸷鸟[㉘]之不群兮，自前世而固然。

何方圜[㉙]之能周兮，夫孰异道而相安？

屈心而抑志兮，忍尤而攘诟[㉚]。

伏清白以死直兮，固前圣之所厚。

【字词注解】

①太息：叹息。

②修姱：比喻美德。

③鞿（jī）羁（jī）：马缰绳和络头，比喻束缚，引申为受牵连。

④谇（suì）：进谏。

⑤替：废弃。

⑥蕙纕（xiāng）：佩饰，蕙草编缀成的带子。

⑦申：加上。

⑧揽茞：揽，握持；茞，香草名。

⑨善：崇尚。

⑩九：虚指，极言其多。

⑪浩荡：水流很大的样子，这里比喻怀王行为放纵荒唐。

⑫民：人，屈原自指。

⑬众女：众臣，指楚怀王身边的宠臣。

⑭蛾眉：指女子美丽的容貌，这里借喻屈原自己美好的品质。

⑮谣诼（zhuó）：造谣毁谤。

⑯工巧：善于取巧。

⑰偭（miǎn）：违背。

⑱规矩：规和矩，木工的用具，这里指法度。

⑲改错：改变措施。错，通"措"，措施。

⑳绳墨：木工画直线的工具，这里指判断是非的准则。

㉑追曲：随意曲直，没有一定的法则。

㉒周容：迎合讨好。

㉓度：法则。

㉔忳（tún）：烦恼的样子。

㉕郁邑：忧愤郁结。

㉖侘（chà）傺（chì）：失意而心神不宁的样子。

㉗溘（kè）死：突然死去。

㉘鸷（zhì）鸟：鹰、鹞等凶猛的鸟。

㉙方圜（yuán）：同"方圆"，指方的榫头与圆的孔。

㉚攘（rǎng）诟（gòu）：容忍耻辱。

——•【精彩解说】

长长地叹息我掩面拭泪啊，哀叹我的人生是如此艰难。

我虽然爱好美德却受其牵连，早上向君主进谏，晚上就被废弃。

废弃我的原因是我佩带蕙草，再加上我爱采集兰茝当作佩饰。

这些是我心中所爱的东西，为此即使身死多次我也不后悔。

埋怨君王行为放纵荒唐，始终不能明察我的忠心。

那些小人都嫉妒我美丽的容貌，造谣诽谤说我善于淫逸。

小人们本就善于投机取巧，违背法度又篡改措施。

违背是非标准没有一定的原则，争相迎合讨好并以此为常行之法。

我感到忧愁压抑，失意而心神不宁，唯独我现在困顿穷途。

宁愿突然死去随流水而去，也绝不做出那媚俗之态。

鸷鸟不与一般鸟类合群，自古以来就是这样。

方和圆如何能够相互配合，谁能道不同而又彼此相安呢？

委屈本心压抑自己的情志，包容着罪过，忍受着耻辱。

保持清白的节操为正义而死，这本是先贤们所重视的。

悔相道①之不察②兮，延伫③乎吾将反④。

回朕车以复路⑤兮，及⑥行迷之未远。

步余马⑦于兰皋⑧兮，驰椒丘⑨且焉⑩止息。

进⑪不入⑫以离尤⑬兮，退⑭将复修吾初服⑮。

制⑯芰⑰荷以为衣兮，集芙蓉以为裳⑱。
不吾知其亦已兮，苟余情其信芳。
高余冠之岌岌⑲兮，长余佩⑳之陆离㉑。
芳㉒与泽㉓其杂糅㉔兮，唯昭质㉕其犹未亏。
忽反顾以游目㉖兮，将往观乎四荒。
佩缤纷其繁饰兮，芳菲菲㉗其弥章㉘。
民生㉙各有所乐兮，余独好修以为常。
虽体解㉚吾犹未变兮，岂余心之可惩㉛？

【字词注解】

①相（xiàng）道：寻求道路，一释为观察道路。

②察：仔细观察。

③延伫：长久地站立。

④反：同"返"，返还。

⑤复路：原来的路。

⑥及：趁着。

⑦步余马：骑着我的马慢慢走。步，徐行。

⑧皋：水边的高地。

⑨椒丘：生长椒木的小山。

⑩焉：在此，在那里。

⑪进：指进谏。

⑫不入：仕途不得意，不被国君所用。

⑬离尤：遭受罪过。离，通"罹"。

⑭退：退出。一说退隐。

⑮初服：入仕前的服装。

⑯制：裁剪。

⑰芰（jì）：指菱叶。

⑱裳：古代上身穿的叫衣，下身穿的叫裳。

⑲岌岌：高高的样子。

⑳佩：身上的佩剑。

㉑陆离：颜色斑斓奇特。

㉒芳：芳香。

㉓泽：污浊，污垢。

㉔杂糅：混杂在一起。

㉕昭质：比喻纯洁的品质。

㉖游目：纵目远望。

㉗菲菲：指香气很盛。

㉘弥章：更加彰显。

㉙民生：人生。

㉚体解：分解人的四肢，古代的一种酷刑。

㉛惩：警戒，制止。

【精彩解说】

后悔当初选择道路时没有看清啊，长久地站立后我就要回返。

掉转我的车头走向原来的路，趁着误入迷途还不是太远。

骑着马漫步在长满兰草的水边，跑到长满椒树的小山上休息。

进谏不被君王所用反而获罪，只好退隐重新穿回我的旧衣。

裁剪菱叶作为上衣，缀合荷花作为下裳。

没有人理解我也就罢了，只要我的情志真正馥郁芳香。

加高我头上的冠戴显得危耸，加长我的佩剑显得斑斓奇特。

芳香和污垢混杂在一起，只有纯洁的品质不会亏损。

忽然回首纵目远望，我将去四方荒远之地游览。

戴上众多华丽的佩饰，浓郁的芳香使它们更加耀眼。

人生各有各的乐趣，而我偏偏喜欢修洁已习以为常。

即使把我肢解也不会改变我，难道我的心还能受惩戒吗？

女嬃①之婵媛②兮，申申③其詈④予。
曰鲧⑤婞直⑥以亡身兮，终然殀⑦乎羽⑧之野。
汝何博⑨謇⑩而好修兮，纷独有此姱节⑪？
薋⑫菉⑬葹⑭以盈室兮，判⑮独离而不服⑯。
众不可户说⑰兮，孰云察余⑱之中情？
世并举⑲而好朋⑳兮，夫何茕独㉑而不予听㉒。

——【字词注解】

①女嬃（xū）：一说是屈原的姐姐，一说是女巫，一说是侍女，都不确切。

②婵媛：一说是留恋，一说是女嬃的容貌形态，一说是婉转陈词。

③申申：一遍又一遍地重复。

④詈（lì）：责怪，责备。

⑤鲧（gǔn）：大禹的父亲。

⑥婞（xìng）直：倔强，刚直。

⑦殀（yāo）：早死。

⑧羽：羽山，地名，传说在东海之滨。

⑨博：大量，量多。

⑩謇（jiǎn）：直言。

⑪姱（kuā）节：美好的节操。

⑫薋（cí）：积聚。

⑬菉（lù）：恶草。

⑭葹（shī）：苍耳，这里比喻奸佞。

⑮判：区分，区别。

⑯服：佩带。

⑰户说：挨家挨户地去说明。

⑱余：我们。

⑲并举：相互抬举，相互奉承。

⑳好朋：朋党，结党成群。

㉑茕（qióng）独：孤寂，孤独。

㉒不予听："不听予"的倒装。不听我的劝告。予，女媭自指。

【精彩解说】

女媭满心痛彻啊，一遍又一遍地责备我。

她说鲧由于刚直而遭到流放，结果死在羽山的郊野。

你为什么喜欢直言又爱好美洁，独有众多美好的节操呢？

房屋里堆满了普通的花草，你却非要和别人有所区别不愿佩带在身上。

不可能向众人挨家挨户地去说明心中的想法，有谁能够了解我们内心的真诚？

世上的人都喜欢相互抬举而结党成群，你为何茕茕孑立不听我的劝告？

依①前圣以节中②兮，喟③凭④心而历兹⑤。
济⑥沅湘⑦以南征兮，就重华⑧而陈词。
启⑨《九辩》与《九歌》⑩兮，夏康娱⑪以自纵。
不顾难⑫以图后⑬兮，五子⑭用失乎家巷。
羿淫游以佚⑮畋⑯兮，又好射夫封狐⑰。
固乱流⑱其鲜终⑲兮，浞⑳又贪夫厥家。
浇㉑身被服强圉㉒兮，纵欲而不忍㉓。
日康娱以自忘㉔兮，厥首用夫颠陨㉕。
夏桀之常违㉖兮，乃遂㉗焉而逢殃㉘。
后辛㉙之菹醢㉚兮，殷宗㉛用而不长。
汤禹俨㉜而祗敬㉝兮，周论道而莫差。
举贤而授能兮，循绳墨而不颇。
皇天无私阿兮，览民德焉错辅。

夫维圣哲以茂行㉞兮，苟得用此下土。
瞻前而顾后兮，相观民之计极。
夫孰非义而可用兮，孰非善而可服。
阽余身而危死兮，览余初其犹未悔。
不量凿而正枘兮，固前修㉟以菹醢。
曾歔欷㊱余郁邑兮，哀朕时之不当。
揽茹㊲蕙以掩涕兮，沾余襟之浪浪㊳。

【字词注解】

①依：依照，遵循。

②节中：折中，公正地判断是非曲直的意思。

③喟（kuì）：叹息声。

④凭：满。

⑤历兹：至此。

⑥济：渡过。

⑦沅湘：水名，沅江和湘江。

⑧重华：虞舜的美称。

⑨启：夏启，大禹的儿子，夏朝君主。

⑩《九辩》与《九歌》：传说是天帝乐名，被启带到了人间。

⑪康娱：寻欢作乐。

⑫不顾难：不考虑危难。

⑬图后：为以后着想。

⑭五子：启的五个儿子，即太康兄弟五人。太康在外游玩，有穷国国君后羿夺了他的王位，他们兄弟五人逃出京城，丢掉了自己的国家。

⑮佚（yì）：放荡。

⑯畋（tián）：打猎。

⑰封狐：大狐狸。

⑱乱流：淫乱之辈。

⑲鲜终：少有善终。

⑳浞（zhuó）：寒浞，传说为有穷国后羿的相。后羿不理政事，寒浞就杀了后羿自立。

㉑浇（ào）：寒浇，寒浞的儿子。

㉒被（pī）服强圉（yǔ）：依仗自己强大的力量。被，通"披"。强圉，强壮有力。

㉓忍：克制。

㉔自忘：忘乎所以。

㉕颠陨：坠落，比喻掉脑袋。

㉖常违：经常违背天道和人理。

㉗遂：终究。

㉘逢殃：遭到祸殃。据《史记·夏本纪》记载，夏桀被汤流放于南巢（今安徽省巢县附近）。

㉙后辛：殷纣王，商朝末代国君。后，君主。辛，纣王的名字。

㉚菹（zū）醢（hǎi）：古代把人剁成肉酱的一种酷刑，后泛指处死。

㉛殷宗：殷人的宗祀，指殷朝。

㉜俨：恭敬，庄重。

㉝祗（zhī）敬：恭敬。

㉞茂行：高尚的德行。

㉟前修：古代的贤人。

㊱歔（xū）欷（xī）：同"嘘唏"，悲泣，抽噎。

㊲茹：柔软。

㊳浪浪：泪流不止的样子。

——●【精彩解说】

依照先圣的价值标准进行评判，满怀感叹为何遭此厄运。

渡过沅江和湘江向南进发，到帝舜面前去大声陈说。

夏启偷来天帝的《九辩》和《九歌》，用来寻欢作乐而放纵堕落。

看不到危难也不为以后着想，五位王公因此内讧相争。

后羿沉溺于田猎游乐，又喜欢射杀大狐狸来取乐。

本来淫乱之辈就没有好下场，寒浞杀死后羿又霸占了他的妻室。

寒浇自恃勇武过人，放纵欲念而不肯克制。

天天寻欢作乐忘乎所以，他的脑袋因此而掉落。

夏桀经常违背天道和人理，终究遭受了灾祸。

殷纣把自己的忠良剁成肉酱，他的王位因此不能长久！

成汤和大禹都严明而又谨慎，周文王、周武王都任法而讲求仁政。

他们都凭德才选用贤臣，遵守法度而不差毫分。

皇天光明正大不偏私偏爱谁啊，看见有德的人就安排辅助他。

只有那些圣人贤哲以高尚的德行，方才能够拥有天下。

回顾历史而观省将来，观察民生的兴衰原因。

有谁不是因为忠义而被重用，有谁不是因为善行而被信服。

即使我身陷危险濒临死亡，回想起初衷我也毫无悔恨。

不度量凿孔来选择合适的榫头，正是古代的贤者被剁成肉酱的原因。

我泣不成声啊满心悲伤，哀叹自己是这样生不逢时。

拔一把柔软的蕙草掩面痛哭，眼泪涟涟沾湿了我的衣襟。

跪敷衽①以陈辞兮，耿吾既得此中正②。

驷③玉虬④以乘⑤鹥⑥兮，溘埃⑦风余上征⑧。

朝发轫⑨于苍梧⑩兮，夕余至乎县圃⑪。

欲少留此灵琐⑫兮，日忽忽其将暮。

吾令羲和⑬弭节⑭兮，望崦嵫⑮而勿迫⑯。

路曼曼⑰其修远⑱兮，吾将上下而求索。

饮余马于咸池⑲兮，总⑳余辔乎扶桑㉑。

折若木㉒以拂日兮，聊㉓逍遥㉔以相羊。

前望舒㉕使先驱兮，后飞廉㉖使奔属㉗。

鸾皇㉘为余先戒兮，雷师㉙告余以未具㉚。
吾令凤鸟飞腾兮，继之以日夜。
飘风㉛屯㉜其相离兮，帅云霓而来御。
纷总总其离合兮，斑陆离其上下。
吾令帝阍㉝开关兮，倚阊阖㉞而望予。
时暧暧㉟其将罢兮，结幽兰而延伫。
世溷浊㊱而不分兮，好蔽美而嫉妒。

—•【字词注解】

①敷衽（rèn）：铺开衣服的前襟。敷，铺开。

②中正：中正之道，即品行正直而不偏邪。

③驷（sì）：古代一车套四匹马，这里指驾车。

④虬（qiú）：传说中一种没有角的龙。

⑤乘：原文为"椉"。

⑥鹥（yì）：凤凰的别名。

⑦埃：尘埃。

⑧上征：飞上天空。

⑨发轫（rèn）：拿掉轫木，使车前行。轫，刹住车轮转动的轮前横木。

⑩苍梧：一说九疑，在湖南宁远东南。

⑪县圃：即悬圃，神话中神仙的住处，在昆仑山顶。

⑫灵琐：神灵所住地方的门。琐，门窗上雕刻的花纹。此处代指宫门。

⑬羲和：古代神话传说中给太阳驾车的神，即太阳神。

⑭弭（mǐ）节：缓慢行驶。

⑮崦（yān）嵫（zī）：山名，传说日落的地方。

⑯迫：迫近。

⑰曼曼：通"漫漫"，形容距离远或时间长。

⑱修远：长远。

⑲咸池：神话中的地名，传说是太阳洗澡的地方。

⑳总：系。

㉑扶桑：神话中的树名，传说太阳从扶桑树下升起。

㉒若木：古代神话中的树名，传说是太阳中途休息的地方。

㉓聊：姑且，暂且。

㉔逍遥：徘徊的意思。与后文的"相羊"同义。

㉕望舒：古代神话传说中给月驾车的神，即月神。

㉖飞廉：风神。

㉗奔属（zhǔ）：奔跑着紧跟在后面。

㉘鸾皇：亦作"鸾凰"。鸾与凰，皆瑞鸟名，常用来比喻贤士淑女。

㉙雷师：神话中的雷神，即丰隆。

㉚未具：没准备齐全。

㉛飘风：旋风，暴风。

㉜屯：聚集。

㉝帝阍（hūn）：天帝的看门人。

㉞阊（chāng）阖（hé）：神话中的天门。

㉟曀（ài）曀：光线昏暗。

㊱溷（hùn）浊：混乱污浊。

•【精彩解说】

铺开衣襟跪在上面慷慨陈词，我获得中正之道心中豁然开朗。
驾驭四条无角玉龙所拉的凤车，忽然间我依托长风飞上天空。
早上从苍梧之野出发，傍晚到县圃停歇。
我打算在神门前稍歇片刻，无奈太阳西沉即将夜幕降临。
我让羲和缓慢行驶，望见崦嵫山暂且止步。
前路漫漫遥远无边，我要上天下地寻求出路追求理想。
在咸池给我的马饮水，把马缰绳系在扶桑神木上。
攀折几枝若木去挡挡阳光，我姑且无拘无束在这里徜徉。
让月神望舒在前面开路，让风神飞廉奔跑着紧跟在后面。

鸾鸟与凤凰在前面为我警戒开道，雷神却说还没有安排停当。
我命令凤鸟展翅飞翔啊，夜以继日地向九天翱翔。
旋风骤聚欲使队伍离散，率领着云霓向我迎上。
云霓越聚越多忽离忽合啊，五光十色上下左右飘浮荡漾。
我让守天门的卫士替我把门打开，可他却倚着天门对我视而不见。
日色渐暗时间也已很迟了，我编结着幽兰长久地伫立。
世道混浊而且善恶不分，爱嫉妒别人而且抹杀人的长处。

朝吾将济于白水①兮，登阆风②而绁马。
忽反顾③以流涕兮，哀高丘④之无女⑤。
溘吾游此春宫⑥兮，折琼枝⑦以继佩。
及荣华⑧之未落兮，相下女⑨之可诒⑩。
吾令丰隆⑪乘云兮，求宓妃⑫之所在。
解佩纕以结言兮，吾令蹇修⑬以为理⑭。
纷总总其离合兮，忽纬𦈡⑮其难迁⑯。
夕归次⑰于穷石⑱兮，朝濯发乎洧盘⑲。
保⑳厥美以骄傲兮，日康娱以淫游。
虽信美而无礼兮，来㉑违弃㉒而改求。
览相观于四极兮，周流乎天余乃下。
望瑶台㉓之偃蹇兮，见有娀㉔之佚女㉕。
吾令鸩㉖为媒兮，鸩告余以不好。
雄鸠㉗之鸣逝㉘兮，余犹恶其佻巧㉙。
心犹豫而狐疑兮，欲自适㉚而不可。
凤皇既受诒㉛兮，恐高辛㉜之先我。
欲远集而无所止兮，聊浮游㉝以逍遥㉞。
及少康㉟之未家兮，留有虞之二姚㊱。
理弱而媒拙兮，恐导言之不固。
世溷浊而嫉贤兮，好蔽美而称恶。

闺中既以邃远兮,哲王又不寤㊲。

怀朕情而不发兮,余焉能忍与此终古。

【字词注解】

①白水:神话中的水名,起源于昆仑山。

②阆(làng)风:山名,神话中神仙居住的地方。

③顾:回头看。

④高丘:阆风。

⑤女:这里指神女。

⑥春宫:神话中青帝所住的宫殿。

⑦琼枝:玉树枝。

⑧荣华:花名的通称。荣,草本植物所开的花。华,木本植物所开的花。

⑨下女:指宓妃诸人,对高丘而言处于下位。

⑩诒(yí):通"贻",赠予。

⑪丰隆:雷神。

⑫宓(fú)妃:据说是伏羲的女儿,淹死在洛水后,被称为洛水之神。

⑬蹇修:伏羲的臣子。

⑭理:媒人。

⑮纬繣:违拗。

⑯难迁:难以改变。

⑰次:住宿。

⑱穷石:山名,相传是后羿所住的地方。

⑲洧(wěi)盘:神话中的水名,起源于崦嵫山。

⑳保:恃。

㉑来:乃。

㉒违弃:遗弃。

㉓瑶台：美玉砌的台。

㉔有娀（sōng）：传说中的古国名。

㉕佚女：美女。古时传说有娀氏女简狄，住在瑶台上，后来许给了帝喾，生下契，契就是商朝的祖先。

㉖鸩（zhèn）：鸟的名字，羽有毒。此处比喻奸险的人。

㉗鸠（jiū）：同山鹊，喜欢叫。此处比喻花言巧语的人。

㉘鸣逝：且飞且鸣。

㉙佻巧：轻佻巧诈。

㉚适：来。

㉛受诒（yí）：指凤凰已接受了聘礼，打算去说媒。诒，通"贻"，指聘礼。

㉜高辛：帝喾最初受封于辛，后即帝位，号高辛氏。

㉝浮游：不知所求，无目的地漫游。

㉞逍遥：徘徊不前，与"浮游"意思相近。

㉟少康：夏代中兴之主，帝相之子。

㊱二姚：有虞国君的两个女儿。

㊲寤（wù）：醒悟。

●【精彩解说】

等到天亮后我将要渡过白水河，登上阆风山，系上马驻足。

忽然回过头眺望泪水就忍不住流下来，可怜高丘中竟然没有美人。

我迅速地来到春宫的门口，折了琼枝作为佩饰。

趁琼枝的花朵还未凋落，我寻找能够接受馈赠的美人。

我让雷神把马车驾套上，我去寻找宓妃所住的地方。

把身上佩带的香囊解下来订下誓约，我让蹇修前去做媒。

云霓纷纷簇集即离即合，善变乖戾难以迁就。

晚上她回到穷石过夜，清早她在洧盘把头发濯洗干净。

她自恃有点姿色就狂妄自大，每天逸乐放荡游玩。

虽然她是美人但礼节全无，算了吧蹇修，我另外再去找寻吧。

我在天上察看了四面八方，周游后我又回到人间。

我望着远方华丽巍峨的玉台啊，看到有娀氏的美人居住在瑶台上。

我请鸩鸟给我说媒，鸩鸟却告诉我有娀氏的美人的不好的地方。

有只雄鸠鸣叫着要前去提亲，我又嫌他诡诈轻巧。

我犹豫不定而疑惑不解，考虑自己去又不妥。

凤凰已去送彩礼给她，我担心高辛赶到了我前面去提亲。

想去远方又没有落脚点，我只能四处流浪飘荡。

趁少康还没有结婚，有虞氏的两个女儿还是待嫁。

提亲的媒人不大会说话，担心无法传达心曲以致说合成功的可能性太小。

人间世道混浊嫉妒贤能，总是隐善扬恶没有天理。

宫闱如此的深远，贤明的君王又不肯醒悟。

满腔的衷肠找不到可以诉说的人，我怎么能够一直忍耐下去过此一生？

【原文】

索①藑茅②以③筳④篿⑤兮，命灵⑥氛为余占之。

曰两美其必合⑦兮，孰信修⑧而慕⑨之？

思九州之博大兮，岂惟是⑩其有女？

曰勉远逝而无狐疑兮，孰求美而释⑪女⑫？

何所独无芳草兮，尔何怀乎故宇⑬？

世幽昧⑭以眩曜⑮兮，孰云察余之善恶。

民好恶其不同兮，惟此党人其独异⑯。

户⑰服艾⑱以盈要⑲兮，谓幽兰其不可佩。

览察草木其犹未得兮，岂珵⑳之能当？

苏㉑美粪壤以充帏㉒兮，谓申椒其不芳。

【字词注解】

①索：拿。

②藑（qióng）茅：古书上说的一种草。

③以：通"与"意。

④莛（tíng）：木棍。一说为竹片。

⑤篿（zhuān）：楚人用茅草加木棍或竹片的占卜方法的统称。

⑥灵：原意是神，在这指巫，因巫能降神，所以楚人称巫为灵。

⑦两美其必合：双方都美好就能匹合，借此比喻良臣遇到明君。

⑧信修：真正美好。

⑨慕：爱慕。

⑩是：指楚国。

⑪释：放掉。

⑫女：通"汝"，你。指屈原。

⑬故宇：原来的地方，指屈原的故乡。

⑭幽昧：没有光线。

⑮眩（xuàn）曜（yào）：迷乱的样子。

⑯独异：和别人不同。

⑰户：每家每户。

⑱艾：一种灸用药草。

⑲要：古"腰"字。这句是讲每个人都佩带了满腰的艾蒿。

⑳珵（chéng）：美玉。

㉑苏：拿。

㉒帏：带在身上的香囊。

【精彩解说】

我找来了灵草和一些细竹片，请女巫灵氛来给我占卜。

她告诉我双方都美好就能匹合，哪个真正美好的人不令人爱慕？

想到天下的广大辽阔，难不成只有楚国才有美女？

劝你不要迟疑地远走吧，追求美好的人又有哪位会放弃你呢？

世间什么地方没有芳草,你为什么非要思恋故乡呢?
黑暗的世道让人的眼光迷乱,谁又能知道我们的善恶。
人们的好恶尺度本就不一样,这些小人就更加怪异出众了。
每个人都在腰间挂满艾草,偏说幽兰是不能佩戴使用的。
连草木的好坏都分辨不清楚,怎么能正确评价玉器呢?
用粪土来装满自己的香囊,却说申椒没有香味。

欲从灵氛之吉占兮,心犹豫而狐疑。
巫咸①将夕降②兮,怀③椒糈④而要⑤之。
百神翳⑥其备降兮,九疑⑦缤其并迎。
皇剡剡⑧其扬灵⑨兮,告余以吉故⑩。
曰勉升降以上下兮,求矩矱⑪之所同。
汤禹严而求合⑫兮,挚⑬咎繇⑭而能调⑮。
苟中情其好修兮,又何必用夫行媒。
说⑯操筑⑰于傅岩⑱兮,武丁⑲用而不疑。
吕望⑳之鼓刀㉑兮,遭周文㉒而得举。
宁戚㉓之讴歌兮,齐桓㉔闻以该辅。
及年岁之未晏㉕兮,时亦犹其未央㉖。
恐鹈鴂㉗之先鸣兮,使夫百草为之不芳。
何琼佩之偃蹇兮,众薆然㉘而蔽之。
惟此党人之不谅兮,恐嫉妒而折之。
时缤纷其变易兮,又何可以淹留。
兰芷变而不芳兮,荃蕙化而为茅。
何昔日之芳草兮,今直为此萧艾㉙也。
岂其有他故兮,莫好修之害也。
余以兰为可恃兮,羌无实而容长。
委厥美以从俗兮,苟得列乎众芳。
椒专佞以慢慆㉚兮,樧㉛又欲充夫佩帏。

既干进而务入兮，又何芳之能祗。
固时俗之流从兮，又孰能无变化。
览椒兰其若兹兮，又况揭车与江离。
惟兹佩之可贵兮，委厥美而历兹。
芳菲菲而难亏兮，芬至今犹未沫㉜。
和调度以自娱兮，聊浮游而求女。
及余饰㉝之方壮兮，周流观乎上下。

——【字词注解】

①巫咸：古时的神巫，名咸。古时候把巫看成能通神的人物，人对神的祈求，由巫来传递。

②降：指降神。

③怀：怀揣。

④糈（xǔ）：敬神用的精米。

⑤要：通"邀"，迎接。

⑥翳（yì）：遮蔽。

⑦九疑：山名，也叫九嶷（yí），即苍梧山，在今湖南省境内。这里指九嶷山神。

⑧剡（yǎn）剡：闪闪发光。

⑨扬灵：显灵。

⑩吉故：历史上的佳话、故事，即下文中汤、禹、挚与咎繇等人的事迹。

⑪矩矱（yuē）：在这里引申为法度。矩，画方形或直角的工具。矱，量长短用的工具。

⑫求合：寻访志同道合的人。

⑬挚：商汤名相伊尹。

⑭咎（gāo）繇（yáo）：即皋陶，舜时执掌刑律的大臣。

⑮调：和谐，此处意为选拔、进用。

⑯说（yuè）：殷代贤人傅说。

⑰筑：打墙的木杵。

⑱傅岩：地名，在今山西平陆附近。

⑲武丁：殷高宗之名。傅说作为奴仆在傅岩拿着木杵筑墙，后来被殷王武丁发现得以重用。

⑳吕望：即姜子牙，姓姜，名尚，因为先人封邑在吕，因此又以吕为氏。他是周朝的开国贤相。

㉑鼓刀：动刀。

㉒周文：周文王。

㉓宁戚：春秋时卫国贤人。相传宁戚原是小商人，曾住在齐都东门，桓公夜出，他敲打牛角，唱了一曲怀才不遇的歌，桓公听到了，让他做了客卿。

㉔齐桓：齐桓公。

㉕晏：晚。

㉖央：结束。

㉗鹈（tí）鴂（jué）：杜鹃，又称伯劳。

㉘薆（ài）然：遮蔽的样子。

㉙萧艾：贱草，这里指谗佞小人。

㉚慢慆（tāo）：怠惰佚乐。

㉛樧（shā）：似茱萸而小，赤色。

㉜沫（mèi）：香气消散的意思。

㉝饰：佩饰，服饰，这里指年岁。

—●【精彩解说】

我想听从灵氛的卦辞，可心里却犹豫而狐疑。

今晚巫咸将要从天上降临，我怀揣椒香精米去求他。

啊！天上诸神遮天蔽日齐降，九嶷山上的众神纷纷前来迎接。
灵光闪闪地显示着神异，他告诉我灵氛吉卜的缘故。
他说你应该努力上下求索，按照原则去选择意气相投的人。
夏禹商汤都严正地选拔贤才，皋陶和伊尹因此能成为他们的辅弼。
只要你内心真正崇尚修洁，又何必到处去求君王左右的使臣。
傅说曾经在傅岩做过泥木工，武丁重用他而不生疑。
姜太公曾在朝歌操过屠刀，遇上周文王就大展才气。
宁戚放牛时引吭高歌，齐桓公听了把他看作国家的柱石。
趁你年华还未衰老，施展才华的时机还未完全失去。
当心那伯劳鸟叫得太早，使得百花从此失去了芳菲。
为什么我的玉佩如此美艳，人们却要故意将它的光辉遮掩。
这些小人真是不能信赖，担心他们会出于嫉妒而将玉佩折断。
时世纷乱变化无常啊，我怎能在这里久久流连。
兰与芷都消尽了芬芳，荃与蕙都化为了草蔓。
为什么过去那些香草，今日竟与蒿、艾同处一地？
没有别的原因可找，只怪他们自己没有勤加修持。
我本以为兰可以依靠，谁知它也虚有芳颜。
抛弃了自己的美质而随俗浮沉，苟且地列入这众芳之班。
椒诌上傲下自有一套，茱萸也想钻进香囊里面。
它们既然只会拼命地钻营，又岂能奢望它们保持美质不变。
本来世态习俗都是随波逐流，又还有谁能够意志坚定？
见到椒与兰也变成了这般模样，揭车与江蓠怎么能不变心？
想到这佩饰如此可贵，它的美质竟遭人唾弃到如此境地。
花的芳香难以消逝，直到今天还在散发着香气。
我还保持着和谐的态度自我欢娱，姑且四处漂泊寻找贤君。
趁着我还年轻力壮，我还是要上天入地四处去寻找。

灵氛既告余以吉占兮，历①吉日乎吾将行。
折琼枝以为羞②兮，精③琼靡④以为粻⑤。
为余驾飞龙兮，杂瑶象⑥以为车。
何离心⑦之可同兮，吾将远逝以自疏。
邅⑧吾道夫昆仑兮，路修远以周流。
扬云霓⑨之晻⑩蔼兮，鸣玉鸾⑪之啾啾。
朝发轫于天津⑫兮，夕余至乎西极⑬。
凤皇翼⑭其承旂⑮兮，高翱翔之翼翼。
忽吾行此流沙⑯兮，遵赤水⑰而容与⑱。
麾⑲蛟龙使梁津兮，诏西皇⑳使涉予㉑。
路修远以多艰兮，腾㉒众车使径侍㉓。
路不周㉔以左转兮，指西海㉕以为期㉖。
屯余车其千乘兮，齐玉轪㉗而并驰。
驾八龙之婉婉㉘兮，载云旗之委蛇㉙。
抑志㉚而弭节兮，神高驰之邈邈。
奏《九歌》而舞《韶》兮，聊假日以媮㉛乐。
陟㉜升皇之赫戏兮，忽临睨㉝夫旧乡。
仆夫悲余马怀兮，蜷局㉞顾而不行。
乱㉟曰：已矣哉，国无人莫我知兮，又何怀乎故都？
既莫足与为美政兮，吾将从彭咸之所居。

【字词注解】

①历：选择。

②羞：美味的食品。

③精：精制。

④琼靡（mí）：玉屑。靡，通"糜"，细末。

⑤粻（zhāng）：干粮。

⑥象：象牙。

⑦离心：志异。

⑧邅（zhān）：调转，转向。

⑨云霓：指旌旗。

⑩晻（ǎn）：变暗。

⑪玉鸾：用玉雕刻成鸾鸟形的车铃。

⑫天津：天河的渡口。

⑬西极：西方的尽头，传说为日落之处。

⑭翼：这里形容凤旗庄重严整的样子。

⑮旂（qí）：古代的一种带铃铛的旗帜，上有龙的图案。

⑯流沙：西方的沙漠。

⑰赤水：神话中的水名，起源于仑山。

⑱容与：缓行。

⑲麾：指导。

⑳西皇：西方的神，传说为少皞。

㉑涉予：载我过去。

㉒腾：传言，告诉。

㉓径侍：径直侍候。

㉔不周：神话中的山名，位于西北。

㉕西海：西方的海。

㉖期：会。

㉗轪（dài）：车毂端的帽盖。

㉘婉婉：弯曲的样子。

㉙委蛇：旌旗迎风舒展的样子。

㉚抑志：垂下旌旗。这里指安定、控制心情。志，通"帜"。

㉛媮（yú）：一作"愉"解，愉快。一作"偷"解，苟且。

㉜陟（zhì）：上升，与"降"相对。

㉝睨（nì）：斜视。

㉞蜷局：拘挛回环，徘徊不前。

㉟乱：楚辞篇末结束全篇的标志，与结束曲、尾声相似。

【精彩解说】

灵氛已告知我卦辞吉祥，选定好日子我将出行。
我折下琼枝作为珍肴啊，又精制玉屑作为干粮。
腾飞的神龙啊是我乘车的坐骑，我的车身又用美玉和象牙装潢。
心志不同的人怎么能在一起，我要飘然远逝去创造自己的辉煌。
我将行程转向西方的昆仑，道路遥远而又弯曲。
满天云霓像彩旗飘扬在九天，玉制的车铃发出铿锵的音响。
早晨我从天河的渡口出发，黄昏我到西天徜徉。
凤旗庄重严整与龙旗交互掩映，高高翱翔在云天、严整有序。
转眼间我来到西方的沙漠，沿着赤水河我又徘徊犹豫。
我指挥蛟龙在渡口搭起桥梁，叫西皇少皞帮助我涉过这赤水急滩。
行程如此遥远，天路这般艰难，我叫随从的车队侍候两旁。
翻过不周山转而向左，那浩瀚的西海是我们相会的地方。
聚集在我身边的车辆有上千乘，玉制的车轮在隆隆地轰响。
每辆车驾着八条蜿蜒的神龙，车上的云旗啊飘扬在云端。
控制着满腔的兴奋，我的心如奔马，驰向远方。
演奏着《九歌》，配合《韶》乐起舞，我要借这时光尽情地欢乐和歌唱。
我刚刚升上灿烂的天宇，猛回头却望见了熟悉的故乡。
车夫因我而悲伤，马也眷恋着我，徘徊不前顾念着我，不愿前行。
尾声：算了吧，家里既然没有人理解我，我又何苦再想念着家乡？
理想中的政治既然不能实现，我还是追随彭咸到他安居之处吧。

拓展阅读

《离骚》中的植物

在《离骚》中,屈原提到了很多植物,主要有香草、香木、恶草等。而根据这些植物在诗文所代表的含义,可将这些植物分为两类。

(一)比喻有才能的人或比喻美德与高洁的品质

这一类主要包括香草和香木。

香草主要有江离、宿莽、蕙、茝、荃、留夷、揭车、杜衡、芳芷、薜荔等。

香木主要有木兰、申椒、菌桂等。

(二)比喻奸佞小人或比喻恶行与低劣的品质

这一类主要包括的恶草有菉、葹(枲耳)、萧艾等。

九 歌

〔概论〕

《九歌》是一组祭祀神祇的乐歌。东汉文学家王逸在《楚辞章句》中说："《九歌》者，屈原之所作也。昔楚国南郢之邑，沅、湘之间，其俗信鬼而好祠，其祠必作歌乐鼓舞以乐诸神。屈原放逐，窜伏其域，怀忧苦毒，愁思沸郁。出见俗人祭祀之礼，其词鄙陋。因为作《九歌》之曲，上陈事神之敬，下见己之冤结，托之以风谏。"这说明《九歌》为屈原吸纳楚风遗俗所作。另外，宋代朱熹在《楚辞集注》中也进一步指出，《九歌》是屈原在流传于沅、湘流域的民间祭歌的基础上加工润饰而成的一组带有"巫风"的祭歌，具有新的体制特点和精神面貌。

《九歌》一共有十一篇，"九"字是实指还是虚指，一直是学者们争论的焦点。如果是实指，篇目数不相符。《文选五臣注》中张铣主张虚指，他认为："九者，阳数之极，自谓否极，取为歌名矣。"《尚书》《山海经》《左传》等典籍中都曾称引"九歌"这一名称。此外，屈原在作品中也曾提及古乐"九歌"。但《九歌》的篇名似乎与古歌没有什么关系，所以朱熹在《楚辞集注》中否定了张铣的观点。还有一种观点认为，《九歌》主要用于祭祀楚国阵亡将士，而根据民间祭祀的习俗，《国殇》当为祭祀主歌，《礼魂》为送神曲，是祭祀仪式中当有的，其余九篇则用于娱神、乐神，来安抚"国殇"之魂。所以，这九篇祭祀、颂神之作即为"九歌"。

现在一般认为，《九歌》中除《礼魂》为送神曲外，其余十篇每篇都主祭一神，《东皇太一》《云中君》《大司命》《少司命》《东君》五篇是祭祀天神的，由饰天神的主巫和代表世人的群巫轮流演唱，其中《东皇太一》为迎神曲，主巫只出现在祭坛，并不演唱；《湘君》《湘夫人》《河伯》《山鬼》四篇是祭祀地祇的，由饰地祇的主巫独唱独舞，群巫并不参与；《国殇》一篇，则是祭祀人鬼的，出于对楚国阵亡将士的尊重，由主巫和群巫轮流演唱；最后一篇《礼魂》是送神曲，表明祭礼结束。天神、地祇、人鬼的体制安排，体现了《九歌》的完整性和系统性。

《九歌》多处描绘了诸神与祭礼的场面，从现实的人和人的生活中提炼出了一些最动人的经验和感觉，又杂糅了神与神、人与神之间的缠绵情爱、悲欢离合，既表现出深切动人的人生感喟，又充满了浪漫主义气息，语言优美，意境缥缈，风格绮靡，显示出独特的艺术美感和诗人特有的文人气质。

东皇太一①

原文

吉日兮辰良②，穆将愉③兮上皇④。
抚长剑兮玉珥⑤，璆锵⑥鸣兮琳琅⑦。
瑶席⑧兮玉瑱⑨，盍⑩将把兮琼芳⑪。
蕙肴蒸⑫兮兰藉⑬，奠桂酒兮椒浆⑭。
扬枹⑮兮拊鼓⑯。疏缓节⑰兮安歌⑱，陈⑲竽瑟⑳兮浩倡㉑。
灵㉒偃蹇㉓兮姣服㉔，芳菲菲兮满堂。
五音㉕纷兮繁会㉖，君㉗欣欣兮乐康。

【字词注解】

①东皇太一：天上最尊贵的神。太一，楚人对天神的叫法。天神本来无所不在，这里称他为"东皇"，是因为他的祠立在楚的东边。《九歌》每一

篇的标题，都为楚人所习惯叫的神名。

②辰良：良辰，好时光。

③穆将愉：同"将穆愉"。穆，尊敬。将，要。愉，高兴。

④上皇：指东皇太一。

⑤珥（ěr）：剑珥，剑柄和剑身接合之处，剑鞘出口左右突出的部分。

⑥璆（qiú）锵（qiāng）：玉相碰声。

⑦琳琅：美玉。

⑧瑶席：装饰华美的供案。

⑨玉瑱（zhèn）：压席的玉器。瑱，通"镇"，压。

⑩盍（hé）：通"合"，并。

⑪琼芳：玉色的花朵，指在神座前摆放成束的鲜花。

⑫蕙肴蒸：进献用蕙草包裹的祭祀用的肉。

⑬藉：垫底。

⑭奠桂酒兮椒浆：拿酒来祭神。桂酒、椒浆，用桂、椒等香料泡渍的酒。浆，薄酒。

⑮枹（fú）：鼓槌。

⑯拊（fǔ）鼓：敲鼓。

⑰节：节拍。

⑱安歌：指歌声随着鼓拍的节奏缓慢而平静。

⑲陈：列。

⑳竽（yú）瑟：两种乐器。竽有三十六根簧，为笙类；瑟有十五根弦，为琴类。

㉑浩倡：大声唱歌，与"安歌"相对成文，是演奏的发展。倡，通"唱"。

㉒灵：巫女。

㉓偃蹇：翩翩起舞的样子。

㉔姣（jiāo）服：美丽的衣服。

㉕五音：宫、商、角、徵、羽。

㉖繁会：错杂交响。

㉗君：指天神，即东皇太一。

● 【精彩解说】

在吉祥的日子啊美好的时刻，恭恭敬敬地祭祀上皇。

他手抚着玉镶宝剑，满身的玉佩叮当作响。

献祭的供案上用玉瑱压着，献上大把的鲜花。

把蕙草包裹的祭肉蒸好垫上兰草摆上，然后把用桂、椒泡制的酒献给上皇。

高举鼓槌猛力敲打。歌声随着节拍徐缓而平静，歌声随竽瑟一同高扬。

巫女身穿漂亮的衣服翩翩起舞，飘溢的香气郁满了祭殿。

各种乐声交汇在了一起，东皇太一喜悦啊安康。

云中君①

原文

浴兰汤兮沐②芳，华采衣③兮若英④。
灵⑤连蜷⑥兮既留⑦，烂昭昭⑧兮未央⑨。
蹇将憺兮寿宫⑩，与日月兮齐光⑪。
龙驾⑫兮虎服⑬，聊⑭翱游⑮兮周章⑯。
灵皇皇⑰兮既降⑱，猋⑲远举兮云中。
览冀州⑳兮有余，横四海㉑兮焉穷。
思夫君兮太息，极劳心兮忡忡㉒。

● 【字词注解】

①云中君：云神，一说月神。

②沐：清洗头发。祭神之前，必须要斋戒沐浴，表示尊敬。

③华采衣：华丽高贵带颜色的衣服。

④若英：如花朵一样鲜艳。英，花朵。

⑤灵：祭祀中的有神灵附身的巫觋。

⑥连蜷：回环婉曲的样子。

⑦既留：已经留下来，指神下到凡间后留在巫的身上。

⑧烂昭昭：光明灿烂的样子。

⑨未央：无穷尽。

⑩蹇将憺（dàn）兮寿宫：这句承"灵连蜷兮既留"，神已来到神堂，享用祭祀。蹇，发语词。憺，安居。寿宫，供神的屋子。

⑪齐光：光辉。这句承"烂昭昭兮未央"，赞扬神的功德。

⑫龙驾：龙车。

⑬虎服：驾着虎。服，车右边所驾之物。

⑭聊：姑且。

⑮翱游：翱翔。

⑯周章：周游往来。

⑰皇皇：通"煌煌"，辉煌灿烂。

⑱降：下。

⑲猋（biāo）：敏捷。

⑳冀州：中国古时候分为九州，即冀、兖、青、徐、扬、荆、豫、梁、雍，冀州为九州之首。

㉑四海：指九州范围外的地方。先人以为中国四周都是大海，所以用四海代表四方的边极。

㉒忡（chōng）忡：不安忧愁的模样。

【精彩解说】

主祭者用芳香兰汤浴身啊用白芷水洗发，穿上华丽漂亮的衣服鲜艳如花。

云中君附身啊巫师身姿美好，闪耀无穷尽的灿烂光芒。

云中君将要安居在那神宫，光辉如太阳和月亮一样明亮。

乘着龙车啊鞭策着虎，姑且在人间翱翔周游四方。

耀眼的云中君已经降到人间，可是却迅速地远远躲入云中。

所看到的远超出冀州，遍及四海哪有穷尽。

思念你啊我只有叹息，无比思念啊让人忧心忡忡。

湘 君

原文

君①不行兮夷犹②，蹇谁留③兮中洲④？
美要眇⑤兮宜修⑥，沛⑦吾乘兮桂舟⑧。
令沅湘兮无波，使江水⑨兮安流！
望夫⑩君兮未来，吹参差⑪兮谁思⑫！
驾飞龙⑬兮北征⑭，邅⑮吾道兮洞庭。
薜荔⑯柏⑰兮蕙绸⑱，荪⑲桡⑳兮兰旌。
望涔阳㉑兮极浦，横大江兮扬灵㉒。
扬灵兮未极㉓，女㉔婵媛㉕兮为余太息。
横流涕兮潺湲㉖，隐思君兮陫侧㉗。
桂棹㉘兮兰枻㉙，斫冰兮积雪㉚。
采薜荔兮水中，搴芙蓉兮木末㉛。
心不同㉜兮媒劳㉝，恩不甚㉞兮轻绝㉟！
石濑㊱兮浅浅㊲，飞龙兮翩翩。
交不忠兮怨长，期不信兮告余以不闲。
鼂㊳骋骛兮江皋，夕弭节㊴兮北渚。
鸟次兮屋上，水周兮堂下。
捐余玦㊵兮江中，遗余佩兮醴浦㊶。
采芳洲兮杜若，将以遗兮下女。
时不可兮再得，聊逍遥兮容与。

【字词注解】

①君：指湘君。湘水有男女两神，男神叫湘君，女神叫湘夫人。郦道元《水经注·湘水》说："大舜之陟方（巡视四方）也，二妃从征，溺于湘江，神游洞庭湖之渊，出入潇湘之浦。"又张华《博物志》说："尧之二女，舜之二妃，曰湘夫人。舜崩，二妃啼，以涕挥竹，竹尽斑。"相传舜妃娥皇、女英自投湘水而死，楚人给她们立祠，当作湘水的女神祭祀。舜的陵墓在苍梧，是湘水的发源地，因此湘水的男神，也就是舜。《史记·秦始皇本纪》司马贞注："夫人是尧女，则湘君当是舜。"

②夷犹：犹豫不前。

③谁留：为何人而停留。

④中洲：洲中，水中的小岛。

⑤要眇：本作"要妙"，容貌妙丽，与窈窕意思相近。

⑥宜修：妆化得恰到好处。

⑦沛：水势湍急的样子，引申为行动快速。

⑧桂舟：拿桂木做的船，取其香洁。

⑨江水：此即长江。

⑩夫：语气词。

⑪参差：箫的另一个名字。古时候的箫与现代的笙差不多，用竹管编排，大的有三十三根管，小的有十六根管，依照音律排在木盒里，因此叫排箫。排箫上端平齐，下端两头长，中间短，参差不齐，因此又叫"参差"。

⑫谁思：想念谁。

⑬飞龙：指快船。

⑭征：行。

⑮邅（zhān）：回转。

⑯薜（bì）荔：香草名。下文的"蕙"也是香草名。

⑰柏：帘子。

⑱绸：古时候帷帐的名字。

⑲荪（sūn）：一本作"荃"，香草名。

⑳桡（ráo）：船桨。

㉑涔（cén）阳：地名，位于涔水北岸。

㉒扬灵：神驰远望。

㉓极：终极，结束。

㉔女：侍女。

㉕婵媛：留恋、缠绵多情的样子。

㉖潺（chán）湲（yuán）：眼泪慢慢流下来的样子。

㉗朏（fěi）侧："悱恻"的假借字，即悲伤。

㉘棹（zhào）：桨。

㉙兰枻（yì）：兰木做的船舷。

㉚斲（zhuó）冰兮积雪：这句里"冰""雪"是对流水的比喻说法。

㉛搴芙蓉兮木末：这句讲莲花本就生在水中，现在却到树梢上去拔，言其不可能。搴，拔取。芙蓉，莲花。

㉜心不同：心里想的不一样。

㉝媒劳：媒人徒劳。

㉞恩不甚：恩情不深。

㉟轻绝：轻易就分开了。

㊱濑（lài）：浅滩。

㊲浅（jiān）浅：水流迅疾的样子。

㊳鼂（zhāo）：通"朝"，早晨。

㊴弭（mǐ）节：停船。

㊵玦（jué）：古时佩戴的玉器，环形，有缺口。

㊶醴（lǐ）浦：澧水之滨。醴，通"澧"，水名。

【精彩解说】

湘君，你为什么犹豫不走，谁把你放在水中的小岛？

我为你装扮得美好而合宜，急流中驾起桂木龙舟快速起程。

命令沅湘要风平浪静，让江水缓缓而流。

盼望你来你却还没有来，吹起排箫我为谁相思！

驾着龙舟朝北行，转头又去了美丽的洞庭湖。

用薜荔做帘啊用蕙草做幕帐，用香荪做船桨啊用兰草做旌旗。

远望涔阳在那遥远的地方，横渡大江啊神驰远望。

我驱舟前进啊未能与你相遇，身边的侍女为我发出哀叹声。

眼泪止不住地从脸颊流下来，心里想起你就会默默伤心。

摇起玉桂做的长桨和木兰做的短桨，劈波斩浪水花四溅。

就像在水中采薜荔，到树梢摘荷花。

两个人的心不在一起怎能空劳媒人，彼此相爱不深当然容易轻抛！

江水在沙石间急速流淌，龙舟在水面翩翩。

不真诚的交往会使怨恨更深，约定相会却不守信誉告诉我没有闲暇。

一大早就从江边匆忙赶路，傍晚停靠在洞庭湖北岸的小洲。

堂屋上鸟儿在栖息，祭坛下水流淙淙回绕。

把我的玉玦扔进江里，把我的佩饰丢在澧水旁。

我在岛上采摘花草，把它送给身边的侍女。

失去的时光再也找不回来，暂且漫步松弛心神。

湘夫人

原文

帝子①降兮北渚，目眇眇②兮愁予。

袅袅③兮秋风，洞庭波兮木叶下。

白薠④兮骋望，与佳期兮夕张⑤。

鸟萃⑥兮蘋中，罾⑦何为兮木上？

沅有茝兮醴⑧有兰，思公子⑨兮未敢言。

荒忽⑩兮远望，观流水兮潺湲。

麋何食兮庭中？蛟何为兮水裔⑪？

朝驰余马兮江皋，夕济⑫兮西澨⑬。

闻佳人兮召予,将腾驾兮偕逝⑭。
筑室兮水中,葺⑮之兮荷盖⑯。
荪壁⑰兮紫坛⑱,播芳椒兮成堂。
桂栋兮兰橑⑲,辛夷⑳楣兮药㉑房。
罔㉒薜荔兮为帷,擗㉓蕙櫋㉔兮既张。
白玉兮为镇㉕,疏㉖石兰㉗兮为芳。
芷葺兮荷屋,缭㉘之兮杜衡。
合百草兮实庭,建芳馨兮庑㉙门。
九嶷㉚缤兮并迎,灵之来兮如云。
捐余袂㉛兮江中,遗余褋兮醴浦。
搴汀洲兮杜若,将以遗兮远者。
时不可兮骤得,聊逍遥兮容与!

—— 【字词注解】

①帝子:指湘夫人,因她是帝尧的女儿,因此称"帝子"。

②眇眇:极目远望的样子。

③袅(niǎo)袅:风力微弱的样子。

④蘋(fán):一种近水生的秋草。

⑤张:陈设,布置。

⑥萃:聚集。

⑦罾(zēng):抓鱼的网子。

⑧醴(lǐ):一本作"澧",指澧水。

⑨公子:指湘君。

⑩荒忽:神思迷惘。

⑪水裔:水边。

⑫济:渡水。

⑬澨(shì):水滨。

⑭偕逝:一同前往。

⑮葺（qì）：编茅草以盖房子。

⑯荷盖：拿荷叶盖房子。

⑰荪（sūn）壁：拿荪草装饰的墙。

⑱紫坛：用紫贝铺的中庭。坛，中庭，楚地方言。

⑲橑（lǎo）：屋椽。

⑳辛夷：一种香木，北方称木笔，南方称望春。

㉑药：香草名，又称白芷。

㉒罔：同"网"，编结。

㉓擗（pǐ）：拿手分开。

㉔櫋（mián）：隔扇。

㉕镇：压座席的工具。

㉖疏：散布。

㉗石兰：兰草的一种，也称山兰。

㉘缭：缠绕。

㉙庑（wǔ）：过道。

㉚九嶷：山的名字，在今湖南境内。此指九嶷山的群神，即下句的"灵"。

㉛袂（mèi）：指袖子。

【精彩解说】

湘夫人降临在啊洞庭湖北岸的小洲之上，望眼欲穿的样子啊使我发愁。

秋风轻轻吹拂，洞庭翻起波浪啊树叶飘零。

站在长满白薠的岸上纵目远眺，为美好的约会早已布置好。

鸟儿为什么聚集在水草中，渔网为什么挂结在树梢上？

沅水有白芷啊澧水有泽兰，思念您啊却不敢讲。

神思恍惚啊遥望远方，只见江水啊缓缓流淌。

麋鹿为什么觅食啊在庭院中？蛟龙为什么困在水边？

清晨驱驰我的马啊到水边，傍晚在西岸边渡河。

一旦听到湘夫人召唤我，我将驾车飞驰与她一起前往。

在水中央建造房屋，用荷叶覆盖屋顶。

墙用荪草装饰，地面以紫贝铺成，用散发芳香气息的椒和泥涂壁。

用桂木做屋梁，用木兰做橼子，用辛夷做门楣，用白芷饰卧房。

编结薜荔做成帷幔，分开蕙草做室内的隔扇啊放置停当。

用白玉压住座席，以芳香的石兰作为屏风。

用白芷修葺啊用荷叶做屋，周围缠绕啊还有杜衡。

汇集各种花草啊使庭院充实，回廊上充满芬芳馥郁。

九嶷山神啊一起来迎，神灵降临啊齐聚如云。

抛弃我的衣袖啊在江中，丢掉我的单衣啊在澧水边。

我到水边小洲上啊采摘杜若，将把它赠送给远方的爱人。

既然美好的时机不能经常得到，那就姑且漫步放松心神吧！

大司命①

原文

广开②兮天门，纷③吾乘兮玄云④。
令飘风⑤兮先驱，使涷雨⑥兮洒尘。
君⑦回翔兮以下，逾空桑⑧兮从女⑨。
纷总总⑩兮九州，何寿夭兮在予⑪！
高飞兮安翔，乘清气兮御阴阳⑫。
吾与君兮斋速，导帝之兮九坑⑬。
灵衣⑭兮披披⑮，玉佩兮陆离⑯。
壹阴兮壹阳⑰，众莫知兮余所为。
折疏麻⑱兮瑶华⑲，将以遗兮离居⑳。
老冉冉兮既极，不浸㉑近兮愈疏。
乘龙兮辚辚㉒，高驰㉓兮冲天。
结桂枝兮延伫㉔，羌愈思兮愁人。

愁人兮奈何，愿若今兮无亏。
固人命兮有当，孰离合㉕兮可为？

【字词注解】

①大司命：掌握人类寿命的神。王夫之《楚辞通释》说："大司命统司人之生死，而少司命则司人子嗣之有无。以其所司者婴稚，故曰少。大，则统摄之辞也。"

②广开：敞开。

③纷：盛多。

④玄云：黑云。

⑤飘风：疾风。

⑥涷（dōng）雨：暴雨。

⑦君：巫女对大司命的尊称。

⑧空桑：神话里的山名。

⑨女：通"汝"，此处指众巫。

⑩纷总总：众多的样子，指九州人多。

⑪予：我。

⑫阴阳：我国古代朴素唯物主义者认为，阴阳是自然界两种互相排斥的物质力量，阴阳二气的运动，能使万物发展变化。

⑬九坑：山的名字。

⑭灵衣：大司命所着华服。灵，一本作"云"。

⑮披披：衣服长而飘荡的样子。

⑯陆离：光彩闪烁的样子。

⑰壹阴兮壹阳：阴，指死；阳，指生。此处意大司命掌管世人的生死。

⑱疏麻：神麻。

⑲瑶华：玉色的花，指神麻的花朵。

⑳离居：不住在一块的人。

㉑浸（jìn）：逐渐。

㉒辚辚：车行走的声音。

㉓高驰：高飞远举。驰，通"驰"。

㉔延伫：长久站立。

㉕离合：指神与人的分别、聚合。

【精彩解说】

快把天宫的门敞开，我乘着黑云下来。

我命旋风在前开道，让暴雨洗去灰尘。

您在空中盘旋啊降临在人间，越过空桑山啊来到众巫中间。

九州里有众多的子民，他们的生死由我掌管！

大司命您安详地高高飞翔，乘着清明之气驾驭阴阳。

主祭我和大司命您恭谨地上前迎接天帝，把天帝的灵威带到人间。

华服轻盈地飘动着，腰间的玉佩光彩闪烁。

生啊死，众人并不知道啊是我所做的。

我摘下神麻玉色的花，把它送给即将离去的大司命。

我人老了已渐渐走向垂暮，不与大司命走近就会更加疏远。

大司命驾着龙车轰轰隆隆，快速地奔驰着冲向天空。

我编结桂树的枝条长久站立，越思念啊越愁肠百结。

愁肠百结啊能怎样，但愿像现在这样康宁。

人的寿命原本就有短有长，谁能主宰离别聚合？

少司命

秋兰兮麋芜①，罗生兮堂下。

绿叶兮素枝，芳菲菲兮袭予。

夫人自有兮美子②，荪③何以兮愁苦！

秋兰兮青青④,绿叶兮紫茎。
满堂兮美人,忽独与余兮目成⑤。
入不言兮出不辞,乘回风兮载云旗。
悲莫悲兮生别离,乐莫乐兮新相知。
荷衣兮蕙带,倏⑥而来兮忽而逝。
夕宿兮帝郊⑦,君谁须⑧兮云之际?
与女⑨游兮九河,冲风至兮水扬波。
与女沐兮咸池,晞⑩女发兮阳之阿⑪。
望美人兮未来,临风恍⑫兮浩歌。
孔盖⑬兮翠旍⑭,登九天兮抚彗星⑮。
竦⑯长剑兮拥幼艾⑰,荪独宜兮为民正。

【字词注解】

①麋芜:香草名,即"蘼芜"。麋,同"蘼"。

②美子:乖巧的儿女。

③荪:一作"荃",这里指少司命。

④青青:"菁菁"的假借字,茂盛的样子。

⑤目成:眉目传情。

⑥倏(shū):快速。

⑦帝郊:天国的郊野。

⑧须:期待。

⑨女:通"汝",你。

⑩晞(xī):晒干。

⑪阳之阿:古时候神话里的山名,太阳升起的地方。

⑫恍:怅惘、失意的样子。

⑬孔盖:拿孔雀羽毛做的车盖。

⑭翠旍(jīng):拿翡翠鸟羽毛做的旌旗。

⑮彗星:俗称"扫把星"。古时相传,彗星的出现象征战乱、灾荒等不

祥的事将发生。少司命手抚彗星，有帮助儿童扫除灾难的意思。

⑯竦（sǒng）：挺出。

⑰幼艾（ài）：对小孩子的称呼。

—•【精彩解说】

秋天的兰草与细叶蘼芜，遍布在祭堂的庭院四周。

嫩绿色的小叶里夹着纯白的花，芬芳的香气朝我扑面而来。

人们都有他们的好儿女，您为什么还那么忧虑担心？

堂下的秋兰正生得青翠茂盛，嫩绿叶片呀伴着那紫色的茎。

满堂之中啊都是美好的人，忽然间你单单与我眉目传情。

突然降临又不辞而别，驾起旋风树起云旗飘然离去。

伤心莫过于活着的时候分离，欢乐莫过于有新朋友。

穿上荷花做的衣服，系上蕙草衣带，忽然来了却又忽然远离。

傍晚时在天国的郊外留宿，您到底在这云际等待着谁？

我真想与你到天河中畅游，但暴风将天河水掀起了巨浪。

我真想与你到咸池清洗秀发，到有日出的地方把你的头发晒干。

思念着你，可你却久久不来，我心绪失意地迎风高唱。

孔雀翎编制的车盖啊还有翠绿色的旌旗，您驾着车登上九天安抚彗星。

手里直握长剑保护着幼童，只有您最适合成为我们命运的主宰。

东 君①

【原文】

暾②将出兮东方，照吾③槛兮扶桑。
抚余马④兮安驱⑤，夜皎皎兮既明。
驾龙辀⑥兮乘雷⑦，载云旗⑧兮委蛇⑨。
长太息⑩兮将上⑪，心低徊⑫兮顾怀⑬。

羌[14]声色[15]兮娱人，观者憺[16]兮忘归。
绠[17]瑟兮交鼓，箫[18]钟兮瑶[19]虡[20]。
鸣篪[21]兮吹竽，思灵保[22]兮贤姱[23]。
翾飞兮翠曾[24]，展诗[25]兮会舞。
应律[26]兮合节[27]，灵[28]之来兮蔽日[29]。
青云衣兮白霓裳[30]，举长矢兮射天狼[31]。
操余弧[32]兮反[33]沦降[34]，援[35]北斗兮酌桂浆。
撰[36]余辔兮高驼翔[37]，杳冥冥兮以东行。

●【字词注解】

①东君：中国古代神话传说中的日神。

②暾（tūn）：刚升起来的太阳。

③吾：太阳神的自称。

④马：指为太阳神驾车的马。

⑤安驱：缓行。

⑥辀（zhōu）：本是车辕，在这用来代替整个车子。

⑦乘雷：车轮滚动时的声音响如雷。

⑧载云旗：太阳刚升起时，四周云彩围绕，好像安插上旌旗。

⑨委蛇（yí）：旌旗飞起时舒卷的样子。

⑩太息：叹气。

⑪上：指太阳往上升。

⑫低佪：迟疑不前。

⑬顾怀：留恋。

⑭羌：发语词。

⑮声色：指下文祭祀中的音乐与舞蹈。

⑯憺（dàn）：贪恋，安乐。

⑰绠（gēng）：用弦绷紧。

⑱箫：此处意为碰击。

⑲瑶：应为"摇"，使摇动。

⑳虡（jù）：古代悬挂钟或磬的架子两旁的柱子。

㉑箎（chí）："篪"的本字，箫类的乐器。

㉒灵保：指装神的巫。

㉓姱：美好。

㉔翾（xuān）飞兮翠曾：形容迎神女巫们的舞蹈，她们的身体轻盈就像翠鸟举翅翱翔。翾，小鸟飞起来轻扬的样子。翠，翠鸟。曾，举起翅膀。

㉕展诗：陈诗，摊开诗章来唱。

㉖律：音律。

㉗节：节拍。

㉘灵：其他神灵。

㉙蔽日：指从官众多把日光遮盖了起来。

㉚青云衣兮白霓裳：以青云为衣、白霓为裳。讲太阳上升得很高时云霓辉映的样子。

㉛天狼：星的名字。古时候迷信，认定星宿体现社会现象，天狼体现侵略。

㉜弧：木弓，也是天上弧矢星的名字。

㉝反：通"返"。

㉞沦降：沉落。

㉟援：引，拿起。

㊱撰（zhuàn）：持。

㊲驼翔：驰骋飞翔。驼，同"驰"。

——●【精彩解说】

温暖的太阳从东方升起，温柔的阳光透过扶桑树照进我的栏杆。

爱抚着我的龙马就要起程，幽黑的天空渐渐明亮。

我驾驭的龙车一路上发出雷鸣般的响动，车子四周云彩为旗飘浮动荡。

悠悠地叹了口气，我将缓缓地向上升起，心中犹豫不决，留恋而又彷徨。

我在欢娱悦耳声中飞过人群,观看的人怡然安乐忘记返回。

张紧瑟弦啊敲响乐鼓,鼓棒整齐的敲打声,连鼓架都被震得晃动起来。

吹起篪啊演奏竽,想起贤且美的神巫。

像是翠鸟展翅高飞,唱着诗歌啊群舞。

应着音乐的旋律啊合着节拍,众神来到啊遮天蔽日。

用青云做成上衣,白霓做成下裳,举起长长的利箭直射天狼。

手持木弓向西方坠落,用北斗星斟满胜利的桂花酒畅饮。

握紧我的手中缰绳啊向上高空飞翔,穿过漫漫黑夜奔向东方。

河　伯①

原文

与女②游兮九河③,冲风④起兮横波⑤。

乘水车兮荷盖,驾两龙兮骖螭⑥。

登昆仑兮四望,心飞扬兮浩荡。

日将暮兮怅忘归,惟极浦⑦兮寤怀⑧。

鱼鳞屋兮龙堂,紫贝阙兮朱宫,灵⑨何为兮水中?乘白鼋⑩兮逐文鱼⑪。

与女游兮河之渚,流澌⑫纷兮将来下。

子交手⑬兮东行,送美人⑭兮南浦⑮。

波滔滔兮来迎,鱼鳞鳞⑯兮媵⑰予。

【字词注解】

①河伯:中国古代神话传说中的黄河之神,本来称为河神,战国时始称河伯。

②女:汝,你。

③九河:黄河下游河道的总名,泛指黄河。传说黄河到兖州即分九道,故称九河。

④冲风：隧风，大风。

⑤横波：聚起波浪，扬波。

⑥骖（cān）螭（chī）：四匹马拉车时两旁的马叫"骖"。螭，《说文解字》："若龙而黄，北方谓之地蝼。""或曰无角曰螭。"据文意当指后者，"骖螭"即以螭为骖了。

⑦极浦：水边尽头。

⑧寤怀：寤寐怀想，形容思念之极。

⑨灵：神灵，这里指河伯。

⑩鼋（yuán）：一种大鳖。

⑪文鱼：有斑纹的鲤鱼。

⑫流澌（sī）：古代成语，意思就是流水。《楚辞·七谏·沉江》"赴湘沅之流澌兮"等可证。

⑬交手：古人将分别，则手拉着手表示不忍分离。

⑭美人：指河伯。

⑮南浦：向阳的岸边。

⑯潾潾：一本作"鳞鳞"，如鱼鳞般密集排列的样子。

⑰媵（yìng）：原指随嫁或陪嫁的人，这里指护送陪伴。

——•【精彩解说】

我和河伯你游览九河，大风吹动河面掀起波浪。
随你乘着荷叶作盖的水车，以双龙为驾螭龙套在两旁。
登上昆仑向四处张望，心绪随着浩荡的黄河飞扬。
太阳将要落山啊快乐得不想返回，唯河水尽处令我寤寐怀想。
用鱼鳞盖屋啊堂上装饰着龙鳞，用紫贝做门阙啊珍珠装饰殿堂，
河伯你为什么住在这水中？乘着大白鼋啊鲤鱼跟随身旁。
随河伯你一起游弋在河上，浩浩河水缓缓地往东流澌。
你握手道别将要远行东方，我送你送到这南方河边。
波浪滔滔啊来迎接河伯，为我护驾道别的鱼儿排列成行。

山 鬼[①]

原文

若有人[②]兮山之阿[③]，被[④]薜荔兮带女萝[⑤]。
既含睇[⑥]兮又宜笑，子[⑦]慕予兮善窈窕。
乘赤豹[⑧]兮从文狸[⑨]，辛夷车兮结桂旗。
被石兰兮带杜衡，折芳馨兮遗所思。
余处幽篁[⑩]兮终不见天，路险难兮独后来。
表独立[⑪]兮山之上，云容容[⑫]兮而在下。
杳冥冥[⑬]兮羌昼晦，东风飘兮神灵[⑭]雨。
留灵修[⑮]兮憺[⑯]忘归，岁既晏[⑰]兮孰华予。
采三秀[⑱]兮于山间，石磊磊[⑲]兮葛蔓蔓。
怨公子兮怅忘归，君思我兮不得闲。
山中人[⑳]兮芳杜若[㉑]，饮石泉兮荫松柏。
君思我兮然疑[㉒]作[㉓]，
雷填填兮雨冥冥，猨[㉔]啾啾兮又[㉕]夜鸣。
风飒飒兮木萧萧，思公子兮徒离忧[㉖]。

【字词注解】

①山鬼：指山神。

②若有人：仿佛像人，指山鬼。

③山之阿：山的曲角，指山野深处。

④被：通"披"。

⑤带女萝：以女萝为衣带。萝，一作萝；女萝，也叫"菟丝"，一种爬蔓寄生植物。

⑥含睇（dì）：含情脉脉地看着对方。

⑦子：山鬼对所爱慕之人的称呼。

⑧赤豹：毛呈赤色，有黑花纹的豹。

⑨文狸：带花纹的狸，是狐类动物。

⑩幽篁（huáng）：竹林的深处。

⑪表独立：卓然特立。

⑫容容：通"溶溶"。形容水或烟气流动之貌。

⑬杳冥冥：阴暗。

⑭神灵：指雨神。

⑮灵修：山鬼对情人的尊称。

⑯憺：稳定，安乐。

⑰岁既晏：指上岁数的老者。

⑱三秀：芝草的另一种叫法。植物出穗叫秀，芝草一年要开花三次，结穗三次，因此叫"三秀"。

⑲磊磊：乱石聚集的样子。

⑳山中人：山鬼自称。

㉑芳杜若：芳如杜若。

㉒疑：猜忌。

㉓作：兴起，产生。

㉔猨（yuán）：同"猿"，似猕猴。

㉕又：当作"狖（yòu）"，长尾猿。

㉖离忧：忧愁。

【精彩解说】

好像有人在那山野深处，是我身披薜荔啊腰束女萝。
含情注视微笑多么优美，你会羡慕我的姿态婀娜。
驾乘赤豹啊后面跟着花狸，辛夷木车啊桂花扎起彩旗。
身披石兰啊腰束杜衡，折枝鲜花啊赠给我思慕的人。
我在幽深竹林不见天日，道路艰险难行我姗姗来迟。
孤身伫立在高高的山巅，云雾溶溶脚下浮动舒卷。
白昼昏昏暗暗如同黑夜，东风飘旋啊雨神降下雨点。

等待思慕的人啊安乐忘却归去，年华渐老谁赐我如花娇颜？

在山间采摘益寿的灵芝草，山石堆集啊葛藤四处盘绕。

抱怨公子怅然忘却归去，或许你思念我只是没空来。

山中人儿啊就像杜若般芬芳，饮石泉水啊以松柏为遮蔽。

或许你思念我啊心中半信半疑，

雷声滚滚啊雨势冥冥蒙蒙，猿鸣啾啾啊穿透夜幕沉沉。

风飒飒落叶萧萧，思念公子啊徒然忧愁。

国　殇①

原文

操吴戈②兮被犀甲③，车错毂④兮短兵⑤接。
旌蔽日兮敌若云，矢交坠兮士争先。
凌⑥余阵兮躐⑦余行，左骖殪⑧兮右刃伤⑨。
霾⑩两轮兮絷⑪四马，援⑫玉枹⑬兮击鸣鼓。
天时坠⑭兮威灵⑮怒，严杀⑯尽兮弃原野⑰。
出不入兮往不反，平原忽兮路超远。
带长剑兮挟秦弓，首身离兮心不惩。
诚既勇兮又以武，终刚强兮不可凌⑱。
身既死兮神以灵⑲，子魂魄兮为鬼雄。

【字词注解】

①国殇（shāng）：为国家战死的战士。在战争中阵亡的战士，他们为国而死，国家是他们的祭主，因此称作国殇。这是一篇楚人祭祀为国牺牲的战士的歌曲。

②吴戈：比喻武器精良。吴地冶炼技术发达，出产的戈尤其锋利。

③犀甲：用犀牛皮做的铠甲。

④毂（gǔ）：车轮的中心部分，有圆孔，可以插轴。

⑤短兵：近距离使用的作战兵器。

⑥凌：侵犯。

⑦躐（liè）：踩躏，踩踏。

⑧殪（yì）：死。

⑨右刃伤：右边的骖马被刀砍伤。

⑩霾："埋"的假借字。

⑪絷（zhí）：缠住。这句是用了古时候的一个战术用语，《孙子兵法·九地》："方马埋轮。"曹操注："方，缚马也；埋轮，示不动也。"这里的"絷马"是指《孙子兵法》所说的"方马"。把兵车的两轮用土封住，不让转动，把战马的腿用绳绊住，让它不能动弹，这样才能断绝退路，只能与敌人拼命。讲在敌军的强大攻击下，楚军还是英勇奋战，坚守阵地，毫不退缩。另一种说法是车轮掉入污泥，战马跌绊在地。形容战事很激烈。

⑫援：拿着，拎起。

⑬枹（fú）：通"桴"，敲鼓用的槌子。

⑭坠：怼，怨恨。

⑮威灵：有法力的神灵。

⑯严杀：残酷杀戮。

⑰野：古代读作"暑"，与怒字押韵。

⑱不可凌：不可侵凌。

⑲神以灵：指死后有知，灵魂尚在。神，指精神。

——【精彩解说】

手拿着利戈啊身穿着铠甲，战车轮毂交错啊短兵器相拼杀。

旌旗遮日啊敌兵多如麻，箭矢交互坠落啊战士冲向前。

敌侵我阵地啊践踏我队形，驾辕左马死啊右马又受伤。

战车两轮陷啊战马被缠绊，战士举鼓槌啊击鼓声震天。

上天怨恨啊众神皆愤怒，战士被残酷杀戮啊尸体弃荒原。

英雄们此去啊就没打算再回还，原野空茫茫啊路途太遥远。

佩带着长剑啊夹持着秦弓，即使身首已分离啊忠心也永不变。

战士真勇敢啊雄武又威猛，始终刚强不屈啊不可侵凌。

将士身虽死啊精神永世存，你们的魂魄在啊鬼中称英雄。

礼 魂[①]

原文

成礼[②]兮会鼓，传芭[③]兮代舞，姱女[④]倡[⑤]兮容与[⑥]。

春兰兮秋菊[⑦]，长无绝兮终古[⑧]。

【字词注解】

①礼魂：送神曲，表明祭礼结束。

②成礼：指祭礼结束。

③芭：同"葩"，刚开的鲜花。

④姱女：漂亮的女子。

⑤倡：读作"唱"，与唱同义。

⑥容与：表情安详、从容。

⑦菊：用兰与菊代表时序的变化。

⑧终古：永远。

【精彩解说】

祭礼已结束啊鼓声齐奏，传递着手中的鲜花啊轮流跳着舞，美丽的女子唱得从容自如。

春天供以兰啊秋天供以菊，长此以往不断绝啊直到终古。

拓展阅读

湘君与湘夫人的传说

上古时期，部落联盟首领帝尧兴利除害，伐乱禁暴，文治昌明，武功赫奕。他膝下有两个女儿，长女名叫娥皇，次女名叫女英。姐妹二人不仅相貌出众，而且贤良淑德。帝尧在位七十年时，打算选一个有德行的人来继承自己的位置。经过商议，众人推荐了舜。帝尧就把两个女儿嫁给他，来考察他的德行。经过考察，他发现舜确实是个德才兼备的大贤人，便把自己的位置禅让给了舜。

舜当了部落联盟首领后，励精图治，娥皇、女英从旁协助，使人民过上了安定的生活。舜晚年时期，南方的"三苗"部族发动叛乱，舜亲率大军南征，一路势如破竹。大军行进到湖水之滨的苍梧，舜突发疾病驾崩，被葬在九疑山。娥皇、女英久不见丈夫归来，赶到湘水附近的洞庭湖滨，得知舜已死的消息，不禁失声痛哭，悲痛万分，哭了九天九夜，哭得两眼流出血泪来，把那里的竹子染得泪迹斑斑。最后，姐妹二人因无法承受丧夫之痛，投湘水而死。

相传，舜死后化为了湘水男神，也就是湘君；娥皇、女英死后化为了湘水女神，也就是湘夫人。而那被染得泪迹斑斑的竹子，便成了今天所说的"斑竹""湘妃竹"。

天　问

〔概论〕

《天问》是屈原作品中仅次于《离骚》的第二首长辞，是一篇充满强烈的理性探索精神和深沉的文学情思的经典辞作。关于它的创作缘起，众说纷纭，尚无定论。其中较具代表性的主要有三种：一是东汉王逸在《楚辞章句》中提出的"呵壁问天"说；二是宋代洪兴祖在《楚辞补注》中提出的问天自解说；三是现当代著名学者姜亮夫在《屈原赋校注》中提出的对远古天文及历史的拷问说。

《天问》共三百七十四句，一千五百余字，句式基本以四言为主，两句或四句一组。其最大特点是以"问"为主，屈原以反问诘难的方式，向宇宙提出了一百七十二个问题。这些问题大致可以分为三部分：第一部分针对自然结构提出问题；第二部分针对三代及以后的社会历史提出问题；第三部分是屈原在从宇宙到历史到人事发问完毕后，回归自己的心灵所提出的反问。内容上主要涉及日月天文、地理物候、历史兴衰、神仙鬼怪、人生命运等问题，集中反映了屈原的学术思想，既表现出屈原渊博的知识涵养，又体现出他对真理的不懈探索。

在中国古代文学史上，《天问》展现出了前所未有的怀疑精神与理性品质，以及明显批判性的历史意识，使其具有了独特的艺术感染效果。在本篇中，屈原通过对历史兴衰的考察，将自己对历史和楚国的情绪融入其中，强烈地表达了追求自我价值、实现理想的愿望和对楚国命运的深切忧虑。此外，《天问》包含大量的神话、传说和史事，为后人了解和研究上古社会提供了宝贵的资料。

曰：遂古①之初，谁传道②之？
上下未形，何由考之？
冥昭瞢暗③，谁能极④之？
冯⑤翼⑥惟像⑦，何以识之？
明明暗暗⑧，惟⑨时⑩何为⑪？
阴阳⑫三合⑬，何本何化⑭？

【字词注解】

①遂古：远古。遂，通"邃"。

②传道：相传。

③冥昭瞢（méng）暗：这四个字是并列词，全都是暗昧的意思，形容混沌没开时的景象。昭，当是"昒"的错字。刘盼遂先生《天问校笺》说："此昭字自属昒之误字。昒，《说文》尚冥也，与昧古通用。"

④极：穷究。

⑤冯：通"凭"。

⑥翼：大气弥漫的样子。《淮南子·天文训》："天地未形，冯冯翼翼。"《广雅·释训》："冯冯翼翼，元气也。"

⑦惟像：没形。

⑧明明暗暗：指白天和黑夜。

⑨惟：彼。

⑩时：据戴震《屈原赋注》，此处"时"，是的意思。

⑪何为：那是为何？

⑫阴阳：阴气与阳气。

⑬三合：参错交合。"三"读作"参"。

⑭化：变化。

【精彩解说】

请问：远古初始的情况，是谁流传导引的？

天地尚未成形之前，又从哪里得以探究？

明暗不分混沌一片，谁能探究根本原因？

迷迷蒙蒙这种现象，怎么识别将它认清？

白天光明夜晚黑暗，它究竟为什么这样？

阴阳参合而生宇宙，哪是本体哪是演变？

原文

圜[1]则九重，孰营[2]度之？

惟兹[3]何功[4]，孰初作之？

斡[5]维[6]焉系？天极[7]焉加？

八柱[8]何当[9]？东南何亏[10]？

九天[11]之际，安放安属[12]？

隅[13]隈[14]多有，谁知其数？

【字词注解】

①圜：同"圆"，指天，前人错认为天是圆形的。

②营：古时通"环"。刘盼遂先生《天问校笺》说："营，古和环通矣。天圜而九重，故须环回以度之。"

③兹：此。

④功：通"工"。

⑤斡（guǎn）：杓柄。《说文·斗部》："斡，蠡柄也。"斡是北斗七星之柄。

⑥维：指星名。《汉书·天文志》："斗柄后有三星，名曰维星。"

⑦天极：天的中央。《论衡·说日》引邹衍说"天极为天中"。天极指北辰五星，指天的最高点。

⑧八柱：撑着天的八座山。古代相传有八座山是擎天柱。

⑨何当：何在。

⑩亏：残缺，指东南方地势低洼。

⑪九天：指天的中央和八方。《淮南子·天文训》记载，中央曰钧天，东方曰苍天，东北曰变天，北方曰玄天，西北方曰幽天，西方曰颢天，西南方曰朱天，南方曰炎天，东南方曰阳天。《太玄经》云："九天谓一为中天，二为羡天，三为从天，四为更天，五为睟天，六为廓天，七为减天，八为沈天，九为成天。"

⑫属（zhǔ）：连接。

⑬隅（yú）：角落。

⑭隈（wēi）：弯曲的地方。

———【精彩解说】

天体相传分为九重，有谁曾去环绕量度？

这是多么大的工程，是谁开始把它建筑？

天体轴绳系在哪里？天的中央设在哪里？

撑天八柱立在何方？东南为何缺损不齐？

四面八方的九天边际，抵达何处联结何方？

天边究竟有多少角落弯曲的地方，又有谁能知道它的数目？

天何所沓①？十二②焉分？

日月安属③？列星安陈④？

出自汤谷⑤，次⑥于蒙汜⑦。

自明及晦，所行几里？

夜光⑧何德⑨，死则又育⑩？

厥⑪利维何，而顾菟⑫在腹？

【字词注解】

①沓：交会。古代相传天是铺在地上的，因此与地有交会的地方。

②十二：指十二辰，这本来是古代的天文学家为观察岁星（木星）而设立的。中国古代很早就认识到木星约十二年运行一周天。人们把周天分为十二分，称为十二次，木星每行经一次，就用木星所在星次来纪年。因此，木星被称为岁星，这种纪年法被称为岁星纪年法。此法的起源年代还不清楚，但在春秋战国之际很盛行。因为当时诸侯割据，各国都用本国年号纪年，岁星纪年可以避免混乱和便于人民交往。除此之外，天上又有十二辰的划分（用子、丑、寅、卯、辰、巳、午、未、申、酉、戌、亥十二地支来称呼）。它的计量方向和岁星运行的方向相反，即自东向西。由于十二地支的顺序在当时为人们所熟知，所以人们又设想有个天体，它的运行速度也是十二年一周天，但运行方向是循十二辰的方向。这个假想的天体称为太岁。当岁星和太岁的初始位置关系规定后，就可以从任何一年岁星的位置推出太岁所在的辰，因而就能以十二辰的顺序来纪年。当时又对太岁所在的子、丑、寅、卯、辰、巳、午、未、申、酉、戌、亥十二个年，给以相应的专名，依次是：困敦、赤奋若、摄提格、单阏、执徐、大荒落、敦牂、协洽、涒滩、作噩、阉茂、大渊献。如《汉书·律历志》有汉高祖元年"岁在大棣（鹑）首，名曰敦牂，太岁在午"的记载。

③属：附属。

④陈：陈列。

⑤汤（yáng）谷：即旸谷，古代神话中太阳升起的地方。

⑥次：住宿。

⑦蒙汜（sì）：古称日落之处。

⑧夜光：月亮的别名。

⑨何德：何德于天。

⑩育：生。《孙子·虚实》："月有死生。"

⑪厥：通"其"。

⑫顾菟（tù）：月亮中的兔子的名，见毛奇龄《天问补注》。刘盼遂先生《天问校笺》谓"顾菟叠韵联绵字"，是专名词，并不是顾望之兔。菟，即兔。

——●【精彩解说】

天在哪里与地交会？黄道怎样划分十二辰？
日月天体如何连属？众星在天如何陈置？
太阳是从旸谷出来，止宿则在蒙汜。
从天亮直到天黑，所走之路究竟多少里？
月亮有着什么德行，竟能死而复生？
月中那黑点是何物，是否兔子藏其腹中？

女岐①无合②，夫焉取九子？
伯强③何处？惠气④安在？
何阖⑤而晦？何开而明？
角宿⑥未旦⑦，曜灵⑧安藏？

——●【字词注解】

①女岐：本是指尾星名，《史记·天官书》有"尾有九子"，因此又称九子星。以后演变成九子母的神话。《汉书·成帝纪》："甲观画堂。"颜师古注引应劭曰："画堂画九子母，或云即女岐也。"

②合：相配。

③伯强：大疠疫鬼，所至伤人。一说禺强，是北方的神名。《庄子·大宗师》："禺强得之，立乎北极。"《淮南子·地形训》说："禺强，不周风之所生也。"因此周拱辰《天问别注》推断伯强为风神。闻一多《天问释天》说："上言女岐，指尾星；则下言伯强似当指箕星。"尾九

星、箕四星，二者距离很近，因此古代常有连称。箕星主风。《汉书·天文志》："箕星为风，东北之风也。"箕星为风伯神，应该是伯强。因此，闻一多说："伯强为风伯，禺强亦为风伯，是伯强禺强，名异而实同也。"

④惠气：惠风，即柔和的风。

⑤阖：关上门。

⑥角宿：星座的名，二十八宿之一，有星两颗。古时相传，角宿两星之间是天门，日月五星都要经过此地。《晋书·天文志》："角二星，为天关，其间天门也，其内天庭也。故黄道经其中，七曜之所行也。"

⑦旦：明。

⑧曜（yào）灵：指太阳。

【精彩解说】

女岐神女没有婚配，怎么会生下九子呢？

风神伯强会住在哪里呢？那柔和的风又从哪儿吹来？

天门为什么一关闭天就黑了？而天门一打开为何天就亮了？

在东方还没有光线的时候，耀眼的太阳又会躲在哪里呢？

原文

不任汩①鸿②，师③何以尚之？
佥④曰何忧，何不课⑤而行之？
鸱龟⑥曳衔，鲧何听焉？
顺欲⑦成功，帝何刑焉？
永遏⑧在羽山⑨，夫何三年不施⑩？
伯禹⑪愎⑫鲧，夫何以变化⑬？
纂⑭就⑮前绪⑯，遂成考⑰功。
何续初继业，而厥⑱谋不同？

洪泉^⑲极深，何以窴^⑳之？
地方九则^㉑，何以坟^㉒之？
河海应龙^㉓，何尽何历^㉔？
鲧何所营？禹何所成？
康回^㉕冯^㉖怒，墬^㉗何故以东南倾？

——•【字词注解】

①汨（gǔ）：治理。

②鸿："洪"的假借字，即洪水。

③师：众人。

④佥（qiān）：皆，都。

⑤课：考察。

⑥鸱（chī）龟：鸱，猫头鹰一类的鸟。鸱龟，旧说指鸱、龟二物，也有说指一种神龟。

⑦顺欲：顺从愿望。一说"欲"是"将"的意思。

⑧遏：关起来。

⑨羽山：神话传说里的山名。

⑩施：应读"弛"，释放。

⑪伯禹：指禹，禹曾受封为夏伯，因此叫伯禹。

⑫愎：通"腹"。

⑬变化：指改变治水的方法。

⑭纂（zuǎn）：继续。

⑮就：跟随。

⑯绪：事业。

⑰考：对死去的父亲的称呼。

⑱厥：其，代指禹。

⑲洪泉：指洪水。

⑳寘（tián）：同"填"，填塞。传说禹用息壤（自己能生长，永不减耗的土壤）填住洪水。

㉑九则：九品、九等。《尚书·禹贡》记载，禹分九州的土地为上上、上中、上下、中上、中中、中下、下上、下中、下下共九等。

㉒坟：划分。

㉓应龙：有翼的龙。相传禹治洪水，有应龙用尾巴画地，画出疏导洪水的路线，禹根据它来治水，水就流为江河。

㉔历：经过。

㉕康回：指共工。

㉖冯（píng）：通"凭"，满，盛。

㉗墬（dì）：古时指"地"。古代神话，共工和颛顼争夺天帝位，怒而触不周山，天柱折，地维绝，所以天倾西北，地不满东南。

【精彩解说】

鲧既不能胜任治水，众人为何将他推举？
都说没有什么担忧，为何不让他试试？
鸱龟相助或曳或衔，鲧有什么神圣德行可以让它相助？
按照众人的想法鲧会成功，帝尧为何对他施刑？
将鲧长久禁闭羽山，为何三年还不放他？
大禹从鲧腹中生出，治水方法有怎样变化？
禹接手先父未竟事业，终使父亲遗志成功。
继承前任遗愿，为何他的谋略却不相同？
洪水如渊深不见底，怎样才能将它填塞？
天下土地肥瘠九等，怎样才能划分明白？
应龙以尾画过何地？河海如何流通顺利？
是什么使鲧意乱而治水失败？禹又因为什么能治水成功？
共工勃然大怒，东南大地为何侧倾？

> **原文**
>
> 九州安错①？川谷②何洿③？
> 东流不溢④，孰知其故？
> 东西南北，其修⑤孰多？
> 南北顺橢⑥，其衍⑦几何？
> 昆仑县圃⑧，其尻⑨安在？
> 增城⑩九重，其高几里？
> 四方之门⑪，其谁从⑫焉？
> 西北辟⑬启，何气⑭通焉？

【字词注解】

①错：置。

②川谷：河流和山谷。

③洿（wū）：低洼，深陷。

④溢：满。《列子》记载，渤海之东有大壑，是个没有底的低谷，叫归墟，海水流入却永不满。

⑤修：长。

⑥橢：狭长。

⑦衍（yǎn）：多余，余数，指差距。南北要比东西短些，差距是多少？《管子·地员》："地之东西二万八千里，南北二万六千里。"又《吕氏春秋·有始览第一》："凡四海之内，东西二万八千里，南北二万六千里……凡四极之内，东西五亿有九万七千里，南北亦五亿有九万七千里。"此外，《山海经·海外东经》也有类似的记载。这都是推度。

⑧县圃：在昆仑山之巅，是神话里的山峰。

⑨尻（jū）：同"居"，此处意为位置、处所。

⑩增城：神话里在昆仑山县圃之上，城有九层，每层相隔万里。

⑪门：指昆仑的门。

⑫从：进出。

⑬辟：开。

⑭气：同上文所谓"惠气"之气，也就是风。

【精彩解说】

九州如何安置？河流和山谷怎么这样深？

百川东流的水总是装不满，谁清楚这是怎么回事呢？

大地东西南北四方土地的距离，到底是哪边更长？

朝着南北看过去地形比较狭长，它比东西要长多少呢？

昆仑山上巍峨的县圃，它究竟坐落在哪里？

在昆仑山中的九重增城，它到底有多高？

昆仑山上四周的大门，究竟是谁从此出入？

敞开昆仑山西北两侧的大门，究竟是什么样的风从此穿过？

日安不到，烛龙①何照？

羲和②之未扬③，若华④何光？

何所冬暖？何所夏寒？

【字词注解】

①烛龙：神话中的神龙。洪兴祖《楚辞补注》："《山海经》云，钟山之神，名曰烛阴，视为昼，瞑为夜，吹为冬，呼为夏，不饮不食，不喘不息，身长千里，人面蛇身，赤色。注曰，即烛龙也。"

②羲和：太阳神。

③扬：扬鞭。

④若华：若木的花。若木，相传神话里的树，长在昆仑山之西，它的花放红光，能下照大地。

【精彩解说】

太阳是否有照不到的地方？烛龙所照的是什么地方？

太阳神还没有把马鞭扬起，若木之花怎么就发光了？

究竟是什么地方冬天温暖？夏日寒冷的地方又是哪里？

原文

焉有石林[①]？何兽能言[②]？

焉有虬龙[③]，负熊以游？

雄虺[④]九首，倏忽[⑤]焉在？

何所不死[⑥]？长人[⑦]何守[⑧]？

靡萍[⑨]九衢[⑩]，枲华[⑪]安居？

一蛇吞象[⑫]，厥大何如？

黑水[⑬]玄趾[⑭]，三危[⑮]安在？

延年不死，寿何所止？

鲮鱼[⑯]何所？鬿堆[⑰]焉处？

羿[⑱]焉彃[⑲]日？乌焉解羽[⑳]？

【字词注解】

①石林：古时相传，西南有石树成林。

②兽能言：古时相传，有会人语的野兽。王逸《楚辞章句》引《礼记》云："猩猩能言，不离禽兽也。"

③虬（qiú）龙：古时相传有角的龙。

④虺（huǐ）：毒蛇。

⑤倏（shū）忽：极快地，忽然。

⑥不死：指长生不老。《山海经·海外南经》："不死民在其（指交胫国）东，其为黑色，寿，不死。"

⑦长人：长寿之人。

⑧守：守卫。古时相传夏禹时诸侯防风氏身长三丈，守封嵎二山（见

⑨靡萍：一种奇特的萍草。靡生花与麻花相似，因此称作"麻"，音转而成"靡"。

⑩九衢（qú）：指分枝众多。衢，分叉。

⑪枲（xǐ）华：麻的花。

⑫蛇吞象：洪兴祖《楚辞补注》引《山海经》云："南海内有巴蛇，身长百寻，其色青黄赤黑，食象，三岁而出其骨。"

⑬黑水：古代神话传说中水的名字。

⑭玄趾：王逸注为山的名字，不知何据。玄，疑为"交"字之讹，"玄""交"小篆字形相似。故疑为交趾。

⑮三危：地名。《尚书·禹贡》："导黑水，至于三危，入于南海。"

⑯鲮（líng）鱼：一种奇特的鱼。洪兴祖《楚辞补注》引《山海经·海内北经》云："西海中，近列姑射山，有鲮鱼，人面人手鱼身，见则风涛起。"

⑰魃（qí）堆：即魃雀，中国古代神话中的怪鸟，能食人。

⑱羿：帝喾时人名，善射。《山海经·大荒东经》《淮南子·本经训》等书记载，帝喾时天上现十个太阳，每个太阳里有一只乌鸦，把草木都晒死了。帝喾让羿射下九个太阳，九个太阳里的乌鸦也都被射死了，只剩下一个太阳。

⑲㦽（bì）：射。

⑳解羽：羽毛掉落，指鸟死。

——●【精彩解说】

什么地方有石林？什么野兽会发人言？

哪儿有虬龙，背负熊翔游？

九个头颅的毒蛇，来去迅捷生在何处？

哪里可以长生不死？长寿之人持何神术？

萍草蔓延根茎盘错，枲麻长在哪儿开花？

一条蛇吞下大象,它的身子又有多大?

黑水、交趾,还有三危都在哪里?

延年益寿得以不死,寿数要到什么时候终止?

传说中的鲮鱼生于何方?怪鸟鬿堆长在哪里?

后羿怎样射下九日?日中之乌鸦为什么会死?

原文

禹之力献功①,降②省下土四方,
焉得彼涂山③女,而通④之于台桑⑤?
闵⑥妃⑦匹合⑧,厥身是继⑨,
胡维嗜不同味,而快⑩鼌⑪饱?

【字词注解】

①力献功:勤力进献才能。

②降:下。

③涂山:古代的国名。

④通:相会。

⑤台桑:地名。

⑥闵:忧。

⑦妃:对象。

⑧匹合:结婚。

⑨身是继:继身,为自己生子嗣。

⑩快:满足。

⑪鼌(zhāo):同"朝",指时间很短。

【精彩解说】

大禹尽全力治水,他还亲自察看各地的情况。

他怎么突然碰上涂山国的女子,和她相识在台桑?

大禹与涂山女子结了婚,还和涂山女子生了儿子。

他与涂山女子种族不一样,为何还会贪图一时的欢畅?

启代益作后①,卒然②离孽③。

何启惟④忧,而能拘是达⑤?

皆⑥归射鞫,而无害厥躬⑦。

何后益作革⑧,而禹播降⑨?

──•【字词注解】

①启代益作后:启代益做君王,指禹传位给益,启手下的人帮助启杀死益夺得天下的事。启,禹的儿子。益,禹的大臣。后,君王。

②卒然:忽然。

③离孽:遭忧。对启遭遇忧患的事,每家说法都不一样,刘盼遂先生认为"启既代益作后,卒乃遭不幸之事,而强族有篡夺之行也"(《天问校笺》)。

④惟:读作"罹"。刘盼遂先生《天问校笺》:"惟乃罹之借,惟忧犹离孽也。"

⑤能拘是达:是讲启被拘囚,在桎梏之中顺利脱身。达,逃脱。王夫之《楚辞通释》云:"《竹书纪年》载益代禹立,拘启禁之,启反起杀益以承禹祀。"

⑥皆:指益的手下。

⑦无害厥躬:没有伤害启。厥躬,指启。

⑧作革:权力变更。作,读作"柞",通"祚"。刘盼遂先生《天问校笺》:"'作'读为'柞',声相同也。"

⑨播降:种下,这里指禹的后世流传无穷。

【精彩解说】

启想替代益当国君,却突然遇上了灾祸。

为什么启虽遭受忧患,却能从拘囚中逃出?

益的手下对启交出了武器,因此没有伤害启的性命。

为什么益的统治权被夺走,而禹的后代却繁荣昌盛?

原文

启棘①宾商②,《九辩》《九歌》。
何勤子屠母③,而死分竟地?

【字词注解】

①棘:急。

②宾商:做天帝的客人。宾,客,用作动词。商,朱骏声在《说文通训定声》认为是"帝"的错字。

③勤子屠母:勤子,贤子,指启。此指剖母腹生启。

【精彩解说】

夏启急忙朝见天帝,把拿到的《九辩》与《九歌》曲子带回地上。

为什么启这样贤良勤勉的儿子会害死母亲,让母亲尸骨撒落遍地?

原文

帝①降夷羿②,革孽夏民③。
胡射夫河伯,而妻彼洛嫔④?
冯珧⑤利决⑥,封豨⑦是射。
何献蒸肉⑧之膏,而后帝不若⑨?
浞娶纯狐⑩,眩妻⑪爰谋。
何羿之射革⑫,而交吞揆⑬之?

【字词注解】

①帝：指天帝。

②夷羿：舜时诸侯，擅长射箭，因是东夷族的头领，因此称夷羿。

③革孽夏民：当为革夏民之孽。按《山海经·海内经》云："帝俊（指舜）赐羿彤弓素矰，以扶下国。"革，改变。孽，忧患。

④洛嫔：伏羲氏的女儿，河伯的夫人。

⑤冯珧（yáo）：依靠弓。冯，通"凭"，恃、依靠。珧，用贝壳装点两边的弓。《孙子》："羿得宝弓犀质玉文曰珧弧。"

⑥决：用象骨制的套在右手大拇指上拉弦发箭的工具。

⑦封豨（xī）：大野猪。

⑧蒸肉：祭祀的肉。

⑨不若：不以为然。若，依顺。

⑩纯狐：指纯狐氏女儿。

⑪眩妻：指玄妻，纯狐氏女儿的名字，羿的夫人。

⑫革：相传羿能射透七层皮革。

⑬吞揆（kuí）：吞灭。按《左传·襄公四年》记载："寒浞，伯明氏之谗子弟也。伯明后寒弃之，夷羿收之，信而使之，以为己相。浞行媚于内而施赂于外，愚弄其民。"

【精彩解说】

天帝派羿来到人间，为夏民消除忧患。

羿为什么又箭射河伯，强占了他的妻子洛嫔？

羿拿着强弓利器，把那肥美的大野猪射死。

为什么用蒸的肥美的肉祭祀，天帝心中还是不以为然？

寒浞要娶羿的夫人纯狐，美丽的纯狐与他合伙给羿设下毒计。

为什么羿能射穿皮甲，还被人算计遭到消灭呢？

阻穷①西征，岩何越焉？
化为黄熊，巫何活焉？
咸播秬黍②，莆③雚④是营⑤。
何由并投⑥，而鲧疾⑦修盈⑧？

——•【字词注解】

①阻穷：在这是形容道路的艰险。

②秬（jù）黍：黑黍。

③莆（pú）：水生的植物。

④雚（huán）：芦苇类的植物。

⑤营：经营，耕作。

⑥并投：一起流放。

⑦疾：恶。

⑧修盈：指鲧罪恶多端。

——•【精彩解说】

西行之路遇阻受困，怎样越过高峻的山岩？

鲧的身子变成黄熊进入羽山深处，巫师怎么才能把他救活？

鲧教会了大家怎么种黑黍，芦苇水滩也已经被清除。

为什么鲧和其他人一起被放逐，难道他的罪行就不容宽恕？

白蜺①婴②茀③，胡为此堂④？
安得夫良药，不能固臧⑤？
天式⑥从横⑦，阳离⑧爰死。
大鸟⑨何鸣，夫焉丧厥体？

【字词注解】

①蜺（ní）：同"霓"，大气中有时与虹同时出现的一种光的现象，颜色比较淡。

②婴：缠绕。

③茀（fú）：逶迤曲折的云。

④堂：崔文子学仙的堂室。事见《列仙传》。

⑤不能固臧（cáng）：指王子侨被杀之事。臧，保存。王逸《楚辞章句》引《列仙传》云："崔文子学仙于王子侨。子侨曾化为白蜺，持药与崔文子。文子惊怪，引戈击中白蜺，药堕地，乃子侨之尸。"

⑥天式：自然的规则。

⑦从（zòng）横：即纵横，指阴阳消长之道。

⑧阳离：指阳气离开了躯体。阴阳消长是自然的规则，阳气一离开躯体，人就要死。

⑨大鸟：指王子侨尸体变成的鸟。王逸《楚辞章句》引《列仙传》云："崔文子取王子侨之尸，置之室中，覆之以弊筐，须臾则化为大鸟而鸣，开而视之，翻飞而去。文子焉能亡子侨之身乎？言仙人之不可杀也。"

【精彩解说】

那云气围绕着的白霓，为什么会在崔文子的堂上？

王子侨从哪里弄到的不死神药，为什么却不能长久地珍藏？

自然界的规律是阴阳消长，阳气离开身体就会死亡。

王子侨死后怎么变成大鸟还会鸣叫，为什么他竟会失去原来的身体？

萍①号②起雨③，何以兴④之？

撰体协胁⑤，鹿⑥何膺⑦之？

鳌⑧戴山抃⑨，何以安之？

释⑩舟陵行⑪，何以迁之？

———●【字词注解】

①萍：雨师，就是雨神。洪兴祖《楚辞补注》引《山海经》："萍翳在海东，时人谓之雨师。"

②号：呼。

③起雨：作雨。

④兴：起。

⑤撰体协胁：谓风神性格柔顺。撰，有柔顺的意思。协，合，同有"柔"的意思。胁，身体两边有肋骨的地方。

⑥鹿：指飞廉，风神。丁晏《天问笺》引《三辅黄图》："飞廉鹿身雀头有角，蛇尾豹文，能致风号呼也。"

⑦膺（yīng）：通"应"，响应。

⑧鳌（áo）：海里的大龟。

⑨抃（biàn）：拍浮，游动，这里是四肢划动的意思。

⑩释：放置。

⑪陵行：在陆地上行走。《列子·汤问》记载龙伯国有个巨人，一下子钓起了六只鳌，把它们全都背了回去。

———●【精彩解说】

雨师萍翳掌管下雨的事，那么雨怎样兴起的呢？

风伯性情柔顺，怎么来响应雨师兴雨？

巨龟背着神山四足游移，神山怎么能安稳不动呢？

把船放在陆地行走，怎样才能牵引船呢？

惟浇①在户，何求于嫂？
何少康②逐犬，而颠陨厥首③？
女歧④缝裳，而馆同爰止⑤，
何颠易厥首，而亲以逢殆⑥？

【字词注解】

①浇：寒浞的儿子，传说他气力很大而且残忍。王逸《楚辞章句》："言浇无义，淫佚其嫂，往至其户，佯有所求，因与行淫乱也。"

②少康：夏朝君王相的儿子。

③厥首：指浇的脑袋。少康的父亲相被浇杀害，后来少康袭杀浇。此与《离骚》"浇身被服强圉兮，纵欲而不忍。日康娱而自忘兮，厥首用夫颠陨"意思一样。

④女歧：浇的嫂子。

⑤止：止宿。

⑥殆：危。王逸《楚辞章句》："言少康夜袭，得女歧头，以为浇，因断之，故言易首，遇危殆也。"

【精彩解说】

寒浇在家里，为什么要求助于他嫂子呢？

为什么少康打猎时驱逐猎狗，就能将寒浇的头砍下？

寒浇的嫂子女歧给寒浇缝补衣服，晚上同寒浇住在一个房间，

为什么少康错砍了女歧的头，亲信之人反而被杀？

> 汤谋易旅①，何以厚之？
> 覆舟斟寻②，何道取之？

【字词注解】

①汤谋易旅：汤一作"康"，指少康。易，治。旅，军队，部下。

②斟寻：古代的国名。

【精彩解说】

少康筹划该怎么去整顿手下，他是怎样让队伍的力量壮大的？

寒浇既然能讨伐消灭斟寻,少康用什么方法取胜了他?

原文

桀伐蒙山①,何所得焉?
妺嬉何肆②,汤何殛③焉?
舜闵④在家,父⑤何以鳏?
尧不姚告⑥,二女⑦何亲?

—•【字词注解】

①蒙山:古代的国名。《太平御览》卷一三五引《国语》记载桀伐蒙山,得到美女妺嬉。

②何肆:不放荡。何,当训为不。

③殛(jí):诛杀。

④闵:痛苦,忧愁。

⑤父:舜父瞽叟。另一说"父"为"夫"误字,见闻一多《楚辞校补》:"父当为夫,二字形声并近,故相涉而误。"

⑥不姚告:不告知舜的父母。

⑦二女:指尧的两个女儿娥皇、女英。《孟子·万章》:"帝(指尧)之妻舜而不告,何也?曰:帝亦知告焉则不得妻也。"

—•【精彩解说】

夏桀出兵讨伐蒙山,所得之物又是什么?
妺嬉并不恣肆淫虐,商汤为什么将她诛杀?
舜在家里非常仁孝,父亲为何让他独身?
尧不告诉舜的父母,二妃如何与舜成亲?

厥萌在初，何①所亿②焉？
璜③台十成④，谁所极⑤焉？
登立为帝，孰道⑥尚之？
女娲⑦有体，孰制匠之？

— ●【字词注解】

①何：闻一多《楚辞校补》认为"何所亿焉"，同下文"谁所极焉"语意相似。

②亿：预料，测度。王逸《楚辞章句》："言贤者预见施行萌芽之端，而知其存亡善恶之所终，非虚亿也。"

③璜：玉石。

④十成：十重。

⑤极：至。殷的贤臣箕子见到纣王用象牙筷子，料想到他的奢侈行为一定会发展到筑高台广室的地步。

⑥道：导引。

⑦女娲：神话中古神的女帝王，蛇身人头，一天内就能变化七十种模样。

— ●【精彩解说】

舜起初刚为民的时候，怎么就能预料结局？
纣王建造十层玉台，谁使他到如此地步？
舜承受天命登位称帝，是谁指引他上台？
女娲有着特殊形体，是谁将她造就成这样？

原文

舜服^①厥弟，终然为害。
何肆^②犬体^③，而厥身^④不危败？
吴^⑤获迄古，南岳^⑥是止^⑦。
孰期^⑧去^⑨斯^⑩，得两男子^⑪？

——●【字词注解】

①服：听从。《尚书·尧典》记载，舜父瞽叟顽，母嚚，弟象傲，舜却能顺适不失子道，兄弟孝慈。又《孟子·万章》《史记·五帝本纪》都记载，舜对父母及弟弟象虽然很好，可象与他父母天天筹划如何害舜。

②肆：放肆。

③犬体：狗的心术，谓象之凶恶如同禽兽。

④厥身：指象身。

⑤吴：古代南方的诸侯国。

⑥南岳：指会稽山。《吴都赋》："指衡岳以镇野。"会稽山一名衡山，周朝为扬州之镇，故亦叫南岳。这里代表吴地的山。

⑦止：居留。

⑧期：期望。

⑨去：看成是"夫"的错字。

⑩斯：指吴地。

⑪两男子：指太伯、仲雍。《史记·吴太伯世家》记载，周文王之祖古公亶父的长子太伯与次子仲雍，知道古公亶父要把君位传给他的幼子季历，就跑去南方躲避。吴地人却拥戴太伯为国君，太伯死后，仲雍继立为君王。

——●【精彩解说】

舜帝很爱他的弟弟象，却还是被弟弟谋害。

为什么象放肆得如同禽兽,他自身却没有遇到危险败亡?

吴国得以长久存在,还屹立在江南一带。

谁能预料到会这样,是因为得到两位贤才?

缘①鹄饰玉,后帝②是飨③。
何承④谋夏桀,终以灭丧?
帝⑤乃降观⑥,下逢伊挚⑦。
何条放⑧致罚⑨,而黎服⑩大说⑪?

──●【字词注解】

①缘:因为,借助。

②后帝:指商汤。

③飨:吃。据《史记·殷本纪》记载,伊尹以善于烹调而让汤任用,后帮助汤消灭夏桀。

④承:承受。

⑤帝:指商汤。

⑥降观:下来体察民情。

⑦伊挚:伊尹的名。

⑧条放:放逐到鸣条。条,鸣条,地名。《尚书·商书·汤誓》记载:"伊尹相汤伐桀……遂与桀战于鸣条之野。"又《史记·殷本纪》记载:"桀败于有娀之墟,桀奔于鸣条。"

⑨致罚:指受到天帝的谴责。

⑩黎服:当成黎民,"服"当为"民"字之误。一说黎民悦服。

⑪说:通"悦"。

──●【精彩解说】

伊尹以鹄羹玉鼎进献美馔,商汤君王欣然受用。

为什么伊尹谋算夏桀，最后还把夏灭亡了？

商汤来到民间巡视四方，不料遇到了伊尹。

商汤把桀放逐到鸣条，黎民百姓为什么十分高兴？

简狄①在台②，喾③何宜④？
玄鸟⑤致贻，女何喜⑥？

●【字词注解】

①简狄：有娀氏女，帝喾妃。

②台：坛。

③喾（kù）：古代的君王，号高辛氏。

④宜：同"仪"。《尔雅·释诂》："仪，匹也。"此作动词用，求偶。

⑤玄鸟：燕子。

⑥女何喜：简狄为何要生子。《史记·殷本纪》："三人行浴，见玄鸟堕其卵，简狄取吞之，因孕生契。"

●【精彩解说】

简狄住在九层的瑶台上面，帝喾怎么向她求偶？

玄鸟高飞送来其卵，简狄怎么就会生子？

该①秉②季③德，厥父是臧④。
胡终弊⑤于有扈⑥，牧夫牛羊⑦？
干协时舞⑧，何以怀之？
平胁⑨曼肤⑩，何以肥⑪之？
有扈牧竖⑫，云何而逢？

击床⑬先出⑭,其命何从⑮?
恒⑯秉季德,焉得夫朴牛⑰?
何往营⑱班禄⑲,不但⑳还来?
昏微㉑遵迹㉒,有狄㉓不宁。
何繁鸟萃棘㉔,负子㉕肆情?

【字词注解】

①该:亥,殷人的先祖,契的第六世孙。

②秉:承。

③季:冥,亥和恒的父亲。

④臧:善良,心地善良。

⑤弊:通"毙",倒下,这里指被杀害。

⑥有扈(hù):夏朝有扈氏,或许是"有易"误写。

⑦牧夫牛羊:指亥寄居在有易国从事放牧。

⑧干协时舞:干,盾。协,和合。时舞,指万舞,古代一种大型乐舞。

⑨平胁:形体俊美。

⑩曼肤:细滑的皮肤。王逸《楚辞章句》释此句为"形体曼泽"。这是讲有易之女的容貌。

⑪肥:肥硕,这里指保养得丰腴。

⑫牧竖:牧人。竖是蔑称,犹言小子。这里指王亥。

⑬击床:指的是有易之君绵臣派人袭击王亥于床笫之间。

⑭先出:依《山海经》说,王亥已被杀,则"击床先出"之"先",当为误字,按其意校正,此字应为"不""未"等字。

⑮其命何从:他的生命从哪里才得以保全。

⑯恒:亥弟,季之子。

⑰朴牛:大牛。

⑱营:经营。

⑲班禄：君主所颁布的爵禄。

⑳但：可能是"能"的错字。

㉑昏微：指上甲微，王亥的儿子。《史记·殷本纪》："振（亥）卒，子微立。"

㉒遵迹：遵循他前人的路线，即继承祖业。

㉓有狄：指有易。王国维《殷卜辞中所见先公先王考》："昏微即上甲微，有狄亦即有易也。古'狄''易'二字同音相通。"

㉔繁鸟萃棘：射击集聚在荆棘上的鸟群。繁鸟，指上甲微天天以射鸟兽为事。萃，集。棘，荆棘。

㉕负子：对不住儿子。

——【精彩解说】

亥秉承了父亲季的品德，学习了父亲待人宽厚的美德。

为什么还是死在了有易国，失去了他的牧人和牛羊？

亥手持盾牌翩翩起舞，为什么诱惑有易国的女子？

有易国女子体态丰满肌肤细腻，为什么长得如此漂亮？

有易国的放牧人发现了亥的淫乱，他们怎样遇到的这件事？

攻到室内，把他杀死在床上，命令是出自于谁的口中呢？

恒继承了季的品德，从哪里得到的这些大牛？

为什么恒去钻营求禄，一去没见他再回头？

上甲微秉承了父亲的品行，让有易国不得安宁。

为什么他晚年打猎鸟兽，荒淫无度？

眩弟①并②淫，危害厥兄③。
何变化以作诈，后嗣而逢④长？

【字词注解】

①眩弟：昏乱的弟弟。弟，指子恒。

②并：一块儿。

③兄：指上甲微。王逸、洪兴祖都认为这两句话是说舜的弟弟象的事情。可是上下文讲的都是殷汤的事情，这处不应该突然加入夏朝之事，应该讲的是殷朝的史实，写的也应该是上甲微的事情。殷人的继统法是兄死弟继，无弟然后传子。传说上甲微曾与昏乱的弟弟一块儿奸淫长嫂，所谓"眩弟并淫"；上甲微晚年荒淫，大概他的弟弟为了夺取王位将他杀死，所谓"危害厥兄"。一说是舜弟象欲谋其兄。

④逢：兴旺。这是讲上甲微的弟弟争到王位后，便传位给自己的儿子，并没传给他哥哥上甲微的儿子，即所谓"变化以作诈"；在这以后，便变成子继父位，他们的子孙后代相继不绝，即所谓"后嗣逢长"。

【精彩解说】

昏乱的弟弟和哥哥一块儿淫乱，而且还杀害了兄长。

为什么狡诈的篡权夺位之人，后代会兴旺长久？

成汤①东巡，有莘爱极②。

何乞彼小臣③，而吉妃④是得？

水滨之木，得彼小子。

夫何恶之，媵⑤有莘之妇？

【字词注解】

①成汤：指商汤。

②有莘（shēn）爱极：是倒装句，应该是爱极有莘。莘，读作"申"，有莘为古代的国名，在今河南开封。而汤居西亳（在今河南偃师），在有莘

的西边,因此说东巡。极,到。

③小臣:指伊尹,他原本是有莘国的小臣。

④吉妃:指有莘氏的女儿。

⑤媵(yìng):嫁妆。

●【精彩解说】

成汤去东部地区巡视,到了有莘这个地方。

为什么他想要小臣伊尹,却又得到了贤淑的妃子?

在水边那株空桑树中,有莘女子捡到个小孩子伊尹来养。

为什么有莘国君会讨厌伊尹,把伊尹当作陪嫁送给成汤?

汤出重泉①,夫何罪尤②?

不胜心③伐帝④,夫谁使挑⑤之?

●【字词注解】

①重泉:地名,桀关押汤的地方。

②尤:罪过。

③不胜心:心中不能忍受。

④帝:指夏桀。

⑤挑:教唆。

●【精彩解说】

成汤从重泉被释放出来,他有什么罪过呢?

成汤心中不能忍受耻辱起兵攻桀,是谁挑起这场是非的呢?

原文

会朝①争盟②，何践吾③期？
苍鸟④群飞，孰使萃⑤之？
到击纣躬⑥，叔旦⑦不嘉。
何亲揆⑧发足⑨，周之命⑩以咨嗟？
授殷天下，其德安施⑪？
及成乃亡⑫，其罪伊⑬何？
争遣伐器⑭，何以行之⑮？
并驱⑯击翼⑰，何以将⑱之？

【字词注解】

①会朝："朝会"的倒装。

②争盟：盟约。

③吾：武之错字。此处讲武王伐纣的事情。《史记·周本纪》云："武王自称太子发，言奉文王以作……是时，诸侯不期而会盟津者八百诸侯。"

④苍鸟：鹰，比喻武王的将士勇猛如鹰。

⑤萃：集。

⑥躬：体形。

⑦叔旦：指周公旦，武王的弟弟。

⑧揆（kuí）：掌控。

⑨发足：启行，指武王兴师伐纣的事。

⑩周之命：指周颁布灭殷的命令。

⑪其德安施：别本作"其位安施"。按"其位"和"天下"文意重复。

⑫及成乃亡：别本作"反成乃亡"。

⑬伊：是。

⑭伐器：攻伐之器，即武器。

⑮行之：动员他们。

⑯并驱：并驾齐驱。朱熹《楚辞集注》："言武王之军，人人乐战，并驱而进。"

⑰击翼：击其两翼。

⑱将：统领。

【精彩解说】

诸侯聚在一起誓师，他们如何履行与武王约定的时间？

战士们勇猛如鹰，奋勇搏击，是谁把他们聚在一起的？

周武王用刀乱砍纣王的尸体，周公不同意他这么做。

不知道周公为什么帮助策划，安定周室，完成使命后又叹息？

天帝派殷王朝管理天下，王位是根据什么来授权的呢？

殷朝兴起后又让它灭亡，殷朝的过错到底在哪里？

诸侯争相派遣部队，这么多的力量该如何调动？

周军并驾齐驱夹击敌方两翼，如何指挥将士这样出击？

原文

昭后①成游②，南土③爰底。

厥利惟何，逢彼白雉④？

穆王巧梅⑤，夫何为周流⑥？

环理⑦天下，夫何索求？

妖夫曳⑧衒⑨，何号于市？

周幽谁诛，焉得夫褒姒⑩？

【字词注解】

①昭后：指周昭王。

②成游：游玩。

③南土：指楚地。

④雉（zhì）：野鸡。

⑤梅：王夫之认定是"枚"的错字，枚即策，马鞭。

⑥周流：周游。

⑦环理：周游。理和履同声，环理即还履。

⑧曳（yè）：牵引。

⑨衒（xuàn）：在这里指沿街叫卖。

⑩褒（bāo）姒（sì）：周幽王的后。《史记·周本纪》记载，宣王派人去杀卖檿弧、箕服夫妇，他们二人连夜逃走，在路上碰到宫里的弃女，便捡回她并把她领到褒国。后来幽王讨伐褒国，褒国人把这个弃女送给幽王以赎罪，她就是褒姒，后成了周幽王的后。

【精彩解说】

周昭王实现了出游的愿望，来到了南方楚国的领地。

周昭王南巡想得到什么呢？难道只是为了得到白色的野鸡？

周穆王善于策马驰骋，为什么他要周游四方呢？

周穆王驱马走遍了天下，他到底在寻找什么东西？

有夫妇携带货物沿街叫卖，他们在叫卖什么东西？

周幽王究竟要杀什么人？他哪里得来的美女褒姒？

天命反侧①，何罚何佑②？

齐桓③九会，卒然身杀④？

【字词注解】

①反侧：反反复复。

②何罚何佑：为什么要被惩罚和保佑。

③齐桓：齐桓公，春秋五霸之一。《史记·齐太公世家》记载，齐桓公重用管仲，国家强大，曾"兵车之会三，乘车之会六。九合诸侯，一匡

④身杀：指桓公晚年任命奸臣竖刁、易牙等人，造成内讧，自己被困饿而死。

— 【精彩解说】

天命为什么总是反复无常，究竟是谁被惩罚谁被保佑？

齐桓公能九次聚齐诸侯会盟，为何结果还是被人杀死？

彼王纣①之躬，孰使乱惑②？

何恶辅弼，谗谄是服③？

比干④何逆，而抑沉之？

雷开阿顺，而赐封之？

何圣人⑤之一德⑥，卒其异方⑦？

梅伯⑧受醢⑨，箕子⑩详狂⑪。

— 【字词注解】

①王纣：纣王。

②乱惑：迷迷糊糊不清醒。

③服：用。

④比干：纣王之叔，劝告纣为善去恶，被纣王剖心而死。

⑤圣人：指下文中的梅伯、箕子。

⑥一德：品德一样。

⑦方：方法与途径。

⑧梅伯：纣的诸侯，因为直言敢谏被纣所杀。

⑨醢（hǎi）：剁成肉泥。

⑩箕子：纣王的臣子。

⑪详狂：佯狂，装疯。箕子谏纣不听，披发装疯而去做别人的奴隶。

【精彩解说】

那个殷商纣王的性情为人啊，是谁教唆他狂暴昏庸？

他为什么讨厌忠良辅佐，偏喜欢听信小人的逸诒？

比干有什么地方触犯了他，为什么会受到他的压制被埋没不用？

雷开奉承纣王，怎么却被赏赐封地？

为什么圣人有一样的美德，可最终的结局却不同？

梅伯勇于直谏被剁成了肉酱，箕子见纣王拒谏而装疯。

原文

稷①维②元子③，帝④何竺之？

投之于冰上，鸟何燠⑤之？

何冯⑥弓挟矢，殊能将⑦之？

既惊帝切激⑧，何逢长之？

伯昌号衰⑨，秉鞭⑩作牧⑪。

何令彻⑫彼岐社，命⑬有殷国？

【字词注解】

①稷：后稷，帝喾的长子。

②维：是。

③元子：嫡妻生的长子。

④帝：指帝喾。

⑤燠（yù）：温暖。《诗经·大雅·生民》记载，帝喾妃姜嫄，踏了巨人的脚步，因此怀孕生稷，认为不祥，把他丢弃在冰上，后来有鸟飞来用翅膀替他取暖。

⑥冯：同"凭"，倚仗，靠着。

⑦将：统领。

⑧惊帝切激：帝，应指帝喾。切激，激烈。

⑨号衰：发号命令于殷朝衰落之期。

⑩秉鞭：以喻执政。秉，执。

⑪牧：古代对管理百姓的地方官的叫法。

⑫彻：放弃，废弃。

⑬命：指天命。

——●【精彩解说】

后稷本是帝喾嫡出的长子，帝喾为什么对他如此狠毒？

后稷出生后被扔在了寒冰上，群鸟为何给他覆翼送暖？

后稷善务农，为什么他还能张弓持箭，以特殊的才能指导战争？

出生既然已经惊动了天帝，为什么后代繁荣昌盛？

殷商末期西伯姬昌号召天下，掌控大权成为诸侯的头领。

为什么让武王放弃周氏岐社，接受天命拥有殷商？

迁藏①就②岐，何能依？
殷有惑妇③，何所讥④？
受⑤赐兹⑥醢，西伯上告⑦。
何亲就⑧天帝罚，殷之命以不救？

——●【字词注解】

①藏：宝藏。

②就：往，指周的先人古公亶父自邠迁岐的事。《史记·周本纪》记载：古公亶父初居邠（今陕西彬县），后遭狄人侵扰，就带领家属、宝藏迁往岐山下。邠地人民扶老携幼都跟着去。

③惑妇：指纣王最喜欢的妃子妲己。《史记·殷本纪》记载："爱妲己，妲己之言是从。"

④何所讥：有什么可诛的。

⑤受：纣的字。

⑥兹：此，这。

⑦上告：告诉天帝。《帝王世纪》云："伯邑考（文王的儿子）质于殷，为纣御，纣烹以为羹，赐文王，曰：'圣人当不食其子羹。'文王得而食之。纣曰：'谁谓西伯圣者？食其子羹尚不知也。'"

⑧亲就：躬受。

【精彩解说】

周先祖带着宝藏迁到岐山下，为什么人们能归附他？

殷纣已被妲己迷惑，劝告的话对他又有什么用处？

纣王把西伯的儿子做成肉酱送给西伯吃，西伯愤怒地向天告状。

纣王为什么受到天帝的惩罚，殷商的天命难以挽救？

原文

师望①在肆②，昌③何识？
鼓刀④扬声，后⑤何喜？
武发⑥杀殷⑦，何所悒？
载尸⑧集战⑨，何所急？

【字词注解】

①师望：吕望做太师，因此简称师望。

②肆：店铺。

③昌：周文王的名字。

④鼓刀：拿刀砍肉。

⑤后：指文王。

⑥武发：指周武王，名发。

⑦殷：指殷纣王。《史记·殷本纪》："纣兵败。纣走，入登鹿台，衣其宝玉衣，赴火而死。周武王遂斩纣头，县之白旗。"

⑧尸：写着死者名字的木头牌位。

⑨集战:开战。

【精彩解说】

太公吕望在朝歌的店铺里杀牛,姬昌怎么能认识他呢?

听到吕望摆弄屠刀的声音,文王怎么会那样欢喜?

武王砍下了纣王的脑袋,为什么会有那么大的怒气?

带着文王的灵位会战,武王为什么如此焦急?

伯林①雉经②,维其何故?
何感天抑③墬,夫谁畏惧④?
皇天集命⑤,惟何戒⑥之?
受⑦礼⑧天下,又使至⑨代之?
初汤臣挚⑩,后兹承⑪辅。
何卒官汤⑫,尊食⑬宗绪⑭?

【字词注解】

①伯林:燔林,即《史记·周本纪》记载的"纣自燔于火而死"。伯,当为"燔",声误。林,即薪火。

②雉经:上吊自杀。

③抑:塞。

④谁畏惧:有什么可怕的。

⑤集命:指皇天降天命,让某人统治天下。这里应指殷朝。

⑥戒:警觉。

⑦受:纣的字。

⑧礼:通"理"。

⑨至:当为"周"之错字。

⑩臣挚:以挚为臣。挚,伊尹名。

⑪承：进。

⑫官汤：做汤的相。

⑬尊食：庙食，在殷的太庙中受祭奠。

⑭宗绪：指汤的祠庙。

【精彩解说】

纣王焚火自缢，这究竟是由什么原因造成的呢？

他为什么要向上天呼告，难道他的心里还会感到畏惧？

上天降赐天命给殷的时候，为什么对受命的君没有告诫明白？

纣王既然已统治了天下，为什么又被别人代替？

当初商汤让伊尹先做小臣，后来又封他做辅佐臣僚。

为什么伊尹最后当了商汤的宰相，死后牌位还在宗庙配享？

原文

勋①阖②梦③生④，少离⑤散亡。
何壮⑥武厉⑦，能流⑧厥严⑨？

【字词注解】

①勋：功勋。

②阖：春秋时吴王阖闾。

③梦：吴王寿梦。

④生：子孙。

⑤离：罹，遭遇。

⑥壮：大。

⑦武厉：应是厉武的倒文，即奋发参武。厉，奋进。

⑧流：行。

⑨严：为"庄"的假借字，汉人避明帝讳改。这是说吴王阖闾重用伍子胥、孙武，击败楚国，壮大吴国的声威的事。（见《史记·吴太伯世家》）

———•【精彩解说】

有功的阖闾是寿梦的孙子,少年遭受了背井离乡的苦。
为什么他长大后勇武奋发,他的威名能远布四方?

彭铿①斟雉②,帝③飨④?
受寿永多,夫何长久?

———•【字词注解】

①彭铿(kēng):彭祖,名铿,相传他活了八百岁。
②斟雉(zhì):拿野鸡做羹。
③帝:指尧。
④飨:享。

———•【精彩解说】

彭祖献上他烹调的野鸡汤,为什么帝尧喜欢品尝?
彭祖获得了长寿,为什么他竟能活那么久?

中央①共牧,后何怒②?
蜂蛾微命③,力何固④?
惊女采薇⑤,鹿何祐⑥?
北至⑦回水⑧,萃何喜?
兄⑨有噬犬⑩,弟⑪何欲?
易之以百两⑫,卒无禄⑬。

———•【字词注解】

①中央:指周朝统一天下的政权。清代戴震《屈原赋注》后所附的《音

义》及清代毛奇龄《天问补注》都认定是泛指，不是指某一具体史实。

②后何怒：即指厉王降灾搞鬼的事。后，指厉王。

③蜂蛾（yǐ）微命：蜂，蜜蜂。蛾，古"蚁"字。微命，渺小的生命。

④力何固：在此指起来反抗周厉王的人民。《史记·周本纪》载，人民"乃相与畔，袭厉王。厉王太子静匿召公之家，国人闻之，乃围之。召公乃以其子代王太子"。人们找不到厉王，就追索太子，召公子最终被杀。此即"力何固"。

⑤惊女采薇：指一个女子劝告伯夷和叔齐也别去采薇。《文选》之《辨命论》注引《古史考》云："伯夷叔齐……隐于首阳山，采薇而食之。野有妇人谓之曰'子义不食周粟，此亦周之草木也'。"惊女，女惊之倒文。惊，通"警"，戒。采薇，指伯夷、叔齐不食周粟，在首阳山采薇的事。

⑥鹿何祐：《列士传》载，"（伯夷叔齐）二人遂不食薇，经七日，天遣白鹿乳之。"

⑦北至：指伯夷、叔齐北到首阳山。

⑧回水：河水的弯曲处，即河曲，指首阳山之所在。首阳在河东的蒲坂，华山往北，河曲之中。

⑨兄：指春秋时秦国君主秦景公。

⑩噬犬：猛犬。

⑪弟：指秦景公之弟子鍼。

⑫百两：车的数量。两，同辆。

⑬禄：爵禄。

【精彩解说】

诸侯一起治理周朝的天下，周厉王为什么不高兴？

百姓地位卑微，他们的力量怎么会这么强大？

女子讥讽伯夷、叔齐采薇的事，神鹿为什么庇佑他们？

他们往北来到了首阳山，为什么会喜欢在那儿停留呢？

秦景公有条猛犬，他弟弟为什么想把它弄到手？

他想用一百辆车换这条狗，最终却连爵禄也丢掉了。

薄暮雷电，归何忧①？
厥严②不奉③，帝④何求？
伏匿穴处，爰何云⑤？
荆勋作师⑥，夫何长？
悟过改更，我又何言？

【字词注解】

①归何忧：据王逸《楚辞章句》解，"屈原书壁所问略讫，日暮欲去，时天大雨雷电，思念复至，自解曰：归何忧乎？"

②严：威严。

③奉：尊奉。

④帝：指天帝。

⑤何云：说什么。

⑥荆勋作师：楚国动辄兴师开战。据《史记·楚世家》记载，楚怀王被张仪欺骗后，兴师伐秦，大败于丹阳。楚怀王很生气，再次带兵攻秦，又大败于蓝田。荆，指楚国。勋，"动"的错字。作师，起兵。

【精彩解说】

傍晚的时候雷鸣电闪，我想要回去怎又生忧愁？

楚国的威严已经不在，我还能对天帝有什么祈求？

我遭到放逐伏身藏匿在洞穴里，还能有什么可说的？

楚国动辄兴师开战，国家又怎么能够长久呢？

楚王如果悔悟改正错误，我又有什么可说的？

吴光①争国②，久余③是胜。
何环穿④自闾⑤社丘陵，爰出子文⑥？

——•【字词注解】

①吴光：吴国公子光，即吴王阖闾。

②争国：指吴和楚发生战争的事。吴王阖闾于楚昭王十年（公元前506年）兴兵攻楚，楚兵大败，逃走。

③余：指楚。

④环穿：环绕透过。

⑤闾（lú）：古时候二十五家为一闾，也称社。

⑥子文：指楚国令尹子文，楚成王辅佐。

——•【精彩解说】

吴王阖闾和楚国长年打仗，为什么吴国经常得胜？

为什么子文的父母穿过村子在丘陵约会，竟然生出子文来？

吾告堵敖①以②不长。
何试③上④自予⑤，忠名弥彰？

——•【字词注解】

①吾告堵敖：指堵敖被成王所杀的事。堵敖，即楚文王的儿子熊艰的古字。楚文王死后，堵敖接位为楚王。堵敖弟熊恽杀堵敖自立，是为楚成王。

②以：所以。

③试：当作"弑"。

④上：指堵敖。

⑤予：疑为"干"的错字。王逸《楚辞章句》注此句云"干忠直之名"，可证。楚成王弑堵敖而得忠名，《史记·楚世家》载："恽弑，布德施惠。天子赐胙曰：镇尔南方夷越之乱！"

——•【精彩解说】

我断言堵敖在位不会长久。

为什么成王杀害国王自立，忠义之名反而更显著？

拓展阅读

宓妃的传说

唐代李善注《文选·洛神赋》曰："宓妃，宓羲氏之女，溺死洛水，为神。"在我国古代神话传说中，宓妃是伏羲的小女儿，生得明眸善睐、妩媚娴雅。有一天，她到洛水边游玩，被河伯看见。河伯顿时被她美丽的容颜吸引，于是他变成一条白龙，潜入洛河兴风作浪，把宓妃吞没在河水之中。宓妃死后，化作洛水之神，成了河伯的女人。

但是，宓妃并没有得到河伯的真正爱惜，她终日独守水府，郁郁寡欢，只好弹奏七弦琴来排遣心中苦闷。这时，后羿来到了宓妃身边。此时，后羿的妻子嫦娥早已偷吃仙药飞入月宫成了仙子，独留后羿一人在人间。宓妃便将自己的遭遇告诉了后羿。后羿决定帮助她脱离苦海，便带她逃出了水府。河伯知道此事后，非常生气，为了把宓妃抢回去，再次化作白龙兴风作浪，淹没了大片的田地、村庄。后羿再次使出射日的本领，拉开神弓，一箭射中河伯的左眼，把他赶跑了。

后来，宓妃的形象得到进一步发展，变得越来越丰富，逐渐演变成世俗的美人，成为男性文人寄托情感的对象。三国时期曹植创作的千古名篇《洛神赋》，就是把洛神作为理想女神的文学典范。

九 章

〔概论〕

《九章》是屈原创作的九篇作品的汇集。对于《九章》的理解,学术界主要有两种观点:第一种,王逸认为《九章》是一个有机整体,当为一个专门名词;第二种,朱熹在《楚辞集注》中提出:"屈原既放,思君念国,随事感触,辄形于声。后人辑之,得其九章,合为一卷,非出于一时之言也。"后来较为通行的说法多是补充朱说,认为《九章》之名是后人编辑、整理屈原作品时加上去的。从现存文献资料来看,最早提到《九章》这一名称的是西汉刘向的《九叹·忧苦》,此前尚没有《九章》之称。其中的"九"字指篇章的数量,与《九歌》《九辩》的"九"不同。这九篇作品各自成篇,在结构上并无必然的联系,而且这些作品是屈原"随事感触""非出于一时之言也",所以各篇的写作年代争论颇多,至今尚无定论。

这九篇作品根据王逸《楚辞章句》所排次序,分别为《惜诵》《涉江》《哀郢》《抽思》《怀沙》《思美人》《惜往日》《橘颂》《悲回风》。《惜诵》是《九章》的第一篇,主要叙述了屈原在政治上遭受打击的始末和自己对待现实的态度,表达了他的清白与忠贞,以及不愿与世同流合污的心态。《涉江》一般认为是屈原晚期的作品,主要记述了他涉江的原因、途中的经历和幽居独处深山的旅程,其中穿插了他的高洁形象,抒发了他坚持忠贞、洁身自好、秉持初心的心志。《哀郢》是屈原流放江南时所作,寄托了他对楚国的深切眷恋与刻骨思念。《抽思》是屈原被贬于汉水之北时所作,表达了他对郢都的思念之情,再次强调了他对君王的忠诚和对国家的热爱。在《怀沙》中,屈原强调了自己虽屡受打击,却始终不改高洁的志节,同时批判了楚国昏乱颠倒的政治与社会现实。《思美人》是屈原在放逐江南途中所作,一再表白他的忠君思想,即始终执守高洁人格、美政理想和宁死不变节的信念。《惜往日》记载了屈原的一些生平史实,抒发了他临终前的遗憾。《橘颂》即对橘的颂歌,是屈原自比志节如橘不可移徙,创设出咏橘述志、借物喻人的圆融诗境。《悲回风》没有叙事成分,全篇为诗人内心的独白,充满了悲伤的气氛和绝望的情绪,被认为是屈原的绝笔。

从内容上来看,这九篇作品或长或短,或哀伤或叹息,既有早年的述志诗,又有晚年的绝命诗,写作时间几乎涵盖了屈原的一生。

惜 诵①

惜诵以致愍②兮,发愤以抒情。
所作③忠而言之兮,指苍天以为正④。
令五帝⑤以析中⑥兮,戒六神⑦与向服⑧。
俾山川以备御⑨兮,命咎繇使听直⑩。
竭忠诚以事君兮,反离群而赘疣⑪。
忘⑫儇⑬媚以背众兮,待明君其知之。
言与行其可迹⑭兮,情与貌其不变。
故相臣莫若君兮,所以证⑮之不远。
吾谊⑯先君而后身兮,羌众人之所仇。
专惟君⑰而无他兮,又众兆⑱之所仇。
壹心而不豫⑲兮,羌不可保也。
疾⑳亲君而无他兮,有㉑招祸之道也。

●【字词注解】

①《惜诵》：应是屈原最早的作品，结构与内容和《离骚》相似，可能是《离骚》的最初稿。清代蒋骥说："《惜诵》盖二十五篇之首也。"足以证明它的写作时间很早。惜，喜好。诵，谏议。

②愍（mǐn）：忧患。

③所作：作，朱熹《楚辞集注》作"非"。所作，即所非，倘若不是的意思。

④正：通"证"，证明。

⑤五帝：五方的神，东方为太皞，南方为炎帝，西方为少昊，北方为颛顼，中央为黄帝。

⑥析（xī）中：依据法律条文来判断是非。

⑦六神：说法不同，据朱熹讲是司日、月、星、水旱、四时、寒暑的神。

⑧向服：即对证有没有罪状。向，对。服，服罪，可解释为罪状。

⑨备御：指陪审。御，侍。

⑩咎（gāo）繇（yáo）使听直：咎繇，即"皋陶"，传说是帝舜时执掌刑法的大臣；听直，听取曲直。往上六句，全都是向天发誓及誓词。

⑪赘疣（yóu）：身上多出来的肉瘤。

⑫忘：应是"亡"的误字，亡在古代作"无"解。

⑬儇（xuān）：轻佻。

⑭迹：脚印，引申为循实考核。

⑮证：验证。

⑯谊：通"义"，道理。

⑰专惟君：一心一意为君王着想。

⑱众兆：众人，指楚国那些谄佞之人。

⑲不豫：不考虑，不动摇。

⑳疾：着急，极力。

㉑有：通"又"。

── 【精彩解说】

以数次进谏来陈述哀愁，表达愤懑和忧思的情感。

我所说的如果有不忠的，那么可以让苍天来证明。

还要请五帝来做个评判，请六神帮我对质与证明。

最好由山川神灵来陪审，还要让皋陶来明辨对错。

竭尽忠诚服侍君王，反倒被排挤而形同累赘。

不愿谄媚而违背众意，只能等待懂我的明君。

我的言行是有迹可查的，我的表里如一不会有变化。

最了解臣子的只有君王了，所以无须求远去证明我的清白。

我以君为先而无他念，竟遭这群小人的妒忌。

一心为君王从没有其他想法，却还是不能保全自己。

只想亲近君王而没有别的意思，这竟成为招祸的根源。

原文

思君其莫我忠兮，忽忘身之贱贫。
事君而不贰①兮，迷不知宠之门②。
忠何罪以遇罚兮，亦非余心之所志③。
行不群④以巅越⑤兮，又众兆之所咍⑥。
纷逢尤⑦以离谤⑧兮，謇⑨不可释。
情沉抑⑩而不达兮，又蔽而莫之白。
心郁邑⑪余侘傺⑫兮，又莫察余之中情。
固烦言不可结诒⑬兮，愿陈志而无路。
退静默而莫余知兮，进号呼又莫吾闻。
申侘傺之烦惑兮，中闷瞀⑭之忳忳⑮。

── 【字词注解】

①不贰：从无二心。

②宠之门：让人宠爱的门路。

③志：意料。

④行不群：所作所为不同于众人。

⑤巅越：摔跤。

⑥咍（hāi）：楚地方言，笑。

⑦逢尤：被责怪。

⑧离谤：遭诽谤。

⑨謇（jiǎn）：句首发语词。

⑩沉抑：沉闷，压抑。

⑪郁邑：忧愁烦闷的样子。

⑫侘（chà）傺（chì）：失意的样子。

⑬结诒（yí）：封寄。诒，通"贻"。

⑭闷瞀（mào）：心烦意乱的样子。

⑮忳（tún）忳：忧愁的样子。

【精彩解说】

没有人比我更忠心于君王，我忽视了自己的出身贫贱。

一心事君无二心，却不懂得邀宠之门。

忠于君王有什么罪而遭责罚，这不是我的心所能意料的。

行为与众不同因而跌了跟头，又遭到别人的嗤笑。

经常被人嗤笑而受诽谤，真是有口也难辩。

心情压抑未能抒发，又遭蒙蔽无法澄清。

我的心情忧伤怅然失意彷徨，又没有人知晓我的心情。

本来心中的话难以用语言来表达，想表达心志却没有途径。

想退而不言就无人了解我，欲进言又没有人听。

一再失意使心中不安，心情烦闷又忧伤。

昔余梦登天兮，魂中道而无杭①。
吾使厉神②占③之兮，曰有志极④而无旁⑤。
终危独⑥以离异兮？曰君⑦可思而不可恃。
故众口其铄⑧金兮，初若是⑨而逢殆⑩。
惩于羹者而吹齑⑪兮，何不变此志也？
欲释阶⑫而登天兮，犹有曩⑬之态也。
众⑭骇遽⑮以离心兮，又何以为此伴也？
同极而异路⑯兮，又何以为此援⑰也？
晋申生⑱之孝子兮，父信谗⑲而不好⑳。
行婞直㉑而不豫兮，鲧功用而不就。

——【字词注解】

①杭：通"航"，渡船。这里借指扶梯。

②厉神：严厉、正直的神，犹如《离骚》中的灵氛、巫咸，为人们占梦的神巫。

③占：厉神申述占词。

④志极：志向高远。

⑤旁：辅助。这句是讲有民愿而没有人帮助。

⑥危独：危险，孤寂。

⑦君：指楚王。

⑧铄：熔化。

⑨若是：如此，指忠言直行。

⑩殆：危险。

⑪惩于羹者而吹齑（jī）：被热汤烫过的人，吃时总提防着要吹一口气。吃一堑长一智的意思。惩，警戒。羹，很热的汤。齑，通"齑"，剁成细末的菜，是凉菜。

⑫阶：阶梯，即上文"中道无杭"。

⑬曩（nǎng）：以前。

⑭众：指群小。

⑮骇遽（jù）：恐慌。

⑯同极而异路：屈原与群小同事一君，可走的是忠奸两条不同的道路。

⑰援：援引。

⑱申生：春秋时晋献公太子，那时号称"孝子"。

⑲信谗：献公听信后妻骊姬的谣言，把申生逼死。

⑳好：爱。

㉑婞（xìng）直：刚直。

【精彩解说】

从前我曾梦见自己登天，魂在中途却失去了方向。

让厉神为我解梦，他说志向虽远大可没人能助我。

我最终还是陷入危险而众叛亲离吗？他说王可以思念却不可靠。

群小的谗言足能让金子熔化，以前就是这样才遇凶险。

被热汤烫过的人吃凉菜也要吹，为什么不改变你的态度呢？

你想登天却丢掉了阶梯，还是像从前的态度。

群小胆小怕事且与你不同心，你怎么能与这伙人为伴呢？

同事一个君主却走不同的路，你又怎么能从他们那儿寻求帮助呢？

晋国太子申生确实是孝子，但父亲却信谗言而不信他。

鲧刚直而不和顺，他治水的功业因此未能完成。

原文

吾闻作忠①以造怨②兮，忽③谓之过言④。

九折臂而成医⑤兮，吾至今而知其信然。

矰弋机⑥而在上兮，罻罗⑦张⑧而在下。

设张辟⑨以娱⑩君兮,愿侧身⑪而无所。
欲儃佪⑫以干傺兮,恐重患⑬而离尤。
欲高飞而远集兮,君罔⑭谓汝何之?
欲横奔⑮而失路⑯兮,坚志而不忍。
背膺牉⑰以交痛兮,心郁结而纡轸⑱。
梼⑲木兰以矫⑳蕙兮,鑿㉑申椒以为粮。
播江离与滋㉒菊兮,愿春日以为糗㉓芳。
恐情质之不信㉔兮,故重著㉕以自明。
矫㉖兹媚㉗以私处㉘兮,愿曾思㉙而远身㉚。

——•【字词注解】

①作忠:尽心尽力报国。

②造怨:造就人们的怨恨。

③忽:忽略,忽视。

④过言:过分的言论,夸大言辞。

⑤九折臂而成医:引用古语,《左传》有"三折肱知为良医"的话,与此意同。意思是经验多了,就能成良医。在此比喻自己多次的经历证明忠心会遭祸害。

⑥矰(zēng)弋(yì)机:装上短箭。矰弋,带丝绳的箭。机,指槽弋上的机栝,在这用作动词,装。

⑦罻(wèi)罗:捕鸟的网子。

⑧张:张设。

⑨辟:一种捕鸟的工具。

⑩娱:古通"虞",乐。

⑪侧身:犹"厕身",置身其间。

⑫儃(chán)佪:徘徊。

⑬重(chóng)患:增加灾难。

⑭罔：无，没有。

⑮横奔：乱跑。

⑯失路：不走正道，比喻变节从俗。

⑰胖（pàn）：通"判"，一物中分成二。

⑱纡（yū）轸（zhěn）：隐痛连心。

⑲梼（dǎo）：通"捣"，舂。

⑳矫：揉。

㉑糳（zuò）：舂。

㉒播、滋：都是种植的意思。

㉓糗（qiǔ）：干粮。

㉔信：通"伸"。

㉕重著：一再表明。

㉖矫：举。

㉗媌：美好。

㉘私处：独处。

㉙曾思：反复斟酌。

㉚远身：隐身远去。

● 【精彩解说】

我听说忠诚易结怨，认为言过其实并不注意。

病久了也就成良医了，我至今才明白这是真理。

现今的社会是弓矢暗藏，下面张开着害人的网子。

设置机关讨好君王，想避祸也没有容身的地方。

徘徊着以求进取的时机，又担心加重罪行。

想离开这里远走高飞，君王该不会问：你要去哪儿啊？

想要变节易行不选正路，意志坚定而不忍这样。

我的胸背如裂开般疼痛难忍，我的心抑郁而忧伤。

把木兰弄碎把蕙草揉碎,舂好申椒做自己的食物。
我种植江离和菊花,期望到春天时可以作为芳香的干粮。
唯恐不能表白心中的真情,因此一再重述自己的苦心。
我保持着美德而隐退,愿能深思而自爱洁身。

涉　江

余幼好此奇服①兮,年既老而不衰。
带长铗②之陆离③兮,冠切云④之崔嵬⑤。
被明月⑥兮佩宝璐。
世溷⑦浊而莫余知兮,吾方⑧高驰⑨而不顾。
驾青虬⑩兮骖白螭,吾与重华游兮瑶之圃⑪。
登昆仑兮食玉英⑫,与天地兮同寿,与日月兮同光。
哀南夷⑬之莫吾知兮,旦余济乎江湘。
乘鄂渚⑭而反顾兮,欸⑮秋冬之绪风⑯。
步余马兮山皋⑰,邸⑱余车兮方林⑲。
乘舲⑳船余上沅㉑兮,齐㉒吴㉓榜㉔以击汰㉕。
船容与而不进兮,淹㉖回水㉗而凝滞㉘。
朝发枉陼㉙兮,夕宿辰阳㉚。
苟余心其端直兮,虽僻远之何伤。
入溆浦㉛余儃佪㉜兮,迷不知吾所如。
深林杳以冥冥兮,猨㉝狖㉞之所居。
山峻高以蔽日兮,下幽晦以多雨。
霰雪纷其无垠兮,云霏霏而承宇。
哀吾生之无乐兮,幽独处乎山中。
吾不能变心而从俗兮,固将愁苦而终穷。
接舆髡首㉟兮,桑扈裸行㊱。

忠不必用兮，贤不必以。
伍子逢殃兮，比干菹醢。
与前世而皆然兮，吾又何怨乎今之人！
余将董道而不豫兮，固将重昏而终身！
乱曰：鸾鸟凤皇，日以远兮。
　　　燕雀乌鹊，巢堂坛兮。
　　　露申辛夷，死林薄兮。
　　　腥臊并御，芳不得薄兮。
　　　阴阳易位㊲，时不当兮。
　　　怀信侘傺，忽乎吾将行兮！

【字词注解】

①奇服：奇特的服饰。

②铗（jiá）：剑。

③陆离：形容其所佩带宝剑之长。

④切云：一种很高的帽子。

⑤崔嵬（wéi）：高立的样子。

⑥明月：珠名，珠光晶莹像月光，故名。

⑦溷（hùn）：混乱。

⑧方：将。

⑨高驰：远走高飞。

⑩虬（qiú）：有角的龙。

⑪瑶之圃：产美玉的地方，指昆仑，昆仑山以玉闻名。古代神话中，产玉的昆仑山被认作天帝的园圃。

⑫玉英：玉的精华。

⑬南夷：即南方人，指楚国统治集团。夷，是当时中原地区统治阶级对中原以外各族的泛称，含有轻蔑的意思。

⑭鄂渚：应当指临近洞庭的五渚之一，并不是今天湖北的武昌。

⑮欸（āi）：通"唉"，叹息。

⑯绪风：大风。

⑰山皋：水边高地。皋，水泽，引申为水边之地。

⑱邸（dǐ）：停。

⑲方林：地名。

⑳舲（líng）：有窗子的船。

㉑上沅：溯沅水而上。

㉒齐：并举。

㉓吴：大。

㉔榜：桨。

㉕汰（tài）：水波。

㉖淹：逗留。

㉗回水：回旋的水，即漩涡。

㉘凝滞：停滞不前。

㉙枉陼（zhǔ）：古地名。"陼"即"渚"。

㉚辰阳：地名。

㉛溆（xù）浦：地名，在今湖南溆浦一带。

㉜儃（chán）佪：徘徊不前。

㉝猿（yuán）：一种猕猴。

㉞狖（yòu）：猴的一种。

㉟髡（kūn）首：剃去头发。

㊱裸（luǒ）行：裸体而行。

㊲阴阳易位：这里比喻当时社会忠奸不辨，是非不分，从而使君子贤士失位，奸邪小人得志。

——•【精彩解说】

我自幼就喜欢这种奇装异服，年纪虽然老了兴致仍不减退。

腰间佩带长长的宝剑啊，头上戴着高高的发冠。

身披明月之珠腰缀美玉。
但举世混浊没人了解我，我将奔向远方不再有顾及。
有角青龙驾辕啊无角白龙拉套，我与重华同游瑶圃。
登上昆仑山以玉之精华为食，要与天地同样万寿无疆，要与日月一齐永放光芒。
哀痛南夷之人都不理解我，天亮后我将渡过长江湘江。
登上鄂渚回头看看来路，慨叹秋冬两季大风凌厉。
让我的马在水边高地散步，将我的车在方林那里停歇。
我乘着有窗的船只上溯沅水，众人一齐挥动大桨劈波斩浪。
船只慢吞吞不能前进，在漩涡中凝滞徘徊。
早晨从枉陼出发，晚上留宿在辰阳。
只要我内心端正忠直，再幽僻荒远又有什么损伤？
进入溆浦我踌躇徘徊，心中迷乱不知要去哪里。
深深的树林幽远晦暗，乃是猿猴群居栖息之地。
山峰高大险峻把太阳遮蔽，下面幽深黑暗而又多阴雨。
雪珠雪花纷飞无边无际，浮云流动低垂下接屋宇。
哀痛我这一生没有乐趣，幽居独处就在大山之中。
我不能改变心志追随流俗，所以怀着愁苦而终生困穷。
先前接舆把头发剃光装疯避世，桑扈出行总是赤身裸体。
忠心的臣子未必会被重用，贤人未必被推举。
伍子胥因为直谏被杀，比干忠心为国却被剁成肉酱。
自古以来就是这样的，我又何必埋怨现在的人呢！
我还是坚持正道而不渝，宁愿终身处于黑暗境地！
乱辞：鸾鸟凤凰那些俊鸟，一天天地远飞难找。
　　　燕雀乌鹊那些凡鸟，却在庙堂、高坛上筑巢。
　　　申椒与辛夷那些香草香木，都在杂树丛中枯死凋零。
　　　腥膻臊臭一起进用，芳香反而不能靠近。
　　　阴阳已经颠倒，时令节序也不得当。
　　　满怀忠信却惆怅失意，飘飘忽忽我将远行他方！

哀 郢①

皇天之不纯命②兮,何百姓③之震愆④?
民离散而相失兮,方仲春而东迁。
去故乡而就远兮,遵江夏⑤以⑥流亡。
出国门⑦而轸⑧怀兮,甲之鼂⑨吾以行。
发郢都而去闾⑩兮,荒忽其焉极?
楫⑪齐扬⑫以容与兮,哀见君而不再得。
望长楸⑬而太息兮,涕淫淫其若霰。
过夏首⑭而西浮⑮兮,顾龙门⑯而不见。
心婵媛而伤怀兮,眇⑰不知其所蹠⑱。
顺风波以从流兮,焉⑲洋洋而为客。
凌阳侯⑳之泛滥兮,忽㉑翱翔㉒之焉薄㉓。
心絓㉔结㉕而不解兮,思蹇产㉖而不释。
将运舟而下浮兮,上洞庭而下江。
去终古㉗之所居兮,今逍遥而来东。
羌灵魂之欲归兮,何须臾而忘反。
背夏浦㉘而西思兮,哀故都之日远。
登大坟㉙以远望兮,聊以舒吾忧心。
哀州土之平乐兮,悲江介之遗风。
当陵阳之焉至兮,淼㉚南渡之焉如?
曾不知夏之为丘兮,孰两东门之可芜?
心不怡之长久兮,忧与愁其相接。
惟郢路之辽远兮,江与夏之不可涉。
忽㉛若不信兮,至今九年而不复。
惨郁郁而不通兮,蹇侘傺而含戚。
外承欢之汋约㉜兮,谌㉝荏弱而难持。
忠湛湛而愿进兮,妒被离而鄣之。

尧舜之抗行兮，瞭杳杳而薄天。
众谗人之嫉妒兮，被以不慈之伪名。
憎愠忄仑㉞之修美兮，好夫人之慷慨㉟。
众踥蹀㊱而日进兮，美超远而逾迈。
乱曰：曼余目以流观兮，冀壹反之何时？
鸟飞反故乡兮，狐死必首丘。
信非吾罪而弃逐兮，何日夜而忘之？

【字词注解】

①《哀郢（yǐng）》：据《楚辞补注》解，"此章言己虽被放，心在楚国（指郢都），徘徊而不忍去，蔽于谗谄，思见君而不得。故太史公读《哀郢》而悲其志也。"这是十分贴切的说法。至于王夫之《楚辞通释》等认为指的是秦将白起破郢，和作品内容不符，故此处不取。郢，现湖北省江陵县西北的郢县故城，楚平王熊居建都。作者写这篇赋时，距离他被迫出都大概已经九年，估计为顷襄王时代。哀郢，就是怀念楚国，其中蕴含着自己遭谗被贬的难过及对人民艰苦的同情。

②不纯命：指命运不常，祸福难以预料。纯，常。

③百姓：这个词先秦时期的含义是"百官"，指的是贵族、官僚集团。

④愆（qiān）：丧失。

⑤江夏：长江与夏水（古时夏水从石首到汉阳）中间的狭长地带叫江夏。

⑥以：通"而"，连词。

⑦国门：即都城之门。

⑧轸（zhěn）：痛。

⑨甲之鼂（zhāo）：古代用"干支"记日，甲之鼂即甲日那天早上。

⑩闾（lú）：里门，在这指家乡、家园。

⑪楫：划船的桨。

⑫齐扬：同时。

⑬楸（qiū）：一种落叶乔木，常植于道路两边。

⑭夏首：应指江陵东南二十五里之夏水口。

⑮西浮：从西面顺水漂流。

⑯龙门：郢都的东城门。

⑰眇：辽远。

⑱所蹠：停步的地方。

⑲焉：承接词，有从此、于是的意思。

⑳阳侯：指江水的波浪。古时神话相传，陵阳国侯被水淹死，魂灵化成波浪之神，所以阳侯便成大波浪的代称。

㉑忽：远。

㉒翱翔：指船在水上漂流。

㉓薄：指靠岸。

㉔絓（guà）：绊住，阻碍。

㉕结：打结子，系疙瘩。

㉖蹇产：曲折纠缠。

㉗终古：年代久远。

㉘夏浦：夏首。

㉙坟：江中岛屿沙洲。

㉚淼（miǎo）：水面阔大无边的样子。

㉛忽：迷惘，恍惚。

㉜汋（chuò）约：柔美的样子，这里指小人谄媚的样子。

㉝谌（chén）：确实。

㉞慍（yùn）惀（lǔn）：可能是形容怨思蕴积于心的样子，应该是就忠贞君子而言。

㉟慷慨：形容情绪激昂奋发的样子。

㊱踥（qiè）蹀（dié）：形容行走的样子。

【精彩解说】

上天反复无常啊，为什么要使贵族动荡遭殃？

民众妻离子散不能相顾，正当仲春二月却向东逃难。

离开故乡郢都奔到远方，沿着长江和夏水到处流亡。

出了国都的城门啊心怀悲痛，甲日早晨我上路而行。

从郢都出发离开旧居啊，我惆怅恍惚该去往何方？

桨儿齐摇船儿却徘徊不前啊，可怜我再也不能见到君王。

望见故国高大的楸树我不禁长叹啊，泪落不断像雪粒纷纷坠落。

经过夏水口又向东漂行啊，回头看郢都东门而不能见。

牵挂不舍无比忧伤啊，渺渺茫茫不知落脚在何方。

顺着风波推移，随着江流漂泊吧，于是漂流失所客居他乡。

乘着漫无边际的巨大波浪啊，船只随波涛起伏一上一下将停止于何处？

心中郁结苦闷而无法解脱啊，思绪萦绕纠缠难以舒畅。

将要驾着船顺流而下，上溯是洞庭下流是长江。

离开长久居住的故国之地，如今漂泊渐来东方。

梦魂牵萦故都总欲归去，哪里有一时一刻忘记回返。

背离夏口心头仍挂念西方（的郢都），故都日渐遥远真叫人悲伤。

登上江边的高丘举目远望啊，姑且以此来舒展一下我忧愁的心情。

哀怜荆楚人民曾过着平安欢乐的日子啊，悲叹江畔地区还保持着传统的淳朴民风。

到达陵阳后该去向哪里啊，大水茫茫南渡后到何方？

怎料想宗庙宫室竟成荒丘，谁说郢都东门就任其荒芜？

心中久久不悦啊，忧愁还添惆怅。

想到回郢都道路如此遥远，长江夏水难以涉渡。

恍惚中好像刚离开郢都，不能回郢都至今已有九年时光。

惨恻郁闷襟怀不能舒展啊，惆怅失意心中悲戚满含。

小人顺承楚王的欢心表面柔情媚态啊，实际上软弱无能难以依靠。

良臣忠心耿耿愿意进身为国效力啊，嫉妒者便纷纷设置障碍百般阻挠。

唐尧虞舜都有高尚的德行，高远无比可达九天云霄。

众多谗谄小人嫉妒群起诋毁，说他们不爱儿子横加罪名。

楚王憎恶那内心忠诚却不善于言辞的美德之士啊，却爱好那些能说会道的奸佞之徒。

那些小人奔走钻营在君王前日益得势，美好的贤能者却日益疏远被驱逐。

乱辞：睁大我的双眼向四方环顾啊，希望什么时候能返回郢都一趟。

　　　鸟雀飞翔都要归还故土，狐狸死时头一定向着出生的山丘。

　　　确实不是我的罪过却遭放逐啊，哪有一天一夜我会将故国遗忘？

抽　思①

心郁郁之忧思兮，独永叹②乎③增伤。
思蹇产之不释兮，曼④遭夜之方长。
悲秋风之动容⑤兮，何回极⑥之浮浮⑦。
数惟⑧荪⑨之多怒⑩兮，伤余心之忧忧⑪。
愿摇起而横奔兮，览民尤以自镇。
结微情⑫以陈词⑬兮，矫⑭以遗⑮夫美人⑯。
昔君与我诚言兮，曰⑰黄昏⑱以为期⑲。
羌中道而回畔⑳兮，反既有此他志。
憍㉑吾以其美好兮，览㉒余以其修姱。
与余言而不信兮，盖㉓为余而造怒㉔。
愿承间㉕而自察㉖兮，心震悼而不敢。
悲夷犹㉗而冀进㉘兮，心怛㉙伤之憺憺㉚。
兹历情㉛以陈辞兮，荪详聋而不闻。
固切人之不媚兮，众果以我为患。
初吾所陈之耿著㉜兮，岂至今其庸亡？

何独乐斯之謇謇[33]兮，愿荪美之可完。
望三五以为像兮，指彭咸以为仪。
夫何极而不至兮，故远闻而难亏。
善不由外来兮，名不可以虚作。
孰无施而有报兮，孰不实而有获？
少歌曰：与美人抽怨兮，并日夜而无正。
　　　　憍吾以其美好兮，敖[34]朕辞而不听。
倡曰：有鸟[35]自南兮，来集汉北。
　　　好姱佳丽兮，牉[36]独处此异域。
　　　既茕独而不群兮，又无良媒在其侧。
　　　道卓[37]远而日忘兮，愿自申而不得。
　　　望北山而流涕兮，临流水而太息。
　　　望孟夏之短夜兮，何晦明之若岁[38]！
　　　惟郢路之辽远兮，魂一夕而九逝。
　　　曾不知路之曲直兮，南指月与列星。
　　　愿径逝[39]而未得兮，魂识路之营营[40]。
　　　何灵魂之信直兮，人之心不与吾心同！
　　　理弱而媒不通兮，尚不知余之从容[41]。
乱曰：长濑[42]湍流，泝[43]江潭兮。
　　　狂顾南行，聊以娱心兮。
　　　轸[44]石崴嵬[45]，蹇吾愿兮。
　　　超回志度，行隐进兮。
　　　低佪夷犹，宿北姑兮。
　　　烦冤瞀容[46]，实沛徂[47]兮。
　　　愁叹苦神，灵遥思兮。
　　　路远处幽，又无行媒兮。
　　　道[48]思作颂，聊以自救兮。
　　　忧心不遂，斯言谁告兮！

—●【字词注解】

①《抽思》：采用本篇中"少歌曰"头句"抽怨"的意思，把内心珍藏的愁思一一抽绎出来。文中讲："有鸟自南兮，来集汉北。"可见《抽思》是屈原已离开郢都到汉北所写。蒋骥的《山带阁注楚辞》说："原于怀王，受知有素。其来汉北，或亦谪宦于斯，非顷襄弃逐江南比。""谪宦"，即司马迁所谓放流，和后来的"弃逐"或"放逐"不同。

②永叹：长叹。

③乎：《文选》司马相如《长门赋》注引作"而"。

④曼：长。

⑤秋风之动容：指秋风一起，草木摇落而褪色。

⑥回极：回，林云铭《楚辞灯》认为是"四"字之误，即四方的边极。

⑦浮浮：空气浮动的模样。

⑧数惟：多次想起。

⑨荪：香草，喻指怀王。

⑩多怒：据《庄屈合诂》解，"《史记》称王怒而疏原。又载其击秦失利，皆以怒而败，固知王之善怒也。"

⑪忧忧：痛心的样子。

⑫微情：谦辞，犹言下情或私衷。

⑬陈词：指作《抽思》赋。

⑭矫：举起。

⑮遗：赠予。

⑯美人：此处指怀王。

⑰曰：说。

⑱黄昏：日落的时候，古代于此时举行昏礼（今婚礼）。这里用男女关系比喻君臣关系。

⑲期：信任我直到老死。

⑳回畔：改道，改路。此处指背弃。

㉑忄乔（jiāo）：通"骄"。

㉒览：炫示。

㉓盍（hé）：通"盍"，为什么，何故。

㉔造怒：故意找生气的理由。

㉕承间：趁机。

㉖自察：自己解说明白。

㉗夷犹：犹豫。

㉘冀进：希望进言。

㉙怛（dá）：忧伤。

㉚憺（dàn）憺：因恐惧而不安的样子。

㉛兹历情：历，列举。一本作"历兹情"。

㉜耿著：光明，明白。

㉝謇謇：形容忠贞率直的样子。

㉞敖（ào）：同"傲"。

㉟鸟：屈原自喻。

㊱牉（pàn）：分离，分别。

㊲卓：远。

㊳何晤明之若岁：形容度日如年，难以入眠。

㊴径逝：一直前往，返回郢都。

㊵营营：来回走动的样子。

㊶从容：举动，行为。

㊷濑（lài）：沙石滩上的水流。

㊸沂（sù）：逆流而上。

㊹畛（zhěn）：通"畛"，田间道路。

㊺崴（wēi）嵬（wéi）：形容石头高低不平的样子。

㊻瞀（mào）容：当为"瞀慉"，心情烦乱不安。

㊼沛徂（cú）：颠沛困苦地行进。徂，去往。

㊽道：通"导"，表达，表述。

【精彩解说】

我心里郁结的忧思，孤寂地长叹使心中越发悲伤。

愁思纠结心情不能舒展，偏逢如此漫长的夜晚。

可怜萧瑟的秋风移草易木，为什么天地运转得如此快？

多次想到君王常发怒，更让我忧虑愁苦。

我欲随着自己的心性行事，看到人民苦难而勉强镇定。

我用言辞表达心中的深情，把它高高举起献给我的君王。

过去君王和我约定，他说我们一直到老相依为命。

谁料中途他却反悔了，转身而去有了二心。

他夸自己是多么的好，向我展示他如何的伟大。

跟我说的话不守信用，还存心找茬向我发怒。

我想找个时机表白自己，心中因忐忑不安而不敢做。

可怜我还犹豫期望进言，心里痛苦忧伤而不安。

把全部的想法直接告诉他，君王却装聋不听。

人因正直就不擅献媚，别人反而视我为眼中钉。

从前我讲的话耿直明了，君王难道如今都忘记了？

为何只有我爱这样忠贞率直，我只盼君王的美德有所光大。

想让君王以三王五霸为榜样，我以彭咸为学习的楷模。

这样的话还有什么终极达不到，从此美名传遍四方。

美好的品德不是从外产生的，名声不可弄虚造假。

谁能不付出而得到好处，哪有不播种就能丰收的？

少歌道：我向君王倾诉我的深情，日夜不停地给他讲却没有他的评判。

他拿他的美好向我炫耀，傲慢地对我说的话如同没听见。

唱道：有只鸟从南方飞来，飞到汉水之北暂栖。

小鸟羽毛丰满非常漂亮，现在却离开群体独自在异地。

小鸟孤独得没有一个朋友，又没有好的媒人帮助沟通。

路途遥远日渐被遗忘，自己想申诉却又办不到。

遥望北山暗暗挥泪，对着流水声声叹息。

初夏的夜晚本来短暂，哪知却如此漫长就像是一年。

思念郢都的路程那么遥远，在梦里灵魂一夜返回九次。

灵魂不知道郢都路是曲是直，通过星星和月亮来辨别向南去的方向。

想直接回到郢都却回不去，灵魂来回识路多么劳碌。

为什么灵魂如此诚信耿直，别人的心却与我的心不一样！

媒人软弱而不能传递我的深情，还不知道我的行为、举动。

乱辞：岸边的浅水迅速流过沙滩，我沿着深潭逆流而上。

我狂乱顾盼向南走，姑且可以抚慰心里的忧伤。

路途高低不平，阻止我回郢都的愿望。

徘徊踯躅，行退两难，心中迷茫啊。

犹豫徘徊让我不忍远去，且暂留住于北姑这个地方。

心里忧郁烦闷不安，行走得实在颠沛困苦。

忧愁叹息神思劳苦，心中又在思念家乡。

离郢都路途遥远，住地又偏僻，又没有沟通的媒人。

为了表明我的所思就写了此章，姑且用它来排解自己的愁肠。

我的忧郁心绪不能顺畅，我所说的话去对谁讲？

怀 沙[①]

原文

滔滔[②]孟夏[③]兮，草木莽莽。
伤怀永哀兮，汨[④]徂[⑤]南土。
眴[⑥]兮杳杳[⑦]，孔[⑧]静幽默[⑨]。
郁结纡轸兮，离慜[⑩]而长鞠[⑪]。
抚[⑫]情效[⑬]志兮，冤屈而自抑[⑭]。

【字词注解】

①《怀沙》：一指抱着沙石自沉的绝命辞，文中所表露的情绪，完全是一个即将死去者的声音。另一指认为"沙"指长沙，所谓"怀沙"即怀念长沙。本诗篇未必是屈原的绝命辞，但距其投水而死理当不远。

②滔滔：《史记》引作"陶陶"，和暖的样子。

③孟夏：指农历四月。

④汩（yù）：迅速。

⑤徂（cú）：往，去。

⑥眴（xuàn）：看。

⑦杳杳：深远悠长的样子。

⑧孔：甚，很。

⑨幽默：指深沉静寂。

⑩慜（mǐn）：忧患。

⑪鞠（jū）：窘困。

⑫抚：循，按。

⑬效：考核。

⑭自抑：是指强自按捺。

【精彩解说】

暖洋洋的农历四月初夏啊，草木茂盛地生长。

悲伤总是充满胸膛啊，我匆匆来到南方。

眼前是无尽的苍茫，沉寂得没有一丝声响。

沉郁愤慨纠结于胸膛，内心悲哀而困苦无边。

扪心自问实无过错啊，自己承受了多少冤枉。

刓①方以为圜兮，常度②未替。

易③初④本迪兮，君子所鄙。

章⑤画志墨兮，前图⑥未改。
内厚质正兮，大人⑦所盛⑧。
巧倕⑨不斫⑩兮，孰察其拨⑪正。
玄文⑫处幽⑬兮，矇瞍⑭谓之不章。
离娄⑮微睇⑯兮，瞽⑰以为无明。
变白以为黑兮，倒上以为下。
凤皇在笯⑱兮，鸡鹜翔舞。
同糅玉石兮，一概⑲而相量。
夫惟党人鄙固⑳兮，羌不知余之所臧㉑。

【字词注解】

①刓（wán）：刻，削。

②度：法。

③易：改变。

④初：初志。

⑤章：明。

⑥前图：指前人的法度。图，法。

⑦大人：圣人君子。

⑧盛：赞许。

⑨倕（chuí）：古代一个巧匠的名字。

⑩斫（zhuó）：拿刀斧砍削。

⑪拨：指弯曲。

⑫玄文：黑色的花纹。

⑬处幽：待在幽暗的地方。

⑭矇瞍（sǒu）：盲人的通称。矇，眼珠看不见称矇。瞍，没有眼珠称瞍。

⑮离娄：也称离朱。据说他的眼力很好，能在百步之外，见秋毫之末。

⑯微睇：能看见极细微的东西。睇，斜视，流盼。

⑰瞽（gǔ）：盲人。

⑱篗（nú）：竹笼。

⑲概：古时量米麦等用来刮平斗斛的丁字形工具，这里引申为标准。

⑳鄙固：鄙陋，顽固。

㉑臧（cáng）：此处指抱负。

——•【精彩解说】

把方木削成圆木啊，正常法度也不可废弃。

偏离正路而走斜径啊，终将为君子所鄙视。

就像标注在木材上的墨线，前人的法度不能更改。

品行端正忠厚善良啊，圣人君子盛赞不已。

不经过能工巧匠的砍削，谁又知道木材的曲直？

黑色的花纹放在幽暗之处，盲人会认为黯淡无光。

离娄微睁着眼睛就看得非常清楚啊，盲人反说他是失明无光。

黑白混淆啊，上下颠倒。

凤凰被关进了笼子，鸡鸭却在肆意飞翔。

美玉和糙石被掺杂在一起，二者竟被等观齐量。

那些卑鄙嫉妒的结党营私之徒啊，哪里明了我的纯洁高尚。

任重载盛①兮，陷滞而不济②。
怀③瑾④握瑜兮，穷不知所示。
邑⑤犬之群吠兮，吠所怪也。
非⑥俊疑⑦杰兮，固庸态⑧也。
文质疏内⑨兮，众不知余之异采。
材⑩朴⑪委积⑫兮，莫知余之所有⑬。
重⑭仁袭⑮义兮，谨厚⑯以为丰。
重华不可遻⑰兮，孰知余之从容！
古固有不并⑱兮，岂知其何故？

汤禹久远兮，邈[19]而不可慕。

惩连[20]改忿兮，抑心而自强。

离慜而不迁兮，愿志之有像[21]。

进路北次[22]兮，日昧昧其将暮。

舒忧娱哀[23]兮，限[24]之以大故[25]。

——●【字词注解】

①盛：多。

②不济：成不了，不被利用。

③怀：在衣称怀。

④瑾：指美玉。在这里比喻自己有的品德、才华。

⑤邑：城市，城镇。《史记》中此句无"之"字。

⑥非：诽谤。

⑦疑：猜忌。

⑧庸态：指庸人的常态。

⑨文质疏内：应是"文疏质讷"，即外表粗疏，心里却刚毅倔强。文，表面的花纹。质，内在的实质。内，音同"讷"，木讷，朴实无华。

⑩材：指有用的木料。

⑪朴：树皮。

⑫委积：指堆积。

⑬所有：指具有的才华。

⑭重：积累。

⑮袭：重叠。

⑯谨厚：谨慎忠厚。

⑰遌（è）：碰到。

⑱不并：指古时的圣贤不能一个时代出现。

⑲邈（miǎo）：远。

⑳惩连：止恨。连，当从《史记·屈原贾生列传》作"违"，恨的意思。

㉑像：法规，愿自己的品行能被后人效仿。

㉒次：住宿。

㉓娱哀：舒散，发泄忧愁，是指《怀沙》之赋。

㉔限：指规定的期限。

㉕大故：指死亡。

——●【精彩解说】

我的责任重大而又神圣，却又陷入困境难以担当。

尽管我怀揣珠宝和美玉，身处困境无法向人献上。

城里的狗在乱叫，对着它们感到奇怪的人和事吠叫。

诋毁英雄人物怀疑俊杰，本是庸人惯有的态度。

我的外表质朴秉性木讷，人们不知我的才能出众。

把有用没用的木料积聚一起，谁能知道我潜在的力量。

我积累高尚的品德和才能，为人谨慎忠厚注重修养。

虞舜已不能相遇，谁又能理解我的言行？

自古以来名君圣贤生不同时，怎能了解其中的缘故？

商汤夏禹离我们很远，远得难以让我们去瞻仰。

以后我不会再怨恨愤懑了，抑制自己的内心让自己更坚强。

即使遭遇忧患也不改变，希望心中有学习的榜样。

沿着路途行至北方，太阳渐渐落下，暮色苍茫。

我要解开忧思排遣哀怨，期限已到将面对死亡。

乱曰：浩浩沅湘，分①流汨②兮。

　　　修路幽蔽，道远忽③兮。

　　　怀质抱情④，独无匹⑤兮。

　　　伯乐既没，骥焉程⑥兮。

　　　万民之生，各有所错⑦兮。

定心广志，余何畏惧兮？

曾⑧伤爰⑨哀，永叹喟兮。

世溷浊莫吾知，人心不可谓兮。

知死不可让，愿勿爱兮。

明告⑩君子⑪，吾将以为类⑫兮。

【字词注解】

①盆：洪兴祖《楚辞补注》一作"汾"，音同"湓（pén）"。《前汉书·沟洫志》颜师古注："湓，踊也。"水凶猛的样子。

②汩（gǔ）：水流迅速的样子。

③忽：渺茫，形容道远。《史记》于"道远忽兮"以下有"曾吟恒悲兮，永叹慨兮。世既莫吾知兮，人心不可谓兮"四句。

④怀质抱情：即"怀瑾握瑜"。质，指品质。情，指思想。

⑤匹：朱熹《楚辞集注》书认为"匹，当成'正'字之误也"。"正"和下文"程"押韵，证明的意思。

⑥程：考核，衡量。

⑦错：通"措"，安排。

⑧曾：通"层"，重叠。

⑨爰（yuán）：指哀伤不止。

⑩明告：公开告诉。

⑪君子：指彭咸。

⑫类：榜样。

【精彩解说】

乱辞：波涛汹涌的沅湘二江，它们一日千里各自奔流。

路途遥远且幽暗多阻，前途遥远而又漫长。

我有高尚的品质和激情，但这有谁能为我证明。

善于相马的伯乐已经死去，千里马还有谁能品评？

万民一降生，上天就会安排各自的命运。

坚定远大的心志，我又有什么可畏惧？

多次的伤害和太多的悲哀，不禁让我叹息不止。

世间黑暗混浊没有人能理解我，人心叵测实在不好说。

我知道死已不可免去，对待生命我也不愿意吝惜。

明白地告诉那些光明磊落的圣贤，我将以此作为法则。

思美人①

原文

思美人兮，揽涕②而伫眙③。

媒绝路阻兮，言不可结④而诒⑤。

蹇蹇⑥之烦冤兮，陷滞而不发⑦。

申旦⑧以舒中情兮，志沉菀⑨而莫达。

愿寄言于浮云兮，遇丰隆⑩而不将⑪。

因⑫归鸟而致辞兮，羌宿高⑬而难当⑭。

【字词注解】

①《思美人》：这篇赋为屈原在怀王时谪居汉北所写，是继《抽思》后，进一步发挥《抽思》主旨的作品，以篇首"思美人"为篇名。美人，指楚怀王，此篇意为屈原想念怀王，期望他幡然醒悟，发愤图强。

②揽（lǎn）涕：擦干眼泪。揽，收。

③伫眙（chì）：长时间站着呆望。伫，久立。眙，瞪眼看。

④结：缄，指写信。

⑤诒：赠。

⑥蹇蹇：直言进谏。

⑦不发：振作不起来。

⑧申旦：每天。申，重复。

⑨沉菀（yùn）：烦闷而郁结。

⑩丰隆：云神。

⑪将：送。

⑫因：凭，依。

⑬宿高：指鸟飞得又高又快。宿，当作"迅"，即速度快。

⑭当：值，遇。

【精彩解说】

美人，我是如此思念你，我擦干了泪水伫立久望。

道路受阻现在没有人说合，想说的话也没法和你说。

直言进谏反被冤枉，愁思郁积难以抒发。

通宵达旦我想抒发心里的感情，心情沉重又难以表明。

想让浮云来传达这些话，碰到云神却不肯为我讲情。

想托归郢都的鸟帮忙捎信，可它飞得又高又快难以遇到。

原文

高辛①之灵盛兮，遭玄鸟②而致诒。
欲变节以从俗兮，愧易初③而屈志④。
独历年而离愍兮，羌⑤冯心⑥犹未化⑦。
宁隐闵⑧而寿考⑨兮，何变易之可为！
知前辙⑩之不遂兮，未改此度。
车既覆而马颠兮，蹇独怀此异路⑪。
勒骐骥而更驾兮，造父⑫为我操之。
迁⑬逡次⑭而勿驱⑮兮，聊假日⑯以须时⑰。
指嶓冢⑱之西隈⑲兮，与纁黄⑳以为期。

———•【字词注解】

①高辛：指高辛氏，古时部族首领帝喾的号。

②玄鸟：即燕子。

③易初：改变初衷。

④屈志：指委屈自己的本意。

⑤羌：发语词。

⑥冯心：指愤怒的心情。冯，通"凭"。

⑦未化：没消。

⑧隐闵：隐忍痛苦。

⑨寿考：终生。

⑩辙：一本作"道"。

⑪异路：和大家不同的路。

⑫造父：周穆王时为驾车大夫，以善于驾车著名。

⑬迁：延。

⑭逡（qūn）次：逡巡，徘徊不进。

⑮勿驱：不准快跑。

⑯假日：指费时日。

⑰须时：等待时机。

⑱嶓（bō）冢：山的名字，汉水发源处，在今甘肃天水。屈原当时在汉北，因此举汉水所出立说。

⑲隈（wēi）：山边。

⑳纁（xūn）黄：指黄昏。

———•【精彩解说】

高辛氏有美好的品德，能够让玄鸟送去礼物。

想要不顾廉耻随波逐流，又因改变原来的心志有愧于心。

我独自多年遭受忧患，愤懑的心情丝毫没有化解。

宁愿忍痛失意终生，怎么可以改变我最初的心志？

我明知道未来的道路艰难不顺，但仍不愿改变这种态度。

尽管车翻了马也倒了，还要坚持走此与众不同的路。

我重新乘上千里马拉的车，擅长驾车的造父为我驾车。

车子缓慢前行不用着急，姑且休息等待时机。

指着嶓冢山的西面山崖，约好黄昏时分在那里相见。

开春发岁①兮，白日出之悠悠。

吾将荡志②而愉乐兮，遵③江夏以娱忧。

揽④大薄⑤之芳茝⑥兮，搴⑦长洲之宿莽⑧。

惜吾不及古人⑨兮，吾谁与玩⑩此芳草？

解⑪萹薄⑫与杂菜⑬兮，备以为交佩⑭。

佩缤纷以缭转⑮兮，遂萎绝⑯而离异。

吾且儃佪以娱忧兮，观南人⑰之变态⑱。

窃快在其中心兮，扬⑲厥凭⑳而不竢。

芳与臭其杂糅兮，羌芳华㉑自中出。

纷郁郁㉒其远承兮，满内㉓而外扬㉔。

情与质信㉕可保兮，羌居蔽而闻章㉖。

——•【字词注解】

①开春发岁：指春的开始，岁的发端。

②荡志：指排解心情。

③遵：遵循。

④揽：采取。

⑤薄：草木丛生处。

⑥芳茝：芳香的茝草。

⑦搴（qiān）：指拔取。

⑧宿莽：指冬生不死的草。

⑨古人：指古时候的圣贤。

⑩玩：观赏，鉴赏。

⑪解：拔取。

⑫萹（biān）薄：萹，又称萹竹，一年生蓼科草本野生植物。薄，指成丛的杂草。

⑬杂菜：恶菜。

⑭交佩：左右相交的佩饰。

⑮缭转：指环绕。

⑯萎绝：枯萎了。用来形容楚王不欣赏芳草，却拿恶草杂菜佩带满身，至其枯死。

⑰南人：指郢都以南人。

⑱变态：不正常的情态。

⑲扬：弃。

⑳凭：指愤懑。

㉑华：通"花"。芬芳的花儿能卓然自见，不为腐臭所玷污。闻一多《楚辞校补》："'出'字不入韵，疑此二句上或下脱二句。"

㉒郁郁：指香气浓烈。

㉓满内：指内部充盈。

㉔外扬：向外扩散。

㉕信：真正，确定。

㉖章：通"彰"，即明。

【精彩解说】

春天来了，新的一年又开始了，白天的时间越来越长。

我要放松心情尽情欢乐，沿着江夏而行以解忧虑。

我采摘草丛中的芳苣，还把长洲上的宿莽也摘下。

可叹我没赶上古贤人的时代，能和谁一起共赏这些芳草呢？

采下丛生的蒿和杂菜，备置左右相交的佩饰。

佩饰美丽缤纷缭绕周身，最终却枯萎凋零被扔在一旁。

我且在这里徘徊消解忧愁，看看南方人的不正常的情态。

心里暗暗地洋溢欢乐，要舒散愤懑不再等待。

芳香和浊臭混杂在一起，芳香总会从中突显出来。

芳香浓郁远远飘散，充盈于内自会向外扩散。

只要外表和本质确实美好，虽居所蔽塞但名声依然传遍四海。

原文

令薜荔以为理①兮，惮举趾②而缘木③。

因芙蓉④而为媒兮，惮褰⑤裳而濡⑥足。

登高⑦吾不说⑧兮，入下吾不能。

固朕形之不服⑨兮，然容与⑩而狐疑。

广遂⑪前画⑫兮，未改此度也。

命则处幽⑬，吾将罢⑭兮，愿及白日之未暮⑮。

独茕茕⑯而南行兮，思彭咸之故⑰也。

【字词注解】

①理：媒人，媒介。

②举趾（zhǐ）：抬起脚。

③缘木：指爬树。

④芙蓉：莲花。

⑤褰：通"搴"，提起，撩起。

⑥濡：沾湿。芙蓉长在水中，欲寻求它做介绍人，可又怕下水弄湿了脚。薜荔、芙蓉，喻指在位的故友。

⑦登高：指缘木。

⑧说：通"悦"。

⑨服：习惯。

⑩容与：指徘徊不进。

⑪广遂：指广泛地实现。

⑫前画：意思是原来的谋划，指发愤图强等。

⑬处幽：即"居蔽"的意思。居住在幽僻的地方。

⑭罢：休止。

⑮日之未暮：比喻人的生命尚有时日。

⑯茕（qióng）茕：孤独。

⑰故：指故迹。指彭咸谏君不听而自杀的事情。屈原改变节操固然不愿意，等待机会又等待不了，因此要效法彭咸之死谏，期望楚王能够醒悟。

——•【精彩解说】

想令薜荔去给我做媒，而我又不愿意抬脚上树去摘。

想请芙蓉为我上前去说合，我又不愿意提裳下水采。

上树采摘薜荔我心里不高兴，下水采集芙蓉我心里不痛快。

本来是我的身形不适于当世啊，可是我心中却徘徊犹豫。

我在完全按照以前的法度（行事），这样的准则从没改变过。

命中注定居住在幽僻的地方，我也将就此停止啊，也要趁生命还未结束而有所作为。

我独自向南行走，彭咸故迹让我更加思念。

惜往日①

原文

惜往日之曾信②兮，受命诏③以昭时④。
奉⑤先功⑥以照下⑦兮，明法度之嫌疑⑧。
国富强而法立兮，属⑨贞臣⑩而日娭。
秘密事⑪之载心⑫兮，虽过失犹弗治⑬。

心纯庬⑭而不泄⑮兮，遭谗人而嫉之。
君含怒而待臣兮，不清澂⑯其然否。
蔽晦君之聪明兮，虚惑⑰误又以欺。
弗参验以考实兮⑱，远迁⑲臣而弗思⑳。
信谗谀㉑之溷浊兮，盛气志㉒而过㉓之。

●【字词注解】

①《惜往日》：这是屈原临终前的作品，应写在《怀沙》之前。篇名《惜往日》者，痛惜谗臣蔽君让自己的政治理念无法实现，申述自己因此要死的苦衷，期望楚王终能醒悟。

②曾信：曾获得怀王的信任。

③命诏：诏令，君王对臣民所发布的命令。

④昭时：使时世清明。即辅助怀王治理国家。时，一本作"诗"。

⑤奉：继承。

⑥先功：先人的制度或祖先的功业。

⑦照下：告知下民。

⑧嫌疑：指法令模糊的地方。

⑨属：托付。

⑩贞臣：屈原自称。

⑪秘密事：此处解作努力、勤勉于国事之意。

⑫载心：指放在心里，有不辞劳苦的意思。

⑬治：定罪。

⑭纯庬（máng）：敦厚。

⑮不泄：指不泄露机密。

⑯清澂（chéng）：指弄清楚事实的真相。澂，通"澄"，即清。一作"澈"。

⑰虚惑：把无称有叫虚，把假称真叫惑。

⑱参验以考实兮：参验，指参较证验。考实，查找真相。

⑲远迁：指迁到汉北。

⑳弗思：不假思索。

㉑谀谀（yú）：指谗佞阿谀的人。

㉒盛气志：很生气。

㉓过：责罚。

——【精彩解说】

回忆往日我被信任，领受诏命为政使时世清明。

遵奉先王的功业福照万民，使法度严密无疑可存。

国家日渐富强法律已制定，政治托付忠臣而君王安乐无事。

我勤于国事不辞劳苦，虽有过失但君王并没有责罚。

我心性敦厚态度严谨，却遭奸佞之徒嫉恨。

君王信谗言含怒对我，竟弄不清事情的真假。

小人们蒙蔽了君王的视听，他们无中生有颠倒是非。

君王也不去验证查实，把我远远流放不念一丝旧情。

他听信颠倒是非的谗言，怒气冲冲地把罪名加在我的身上。

何贞臣之无罪兮，被离谤①而见尤。
惭光景②之诚信兮，身幽隐而备③之。
临沅湘之玄渊④兮，遂自忍而沉流？
卒没身而绝名兮，惜壅君⑤之不昭⑥。
君无度⑦而弗察兮，使芳草⑧为薮幽⑨。
焉舒情而抽信⑩兮，恬死亡⑪而不聊⑫。
独鄣壅而蔽隐⑬兮，使贞臣为无由⑭。

——【字词注解】

①离谤：指遭受诽谤。

②光景：光明。

③备：具备。

④玄渊：水呈黑色的深渊。

⑤壅（yōng）君：被蒙蔽的君王。

⑥不昭：不明。

⑦无度：无标准。

⑧芳草：借喻贤人。

⑨薮（sǒu）幽：指大泽的深处。

⑩抽信：讲述一片忠心。

⑪恬死亡：指安于死亡。

⑫不聊：不苟生。

⑬鄣（zhāng）壅而蔽隐：重重障碍。

⑭无由：指无路自达。

【精彩解说】

为何忠臣本没有罪过，却要受到诽谤而被定罪？

真惭愧啊阳光无所不照，我身居幽隐之地仍能感受到。

来到沅湘江边的深渊，就这样忍心自沉江流？

终将死去而名声断绝，可叹君王被蒙蔽而不觉悟。

君王不去了解真相也不核实，竟把香草丢弃在大泽深处。

该如何抒发感情陈述内心的真情，我宁愿死也不愿偷活在世间。

只因重重阻碍，令忠臣无路可接近君王。

闻百里①之为虏兮，伊尹②烹于庖厨。

吕望屠于朝歌兮，宁戚③歌而饭牛。

不逢汤武与桓④缪⑤兮，世孰云而知之？

吴⑥信谗⑦而弗味⑧兮，子胥⑨死而后忧。

介子⑩忠而立枯⑪兮，文君⑫寤⑬而追求。
封介山而为之禁⑭兮，报大德⑮之优游⑯。
思久故⑰之亲身⑱兮，因缟素⑲而哭之。
或忠信而死节兮，或訑谩⑳而不疑。
弗省察而按实㉑兮，听谗人之虚词。
芳与泽其杂糅兮，孰申旦㉒而别之？
何芳草之早殀兮，微霜㉓降而下戒。
谅㉔聪不明㉕而蔽壅兮，使谗谀而日得㉖。

——•【字词注解】

①百里：指百里奚。百里奚于晋虞战争中被晋国抓住，晋献公把他当成女儿陪嫁的奴隶给了秦国。而后他逃出秦国到楚国，被楚国守边的人抓到，这时秦穆公才知道他是一个贤能的人，便拿五张羊皮把他赎回，让他做大夫，参与国事，辅佐穆公成就了霸业。

②伊尹：原是有莘氏的陪嫁奴隶，当过厨师，后来任商汤之相，辅助商汤消灭夏桀。

③宁戚：春秋时期卫国人，贤人。

④桓：齐桓公。

⑤缪：通"穆"，秦穆公。

⑥吴：指吴王夫差。

⑦信谗：指听信太宰伯嚭的谗言。

⑧弗味：指不能玩味分辨。

⑨子胥：即伍子胥，吴国大将。吴王夫差打败越王勾践后，曾两次兴兵伐齐，伍子胥认定越是吴的心腹之患，应该消灭越，不要伐齐。夫差不从，反而听信太宰伯嚭的谗言，逼他自杀。不久吴国就被越国消灭了。

⑩介子：介子推，春秋时期晋文公的臣子。

⑪立枯：指抱着树立着被烧焦。

⑫文君：晋文公。晋文公做公子时，被父妾骊姬谗毁，流亡在外面十九

年，后在随臣的帮助下回晋国即位。随臣介子推不屑与别人争功，独奉母逃隐在绵山中。而后文公想起他的功劳，派人去找他却找不到，命令烧山，期望他能出来。介子推坚决不下山，最终抱着大柳树被烧死。

⑬寤：醒悟。

⑭禁：指封山。这句讲介子推死后，晋文公把绵山改成介山，不准人们上山樵猎，永远纪念介子推。

⑮大德：指介子推跟随晋文公流亡的途中，缺少粮食，他割了自己的股肉给文公吃。

⑯优游：形容大德宽广的样子。

⑰久故：指多年的故旧。

⑱亲身：不弃左右的亲近。

⑲缟（gǎo）素：指白色的丧服。

⑳訑（tuó）谩（mán）：欺诈。

㉑按实：证实。

㉒申旦：指日复一日。

㉓微霜：即肃霜，《诗经·七月》有"九月肃霜"。这句用霜降而草枯比喻忠臣被排挤，是因为奸臣进谗言。

㉔谅：料想。

㉕聪不明：即听不明。

㉖日得：指日益得逞。

【精彩解说】

听闻百里奚以前当过奴隶，伊尹因善于烹饪做过厨师。

吕望以前在朝歌做屠夫，宁戚边唱歌边喂牛。

不逢商汤、周武王、齐桓公、秦穆公，世人还会有谁知道他们的长处？

吴王信谗言不辨好坏，伍子胥死后国家败亡。

介子推忠心耿耿却被烧死，晋文公醒悟时已经难以追悔。

封介山为禁地不准樵猎，以报介子推的大德。

思念多年来亲近的手下,因此穿着丧服去哭祭他。

有的人忠心却守节而死,有的人为人欺诈却被信任。

不根据事实详细调查,只是听奸人说的假话。

芳香腐臭混在一起,谁能日复一日加以辨别?

为什么芳草总是过早凋谢,寒霜从天而降给以警示。

君王耳目不清被蒙蔽,使小人日渐得势。

原文

自前世之嫉贤兮,谓蕙若①其不可佩。
妒佳冶②之芬芳兮,嫫母③姣而自好④。
虽有西施之美容兮,谗妒人以自代⑤。
愿陈情⑥以白行⑦兮,得罪过之不意⑧。
情冤⑨见之日明兮,如列宿⑩之错置⑪。
乘骐骥而驰骋兮,无辔衔而自载⑫;
乘泛⑬泭⑭以下流兮,无舟楫而自备。
背法度而心治⑮兮,辟⑯与此⑰其无异。
宁溘死而流亡兮,恐祸殃之有再⑱。
不毕辞⑲而赴渊⑳兮,惜壅君之不识㉑。

【字词注解】

①蕙若:蕙草与杜若,都属香草。

②佳冶:漂亮。

③嫫(mó)母:相传是黄帝的妃子,相貌极丑。

④自好:自认为美丽。

⑤自代:指自己取而代之。

⑥陈情:叙述心情。

⑦白行:表明作为。

⑧不意:指出于意外。

⑨情冤：指是非曲直。

⑩列宿：列星。

⑪错置：安置，陈列。

⑫自载：自己乘载。

⑬泛：浮起。

⑭泭（fú）：通"桴"，竹木编制的筏子。

⑮心治：凭主观意见办事。

⑯辟：通"譬"，好像。

⑰此：指乘马无辔衔，泛泭无舟楫。

⑱祸殃之有再：指再发生祸殃。按屈原大约死于顷襄王二十年，这一年秦兵拔鄢郢，取洞庭五湖及沅湘等地，则屈原的预见得到验证。

⑲不毕辞：指话没说完。

⑳赴渊：指投水。

㉑不识：指不知道。

【精彩解说】

自古以来小人嫉妒贤士，还扬言香草不能佩戴在身上。

嫉妒佳人的美丽，丑女嫫母搔首弄姿自以为妖媚漂亮。

纵使有西施一样的容貌，谗妒的人也要取而代之。

想陈述心意表明忠心，却被意外降罪难以预料。

我的冤情已日益明朗，如同罗列在天上的星星。

我想驾着骏马纵横驰骋，却没配置骑马的行头；

想乘木筏顺流而下，却没有船桨而要自己准备。

违背规则只凭意志办事，就与上面的情况没什么区别了。

宁愿马上死去随流水飘逝，只怕祸殃再一次到来。

我的话还没讲完就走向了深渊，痛惜被蒙蔽的君王不懂。

橘　颂[1]

原文

后皇[2]嘉[3]树，橘徕[4]服[5]兮。
受命[6]不迁[7]，生南国兮。
深固难徙，更壹志兮。
绿叶素荣[8]，纷其可喜兮。
曾[9]枝剡[10]棘，圆果抟[11]兮。
青黄[12]杂糅，文章[13]烂[14]兮。
精色[15]内白[16]，类可任[17]兮。
纷缊[18]宜修，姱而不丑兮。

【字词注解】

①《橘颂》：指赞赏橘树。橘树是南方的特产，作者以橘树自喻。对于此辞的写作时间，说法很多，从"嗟尔幼志""年岁虽少"等语看，本辞可能是屈原于仕三闾大夫时所写。

②后皇：地与天的代称。后，指后土。皇，指皇天。

③嘉：美好貌。

④徕（lái）：通"来"。

⑤服：习惯。

⑥受命：指遵循自然的生命，即禀性。

⑦不迁：不移植。

⑧素荣：白花。

⑨曾：通"层"。

⑩剡（yǎn）：尖利。

⑪抟（tuán）：通"团"，用手团物使成圆形。

⑫青黄：指果实颜色。

⑬文章：即文采，指橘子的颜色。

⑭烂：指斑斓。

⑮精色：指鲜明的颜色。

⑯内白：内瓤洁白。

⑰可任：可以担起重任。

⑱纷缊（yūn）：纷繁茂盛的样子。

【精彩解说】

橘啊，你这天地间的美好之树，生下来就适应这片水土。

你禀承天命决不迁徙，生长在南方大地啊。

根深蒂固难以迁移，那是由于你专一的意志啊。

绿叶衬着白花，繁茂得让人欢喜啊。

你的枝条层叠，棘刺锐利，圆圆的果实非常饱满。

青黄的果实相映成趣，橘子的色彩鲜润绚丽。

鲜丽的表皮、雪白的瓤，真像可担重任的君子。

树姿纷繁茂盛，修饰得体，天生异常美丽婀娜。

原文

嗟①尔②幼志③，有以异兮。

独立不迁，岂不可喜兮？

深固难徙，廓④其无求⑤兮。

苏世⑥独立，横⑦而不流⑧兮。

闭心自慎⑨，不终失过兮。

秉德⑩无私，参⑪天地兮。

愿岁并⑫谢，与长友兮。

淑⑬离⑭不淫⑮，梗⑯其有理⑰兮。

年岁虽少，可师长兮。

行比伯夷⑱，置⑲以为像⑳兮。

———•【字词注解】

①嗟：感叹词。

②尔：指橘。

③幼志：儿时的志向。

④廓：指心胸开阔超脱。

⑤无求：无所求。

⑥苏世：醒世。

⑦横：指横绝，意谓特立独行。

⑧不流：指不随波逐流。

⑨闭心自慎：指坚贞自守，不因外力而动摇。"闭心"与"自慎"同义。

⑩秉德：指怀德。

⑪参：配合。

⑫并：疑"不"之声误。

⑬淑：善。

⑭离：通"丽"。

⑮不淫：指不惑，是说橘美好而不动摇。

⑯梗：耿直，指橘的枝干。

⑰理：指木材的纹理。

⑱伯夷：殷末孤竹君的长子，因为不满周武王伐殷，不食周粟，饿死在首阳山。古时一直把他看成是有清高节操的人物。

⑲置：建立，树立。

⑳像：指榜样。

———•【精彩解说】

惊叹你从小志向与众不同。

巍然独立而不迁移，怎能不令人喜欢啊？

根深蒂固难以移动，胸襟开阔无所欲求啊。

清醒地独立在世间，决不随波逐流啊。

闭敛心扉，保持审慎，始终不犯过错啊。

秉持道德，公正无私，和天地同在啊。

愿与岁月一起流逝，和你长久相伴永远为友啊。

善良美好而不淫乱，枝干挺直而有纹理啊。

年纪虽小，可为人师啊。

高洁德行有如伯夷，把你当作榜样来学习啊。

悲回风①

原文

悲回风之摇蕙②兮，心冤结③而内伤。
物④有微而陨性兮，声⑤有隐⑥而先倡⑦。
夫何彭咸之造思⑧兮，暨⑨志介⑩而不忘！
万变⑪其情岂可盖兮，孰虚伪之可长！
鸟兽鸣以号群兮，草苴⑫比⑬而不芳。
鱼葺鳞以自别兮，蛟龙隐其文章。
故荼荠⑭不同亩兮，兰茝幽而独芳。
惟⑮佳人⑯之永都⑰兮，更⑱统世⑲而自贶⑳。
眇远志㉑之所及兮，怜浮云之相羊㉒。
介㉓眇志之所惑兮，窃㉔赋诗之所明㉕。

【字词注解】

①回风：旋风。此处指蕙草被旋风吹动而悲伤。文中三次以彭咸自比，表明本篇是屈原临死之前的作品。屈原五月初五跳江，本篇大概是跳江前一年的秋冬所作。全文没有事实的叙述，都是抒情，而且较多地运用了双声叠韵联绵词，来抒发自己秋冬季节的思想感受。

②蕙：指香草，屈原的自喻。

③冤结：受冤枉愁思郁结。

④物：指蕙。

⑤声：指秋风之声。

⑥隐：指声音低。

⑦先倡：不响亮。

⑧造思：追思。

⑨暨（jì）：与。

⑩介：据东汉王逸《楚辞章句》中注"介，节也"，此处"介"可引申为耿介，有操守，不趋时。

⑪万变：指自己遭受的苦难。

⑫苴（chá）：枯草。

⑬比：并在一起。

⑭荼（tú）荠（jì）：指苦菜和甜菜。

⑮惟：思念。

⑯佳人：屈原自比。

⑰永都：表示永远美好。

⑱更：经历。

⑲统世：世代。统，古人称一个朝代为一统。

⑳贶（kuàng）：赐予，赏赐。

㉑眇远志：远大的志向。眇，通"渺"，遥远。

㉒相羊：通"徜徉"，漂流不定的样子。

㉓介：疑当训"其"。

㉔窃：指私下，自谦之词。

㉕明：表明。

——•【精彩解说】

旋风摇撼可怜的蕙草，我的心受冤枉愁思郁结而悲伤。

蕙草微小容易失去性命，秋风声虽然小却最先传扬。

是什么缘故竟使我思念彭咸，他的高尚品德难以遗忘！

情感万变难以掩盖，哪有虚伪的情意可以长久？

鸟兽鸣叫是为了呼唤同伴，香草和枯草不能堆积在一起散发芬芳。

群鱼修饰鳞片彼此炫耀，蛟龙却隐藏美丽的鳞。

因此苦菜甜菜要分开种植,兰茝身处幽静的地方独自散发芳香。

思念君子永远那么美好啊,经历几世几代自求多福。

远大志向有天高,可怜那浮云漂流不定。

我的远大志向令世人困惑,我私下写出诗赋来表明心态。

原文

惟佳人之独怀①兮,折若椒②以自处。

曾③歔欷之嗟嗟兮,独隐伏而思虑。

涕泣交而凄凄兮,思不眠以至曙。

终长夜之曼曼兮,掩此哀而不去④。

寤从容以周流⑤兮,聊逍遥以自恃⑥。

伤太息之愍怜兮,气於邑⑦而不可止。

纠⑧思心⑨以为纕兮,编愁苦以为膺⑩。

折若木⑪以蔽光兮,随飘风之所仍⑫。

存⑬仿佛⑭而不见兮,心踊跃⑮其若汤⑯。

抚佩⑰衽⑱以案志⑲兮,超惘惘⑳而遂行。

岁忽忽㉑其若颓㉒兮,时㉓亦冉冉㉔而将至。

薠蘅㉕槁而节离兮,芳以㉖歇而不比。

怜思心之不可惩㉗兮,证此言之不可聊。

宁逝死㉘而流亡兮,不忍为此之常愁。

孤子㉙吟而抆泪兮,放子出而不还。

孰能思而不隐兮,照彭咸之所闻。

— 【字词注解】

①独怀:指心胸开阔。

②若椒:杜若和申椒。二者都是芳香植物。

③曾:屡。

④不去:不可以去怀。

⑤周流:周游。

⑥自恃：指自我依赖。

⑦於邑：呜咽。於，通"呜"。

⑧纠（jiū）：纠结。

⑨思心：犹指思绪。把思绪结为佩带，指思绪萦绕。

⑩膺：原意是胸，引申为护胸的内衣，比如现在的肚兜或背心。把愁苦织成肚兜，意思是愁苦填胸。

⑪若木：古时神话里的大树，长在太阳落山的地方。

⑫仍：因循，跟随。

⑬存：指客观存在的东西。

⑭仿佛：好像，模糊不清。

⑮踊跃：跳动。

⑯汤：沸水。这句讲心中跳动得像烧开的汤水。形容特别愁苦的心情，时而万念俱灰，不闻不见；时而又热血沸腾，不可洋溢。

⑰佩：玉佩。

⑱衽（rèn）：衣襟。

⑲案志：指忍耐激愤的心情。

⑳超惘惘：怅惘，若有所失。

㉑曶（hū）曶：通"忽忽"。

㉒颓：坠落，流逝。

㉓时：指生命的限期。

㉔冉冉：渐渐。

㉕蘅（héng）：一种香草，即杜蘅，也称杜衡。

㉖以：通"已"。

㉗惩：制止。

㉘逝死：死去。

㉙孤子：屈原的自称，自哀茕茕独立。

【精彩解说】

怀念古代圣贤之人开阔的胸襟啊,采摘杜若申椒独自居住。

我多次哭泣叹息,虽独处幽隐却引起万千思虑。

伤心的眼泪不断流淌,思虑难眠直到天亮。

熬过漫漫的黑夜,难以掩住心里的悲伤。

醒后动身四处游荡,姑且畅怀自我逍遥。

满腹的悲愁使我悲叹不已,气息哽咽无法抑止。

将无数的愁思编成佩带,把无限的愁苦编成背囊。

折下若木枝来遮住光线,任由旋风把我卷去何方。

仿佛旁边的一切都恍惚不见,我的心像沸水般跳动。

整理衣襟、抚摸玉佩来稳定心志,心里惆怅地走向前方。

岁月匆匆而过,我也日渐步入老年。

白蘋、杜蘅已经枯黄、叶落,芳香消失了,不再茂盛。

可怜我的痴心无法改变,证实这些话并不可靠。

宁可忽然死去随水流逝,也不忍为这些事经常忧愁。

茕茕独立拭泪呻吟,被放逐的人去而不返。

谁能想到这些而不痛苦啊,我明白了彭咸的传说。

原文

登石峦①以远望兮,路眇眇②之默默③。

入景响之无应④兮,闻省⑤想而不可得。

愁郁郁之无快兮,居⑥戚戚而不可解。

心鞿羁⑦而不形兮,气缭转⑧而自缔。

穆⑨眇眇之无垠⑩兮,莽⑪芒芒⑫之无仪⑬。

声有隐⑭而相感⑮兮,物有纯而不可为⑯。

邈⑰蔓蔓之不可量兮,缥⑱绵绵之不可纡⑲。

愁悄悄⑳之常悲兮,翩㉑冥冥之不可娱。

凌㉒大波而流风㉓兮,托㉔彭咸之所居。

•【字词注解】

①峦：指小而锐峭的山。

②眇（miǎo）眇：辽远的样子。

③默默：沉寂没有声音。

④景响之无应：表明在山野没人迹的地方。景，通"影"。

⑤省：省察。这句讲耳闻、目察、心想都不能见家国。

⑥居：疑为"思"之误。

⑦靮羁：控制马的缰绳，此处引申为所受的约束。

⑧缭转：纠缠、缠绕，形容无法排解忧愁的样子。

⑨穆：深远，幽微。

⑩无垠：没有边际。

⑪莽：指苍茫，野色迷茫。

⑫芒芒：通"茫茫"。

⑬仪：形态。

⑭隐：微。

⑮感：感应。

⑯物有纯而不可为：万物纯朴的品质，受到秋气的祸害，没法挽救。暗喻楚国的灭亡。物，指万物。纯，指物的朴质。

⑰藐（miǎo）：通"邈"，遥远。

⑱缥（piāo）：形容高远的样子。

⑲纡（yū）：通"迂"，弯曲，萦绕。

⑳悄（qiǎo）悄：忧愁的模样。

㉑翩：快速地飞。

㉒凌（líng）：乘。

㉓流风：指顺风而流。

㉔托：依托。

【精彩解说】

登上小山向远处眺望，前路渺茫而又寂静。

进入那空旷阴影万籁俱寂，耳听目视心想都不能了。

心中的愁思郁结又没有乐趣，思虑难分难解凄凉悲切。

心被束缚而不能开释，心绪郁结缠绕而无法开解。

宇宙渺茫没有边际，天地宽广无与伦比。

声音虽微弱却可以感应，纯洁美好之物却无奈殒殁。

漫长遥远的路途没法估量，忧思绵绵不可断绝。

愁思常常伴随着我，神魂飞逝心情才会畅快。

我要乘波涛随风而去，走向彭咸所居的深渊。

原文

上高岩之峭岸兮，处雌蜺①之标颠②。
据青冥而攄虹兮，遂倏忽而扪天。
吸湛③露之浮源④兮，漱⑤凝霜⑥之雰雰⑦。
依风穴⑧以自息⑨兮，忽倾寤⑩以婵媛⑪。
冯⑫昆仑以瞰⑬雾兮，隐⑭岐山⑮以清江⑯。
惮涌湍⑰之礚礚⑱兮，听波声之汹汹。
纷容容⑲之无经⑳兮，罔㉑芒芒之无纪㉒。
轧㉓洋洋㉔之无从㉕兮，驰委移㉖之焉止。
漂㉗翻翻其上下兮，翼㉘遥遥其左右。
泛潏潏㉙其前后兮，伴㉚张弛㉛之信期㉜。
观炎气㉝之相仍㉞兮，窥烟液㉟之所积。
悲霜雪之俱下兮，听潮水之相击。

【字词注解】

①雌蜺：虹的一种，色泽比较淡，又称副虹。

②标颠：顶点。

③湛：浓重，浓厚。

④浮源：形容露浓重的样子。"源"一本作"凉"。

⑤漱：漱口。

⑥凝霜：指凝结的霜华。

⑦雰（fēn）雰：霜浓重的样子。

⑧风穴：古神话里的地名，位于昆仑山，是风源泉所在。

⑨自息：自己休息。

⑩倾寤：转身醒来。

⑪婵媛：伤感，悲伤。

⑫冯（píng）：通"凭"，依傍。

⑬瞰：俯视。

⑭隐：依凭。

⑮岐山：即岷山。此句是讲岷江起源的地方，先人以为此是长江的正源。

⑯清江：指长江。

⑰涌湍：急流。

⑱礚（kē）礚：水石互相冲击的声音。

⑲容容：通"溶溶"，纷乱的样子。

⑳无经：无经纬的省略，指水势翻腾汹涌。南北为经，东西为纬。

㉑罔：通"惘"，迷惑。

㉒纪：头绪。江水迷茫奔腾，变化无常。

㉓轧：倾轧，指水势。

㉔洋洋：水盛大的样子。

㉕无从：指漫无所从。

㉖委移：通"逶迤"，水流弯曲的样子。

㉗漂：讲江水起伏翻滚。

㉘翼：飞动。

㉙潏（yù）潏：水涌出的样子。

㉚伴：通"判"，判别。

㉛张弛：指涨落。

㉜信期：指潮水的涨退有一定的时间，一天两次涨退。

㉝炎气：指夏季的郁蒸之气。

㉞相仍：指一起降落。

㉟烟液：指地气上升所凝集的水珠。

【精彩解说】

我登上险峻陡峭的高山崖壁，身处五彩的虹霓的最高处。

我倚靠苍天舒展彩虹，刹那间抚摸到青天。

我吸着浓厚的甘露感受着凉爽，还含漱飘然降下的冰霜。

我靠在风穴的旁边歇息，突然醒悟后不禁悲伤。

靠着昆仑山俯瞰云雾，倚靠岷山眺望清澈的长江。

滚滚云雾奔涌让人感到胆寒，澎湃的波涛声汹涌震天。

内心烦乱没有条理，心中迷惘不知身处何方。

后浪推着前浪不知从何而来，曲折奔腾又要向何方流淌。

波浪滚滚上下翻卷着，浪涛左右摇晃激荡。

潮水上下翻飞汹涌泛滥，在一定的时间里涨落。

我观察不断变化蒸腾的热气，看到蒸腾的热气积聚成的水滴。

悲叹霜与雪一块儿降下，听到潮水相互冲击。

原文

借光景①以往来兮，施②黄棘③之枉策。
求介子④之所存⑤兮，见伯夷之放迹。
心调度⑥而弗去⑦兮，刻著志⑧之无适。
曰：吾怨往昔之所冀兮，悼来者之愁⑨愁。
　　浮江淮而入海兮，从子胥⑩而自适⑪。
　　望大河⑫之洲渚兮，悲申徒⑬之抗迹⑭。
　　骤⑮谏君而不听兮，重任石⑯之何益！
　　心絓结⑰而不解兮，思蹇产⑱而不释。

•【字词注解】

①光景：指日光月影。

②施：用。

③黄棘：神话里的木名，带刺。

④介子：介子推。

⑤所存：隐居的遗迹。

⑥调度：思忖，安排。

⑦弗去：指不可去怀。

⑧刻著志：指意志坚定。

⑨惕（tì）：通"惕"，警惕。这句讲我更忧虑将来的安危。

⑩子胥：指伍子胥。伍子胥被迫自杀后，吴王夫差把他的尸体抛入江中。

⑪自适：指顺随自己的心愿。

⑫大河：黄河。

⑬申徒：申徒狄，殷末贤者，多次进谏，纣王不听，抱石投河自杀。

⑭抗迹：高行。

⑮骤：屡次。

⑯重任石：一作"任重石"，可从。任，背负。

⑰絓（guà）结：打结，此处喻指心中郁结。

⑱蹇产：曲折纠缠。

•【精彩解说】

我乘着日月的光影往来于天地间，用弯曲的黄棘制作的马鞭驾驭。

找寻介子推生前的居所啊，寻觅古代圣贤伯夷的遗迹。

心中深思不能释怀，下决心不离去。

乱辞：我怨恨从前的希望破灭，悲悼未来的事情让人忧惧。

愿意随长江和淮河漂流到海，跟随伍子胥了却自己的心愿。

我望见了黄河中的沙洲，为申徒狄高尚的事迹感到悲哀。

多次向君王进谏不被采纳，背负重石投河又有什么益处？

我心中的牵挂没有办法解除，忧思郁结在内心愁思难去。

拓展阅读

"五羖大夫"百里奚

百里奚是春秋时期楚国的宛人，他博学多才，有着治国之才。百里奚有一个朋友名叫蹇叔，在他的举荐下，百里奚当了虞国的大夫。在西周时期，虞国是一个强大的国家，但是到了春秋时期，虞国的国势越来越弱，国君也不思朝政，百里奚屡次劝谏都不被采纳。公元前655年，晋献公借道虞国灭了虢国，在班师回朝的路上又顺便灭了虞国。百里奚被俘虏到晋国，成了一名奴仆。

不久，晋献公要把女儿嫁给秦穆公，便选了一些奴仆作为陪嫁，百里奚就是其中之一。百里奚不甘心做奴隶，就趁人不备，在半路逃走了。他逃到楚国，被楚国人抓住，帮助楚国人养牛。由于他养的牛比别人养的牛都强壮，名声很快就传到了楚王的耳朵里。楚王便召他进宫，让他做了楚国宫廷的一名养马官。

秦穆公得知晋国的陪嫁队伍中逃走了一个名叫百里奚的家奴，又听说百里奚是个很有才能的人，就暗地里派人四处打听百里奚的下落。后来得知百里奚在楚国，便想用重金赎买他，可是又怕引起楚国人的注意，就派人给楚王带话说："我有个家奴名叫百里奚，他逃到了这里，请允许我用五张羊皮把他赎回。"楚王觉得百里奚留在楚国也没什么大用途，就答应了。

此时，百里奚已经七十多岁。他来到秦国，秦穆公亲自为他解除禁锢，并安排了盛大的欢迎仪式，令百里奚非常感动。秦穆公向他询问国家大事，百里奚连忙推辞："我是亡国之臣，哪里值得您来询问？"秦穆公说："虞国国君不重用您，所以亡国了。这不是您的罪过，因为您没有遇到像我这样的明君。"后来，百里奚成为秦穆公的重臣，辅佐秦穆公成了"春秋五霸"之一。由于百里奚是用五张羊皮赎回来的，所以号称"五羖大夫"。

远 游

〔概论〕

王逸在《楚辞章句》中说："《远游》者，屈原之所作也。"自王逸认定此篇为屈原所作之后，一直为历代学者认同，直至清代胡濬源在《楚辞新注求确》中提出"《远游》一篇""疑汉人所拟"，才对它的作者有了质疑。但胡濬源的这一观点，至今也没找到确凿的证据，受到了姜亮夫等众多学者的反驳。

《远游》的篇名，取自首句"悲时俗之迫阨兮，愿轻举而远游"。全篇共一百七十六句，大致可以分为两部分：一是描写诗人神游天上，感受超脱世俗后的快乐；二是描写诗人养生炼形，充满了道家出世思想。

第一部分所描写的想象活动，是屈原在政治上绝望后所追求的一种内心解脱，表达了他对楚国当时黑暗腐朽的政治状况的谴责和对纯真世界的追求。这里所采用的新奇的艺术表现手法，开后世"游仙诗"的先河。第二部分所宣扬的道家出世思想，与屈原一贯的积极入世的思想不相符，这也可能是对于本篇作者存疑的地方。

悲时俗之迫①阨②兮，愿轻举③而远游。
质菲薄④而无因⑤兮，焉⑥托乘而上浮⑦？
遭沉浊而污秽兮，独郁结其谁语⑧！
夜耿耿⑨而不寐兮，魂茕茕⑩而至曙。

惟天地之无穷兮，哀人生之长勤。
往者余弗及兮，来者吾不闻。
步徙倚⑪而遥思兮，怊⑫惝恍⑬而乖怀。
意荒忽⑭而流荡⑮兮，心愁悽而增悲。
神倏忽而不反兮，形枯槁而独留。
内惟省以端操兮，求正气之所由。

—●【字词注解】

①迫：急促。

②阨（è）：一作"隘"，此处似困穷、困窘、危难之意。

③轻举：指高飞。

④质菲薄：指质性鄙陋。

⑤无因：没有因缘。

⑥焉：安所。

⑦浮：指浮游。

⑧其谁语：跟谁说。其，表示疑问语气的助词。

⑨耿耿：烦躁不安，指睡不着的样子。

⑩茕茕：孤独的样子。一本作"营营"。《诗经·小雅·青蝇》："营营青蝇。"

⑪徙倚：彷徨，指步行迟缓的样子。

⑫怊（chāo）：怅惘，失意。

⑬惝（chǎng）恍（huǎng）：伤感，失意。

⑭荒忽：恍惚。

⑮流荡：浮动。

—●【精彩解说】

悲叹社会习气使人无法施展抱负，我希望轻身高飞远游求真。
我的质性鄙陋没有什么机缘，怎么可以乘清气飞入云霄？
我生逢时世污秽浑浊，自己郁结的愁思向谁说！

夜里翻来覆去难以入眠，孤零零直到天明。

想到天地无穷尽，哀叹人生漫长艰辛。

过去的我未能赶上，将来的我又不能闻知。

我徘徊不定而思绪飘摇，惆怅失意而梦想不能实现。

意绪恍惚而心神不定，心中愁苦而徒增悲伤。

魂魄迅速飘忽远去而不归，身体却形销骨立独自留下。

内心审察以端正我的操守啊，寻求正大之气来自哪里。

原文

漠①虚静以恬愉②兮，澹③无为而自得④。
闻赤松⑤之清尘⑥兮，愿承风⑦乎遗则⑧。
贵真人⑨之休⑩德兮，美往世之登仙。
与化去⑪而不见兮，名声著而日延。
奇傅说⑫之托辰星⑬兮，羡⑭韩众⑮之得一⑯。
形穆穆⑰以浸远⑱兮，离人群而遁逸⑲。
因气变⑳而遂曾举㉑兮，忽神奔而鬼怪㉒。
时仿佛以遥见兮，精㉓晈晈㉔以往来。
绝㉕氛埃㉖而淑尤㉗兮，终不返其故都。
免众患而不惧兮，世莫知其所如。

—•【字词注解】

①漠：清静淡泊。

②恬愉：恬然自守，指安乐的意思。

③澹：恬淡，淡泊，无为的样子。

④自得：指自得其乐。

⑤赤松：即赤松子，古代仙人。洪兴祖《楚辞补注》引《列仙传》云："赤松子，神农时为雨师，服水玉，教神农，能入火自烧。至昆山上，常止西王母石室，随风雨上下。炎帝少女追之，亦得仙俱去。张良欲从赤松子游，即此也。"

⑥清尘：这里比喻清静无为的境界。谭介甫《屈赋新编》："按清尘，犹今言空气，即《庄子·逍遥游》所谓'野马也，尘埃也，生物之以息相吹也'，盖此谓赤松乘大气飞升。"

⑦承风：继承其遗风。

⑧遗则：前代留下的方式。

⑨真人：修行得道的人。

⑩休：美。

⑪与化去：指与造化俱去。

⑫傅说（yuè）：殷高宗武丁的贤相。

⑬辰星：即房星。洪兴祖《楚辞补注》："大火，谓之大辰。大辰，房星尾也。《庄子》曰：'傅说得之，以相武丁，奄有天下。乘东维，骑箕尾，而比于列星。'《音义》云：'傅说死，其精神乘东维，托龙尾。今尾上有傅说星……'《淮南》云'傅说之所以骑辰尾'是也。"傅说星列在辰尾，事本不奇，相传者以为异。

⑭羡：羡慕。

⑮韩众：古代仙人。众，一作"终"。洪兴祖《楚辞补注》引《列仙传》："齐人韩终，为王采药，王不肯服，终自服之，遂得仙也。"

⑯得一：犹得道。一，即道。《老子》三十九章："天得一以清，地得一以宁，神得一以灵……"

⑰穆穆：默默，安静。

⑱浸远：渐渐远去。

⑲遁逸：隐遁。离群遁逸，同上文"与化去而不见"之意。

⑳气变：指得道真人的正气。

㉑曾举：高高举起，飞升的意思。曾，读作"增"，即高。

㉒神奔而鬼怪：形容神出鬼没的样子。

㉓精：神灵，灵魂。

㉔皎皎：形容光明的样子。《九歌·东君》："夜皎皎兮既明。"

㉕绝：超越。

㉖氛埃：指污秽之气。

㉗淑尤：到达奇异的境界。

【精彩解说】

清静虚空内心从而恬适愉悦，淡泊无为才会悠然自得。

我听说赤松子无为自得高风超俗，我愿意继承他的高尚品行。

我敬佩得道之人的美德，羡慕古人可以成仙。

他们与造化俱去而隐其形，他们的美誉流传至今。

惊叹傅说死后变成辰星，羡慕韩众可以得道成仙。

他们的形体慢慢远离尘世，他们逃避世俗隐形不见。

依靠精气变化高高升起，能如同鬼神往来瞬息万变。

有时隐约能够远远看到，神灵耀眼来往于天地之间。

超越污浊的世俗到达奇异的境界，始终不愿返回故土。

摆脱群小而无所畏惧，世人不知道我去向什么地方。

原文

恐天时之代序①兮，耀灵②晔③而西征④。
微霜降而下沦⑤兮，悼芳草之先零⑥。
聊仿佯⑦而逍遥兮，永⑧历年而无成⑨。
谁可与玩⑩斯遗芳⑪兮？长⑫向风而舒情。
高阳⑬邈以远兮，余将焉所程⑭？

【字词注解】

①天时之代序：指春秋更迭，岁月流逝。

②耀灵：指太阳。

③晔（yè）：光。

④西征：指太阳西行。

⑤沦：沉沦。

⑥零:零落。

⑦仿(páng)佯(yáng):指徜徉彷徨。

⑧永:永久。

⑨历年而无成:指老了还没有什么成就。

⑩谁可与玩:指没有志趣相投者。

⑪遗芳:指残留的芳草。

⑫长:一本作"晨"。闻一多《楚辞校补》:"案晨当为长,字之误也。向见舒情,奚必晨旦?一本作长为允。"

⑬高阳:指屈原的先祖高阳氏。

⑭程:指法式。

——•【精彩解说】

忧心岁月流逝,灿烂的太阳在慢慢西下。

薄霜降下而沉沦,我悼惜香草会最先凋零。

姑且徘徊而逍遥自在,我只虚度年华一事无成。

谁能与我一起欣赏这残留的香草?我只能长久地迎风抒情。

古帝高阳离我们太遥远了,我将怎么效法先人呢?

重①曰:

春秋忽其不淹兮,奚久留此故居?

轩辕不可攀援兮,吾将从王乔而娱戏!

餐六气而饮沆瀣②兮,漱正阳③而含朝霞。

保神明④之清澄兮,精气入而粗秽⑤除。

顺凯风以从游兮,至南巢而壹息。

见王子⑥而宿之兮,审壹气⑦之和德⑧。

【字词注解】

①重：指音节之名。

②沆（hàng）瀣（xiè）：夜间的水汽、露水，或指仙人所饮。

③正阳：指南方的日中之气。

④神明：指人的精神。

⑤粗秽：粗浊污秽。

⑥王子：王子乔，也写作王子侨。

⑦壹气：指纯一、没有杂质的气。

⑧和德：指气舒展，无所不适。

【精彩解说】

又说：

四季瞬间即逝，我怎么能长久地留在旧居？

轩辕尊贵遥远而难以求助，我要跟随王子乔嬉戏游赏！

我要渴饮清露吸食六气，呼吸正阳之气含漱朝霞。

保持自己的神采纯净清新，精气吐故纳新。

我要乘南风到处游历，抵达南巢后我停下歇息。

看到王子乔我停下脚步，询问他如何得道成仙。

曰：

道可受兮，不可传；

其小无内兮，其大无①垠；

无滑②而③魂④兮，彼⑤将自然⑥；

壹⑦气孔⑧神兮，于中夜存；

虚以待之兮，无为之先；

庶类以成兮，此德之门。

【字词注解】

①无:通"毋"。

②滑(gǔ):乱。

③而:汝。

④魂:神魂。

⑤彼:指道。

⑥将自然:讲神魂不乱,则所养之道自然形成。

⑦壹:专。

⑧孔:甚。

【精彩解说】

王子乔说:

道可心领会不可言传;

道是无限小又无穷大;

你的精神不杂乱,它自然而然就会出现;

一元之气非常神秘,通常在半夜寂静之时存在;

请虚心安静等待着它啊,不要先有接物的心愿;

万物都是这样生成啊,这就是得道的法门。

原文

闻至贵①而遂徂②兮,忽乎吾将行。
仍③羽人④于丹丘⑤兮,留⑥不死之旧乡⑦。
朝濯发于汤谷⑧兮,夕晞⑨余身兮九阳⑩。
吸飞泉⑪之微液兮,怀⑫琬琰⑬之华英⑭。
玉色頩⑮以脕⑯颜兮,精⑰醇⑱粹⑲而始壮。
质⑳销铄㉑以汋约㉒兮,神要眇㉓以淫放㉔。
嘉㉕南州㉖之炎德㉗兮,丽㉘桂树之冬荣㉙。
山萧条而无兽兮,野㉚寂漠其无人。

载㉛营魄㉜而登霞㉝兮，掩㉞浮云而上征㉟。
命天阍㊱其开关兮，排㊲阊阖㊳而望予㊴。
召丰隆使先导兮，问大微㊵之所居。
集㊶重阳㊷入帝宫兮，造㊸旬始㊹而观清都㊺。

——•【字词注解】

①至贵：至贵之言，指王子乔所讲的要言妙道。

②徂：指往。

③仍：就。

④羽人：即羽民，《山海经》有羽民国。此处指仙人。

⑤丹丘：丹穴，传说中神仙所居之地。《尔雅·释也》："齐州以南戴日为丹穴。"郭璞注："齐：是中也。戴：是值也。"则丹穴于中州以南，为日光所照。王逸《楚辞章句》："丹丘，昼夜常明也。"

⑥留：停留。

⑦不死之旧乡：指仙灵所住的地方。

⑧汤谷：即旸谷，神话里太阳出来的地方。

⑨晞：晾干。

⑩九阳：应即《九歌·少司命》"晞女发兮阳之阿"的阳阿，神话里的山名。

⑪飞泉：谷名，即飞谷，在昆仑西南。

⑫怀：怀揣。

⑬琬（wǎn）琰（yǎn）：美玉。

⑭华英：指玉之精华。

⑮赪（pīng）：指浅赤色。戴震《屈原赋注》云："气上充于色曰赪。"

⑯睕（wàn）：指光泽。

⑰精：指精神。

⑱醇：醇厚。

⑲粹：不杂乱。

⑳质：指人的气质。

㉑销铄：熔解。

㉒汋（chuò）约：绰约，姿态姣美的样子。

㉓要眇（miǎo）：精深微妙的模样。

㉔淫放：形容精神充盈旺盛。讲魂魄飘然远行。

㉕嘉：夸耀。

㉖南州：承上文丹丘、不死之乡而言，指南方。

㉗炎德：阴阳家把四方分成五行，南方属火，因此叫炎德。

㉘丽：赞美。

㉙桂树之冬荣：洪兴祖《楚辞补注》："桂凌冬不凋。"桂树本生在南方。

㉚野：田野。

㉛载：承载。

㉜营魄：魂魄。《老子》："载营魄抱一，能无离乎？"河上公注："营魄，魂魄也。"

㉝霞：彩霞。

㉞掩：遮盖。

㉟上征：指上走到天宫。自"嘉南州之炎德兮"至此，写仙质已成，便轻举而远行。

㊱天阍（hūn）：天帝的守门人。

㊲排：推。

㊳阊阖：指天门。

㊴望予：看着我。《离骚》云："吾令帝阍开关兮，倚阊阖而望予。"

㊵大微：即太微星，星官的名事。于北斗之南，轸翼之北，有星十，以五帝作为中枢，成屏藩之状。大，一作"太"。

㊶集：停留。

㊷重阳：积阳为天，天有九重，因此称重阳。

㊸造：至。

㊹旬始：星名。

㊺清都：天帝所住。《列子·周穆王》："清都紫微，钧天广乐，帝之所居。"

【精彩解说】

听了这些要言妙道就想去做，我将迫不及待地前行。
走进飞仙们住的丹丘，在长生不死的仙乡留住。
早上我在汤谷洗头发，夜晚我让九阳晾干我的全身。
我要吸饮飞泉里的泉水，用美玉的精华做食物。
我貌如美玉光彩照人，精神纯粹气息渐强。
凡胎脱尽的我质丽体轻，神灵深远的我精神充盈。
南方的气候温暖令人舒服，凌冬不凋的桂树非常漂亮。
这儿仙山空虚没有野兽，旷野寂静人迹罕至。
乘着晶莹的魂魄登上彩霞，乘着飘浮的云彩向上飞去。
我让守门人把天门打开，他打开天门看着我进来。
我召唤丰隆先行给我开路，向他询问太微星的所在。
来到九重天后进入帝宫，访问旬始星，游览天庭清都。

原文

朝发轫于太仪兮，夕始临乎于微闾。
屯①余车之万乘②兮，纷溶与③而并驰④。
驾八龙之婉婉⑤兮，载云旗之逶蛇⑥。
建⑦雄虹⑧之采旄⑨兮，五色⑩杂而炫耀。
服⑪偃蹇以低昂兮，骖⑫连蜷⑬以骄骜⑭。
骑⑮胶葛⑯以杂乱兮，斑⑰漫衍⑱而方行。
撰⑲余辔而正⑳策㉑兮，吾将过乎句芒㉒。

【字词注解】

①屯：集聚。

②乘（shèng）：一车四马为一乘。

③溶与：缓慢行进。

④并驰：前进。

⑤婉婉：形容龙身弯曲的样子。

⑥逶蛇：同"逶迤"，指旌旗迎风展开的样子。

⑦建：竖立，耸立。

⑧雄虹：古人认为彩虹由两部分组成。外侧较鲜艳的部分称为虹，属雄性；内侧较暗较少光彩的部分称为霓，属雌性。

⑨旄（máo）：一种旌旗。

⑩五色：指旌旗上的纹彩。

⑪服：古代一车驾四马，居中的两匹称服。

⑫骖（cān）：驾车时位于两侧的马。

⑬连蜷：卷曲状。

⑭骄骜：指马纵恣奔驰。

⑮骑：马车。

⑯胶葛：形容车马喧杂的样子。

⑰斑：通"班"，排列。

⑱漫衍：指连绵不断的样子。

⑲撰（zhuàn）：持。

⑳正：整齐有序。

㉑策：指竹子编的马鞭。

㉒句（gōu）芒：古时东方之神，属木，即木神。

【精彩解说】

早上从天帝宫廷启程，夜晚来到了微间。

万辆马车聚集在一起，众车并驾齐驱缓缓而行。

驾车的八条龙蜿蜒前行，载着的云霓旗随风飘动。

又把虹霓作为彩色的大旗，混杂的五色旗帜光耀千里。

高大雄俊的服马俯仰自如，身长蹄曲的骖马纵恣奔驰。

众多车骑互相交错，队列连绵不断浩荡前进。

我持好马鞭把缰绳拉紧，我的车骑就快经过东方木神句芒。

历太皓①以右转②兮，前飞廉③以启路。
阳杲杲④其未光⑤兮，凌天地⑥以径⑦度。
风伯⑧为余先驱兮，氛埃⑨辟⑩而清凉⑪。
凤皇翼⑫其承旂⑬兮，遇蓐收⑭乎西皇⑮。
揽⑯彗星⑰以为旍⑱兮，举斗柄⑲以为麾⑳。
叛㉑陆离㉒其上下兮，游惊雾㉓之流波㉔。

———【字词注解】

①太皓：即太皞，神话里的东方之帝。

②右转：指过了东方向右转，即从东向西。

③飞廉：风神。

④杲（gǎo）杲：指旭日初明的样子。《诗经·卫风·伯兮》："其雨其雨，杲杲出日。"

⑤未光：没有光明。

⑥天地：当为天池之误。闻一多《楚辞校补》引俞樾云："天地当作天池。天池亦星名。"

⑦径：直。

⑧风伯：指风神。

⑨氛埃：尘埃。

⑩辟：除。

⑪而清凉：而得清凉。

⑫翼：《文选》作"纷"，多。

⑬旂（qí）：旌旗的总称。

⑭蓐（rù）收：古时西方之神，属金，即金神。《礼记·月令》："孟秋之月……其帝少皓，其神蓐收。"

⑮西皇：指西方的神。《离骚》："诏西皇使涉予。"

⑯揽：执，持。

⑰彗星：其尾曳长如彗，通常称扫帚星，还称孛星、生星等。

⑱旍（jīng）：同"旌"，古代用牦牛尾及五彩羽饰竿头的旗子。

⑲斗柄：指北斗七星，其中第五、六、七三星为斗柄，又叫杓。

⑳麾：属旌旗之类的旗，用来指挥作战。

㉑叛：纷繁。

㉒陆离：五颜六色。

㉓惊雾：浮动的云气。

㉔流波：云气浮动像流水。

【精彩解说】

从东帝太皞身旁经过向右转，风神飞廉走在队列前面开路。

明亮的太阳还没有放射光芒，从东往西凌驾在天池之上。

我们车队的先驱是风神，扫荡尘埃而身心清爽。

展开双翅的凤凰承接旌旗，中途又在西皇那里碰到金神蓐收。

我要摘下彗星作为旗帜，把北斗斗柄举起用以指挥。

五光十色的旗帜忽上忽下，在云雾波浪中浮动。

原文

时暧曃①其晼莽②兮，召玄武③而奔属。

后文昌④使掌行⑤兮，选署⑥众神以并毂⑦。

路曼曼其修远兮，徐弭节而高厉。

左雨师⑧使径侍⑨兮，右雷公⑩以为卫⑪。

欲度世⑫以忘归⑬兮，意恣睢⑭以担挢⑮。

内欣欣⑯而自美兮，聊媮娱⑰以自乐。

涉青云以泛滥游⑱兮，忽临⑲睨⑳夫旧乡。

仆夫怀㉑余心悲㉒兮，边马㉓顾㉔而不行。

思旧故㉕以想像兮，长太息而掩涕。

泛㉖容与而遐举㉗兮，聊抑志㉘而自弭㉙。

指炎神而直驰兮，吾将往乎南疑㉚。
览方外㉛之荒忽兮，沛㉜罔象而自浮。
祝融戒㉝而还衡㉞兮，腾㉟告鸾鸟迎宓妃。
张《咸池》奏《承云》兮，二女御《九韶》歌。
使湘灵鼓瑟兮，令海若舞冯夷。
玄螭虫象㊱并出进兮，形蟉虯㊲而逶蛇㊳。
雌蜺便娟㊴以增挠兮，鸾鸟轩翥㊵而翔飞。
音乐博衍无终极兮，焉乃逝以徘徊。

—•【字词注解】

①暧（ài）曃（dài）：昏幽的样子。

②晫（tǎng）莽：晦暗朦胧。

③玄武：形象为龟或龟蛇合体的神。

④文昌：星官的名字。

⑤掌行：掌领从行者。

⑥署：安置。

⑦并毂：并车而行。毂，车的通称。

⑧雨师：指司雨之神。一说是毕宿，一说是玄冥，一说是萍翳。

⑨径侍：指直接侍奉。

⑩雷公：指司雷之神。《云仙杂记》："霄曰天鼓，神曰雷公。"

⑪卫：守卫。

⑫度世：越过尘世来学仙。

⑬忘归：因学仙而忘归。

⑭恣（zì）睢（suī）：自得的样子。

⑮担（jiē）挢（jiǎo）：高举。

⑯欣欣：高兴的样子。

⑰媮（yú）娱：高兴的模样。媮，通"愉"。

⑱泛滥游：四处漫游。

⑲临：此处指居高临下。

⑳睨：旁观。

㉑怀：感怀。

㉒悲：悲伤。

㉓边马：指骖马。

㉔顾：回望。

㉕旧故：旧朋友，先人。

㉖泛：飘游。

㉗遭举：远走。

㉘抑志：指压抑心志。

㉙自弭：自己停止。

㉚南疑：即九疑山，因为在南方，也叫南疑。

㉛方外：世外。

㉜沛：水流动的样子。

㉝戒：警戒，警告。

㉞还衡：旋转的车衡，意将向别处游走。衡，车辕前的横木。

㉟腾：传。

㊱象：罔象，本指水中的神怪。

㊲蟉（liú）虬：指盘曲的样子。

㊳逶蛇：同"逶迤"，指变曲伸长的样子。

㊴娟：美好，优美。

㊵轩翥（zhù）：高飞。

【精彩解说】

日光渐渐昏暗周围晦暗朦胧，我叫来玄武迅速紧跟。

让文昌在后面管理随众，安排众神并驾前行。

前面的道路是如此遥远，缓慢把车停下我向远高望。

让雨师在左边直接侍奉，告诉雷公在右边保驾护卫。

我希望超脱尘世乐而忘返，我希望随心所欲高飞上天。

我内心喜乐自以为美好，姑且尽情娱乐身心畅快。

越过层层云雾纵横游荡，突然看到了自己的家乡。

我心中悲伤车夫也感怀，车驾两旁的马停下来回头远望。

我思念故友想见到他们，涕泪沾湿衣裳深深叹息。

从容游赏而远远离去，姑且抑制着感情自息。

指示火神驱车向南驰去，我就要奔驰在九疑山旁。

我看到世外茫茫渺渺，如同浩瀚的波涛上下浮荡。

祝融告诫我掉转车头，我命令鸾鸟去迎接宓妃。

安排《咸池》曲，奏起《承云》乐，娥皇女英献上《九韶》之歌。

我叫湘水之神把瑟奏响，让河神和海神一起跳舞。

水中的众多神物一起走出来，体形屈曲的它们婉转自如。

艳丽的彩虹把我层层缠绕，高高飞翔的鸾鸟围着舞蹈。

舒缓的曲子缭绕不绝，于是我远去周游徘徊。

原文

舒并节①以驰骛②兮，逴③绝垠④乎寒门⑤。
轶⑥迅风于清源兮，从颛顼乎增冰⑦。

——●【字词注解】

①并节：两两相并的马鞭。并，姜亮夫《屈原赋校注》中"并"读作"骈"（pián）。

②驰骛：疾驰，快跑。

③逴（chuō）：远。

④绝垠：极远的地方。

⑤寒门：古代神话传说中北方极为寒冷的地方。

⑥轶：后车超前车，这里引申为超越。

⑦增冰：层冰，也指冰山。

【精彩解说】

我放松缰绳任马自由驰骋,奔向那遥远的天边北极冰寒之地。

穿越疾风来到那寒风的起源地,跟随颛顼到达冰天雪地之所。

历①玄冥②以邪径兮,乘③间维④以反顾。

召黔嬴⑤而见之兮,为余先乎平路。

经营⑥四荒⑦兮,周流⑧六漠⑨。

上至列缺⑩兮,降望大壑⑪。

下峥嵘⑫而无地兮,上寥廓而无天。

视倏忽而无见兮,听惝恍⑬而无闻。

超无为以至清兮,与泰初而为邻。

【字词注解】

①历:经历,经过。

②玄冥:北方水神。

③乘:登。

④间维:指天地之间。天有六间,地有四维,故有此称。

⑤黔(qián)嬴(yíng):天上造化之神的名字。

⑥经营:周遍往来。

⑦四荒:四方荒远的地方。

⑧周流:四处游览。

⑨六漠:即"六合",即东、南、西、北和上、下,指天地四方。

⑩列缺:指天隙闪电。列,通"裂"。缺,缝隙。

⑪大壑:大海。

⑫峥嵘:深远的样子。

⑬惝(chǎng)恍:模糊不清。

————● 【精彩解说】

经过北方水神玄冥前面的崎岖小路，在天地之间左顾右盼。

召唤造化之神黔嬴前来相见，叫他为我在前面铺平道路。

我往来于四方荒远之地，周游天地四方。

向上直至闪电之至高空隙，向下俯瞰大海之至深。

下界高远深邃看不到大地，上界空旷无垠看不见天边。

一切瞬间的变化看不见，四周模糊不清听不见声响。

超越清虚无为的境界，和太初原始结伴为邻。

拓展阅读

武丁举贤

"武丁举贤"的故事在先秦时期就已流行。商朝建立之后，为了抵御自然灾害，屡次迁都，使得经济水平逐渐下降，直到盘庚迁殷稳定下来，社会经济才得以恢复。武丁即位之后，励精图治，决意要重振殷商，但是苦于没有贤臣辅佐，所以他即位之初的三年里，将国家大事全部交由冢宰处理，自己一句话也不说，只是暗暗地观察国风。一天晚上，他做了一个梦，梦里有一个人对他说："我是一个囚徒，姓傅名说。如果您能找到我，就会知道我不仅仅是个囚徒了。"武丁从梦中醒来后仔细一分析："傅"即辅佐，"说"乃欢悦，也就是说这个人既能辅佐我又能让百姓欢悦。武丁非常高兴，立刻命画工根据梦中的印象画影图形，然后派人四处找寻。不久，果然在北海附近的虞、虢之间的傅岩找到了一个叫傅说的囚徒。他是一个很有才能的人，原本隐居在傅岩，由于生活穷困，就自卖自身，到傅岩筑城以求温饱。《韩非子》中载有"傅说转鬻，舂于深岩以自给"，说的大概就是这个意思。《尚书》中也有相关记载。武丁见到傅说后，与他进行了深谈，发现他确实有治国之才，便立刻起用为相。在傅说的辅佐之下，武丁开创盛世，使殷商振兴了起来。

卜 居

〔概论〕

《卜居》是一篇寓意深邃的散文诗。关于它的作者,自王逸认为"《卜居》者,屈原之所作也"后,历代没有异议,直至清代崔述提出"伪作说",认为此篇为"假托成文"。虽然后世学者存疑,但也没有确切证据断定其为伪作。

题名"卜居"的意思是通过占卜决定自己应该采取什么态度来对待社会现实。本篇记述了屈原在彷徨迷茫之际,找太卜郑詹尹卜问自己处世的方法和态度,以解答心中的疑惑。事实上,屈原并没有疑惑,他对自己该采取何种态度是非常明确的。他之所以去问卜,只是想假借卜筮贞问的方式,表达自己对黑暗现实的激愤和抗争,针砭现实,警醒世俗。

全篇通过主客问答的形式阐述,行文错落有致,逐渐阐明了作者的人生态度,从侧面表述了作者坚忍不拔、顽强斗争的高尚品质和意志,以显示作者不愿与世俗同流合污的心志。

本篇以叙事为主,文体风格更贴近汉赋。它用骈偶和散行句结合,用韵也较自由,或一句一韵,或隔句押韵,句式或两两对仗,或长短参差,已经在一定程度上脱离楚辞体,开了汉代散体赋的先河,在文学史上占有特殊地位,对后世文学创作影响颇大。

屈原既放①,三年②不得复见。

竭知③尽忠,而蔽鄣④于谗。

心烦虑乱,不知所从。

往见太卜⑤郑詹尹⑥曰:"余有所疑,愿因⑦先生决之。"

詹尹乃端策⑧拂龟⑨,曰:"君将何以教之?"

——•【字词注解】

①放:放逐。

②三年:具体指什么时候不得而知,据辞意来看,大约是屈原被楚怀王罢黜谪居汉北后的三年。

③知:通"智",智慧,才干。

④蔽鄣:遮蔽,阻挠。蔽,蒙蔽。鄣,通"障",阻塞。

⑤太卜:古代官名,国家管理卜筮的官。

⑥郑詹尹:太卜的名字。

⑦因:凭借,依靠。

⑧端策:把蓍草摆好。端,摆放整齐。策,指蓍草,用来占卜。

⑨拂龟:擦去龟甲上的尘土。龟,龟甲,用来占卜。

——•【精彩解说】

屈原已经被放逐,三年没有再见到楚王。

他为君王竭尽智慧用尽忠心,却因为小人的谗言而遭到阻挠。

心烦意乱,不知该如何是好。

于是去拜访太卜郑詹尹,说:"我心中有些疑惑,希望先生帮我决断。"

詹尹就摆正蓍草,拂拭灵龟,说:"您有什么疑惑问我?"

屈原曰：

"吾宁悃悃款款①朴以忠②乎？将送往劳来③斯无穷乎？

宁诛锄草茅以力耕乎？将游④大人⑤以成名乎？

宁正言不讳以危身乎？将从俗富贵以偷生⑥乎？

宁超然高举⑦以保真⑧乎？将哫訾⑨栗斯⑩，喔咿儒儿⑪以事妇人⑫乎？

宁廉洁正直以自清乎？将突梯滑稽⑬，如脂如韦⑭，以洁⑮楹⑯乎？

宁昂昂⑰若千里之驹乎？将泛泛⑱若水中之凫⑲乎，与波上下，偷以全吾躯乎？

宁与骐骥亢轭⑳乎？将随驽马之迹乎？

宁与黄鹄㉑比翼乎？将与鸡鹜㉒争食乎？

此孰吉孰凶？何去何从？

世溷浊而不清，蝉翼为重，千钧㉓为轻；黄钟㉔毁弃，瓦釜雷鸣；谗人高张㉕，贤士无名。吁嗟默默兮，谁知吾之廉贞！"

【字词注解】

①悃（kǔn）悃款款：诚实勤恳的样子。

②朴以忠：质朴而忠厚。

③送往劳来：迎来送往，指社会上的人事应酬。

④游：游说。

⑤大人：一般指权贵。

⑥偷生：苟且地活着。

⑦高举：远走高飞，这里指退隐山林。

⑧真：通"贞"。

⑨哫（zú）訾（zī）：阿谀奉承。

⑩栗斯：谄媚逢迎的样子。

⑪喔（ō）咿（yī）儒儿：献媚强装欢笑的样子。

⑫妇人：指楚怀王的宠妃郑袖。

⑬突梯滑（gǔ）稽：举止圆滑，口齿伶俐。形容善于迎合世俗的好恶。

⑭如脂如韦：指像油脂一样光滑，像熟牛皮一样柔软，用来形容善于适应环境。韦，熟牛皮。

⑮洁：用绳子测量圆筒形物体的粗细。

⑯楹：指房屋的柱子。

⑰昂昂：气宇轩昂的样子。

⑱泛泛：飘浮不定的样子。

⑲凫（fú）：野鸭子。

⑳亢轭（è）：车前套马用的横木，这里比喻并驾齐驱。

㉑黄鹄（hú）：一种善飞的大鸟，这里指高才贤士。

㉒鸡鹜（wù）：鸡和鸭，喻指小人或平庸的人。

㉓千钧：指极重之物。钧，古代一钧为三十斤。

㉔黄钟：古乐十二律中六种阳律的第一律，指最响亮、最洪大的乐器。

㉕高张：指在朝廷身居高位而嚣张跋扈。

——●【精彩解说】

屈原说：

"我是应该诚实勤恳、质朴忠厚，还是迎来送往、周旋于世呢？

我是应该锄草开荒出力耕种，还是游说权贵求取功名呢？

我是应该忠言直谏奋不顾身，还是求取富贵苟且偷生呢？

我是应该超然世外保全自己真实的本性，还是阿谀奉承强作欢颜，奴颜婢膝取媚妇人？

我是应该廉洁正直、洁身自处，还是迎合世俗，像油脂一样光滑，像熟牛皮一样柔软，削方就圆地适应环境？

我是应该气宇轩昂如矫健的千里驹，还是浮游不定像水中的野鸭，随波逐流以保全性命？

我是应该与骏马并驾齐驱，还是跟随劣马亦步亦趋？

我是应该与黄鹄一起展翅高飞，还是和鸡鸭一起争抢食物呢？

这些事到底哪个吉利，哪个凶险？哪个能做，哪个不能做？

这个世道混乱不堪，是非不明，薄薄的蝉翼被认为很重，千钧之物反而被认为很轻；声音洪亮的黄钟被毁坏抛弃，鄙俗的瓦锅反被当作乐器雷鸣震天；谗佞小人身居高位，贤能之人却默默无名。

可叹啊，还是不说了吧，谁能了解我的廉洁忠贞？"

【原文】

詹尹乃释①策而谢②，曰："夫尺有所短，寸有所长③；物有所不足，智有所不明；数④有所不逮⑤，神有所不通⑥。用君之心，行君之意，龟策诚不能知此事。"

【字词注解】

①释：放下。

②谢：辞谢，表示谦逊。

③尺有所短，寸有所长：指尺比寸长，有时反而不如寸；寸比尺短，有时比尺更能派上用场。这里比喻事物各有长处与短处。

④数：卦数。

⑤不逮：比不上，不及。

⑥通：通晓，知晓。

【精彩解说】

郑詹尹放下蓍草辞谢，说："尺比寸长，有时反而不如寸，寸比尺短，有时比尺更能派上用场。万物都有不足之处，智者也有不懂的地方。卦数也有推算不到的，神灵也会有不知道的。就随您自己的心意去做事吧，龟卜蓍占实在不能推测出这些事。"

拓展阅读

楚国占卜的特点

在我国古代，占卜是一种文化，其所用的工具、方法和依据等多种多样。其中，人们最常用的就是《周易》，较为常用的有龟甲、兽骨，除此之外，还有用竹竿、石子等进行占卜的。而在《卜居》中，詹尹所用的不是《周易》，而是"端策拂龟"。"端策拂龟"具有两个较为突出的特点：工具是"策"和"龟"，方法可能是楚国特有的。

其工具"策"和"龟"，可能与商朝时期的甲骨占卜颇有渊源。甲骨是龟甲和兽骨的统称，龟甲通常选用龟腹甲，兽骨通常选用牛肩胛骨。在古代，人们对占卜所用工具的材质极为讲究。人们普遍认为，龟与龙、凤、麟同为"四灵"，所以龟甲自然就成了人们占卜用物的首选。另外，不同社会阶层的人所使用的工具也是有规定的。据记载，天子占卜所用龟甲为一尺二寸，诸侯所用为八寸，大夫所用为六寸，士民所用为四寸。

在占卜前，首先要把甲骨钻凿好，然后用火在甲骨背面凿处灼烧，甲骨的正面就会出现"卜"字形的裂纹，这也是甲骨文"卜"字的由来。其中钻处出现的裂纹叫作兆枝，凿处出现的裂纹叫作兆干，然后以此来判断吉凶。在占卜完毕之后，要将所卜之事或占卜的结果刻在甲骨上，所以又叫"卜辞"。卜辞一般由叙辞、命辞、占辞和验辞四部分组成，叙辞记录的是占卜的时间、地点和占卜者，命辞记录的是所卜之事，占辞记录的是吉凶，验辞记录的是占卜后的应验结果。

另外，楚国的占卜不仅具有自己的特点，同时还融合了中原占卜的一些特点。楚国位于中原南部，这里民族众多，所以楚国的文化既能兼夷夏之长，又保持了自己的文化生机，呈现出多元化的发展。在信仰方面也是如此。早期，楚国人以拜日崇火尊凤的图腾崇拜和祖先崇拜为主，但是随着国力的不断壮大和国土的不断拓展，楚国人逐渐把各地的神灵也融入自己的信仰，呈现出了多元化的特点。总之，楚国的占卜同时具有楚地和中原的特点。

渔 父

〔概论〕

关于《渔父》的作者,和《卜居》一样,也是颇有争议。王逸认为是屈原的作品,后人如朱熹都基本采用这一说法。但清代崔述认为是伪作,但证据不足,受到了陈子展的反驳。

《渔父》是一篇极具思想性和可读性的优美辞篇。全篇大致可分为三部分:第一部分主要交代了故事发生的背景、地点和屈原的特定情况,第二部分主要是渔父和屈原交谈的内容,第三部分主要表现了渔父那种超然的隐者心态。

全篇内容主要以屈原和渔父两人问答的形式表现,问答的双方,针锋相对,相辅相成,突出表现了屈原被放逐之后的形象和思想。文章通过屈原否定渔父那种退隐自全的人生态度,彰显了屈原清白高洁的人格精神和对楚国形势以及自身遭遇的清醒认识,突出了他"宁赴湘流,葬于江鱼之腹中"也不同流合污的决心。

屈原既放,游于江①潭,行吟泽畔,颜色②憔悴,形容③枯槁④。渔父⑤见而问之曰:"子非三闾大夫⑥与?何故至于斯?"

【字词注解】

①江：沅江。

②颜色：面容，气色。

③形容：形体和容貌。

④枯槁：清瘦的样子。

⑤渔父：犹"渔翁"，年老的渔夫，这里是隐士的化身。父，对老年男子的尊称。

⑥三闾大夫：楚国官名，管理楚国王族屈、景、昭三姓宗族子弟。屈原曾担任这一职位。

【精彩解说】

屈原被放逐之后，在沅江深潭边游荡，沿着江岸一边走一边吟唱，面容憔悴，身体消瘦。

有位渔翁看见他，便问他："您不是三闾大夫吗？为什么会沦落到这种地步？"

屈原曰："举世皆浊我独清①，众人皆醉我独醒②，是以见放。"
渔父曰："圣人不凝滞③于物，而能与世推移④。
世人皆浊，何不淈其泥而扬其波⑤？
众人皆醉，何不餔其糟⑥而歠其醨⑦？
何故深思⑧高举⑨，自令放为⑩？"
屈原曰："吾闻之：新沐⑪者必弹冠⑫，新浴者必振衣⑬。
安能以身之察察⑭，受物之汶汶⑮者乎？
宁赴湘流，葬于江鱼之腹中。
安能以皓皓之白⑯，而蒙世俗之尘埃乎？"

【字词注解】

①举世皆浊我独清：这句话是对品德行为而言。

②众人皆醉我独醒：这句话是对楚国形势的认识而言。

③凝滞：刻板，拘泥。

④与世推移：随俗从流。

⑤淈（gǔ）其泥而扬其波：搅混泥水，扬起浊波，比喻同流合污。淈，搅混。

⑥餔（bū）其糟：吃酒糟，这里比喻随波逐流。

⑦歠（chuò）其醨（lí）：饮薄酒，这里也是比喻随波逐流。歠，通"啜"，饮。醨，薄酒。

⑧深思：思虑很深，指忧国忧民，即"独醒"。

⑨高举：高于世俗的操行，即"独清"。

⑩自令放为：自己遭到放逐。

⑪沐：洗头。

⑫弹冠：弹掉帽子上的灰尘。

⑬振衣：抖掉衣服上的灰尘。

⑭察察：洁白的样子。

⑮汶（mén）汶：玷辱、污浊的样子。

⑯皓皓之白：比喻品格高洁。

【精彩解说】

屈原说："世上的人都是混浊的，唯独我是清白的，大家都喝醉了，唯独我是清醒的，因此被放逐。"

渔翁说："有圣德的人不会拘泥于外物的束缚，而是能够灵活地随俗从流。

既然世上的人都是混浊的，您为什么不搅混泥水，扬起浊波？

既然大家都喝醉了，您为什么不吃酒糟，喝薄酒？

为什么您要思虑深远，行为高尚，使自己被放逐呢？"

屈原说："我听人说过：刚洗过头发的人一定要弹掉帽子上的灰尘，刚洗过澡的人一定要抖掉衣服上的灰尘。

怎么能让自己洁白纯净的身体沾染上污浊的外物呢？

我宁愿跳进湘江，葬身鱼腹。

怎么能让高洁的品格去蒙受世俗尘垢的玷污呢？"

渔父莞尔①而笑，鼓枻②而去。

歌③曰："沧浪④之水清⑤兮，可以濯⑥吾缨⑦；沧浪之水浊⑧兮，可以濯吾足。"

遂去，不复与言。

——•【字词注解】

①莞（wǎn）尔：微笑的样子。

②鼓枻（yì）：划桨泛舟。枻，船桨。

③歌：唱。渔父所唱的四句歌词名为《沧浪歌》，也叫《孺子歌》，是楚地流传的古歌谣（见于《孟子·离娄上》）。渔父唱此歌是劝屈原退隐。

④沧浪：古水名，汉水的支流。

⑤水清：江水秋末水落时则清澈。

⑥濯（zhuó）：洗涤。

⑦缨：系帽子的带子。

⑧水浊：江水初夏水涨时则污浊。

——•【精彩解说】

渔翁听后微微一笑，摇动船桨离屈原而去。

他唱道："沧浪的水清啊，可以洗涤我的帽缨；沧浪的水浊啊，可以洗涤我的双脚。"

于是离去，不再和屈原说话。

拓展阅读

楚狂接舆劝孔子

在我国历史上,也有很多像《渔父》一文中所描写的渔父那样的隐士,为后人留下了一些传奇的故事,比如楚国的接舆。

接舆是春秋时期楚国著名的隐士。姓陆,名通,字接舆,今湖南省桃江县人。接舆平时"躬耕以食",即以种田为生,由于对当时的政治不满,就剪掉头发,整天假做癫狂,也不出去做官,所以又被人叫作"楚狂接舆"。在《论语·微子》中记载有他唱《凤兮歌》劝孔子的故事。

有一年,孔子周游列国来到楚国。接舆唱着歌从孔子车前走过,他唱道:"凤鸟呀凤鸟呀!为什么你的德行逐渐衰退了呢?过去的事情已经无法劝阻,未来的事情还来得及防范。算了吧,算了吧!现在那些从政的人有多么危险啊!"孔子下车,想和接舆交谈一下,可是接舆赶快走开了,拒绝与孔子交谈。

接舆所唱的内容,是告诉孔子礼崩乐坏已经成为现实,谁也没有办法挽救,劝孔子不要再徒劳地周游列国恢复周礼了。

这个故事在《庄子·人间世》中也有相关记载。唐代李白也曾写下"我本楚狂人,凤歌笑孔丘"的名句。

九　辩

〔概论〕

《九辩》是宋玉的代表作。关于宋玉的生平，据司马迁《史记·屈原贾生列传》记载："屈原既死之后，楚有宋玉、唐勒、景差之徒者，皆好辞而以赋见称。然皆祖屈原之从容辞令，终莫敢直谏。"又据刘向《新序》"宋玉因其友以见楚襄王""事楚襄王而不见察""楚威王（襄王的祖父）问于宋玉"等记载，另王逸《楚辞章句》中说宋玉是屈原的弟子，习凿齿《襄阳耆旧记》说："宋玉者，楚之鄢人也，故宜城有宋玉，始事屈原，原既放逐，求事楚友景差。"可见，宋玉为楚国人，生卒年不详，大概在楚顷襄王时期为官，但不像屈原那样敢于直谏。

相传，《九辩》是夏启从天上带下来的乐曲，原为古代乐章的名称，宋玉借用其名撰成若干乐章，组成了新的曲调。《九辩》是继《离骚》之后又一首自叙性的长篇抒情诗。本篇以楚国社会现实为背景，以宋玉的自身遭遇为线索，以悲秋、思君为主题，通过叙述经历、感慨遭际、抒发情志，表现了作者忧国忧民、忠君爱国的高尚情操。《九辩》在风格上模仿《离骚》，在思想性方面逊于《离骚》，但在艺术表现形式上却有所发展：其辞藻秀美，文采绚烂，在行文句法的运用方面更显灵活自由，尤其是对自然景物的描写或对心理的描写，往往连用几个近义词来表达，酣畅淋漓，达到了相当高的水准。自此开始，《九辩》中"悲秋"的题旨和对秋景的描绘，便成了后世学习的典范。

> **原文**
>
> 悲哉秋之为气①也！萧瑟②兮草木摇落而变衰，
> 憭慄③兮若④在远行，登山临水兮送将归，
> 泬寥⑤兮天高而气清，寂寥⑥兮收潦⑦而水清，
> 憯悽⑧增欷⑨兮薄寒之中人，怆怳⑩懭悢⑪兮，去故而就新，
> 坎廪⑫兮贫士失职⑬而志不平，廓落⑭兮羁旅⑮而无友生⑯。
> 惆怅兮而私自怜。
> 燕翩翩其辞归兮，蝉寂漠⑰而无声。
> 雁廱廱⑱而南游兮，鹍鸡⑲啁哳⑳而悲鸣。
> 独申旦㉑而不寐兮，哀蟋蟀之宵征㉒。
> 时亹亹㉓而过中兮，蹇淹留㉔而无成。

• 【字词注解】

①秋之为气：秋天形成的气氛。

②萧瑟：形容草木被秋风吹动发出的声音。

③憭（liáo）慄（lì）：形容凄凉的样子。

④若：语助词。

⑤泬（xuè）寥（liáo）：指晴朗空旷、天高气清的样子。

⑥寂寥（liáo）：清澄平静的样子。

⑦收潦（lǎo）：指雨水退尽。潦，地面上积蓄的雨水。

⑧憯（cǎn）悽：悲痛，感伤。

⑨欷（xī）：感叹。

⑩怆（chuàng）怳（huǎng）：指失意悲伤的样子。

⑪懭（chuǎng）悢（lǎng）：指失意惆怅的样子。

⑫坎廪（lǐn）：即坎坷，指所遭遇的不顺利。廪，通"凛"，一本作"壈"。

⑬失职：指削职被贬之事。

⑭廓（kuò）落：空虚孤寂。

⑮羁（jī）旅：客居异乡。

⑯友生：交心的朋友。生，语缀，无实义。

⑰寂漠：静默无声的意思。

⑱雝（yōng）雝：雁鸣叫之声。

⑲鹍（kūn）鸡：古代一种像鹤的鸟，黄白色。

⑳啁（zhāo）哳（zhā）：声音繁杂而细碎。

㉑申旦：从黑到明，通宵。

㉒宵征：夜行。这里指蟋蟀在夜间跳跃而振翅鸣叫。

㉓亹（wěi）亹：行进不停的样子。

㉔淹留：滞留，久留。

——【精彩解说】

悲凉啊这秋天的肃杀气氛！秋风萧瑟啊草木凋落，

凄凉的景象就像我要漂泊去远方，又像登山临水送故人踏上归程，

空旷清朗啊天空高远空气清爽，清澄平静啊雨水退尽水流澄清，

悲伤叹息啊微寒袭人，恍惚惆怅啊背井离乡，世途坎坷啊贫困的士人被贬心意不平，空虚孤独啊漂泊异乡没有交心的朋友。

惆怅啊我独自哀怜。

燕子翩翩离开北方飞向南方，寒蝉整日寂寞没有声音。

大雁鸣叫着向南飞行，鹍鸡啾啾不停发出悲鸣。

形单影只难以入眠直到天明，蟋蟀彻夜振翅鸣叫勾起了我的悲伤。

时光流逝转眼已过了半生，我仍然滞留他乡一事无成。

悲忧穷戚①兮独处廓②，有美一人兮心不绎③。

去乡离家④兮徕⑤远客，超⑥逍遥⑦兮今焉薄⑧？

专思君⑨兮不可化，君不知兮可奈何！

蓄怨兮积思，心烦憺⑩兮忘食事⑪。
愿一见兮道余意，君之心兮与余异。
车既驾兮朅⑫而归，不得见兮心伤悲。
倚结軨⑬兮长太息，涕潺湲⑭兮下沾轼⑮。
慷慨⑯绝兮不得，中瞀乱⑰兮迷惑。
私自怜兮何极，心怦怦⑱兮谅直⑲。

【字词注解】

①穷戚：穷困。

②廓：空旷辽阔，这里指空虚孤寂。

③绎（yì）：通"怿"，愉快，高兴。

④去乡离家：指离开郢都。

⑤徕（lái）：同"来"，一本作"来"。

⑥超：远。

⑦逍遥：这里指漂泊无依。

⑧薄：通"泊"，停止。

⑨君：指楚王。

⑩烦憺：烦闷忧愁。

⑪食事：吃东西的事。

⑫朅（qiè）：离去，离开。

⑬结軨（líng）：古时候车厢的前、左、右三面，拿木条一横一竖交叉筑成的方格，形似窗棂。

⑭潺湲：本指水流不断的样子，这里形容泪流不断。

⑮轼：指古时车前用来做扶手的横木。

⑯慷慨：激昂，激愤。

⑰瞀（mào）乱：昏乱，烦乱。

⑱怦怦：心急的样子。

⑲谅直：诚实正直。

【精彩解说】

悲愁困顿啊独处空旷之地，有一位美人啊心情不愉快。
背井离乡啊身为异客，漂泊无依啊到哪里才能安定？
一心思念君王啊不可改变，君王却不知道啊我没有什么办法！
满怀着久积的怨恨啊思虑重重，心中烦闷啊饭都吃不下。
但愿能见君王一面啊诉说我的心意，君王的心思啊却和我不同。
驾着马车啊离去又返回，见不到君王啊我心里悲伤郁悒。
倚靠着车窗棂的栏木啊长叹不已，泪水涟涟啊沾湿了车前的横木。
激愤不平想与君王决绝啊又做不到，内心烦乱啊心惑神迷。
独自哀怜啊不知何时才是尽头，内心焦虑啊诚实正直。

原文

皇天①平分四时②兮，窃③独悲此廪秋④。
白露既下百草兮，奄⑤离披⑥此梧楸⑦。
去白日之昭昭兮，袭⑧长夜之悠悠。
离芳蔼之方壮⑨兮，余萎约⑩而悲愁。
秋既先戒以白露兮，冬又申之以严霜。
收恢台⑪之孟夏兮，然欿傺⑫而沉藏。
叶菸邑⑬而无色兮，枝烦挐⑭而交横；
颜淫溢⑮而将罢⑯兮，柯仿佛而萎黄；
萷⑰櫹槮⑱之可哀兮，形销铄而瘀伤。
惟其⑲纷糅⑳而将落兮，恨其失时㉑而无当。
揽㉒骐㉓辔而下节兮，聊逍遥以相佯。
岁忽忽而遒㉔尽兮，恐余寿之弗将。
悼余生之不时兮，逢此世之俇攘㉕。
澹㉖容与㉗而独倚兮，蟋蟀鸣此西堂。
心怵惕㉘而震荡兮，何所忧之多方㉙！
卬㉚明月而太息兮，步列星而极明。

【字词注解】

①皇天：对天及天神的尊称。

②平分四时：一年四季。

③窃：私自，私下。多为谦辞。

④廪（lǐn）秋：寒秋。廪，一本作"凛"，寒冷。

⑤奄：快速。

⑥离披：树叶凋零、分散的样子。

⑦梧楸（qiū）：梧桐与楸树，都是逢秋早凋的树木。

⑧袭：指入。

⑨方壮：正当壮年。

⑩菱约：萎靡而穷困。

⑪恢台：旺盛、广大的样子。

⑫欿（kǎn）傺（chì）：停止，敛藏。

⑬苶（yū）邑：枝叶枯萎的样子。

⑭烦挐（rú）：纷乱。

⑮淫溢：形容体貌枯槁瘦弱的样子。

⑯罢（pí）：通"疲"，疲劳。

⑰前（shāo）：通"梢"，树梢。

⑱橚（xiāo）槮（sēn）：树木凋落的样子。

⑲其：指草木。

⑳纷糅：众多而杂乱，这里指败叶衰草相混。

㉑失时：过了时令的季节。

㉒揽：抓住。

㉓骓（fēi）：指在两头拉车的马。古时一车三马或四马，中间的称服，两头的称骓，也称骖（cān）。

㉔道（qiú）：迫近。

㉕怔（kuāng）攘：纷乱不安的样子。

㉖澹（dàn）：恬淡，淡泊。

㉗容与：闲散的样子。

㉘怵惕：指惊慌。

㉙方：指端。

㉚卬（yǎng）：同"仰"，仰望。

【精彩解说】

上天将一年分成四个季节，我独自为寒秋黯然神伤。

白露已经降落在百草之上，梧桐与楸树枝头枯黄的树叶纷纷凋落。

离开了光明的白昼，又进入漫长的黑夜中。

告别了芬芳繁茂的壮年，萎靡穷困让我感到悲伤。

秋天先用白露来警示，冬天又加上层层的寒霜。

夏日草木繁盛之景都已消逝，万物的勃勃生机都深深隐藏。

这时的叶子显得黯淡无光，枝条纷乱交叉杂乱无章；

树木色泽黯淡将要萎谢，树干的颜色枯黄衰败；

光秃秃的树枝让人悲哀，枝丫病恹恹的真让人忧心。

想到衰草落叶相杂将要飘落，怅恨好时光已经失去。

抓住马缰绳放下马鞭缓慢而行，百无聊赖地暂且慢慢游荡。

岁月易逝转眼已到岁暮，恐怕我的寿命不会长久。

痛惜自己生不逢时，碰上这乱世令人沮丧。

独自徘徊无奈地倚靠栏杆，愁听西堂蟋蟀的鸣叫。

我内心惊惧大受震动，为何百般忧愁缠绕不休？

仰望明月长长叹息，在星光下踟蹰直到天亮。

窃悲夫蕙华①之曾敷兮，纷旖旎乎都房。

何曾华之无实②兮，从风雨而飞飏。

以为君独服此蕙兮，羌无以异于众芳③。

闵④奇思⑤之不通⑥兮，将去君而高翔。

心闵怜之惨悽兮,愿一见而有明。
重无怨[7]而生离兮,中结轸[8]而增伤。
岂不郁陶[9]而思君兮?君之门以九重[10]。
猛犬狺狺而迎吠兮,关梁闭而不通。
皇天淫溢[11]而秋霖兮,后土何时而得干[12]!
块[13]独守此无泽兮,仰浮云而永叹。

【字词注解】

①蕙华:指蕙草的花。

②曾华之无实:只开花不结果。比喻君王把他看成有虚表但没实际才能的人。

③众芳:指其他人。

④闵:忧伤。

⑤奇思:焦虑。

⑥不通:不能通达于君王。

⑦无怨:深念自己没罪却和君王分离。

⑧结轸(zhěn):郁结忧伤。

⑨郁陶:忧思蓄积满腔。

⑩九重:根据朱熹《楚辞集注》,天子的门有九重,即关门、远郊门、近郊门、城门、皋门、库门、雉门、应门、路门。

⑪淫溢:用来形容过度,此指秋雨连绵不绝。

⑫干:干燥。

⑬块:孤寂的样子。

【精彩解说】

我悲叹蕙花也曾开放过,千娇百媚开满了宫殿。

为什么开了许多花却都没结果,随着风雨四处飘荡?

我以为君王独爱佩戴蕙花，哪知在他眼中蕙花与众花没什么不同。

哀悯我的心思无人能理解，我将离开君王远走他乡。

内心如此悲凉凄惨，期望能见一面君王以倾诉衷肠。

感念自己无罪却被放逐，内心郁结沉痛更加悲伤。

怎能不思念君王而忧思郁积？君王的大门有九重关防。

猛犬守门对着来人狂叫，门关与桥梁都闭塞不畅。

上天降下绵绵的秋雨，地上几时才会干燥？

孑然一身在这荒芜沼泽，仰望阴云蔽日叹息深长。

何时俗之工巧兮，背绳墨①而改错！

却骐骥而不乘兮，策驽骀而取路。

当世岂无骐骥兮，诚莫之能善御。

见执辔者非其人兮，故駶跳②而远去。

凫雁皆唼③夫梁藻兮，凤愈飘翔而高举。

圜凿④而方枘⑤兮，吾固知其鉏铻⑥而难入。

众鸟皆有所登栖兮，凤独遑遑而无所集。

愿衔枚⑦而无言兮，尝被君之渥洽⑧。

太公九十乃显荣兮，诚未遇其匹合。

谓骐骥兮安归？谓凤皇兮安栖？

变古易俗兮世衰，今之相者⑨兮举肥⑩。

骐骥伏匿而不见兮，凤皇高飞而不下。

鸟兽⑪犹知怀德⑫兮，何云贤士之不处⑬？

骥不骤进而求服⑭兮，凤亦不贪喂⑮而妄食。

君弃远而不察兮，虽愿忠其焉得？

欲寂漠而绝端⑯兮，窃不敢忘初之厚德。

独悲愁其伤人兮，冯郁郁其何极！

── 【字词注解】

①绳墨：指法度。

②駶（jú）跳：跳跃。

③唼（shà）：象声词，水鸟或鱼类吃东西时发出的声音。

④凿：指榫眼。

⑤枘（ruì）：榫头。

⑥鉏（jǔ）铻（yǔ）：同"龃龉"，格格不入。

⑦枚：像筷子一样的木杆。

⑧渥（wò）洽：指大的恩泽。

⑨相者：指相马的人。

⑩举肥：推举肥马。

⑪鸟兽：指凤凰与骐骥。

⑫怀德：想念有德者。

⑬处：留下。

⑭服：驾车。

⑮喂：饲养。

⑯绝端：断绝头绪。

── 【精彩解说】

为什么世上的风气是善于取巧，违背法度而改变成错误的举措！
放弃骏马不愿骑乘，竟然非要骑乘劣马。
当今世上难道缺少骏马？实在是没有人善于驾驭好马。
看到驾驭的人不合适，骏马就会蹦跳着远远逃跑。
大雁野鸭都争抢着吃食物，凤凰却越飞越高远远离去。
圆孔配上方榫，我本就知道不相合难以插入。
众鸟都有自己休息的窝，唯独凤凰难找安身的地方。
我本想遇事闭口不言，但曾经接受君王的恩惠怎能不说。

姜太公九十岁才显荣耀，确实是之前没遇到圣明的君王。

骏马的归宿到底在哪里？凤凰究竟应当在哪里栖居？

改变古风旧俗世道败坏，如今的相马人只爱推举肥腴的马。

骏马只能隐藏起来让人看不见而去，凤凰高高飞翔不愿下来休息。

鸟兽都知道要爱慕有德的人，为什么要怪贤士不肯留于仕途？

骏马不急于让人使用而去驾车，凤凰不贪图饲养而乱吃食物。

君王远弃贤士不能分辨是非，贤士虽然想尽忠又怎能如意？

要默默断绝对君王的留恋之情，我内心里却不敢忘记当初的深恩。

独自悲愁多么伤害自身啊，悲愤满腔何时才是尽头！

原文

霜露惨悽而交下①兮，心尚幸②其弗济③。

霰雪雰糅其增加兮，乃知遭命之将至。

愿徼幸④而有待⑤兮，泊莽莽与野草同死。

愿自往而径游⑥兮，路壅绝而不通。

欲循道而平驱兮，又未知其所从。

然中路而迷惑兮，自压⑦桉而学诵。

性愚陋以褊浅兮，信未达乎从容。

窃美申包胥⑧之气盛⑨兮，恐时世之不固。

何时俗之工巧兮？灭规矩而改凿。

独耿介⑩而不随⑪兮，愿慕先圣之遗教。

处浊世而显荣兮，非余心之所乐。

与其无义而有名兮，宁穷处而守高⑫。

食不偷而为⑬饱兮，衣不苟而为温。

窃慕诗人⑭之遗风兮，愿托志乎素餐⑮。

蹇充倔⑯而无端⑰兮，泊莽莽而无垠。

无衣裘以御冬兮，恐溘死不得见乎阳春。

【字词注解】

①霜露惨悽而交下：以喻自己遭受群小的排挤与打击。

②幸：原文为"夻"，希望。

③济：成功。

④徼（jiǎo）幸：侥幸。

⑤有待：指期待楚王的觉醒。

⑥自往而径游：经小路去进谏楚王。

⑦压：克制。

⑧申包胥：春秋时楚大夫。吴伐楚，占郢都，楚昭王逃到异乡。申包胥到秦求救，在秦国的大殿里哭了七天七夜。秦哀公被感动，出兵击败了吴国，收复了楚国的领地。

⑨气盛：指这种爱国的心志。

⑩耿介：光明正大。

⑪随：随应时俗。

⑫守高：保持清高。

⑬为：求的意思。

⑭诗人：指《诗经·魏风·伐檀》的作者。

⑮素餐：原指白吃饭，这里指饮食俭朴。餐，熟的食物。闻一多《楚辞校补》："餐当为飧。《说文》餐重文作清飱，和飧形声接近，故相涉而误。"

⑯充佫：充满委屈。

⑰无端：没有涯际。

【精彩解说】

凛冽的霜露一起袭来，心中还希望它们不能逞凶。

雪珠雪花纷杂越下越大，才知道悲惨的命运将来到。

怀着侥幸的心理有所期待啊，在荒原和野草一同死亡。

想径自前行畅游一番，可道路堵塞难以走通。

想沿着大道平稳前行，但怎样去做却又不清楚。

行至半路就觉得迷惑不解，只好自我压抑去作歌吟诵。

本性愚笨无知且浅薄狭隘，实在不知道如何行事。

我暗自赞美申包胥的气概，但是恐怕时代与那时不一样了。

为什么如今的世人喜欢投机取巧啊？废掉规矩且改变了法度。

我一身正气不与世俗同流合污，愿尊崇先人留传下来的教诲。

在污浊的社会显名荣耀，这些不是我心中所喜欢做的。

与其没有道义而徒有虚名，宁可安于贫困保持高节。

不苟且取食求得饱腹，不苟且穿衣求得暖身。

暗暗仰慕诗人的风格，在粗茶淡饭中磨砺志节。

我心中充满无限委屈，流浪在荒郊原野没有边际。

没有棉皮袄来抵御寒冬，恐怕会突然死去见不到春天。

原文

靓①眇秋之遥夜②兮，心缭悷③而有哀。
春秋逴逴④而日高兮，然惆怅而自悲。
四时递来而卒岁兮，阴阳⑤不可与俪偕⑥。
白日晼晚⑦其将入兮，明月销铄而减毁。
岁忽忽而遒尽兮，老冉冉而愈弛⑧。
心摇悦⑨而日幸⑩兮，然怊怅⑪而无冀⑫。
中憯恻之悽怆兮，长太息而增欷。
年洋洋⑬以日往兮，老嵺⑭廓而无处。
事亹亹⑮⑯而觊⑰进兮，蹇淹留而踌躇。

【字词注解】

①靓（jìng）：平和。

②遥夜：指长夜。

③缭悷（lì）：形容忧思萦绕缠结。

④春秋逴（chuō）逴：上年纪的样子。春秋，指时间，这里指年纪。逴逴，越走越远。

⑤阴阳：春夏为阳，秋冬为阴。

⑥俪偕：犹言相存。

⑦晼：指日落黄昏的样子，喻年老者。

⑧弛：松散。

⑨摇悦：心旌摇荡。

⑩日幸：指每天希望。

⑪怊（chāo）怅：悲伤失意的样子。

⑫无冀：同上句"日幸"相对成文，没有希望。

⑬洋洋：宽广无际的样子。

⑭嵺（liáo）：通"寥"。

⑮事：国事。

⑯亹（wěi）亹：勤勉的样子。

⑰觊：通"冀"，希望。

【精彩解说】

在寂静的暮秋长夜，我心中萦绕着绵绵哀绪。

岁月匆匆自己年岁渐老，惆怅着心中充满失望。

四季交替已近岁暮，人不能跟时光同在。

太阳昏暗即将西下，圆圆的月亮也销蚀缺损。

岁月流逝一年将尽，自己慢慢衰老精力不济。

心绪难定每天怀揣侥幸心理，但总失去希望充满忧虑。

我的心中哀痛凄然欲绝，我长长叹息而徒增悲伤。

岁月匆匆一日日流逝，老来无处安身备感空虚。

时世日日变化还希望勤勉进取，但停滞不前犹豫彷徨。

何泛①滥之浮云兮，猋②壅蔽此明月！
忠昭昭而愿见兮，然霠③曀④而莫达。
愿皓日之显行兮，云蒙蒙而蔽之。
窃不自聊而愿忠兮，或⑤黕⑥点⑦而污之。
尧舜之抗行兮，瞭冥冥而薄天。
何险巇之嫉妒兮，被以不慈之伪名？
彼日月之照明兮，尚黯黮⑧而有瑕。
何况一国之事兮，亦多端⑨而胶加⑩。
被荷裯⑪之晏晏⑫兮，然潢洋而不可带。
既骄美而伐武兮，负左右之耿介。
憎愠怆之修美兮，好夫人之慷慨。
众踥蹀而日进兮，美超远而逾迈。
农夫辍耕而容与兮，恐田野之芜秽。
事绵绵⑬而多私⑭兮，窃悼⑮后之危败。
世雷同⑯而炫曜⑰兮，何毁誉之昧昧！
今修饰而窥镜⑱兮，后尚可以窜藏⑲。
愿寄言夫流星⑳兮，羌倏忽而难当。
卒壅蔽此浮云兮，下暗漠而无光。

【字词注解】

①泛：泛滥，此处形容浮云的腾涌翻滚。

②猋（biāo）：犬奔的样子，引申为快速的样子。

③霠（yīn）：乌云蔽日。

④曀（yì）：指阴暗。

⑤或：有人。

⑥黕（dǎn）：污垢。

⑦点：侮辱。

⑧黬黮（dǎn）：黯淡，昏暗不明。

⑨多端：指头绪多。

⑩胶加：纠缠不休。

⑪荷裯（dāo）：拿荷叶做的短衣。

⑫晏晏：温柔的样子。

⑬绵绵：相继不断。

⑭多私：指奸臣徇私舞弊。

⑮悼：恐惧。

⑯雷同：雷一发声，山谷回应，因此称雷同。在此比喻群小唱和，众口一词。

⑰炫曜：夸耀，形容奸臣互相吹捧。

⑱修饰而窥镜：指奸臣矫饰以欺蒙君主。

⑲窜藏：隐藏。

⑳寄言夫流星：托流星给楚王带消息。

【精彩解说】

为何浮云漫布层层涌现，明月很快被遮蔽？

我忠心耿耿愿表白心迹，可阴云遮日难达君王面前。

祈愿光明的太阳能照耀大地，云雾蒙蒙却遮住了它。

我不自量只想忠心于君王，竟有人诽谤且污蔑我。

品行高尚的尧舜远远超越世俗，他们的崇高人格与上天相接。

为什么尧舜遭受奸臣的嫉妒，使他们蒙受冤名难以洗清？

那日夜照耀的太阳与月亮，尚且有时出现黑斑和阴影。

更何况一个国家的大小事物，更是头绪纷繁错杂万千。

披着荷叶短衣轻柔艳丽，但因为太宽太松不能系腰带。

君王夸耀武功骄傲自满，认为上下的臣子都耿直。

他憎恨忠诚之士的美德，却喜欢那些伪装的慷慨之士。
小人四处奔走日益腾达，贤人引身自退远远跑开。
农夫停止耕作闲散自在，恐怕田野变得荒芜。
国事琐碎而充满私欲，暗自悲痛国家必将衰亡。
世人众口一词互相夸耀，诋毁和赞誉混杂嘈乱！
如今修饰容仪要照镜子，以后还可将祸患避开。
愿托流星帮我表明心意，它飞得太快难以遇上。
明月终究被浮云挡住，大地昏暗而没有光亮。

原文

尧舜皆有所举任①兮，故高枕而自适。
谅无怨于天下兮，心焉取此怵惕？
乘②骐骥之浏浏兮，驭安用夫强策？
谅城郭之不足恃兮，虽重介③之何益？
遭翼翼而无终兮，忳④惛惛⑤而愁约⑥。
生天地之若过兮，功不成而无效。
愿沉滞而不见⑦兮，尚欲布名⑧乎天下。
然潢洋而不遇兮，直怐愗⑨而自苦。
莽洋洋而无极兮，忽翱翔之焉薄？
国有骥而不知乘兮，焉皇皇而更索？
宁戚讴于车下兮，桓公闻而知之。
无伯乐之善相兮，今谁使乎誉之。
罔⑩流涕以聊虑⑪兮，惟著意⑫而得之⑬。
纷纯纯之愿忠兮，妒被离而鄣之。
愿赐不肖⑭之躯而别离兮，放游志乎云中。
乘精气之抟抟⑮兮，骛⑯诸神之湛湛。
骖白霓⑰之习习兮，历群灵之丰丰⑱。
左朱雀之茇茇⑲兮，右苍龙⑳之躣躣㉑。
属雷师之阗阗兮，通飞廉之衙衙。

前轻辌之锵锵兮，后辎乘㉒之从从。
载云旗之委蛇兮，扈屯骑之容容。
计专专之不可化兮，愿遂推而为臧。
赖皇天之厚德兮，还及君之无恙。

• 【字词注解】

①举任：指举贤能的人。

②乘：坐，驾。

③介：甲。

④忳（tún）：忧愁的样子。

⑤惛（hūn）惛：烦闷。

⑥愁约：被愁闷束缚。

⑦见：通"现"。

⑧布名：传播名声。

⑨怐（kòu）愗（mào）：愚钝。

⑩罔：通"惘"，迷惘。

⑪聊虑：深思，专一思虑。

⑫著意：专心。

⑬得之：体察自己的忠心。

⑭不肖：自谦之词。

⑮抟（tuán）抟：指集聚成团。

⑯骛：驰逐。

⑰白霓：没有颜色的虹。

⑱丰丰：指众多的样子。

⑲朱雀之茇（pèi）茇：朱雀翩翩飞翔。朱雀指南方的神。茇茇，形容飞翔的样子。

⑳苍龙：指东方的神。

㉑躣（qú）躣：蜿蜒而行的样子。
㉒辎（zī）乘：指重车。

―●【精彩解说】

尧舜能够任用贤能的人，因此从容安逸高枕无忧。
当然不会受天下人埋怨，他们心中哪里会有这种恐慌？
驾着骏马畅快地驰骋，驾驭马何必用粗重的马鞭？
纵有里城和外城也不足依靠，虽然有坚甲利兵又有什么益处？
我一向谨慎可结果还是不好，忧郁愁思无法摆脱。
生于天地间如同过客，功业没有成而终生蹉跎。
想要埋没于人群无所表现，又想在世间扬名取荣。
茫茫人海很难遇到贤王，想扬名天下真是愚昧自找苦吃。
渺茫一片的原野没有尽头，在哪里停留啊我四处漂流！
国有骏马却不去乘驾，为什么匆忙要另外求索？
喂牛时宁戚在马车下唱歌，齐桓公一听就知他是人才。
没有伯乐相马的能耐，如今又能让谁来评判好马？
怅惘流泪深深思索，用心访求才能得到贤人。
满怀热忱愿效忠于君王，偏被小人嫉妒重重阻挠。
就让不成才的我离开，我要纵情游乐在云天中。
乘着天地的一团团精气，我去追随一群群神灵。
驾起白虹高飞，游历了群神各种各样的宫殿。
朱雀在左面翩翩飞翔，苍龙在右面奔行翻腾。
咚咚敲鼓的雷师跟在后面，习习的风神在前面开路。
轻便的卧车铃声锵锵在前面先行，随后有大车纷纷紧跟。
载着舒卷飘扬的云旗，集聚众多的车骑蜂拥跟随。
我忠贞不渝的心不容改变，愿行善建功推行良策。
仰仗深厚恩德的上天，保佑君王吉祥如意。

拓展阅读

文王访姜太公

商朝末年，位于渭水流域的周逐渐变得强大起来。姬昌是历史上有名的周文王，他继位之后，重视农业，待人宽厚，尊老爱幼，得到百姓的拥护。另外，他还招揽了一大批有才能的人，帮助他治理国家。那时，商纣不得人心，文王便决心兴周灭商。他权衡思量后发现，身边虽然人才济济，但还缺少一个能够运筹帷幄、统筹全局的人，帮他筹划灭商大计。所以，他经常留心寻访这样的大贤人。

一天夜里，文王梦到有一只飞熊向自己扑来，醒来后经过占卜发现这是一个好梦，便坐上车，以游猎为名，出外访贤。他来到渭水边，见一位须发斑白的老人正在钓鱼。那位老人一边钓鱼，嘴里一边念念有词："快上钩呀！快上钩！愿意来者快上钩！"文王感到奇怪，便走近观看，发现老人钓鱼的鱼钩离水面有三尺高，而且鱼钩是直的，上面也没有钓饵。文王觉得老人不同寻常，就和老人攀谈起来。通过交谈，文王得知老人名叫姜尚，并发现他谈吐不凡，学识渊博，天文地理、政治军事无所不通。文王认为姜尚就是自己寻找的大贤人，便高兴地说："自我国先君太公就说：ّ定有圣人来周，周会因此兴旺。'这说的就是您吧？太公已经盼望您很久了，请您帮助我治理国家吧！"姜尚也因此被后人尊称为"太公望"。

后来，姜尚做了周文王的国相，辅佐他整顿政治和军事，对内发展生产，对外开疆拓土，使周变得越来越强盛，为灭商奠定了坚实的基础。

招 魂

〔概论〕

《招魂》的作者和招魂对象也是颇有争议、没有定论的。总结归纳起来，主要有两种观点：一种观点认为《招魂》是屈原之作，是他自招或招楚怀王之魂而作，关于这一观点的最早史证为司马迁《史记·屈原贾生列传》中"余读《离骚》《天问》《招魂》《哀郢》，悲其志"的记载；另一种观点则认为《招魂》是宋玉之作，是宋玉招屈原之魂而作。关于后一观点，王逸在《楚辞章句》中说："《招魂》者，宋玉之所作也……宋玉怜哀屈原忠而斥弃，愁懑山泽，魂魄放佚，厥命将落，故作《招魂》。"但就本篇内容中描写宫室之美、侍女之众、舞宴之丰、狩猎之盛，一般认为是屈原招怀王之魂。

"招魂"原只是一种巫术仪式，屈原在此基础上，将其改造成了一种独特的叙述手法，并融入了自己的思想感情。在本篇中，屈原"外陈四方之恶，内崇楚国之美"，既描写了天地四方的恐怖，祈求魂灵归来，又极力铺陈夸饰帝王气象的奢侈豪华，以此来说明楚国最安全。两者形成了鲜明的对比，突出了屈原对楚怀王的深切怀念和强烈的爱国情怀。

本篇在形式上与其他各篇均不相同，除序辞和尾声外，正文每隔一句或两句都用"些"字做语尾。"些"字的使用，既表示这是楚国的方言，也表示这是招魂专用的。此外，《招魂》被后人誉为仅次于《离骚》的优秀作品。它在艺术上极富创造性，铺陈的手法、铺张扬厉的风格，对汉赋乃至后世诗文的创作都产生了深远的影响。

原文

朕①幼清以廉洁兮，身服义而未沬②。
主③此盛德④兮，牵于俗而芜秽。
上⑤无所考⑥此盛德兮，长离⑦殃而愁苦。
帝⑧告巫阳⑨曰："有人在下，我欲辅之。
魂魄离散，汝筮⑩予之！"
巫阳对曰："掌梦⑪！天帝其难从⑫！"
"若必筮予之，恐后之谢，不能复用巫阳焉。"

【字词注解】

①朕：指我。

②沬（mèi）：昏暗不明。

③主：守。

④盛德：指清、廉、洁、义等美德。

⑤上：指上天。

⑥考：考察。

⑦离：通"罹"，遭遇。

⑧帝：天帝。

⑨巫阳：古时候神话里的神巫，名阳。

⑩筮（shì）：拿蓍草占卜。

⑪掌梦：指掌管占梦的巫。

⑫难从：指难以从命。

【精彩解说】

我自小就清白而又廉明，亲身践行仁义正理不容含糊。

我一直保持这些美德，受世俗的牵累埋没于污浊混乱的现实中。

上天不能考察我有此大德，令我长久遭受磨难悲愁痛苦。

天帝唤来巫阳说:"现有一人在下面,我正想保护他。可他的魂魄已离开他的身体,你用占卜的方式给他招魂!"

巫阳回答:"天帝,这是掌梦的责任!您的命令我实在难以遵从!"

"你必须为他招魂,晚了恐怕他就要真正死去,再想为他招魂就没用了。"

乃①下招曰:魂兮归来!

去君之恒干②,何为四方些③?

舍君之乐处④,而离⑤彼不祥些!

魂兮归来!东方不可以托⑥些。

长人⑦千仞,惟魂是索⑧些。

十日代出,流金⑨铄石些。

彼⑩皆习之,魂往必释⑪些。

归来兮!不可以托些。

魂兮归来!南方不可以止些。

雕题⑫黑齿,得人肉以祀,以其骨为醢⑬些。

蝮蛇⑭蓁蓁⑮,封狐千里些。

雄虺九首,往来倏忽⑯,吞人以益⑰其心些。

归来兮!不可以久淫⑱些。

魂兮归来!西方之害,流沙⑲千里些。

旋入雷渊⑳,麋散而不可止些。

幸而得脱,其外旷宇㉑些。

赤蚁若象,玄㉒蜂若壶些。

五谷不生,藂菅㉓是食些。

其土烂㉔人,求水无所得些。

彷徉㉕无所倚,广大无所极些。

归来兮!恐自遗贼㉖些。

魂兮归来!北方不可以止些。

增冰峨峨,飞雪千里些。

归来兮！不可以久些。

魂兮归来！君无上天些。

虎豹九关[27]，啄害下人些。

一夫九首，拔木九千些。

豺狼从目[28]，往来侁侁[29]些；

悬人以娭[30]，投之深渊些。

致命[31]于帝，然后得瞑[32]些。

归来！往恐危身些。

魂兮归来！君无下此幽都[33]些。

土伯九约，其角觺觺些。

敦脄血拇，逐人駓駓些。

参目虎首，其身若牛些。此皆甘人。

归来！恐自遗灾些。

【字词注解】

①乃：于是。

②恒干：指魂魄一般寄托的躯体。

③些（suò）：语气词，下同。

④乐处：安乐的地方，指楚国。

⑤离：通"罹"，遭遇。

⑥托：托付。

⑦长人：神话传说中东方的巨人。

⑧索：指追求。

⑨流金：把金属熔解成流动的液体。

⑩彼：指东方的巨人。

⑪释：熔解。

⑫雕题：在额上描画花纹。题，额角。

⑬醢（hǎi）：肉酱。

⑭蝮蛇：指一种毒蛇，身上长有黑褐色斑纹。

⑮蓁（zhēn）蓁：指聚集在一起的样子。

⑯倏忽：迅速。

⑰益：补益。

⑱淫：淹留。

⑲流沙：沙漠地带沙动像水流，因此叫流沙。

⑳雷渊：古时神话里的水名。

㉑旷宇：旷野。

㉒玄：黑。

㉓蘩（cóng）菅：丛生的茅草。蘩，通"丛"。菅，茅草。

㉔烂：糜烂。

㉕彷徉：指游荡不定。

㉖自遗（wèi）贼：自寻灾祸。遗，赠予。贼，害。

㉗九关：指天门有九层。

㉘从目：即纵目，眼睛竖长。

㉙侁（shēn）侁：众多的样子。

㉚娭（xī）：同"嬉"，游戏，玩耍。

㉛致命：指复命。

㉜瞑：小睡。

㉝幽都：指阴间的都城。阴间看不到天日，所以称幽都。

——•【精彩解说】

巫阳于是来到人间招魂：灵魂啊快回来吧！

为什么离开你常在的躯体，要到四面八方游荡？

丢弃了你安逸的住所，却遭受那些灾殃！

灵魂啊快回来吧！东方不是你能安身的地方。

那里有身长千仞的巨人，专门寻找人的灵魂吃。

十个太阳轮番照耀，晒得石头销毁，金属熔化。

那地方的人们早已习惯了，灵魂去了必定消散啊。

回来吧！那里你不可以停留。

灵魂啊回来吧！南方也不是可以依托的地方。

额上绘着花纹、牙齿染成黑色的野人们，专用人肉来祭祀，然后再连同骨头剁成烂泥。

那里毒蛇遍地，巨狐驰骋千里啊。

还有一种长九颗头的毒蛇，穿梭着游来游去，以吃活人来满足贪欲。

回来吧！南方不能停留太久。

灵魂啊回来吧！西方对你更没有好处，那里有看不到边际的流沙。

风沙会将你吞进雷渊，被吞食进去就会粉身碎骨，难以收拾。

即使侥幸逃出雷渊，身临无际的原野也十分可怕。

那里的红色蚂蚁有象那么大，黑色的蜂长得如同葫芦。

那里的庄稼不能生长，用丛生的茅草来果腹。

西方的土会使你的身体糜烂掉，想找水喝也十分困难。

在远野里徘徊没有定居，四周都是空旷的原野没有边际。

回来吧！别给自己找灾难。

灵魂啊快回来吧！北方也不可以长时间停留。

层层冰雪像山一样堆积，漫天飞雪弥漫千里。

回来吧！那里不可以久栖。

灵魂啊快回来吧！你不能跑到天上去。

虎豹严守着九道天门，它们会把下界的人咬得有来无回。

那里有长着九颗头的神，一口气能连拔九千棵大树。

豺狼成群地瞪着你，它们恶狠狠地来往于四处；

人被吊起来戏弄，然后投入深渊。

它们向天帝复命，之后才能小睡一会儿。

回来吧！不能去找寻危险。

灵魂啊快回来吧！你可不要到阴府里。

地下魔怪的身体弯弯曲曲，双角锐利难以接触。

弓着背舞动着血爪,它们快步追逐着人们。

长有三只眼的虎头,身体如牛一样健壮。它们全都是爱吃人肉的妖魔。

回来吧!不要使自己遭受灾难。

原文

魂兮归来!入修门①些。

工祝②招君,背行先③些。

秦篝④齐缕,郑绵络些。

招具该备,永啸呼些。

魂兮归来!反故居些。

天地四方,多贼奸⑤些。

像⑥设君室,静闲安些。

高堂邃⑦宇,槛层轩些。

层台累榭,临高山些。

网户朱缀⑧,刻方连⑨些。

冬有突厦⑩,夏室寒些。

川谷径复,流潺湲些。

光风转⑪蕙,泛⑫崇兰些。

经堂入奥,朱尘筵些。

砥室⑬翠翘⑭,挂曲琼⑮些。

翡翠珠被,烂齐光些。

蒻阿拂壁,罗⑯帱张些。

纂组⑰绮缟,结琦⑱璜些。

室中之观,多珍怪些。

兰膏明烛,华容⑲备些。

二八侍宿,射⑳递代些。

九侯㉑淑女,多迅众㉒些。

盛鬋㉓不同制,实㉔满宫些。

容态好比,顺㉕弥代㉖些。

弱颜㉗固植,謇其有意㉘些。

娉容修态，䋶洞房㉙些。
蛾眉曼睩㉚，目腾光㉛些。
靡㉜颜腻理，遗视㉝矊些。
离榭修幕㉞，侍君之闲些。
翡帏翠帐，饰高堂些。
红壁沙㉟版，玄玉㊱梁些。
仰观刻桷㊲，画龙蛇些。
坐堂伏槛，临曲池些。
芙蓉始发，杂芰荷些。
紫茎屏风，文缘波些。
文异豹饰，侍陂陁㊳些。
轩辌既低，步骑罗些。
兰薄户树，琼木篱些。
魂兮归来！何远为些？

【字词注解】

①修门：郢都的城门。

②工祝：工，擅长。擅长祭祀祈福的巫人。

③先：先导。走在魂的前面，为其引路。

④篝：通"勾"，竹笼，产自秦地（今陕西），因此叫秦篝。

⑤奸：恶。

⑥像：已死之人的画像。朱熹《楚辞集注》："楚俗人死则设其形貌于室而祠之也。"

⑦邃：长远。

⑧朱缀：用红颜色涂在格子上。

⑨方连：成串的菱形图案。

⑩突（yào）厦：结构深邃，不受外面寒气侵袭的大屋子。突，深邃。

⑪转：摇。

⑫泛：浮动。

⑬砥（dǐ）室：用光滑的石板砌墙铺地的房子。

⑭翠翘：指翡翠鸟的长尾羽。

⑮曲琼：玉钩。此处讲玉钩挂在壁上，拿来悬挂帷帐和衣服。

⑯罗：古时的一种丝织品。

⑰纂（zuǎn）组：都指带子。纯红的称"纂"，五色的称"组"。

⑱琦：美玉。

⑲华容：华灯，有花纹的灯。

⑳射（xī）：通"夕"，夜晚。

㉑九侯：九代表多数，侯指诸侯。

㉒迅众：指超群出众。迅，超出。

㉓盛鬋（jiǎn）：茂密的鬓发。鬋，鬓发。

㉔实：充实。

㉕顺：读作"询"，指真的意思。

㉖弥代：无可比拟。

㉗弱颜：柔嫩的面容。

㉘有意：指含情脉脉。

㉙姱洞房：周遍幽深的内室。姱，通"亘"，周遍，满。洞房，幽深的内室。

㉚睩（lù）：眼珠来回转动。

㉛腾光：放光，指目光明亮有神。

㉜靡：细致。

㉝遗视：目光停留。

㉞修幕：长而大的帷帐。

㉟沙：丹砂。

㊱玄玉：黑色的玉。

㊲楢（jué）：橡子。

㊳陂（pō）陀（tuó）：山坡水岸高低不平的地方。

【精彩解说】

灵魂啊快回来吧！你赶快走入这郢都城门里。

让你进来的是招魂的巫师，他在前倒走为你引路。

秦地竹笼系着齐地丝绳，上面盖着郑国的笼衣。

招魂的工具都已准备好，大家都在大声把你呼唤。

灵魂啊快回来吧！从天地四方返回你的故乡。

天上地下东南西北四方，有那么多凶恶害人的东西。

你的遗像摆设在中堂，显得安乐宁静。

高大的屋宇深深的庭院，有栏杆围着的层层厅堂。

重重叠叠的亭台楼榭，临近着高山而建。

门上镂花涂朱红，上面雕刻着连方图案。

冬天房屋深幽宽敞格外暖和，夏天内室凉爽怡人。

园中的小溪曲折纵横，溪水潺潺流过。

微风吹动蕙草，又使浮动的兰花散发着芳香。

越过厅堂来到内室，上有红砖承尘下有竹席铺陈。

室壁平整光亮饰以翠羽，又有玉钩挂着衣物。

锦被像翡翠上面缀满珍珠，每颗珍珠都闪闪发着光。

蒻草装饰着墙壁，大床上挂着美丽的罗帐。

丝带结成的帐各式各样美丽极了，把晶莹的美玉连接起来挂满帐子。

室内摆设的物品，多是非同寻常的奇珍异宝。

灯烛燃烧弥漫起兰草的香味，富丽堂皇的景象无以复加。

妙龄姑娘已分为两班，她们轮流侍候过夜。

都是各国来的淑女，她们异常娇艳美丽。

这么多非凡的美女，各种各样款式的发型充满皇宫。

容貌一个比一个美，姿态也是无可比拟。

柔心弱骨却坚贞不渝，她们都意态缠绵。

美丽的面容、柔美的体态，络绎不绝往来于你的房间。

眉毛细而弯，眼波流转，双目明亮如电。
她们的肌肤如凝脂，凝视远方久久不移。
离宫别馆帷幕里，在你悠闲时精心侍候。
那饰有翠羽的帷帐，陈设在高高的厅堂。
四壁的墙上涂着朱红色的漆，房顶是漆黑如玉的房梁。
抬头观看刻花的屋椽，上面雕绘着龙蛇的形象。
倚靠着栏杆坐在厅堂中，面对着曲池流水。
含苞的荷花刚开放，还掺杂着菱叶和荷叶。
紫色的水葵茎叶露出水面，风起水纹荡漾。
穿着奇特豹皮军服的侍从，全都在岸边守卫着。
有篷、有窗的车子已到，徒步、骑马的侍从分列两旁。
一排排兰草围护在门前，周围的玉树权当篱笆护墙。
灵魂啊快回来吧！为什么要去危险的远方？

室家①遂宗，食多方②些。
稻粢③穱④麦，挐⑤黄粱⑥些。
大苦咸酸，辛甘行些。
肥牛之腱，臑若芳些。
和⑦酸若苦，陈吴羹⑧些。
胹⑨鳖炮羔，有柘⑩浆些。
鹄酸⑪臇⑫凫，煎鸿鸧⑬些。
露鸡⑭臛蠵⑮，厉⑯而不爽些。
粔籹⑰蜜饵，有餦餭些。
瑶浆⑱蜜勺⑲，实羽觞些。
挫糟冻饮，酎⑳清凉些。
华酌㉑既陈，有琼浆些。
归来反故室，敬㉒而无妨㉓些。

【字词注解】

①室家：指宗族。

②多方：多样。

③粢（zī）：稷的另一种叫法，即小米。

④䵣（zhuō）：一种早熟的麦。

⑤挐（rú）：夹杂。

⑥黄粱：味香的黄小米。

⑦和：指调味。

⑧吴羹：吴国羹汤。

⑨胹（ér）：煮。

⑩柘（zhè）：通"蔗"。

⑪鹄（hú）酸：当为酸鹄之误。鹄，天鹅。

⑫臇（juǎn）：汁少的羹。

⑬鸧（cāng）：水鸟的名字，似雁，苍黑色。

⑭露鸡：盖寒鸡之类。

⑮臛（huò）蠵（xī）：把大海龟做成羹汤。蠵，大海龟。

⑯厉：浓烈。

⑰粔（jù）籹（nǚ）：以蜜和米面，搓成细条，组之成束，扭成环形，用油煎熟。

⑱瑶浆：指好酒。

⑲勺：指调和。

⑳酎（zhòu）：重（chóng）酿的醇酒。

㉑华酌：雕刻有花纹的酒斗。酌，在酒樽中提酒用的酒斗。

㉒敬：恭敬。

㉓妨：指害。

【精彩解说】

宗族举行祭祀灵魂的祭礼，摆出了多种多样的供品。

供品中有各种精细的粮食，大米、小米、新麦掺杂黄粱。

祭祀食品中有苦的、咸的、酸的，加上辣的与甜的味道也全了。

供上一碗碗熟透的肥牛腱肉,肥牛腱的香气溢满屋。

调和食物中的酸味和苦味,端上有名的吴国羹汤。

清蒸甲鱼还有火烤羔羊肉,烧菜还加入了甘蔗汁。

醋溜天鹅肉煲煮野鸭块,油煎大雁肉和鸽肉。

露鸡肉配大龟汤,味道真是清爽鲜美。

各式点心脆又甜,蜂蜜做成的米饼和饴糖。

在色如美玉的酒里加入蜜浆,各种美酒盛满了酒杯。

去掉渣的冰镇酒,入口香醇又清凉。

摆好华美的酒器,盛满琼浆玉液的美酒。

快回到你的故居来吧,人们毕恭毕敬而不会伤害你。

原文

肴①羞未通,女乐罗些。

陈钟按鼓,造新歌些。

《涉江》《采菱》,发《扬荷》些。

美人既醉,朱颜酡些。

娭光②眇视③,目曾④波些。

被文服纤,丽而不奇⑤些。

长发曼鬋,艳⑥陆离些。

二八齐容,起郑舞⑦些。

衽⑧若交竿⑨,抚案下些。

竽瑟狂会,搷⑩鸣鼓些。

宫廷震惊,发《激楚》些。

吴歈蔡讴,奏大吕些。

士女杂坐,乱而不分些。

放⑪陈组缨⑫,班其相纷些。

郑卫妖玩,来杂陈些。

《激楚》之结,独秀先些。

菎蔽⑬象棋,有六簙些。

分曹⑭并进，遒相迫些。
成枭而牟，呼五白些。
晋制犀比⑮，费白日些。
铿钟摇虡⑯，揳梓瑟些。
娱酒不废，沉日夜些。
兰膏明烛，华镫⑰错些。
结撰至思，兰芳假些。
人有所极⑱，同心赋些。
酎饮尽欢，乐先故些。
魂兮归来！反故居些。

——•【字词注解】

①肴：鱼肉称肴。

②娭（xī）光：目光、眼神俏皮的样子。

③眇视：指偷着看。

④曾：指多，通"层"。

⑤不奇：指大方美观。

⑥艳：漂亮。

⑦郑舞：指郑国的舞蹈。

⑧衽（rèn）：衣襟。

⑨交竿：指交叉的竹竿，这里形容舞者衣袖交错的样子。

⑩摈（tián）：击打。

⑪放：分散。

⑫缨：帽子上系的绳。

⑬菎（kūn）蔽：玉做的一种赌具。"菎"是"琨"的假借字，琨是玉的一种。

⑭曹：指偶、伴侣。

⑮犀比：犀角赌具。犀，犀牛角。比，集中。

⑯虡（jù）：指放钟的木架。

⑰华镫（dēng）：指刻有花纹的灯。

⑱极：至。

———●【精彩解说】

丰盛的酒菜还没上齐，歌女舞乐就开始排队演出了。
摆好钟磬安放好乐鼓，马上表演新编的歌舞。
《涉江》《采菱》奏响，最后大家演奏《扬荷》。
筵席上的美人已有醉意，一个个面容潮红。
她们的目光游动含情脉脉，水汪汪的两眼送着秋波。
身穿带绣花的衣服，雍容华贵优雅大方。
柔美的鬓角长长的头发，都打扮得很娇艳。
十六位姑娘相同的打扮，站成两排的姑娘跳起郑国的舞蹈。
舞袖轻盈交错回旋，舞蹈结束后徐徐合拍退场。
竽瑟与管弦合奏，乐师将大鼓连连敲响。
奏出的音乐让宫廷震荡，乐曲《激楚》欢快激昂。
蔡谣与吴歌，都是用大吕的乐调来唱。
男女混乱杂坐在一起，分不出彼此互相依傍。
脱衣解帽随便乱丢，座位次序混乱一团。
郑国卫国的歌女舞伎，也拥杂在一起陪坐。
《激楚》的结尾慷慨激昂，独具特色一时无两。
玉做的筹码、象牙的棋子，六簙的游戏摆了上来。
分成两组开场，双方互不相让。
双方骁棋功力悉敌，大声疾呼五白。
消遣时间还有晋制的犀角赌具，通宵达旦不算稀奇。
钟声铿铿磬鸣悠扬，弹起梓木的琴瑟。
饮酒作乐一刻不停，日夜都是醉梦之乡。
兰花香膏的灯烛芳香明亮，华丽的宫灯错落有致。
精心构思殚精竭虑，以香兰借喻斯人。
此时人们欢乐到极点，朗诵诗作相互酬唱。
人们畅饮尽欢，让先祖的灵魂也得到了安乐。
灵魂啊快回来吧！快回到你的故居吧！

乱曰：献岁①发春兮，汩②吾南征。
　　菉萍齐叶③兮，白芷生。
　　路贯④庐江兮，左长薄。
　　倚沼畦瀛⑤兮，遥望博⑥。
　　青骊结驷兮，齐千乘⑦。
　　悬火⑧延起兮，玄颜烝⑨。
　　步⑩及骤处兮，诱骋先。
　　抑骛若通兮，引车右还。
　　与王趋梦⑪兮，课后先。
　　君王亲发⑫兮，惮⑬青兕。
　　朱明⑭承夜兮，时不可以淹⑮。
　　皋兰⑯被径兮，斯路渐⑰。
　　湛湛江水兮，上有枫。
　　目极千里兮，伤春心。
　　魂兮归来，哀江南！

—●【字词注解】

①献岁：指开始崭新的一年。

②汩（yù）：走路迅速的样子。

③齐叶：整齐的叶子。

④贯：透过。

⑤瀛（yíng）：沼泽。

⑥博：宽阔。

⑦齐千乘：众乘齐发。乘，古时候一辆车称一乘。

⑧悬火：把灯火挂起来。

⑨烝（zhēng）：指光热上腾。

⑩步：徒步而行。

⑪梦：梦泽，又称云梦泽，古时的大湖。

⑫亲发：亲手射箭。
⑬惮：通"殚"。
⑭朱明：指太阳。
⑮淹：久留。
⑯皋兰：水边长的兰草。
⑰渐：淹没。

——•【精彩解说】

乱辞：新一年的春天来临了，我将向南进发。
　　　绿萍的叶子已经长齐，路边的白芷也开始萌生。
　　　南行的路途要通过庐江，江的左岸是茂密连绵的丛林。
　　　我们沿着沼泽前行，眺望没有边际的阔野。
　　　四匹青黑马驾起君王的马车，千乘的猎车排得整整齐齐。
　　　高挂夜灯火光蔓延，天空映照得转成了暗红。
　　　步行赶到聚集车马的地方，狩猎的向导已经一马争先。
　　　勒马纵马进退自如，车队绕道右行继续前进。
　　　跟随君王奔驰向云梦泽，想看到底谁会先赶到。
　　　君王准备把箭射出去，却怕射杀了青兕有祸端。
　　　太阳破晓而出，时光匆匆难以留住。
　　　水岸边长满了芳香的兰草，道路却被青青的草掩盖。
　　　清澈的江水奔流向前，映照着江岸的一片枫树。
　　　站在这里放眼望去，满眼的风光让人顿时心中充满伤悲。
　　　灵魂啊快回来吧！为如今的江南楚地哀叹！

拓展阅读

楚怀王的故事

楚怀王，芈姓，熊氏，名槐。楚威王去世后，熊槐继承王位，史称楚怀王。初期，楚怀王在屈原、昭阳、陈轸等人的辅佐下，将楚国的国力推向了顶峰，使楚国成了当时最强大的国家。公元前319年，魏、韩两国投靠楚国，魏惠王劝楚怀王伐秦。楚怀王便派公孙衍去说服各国联合攻秦。公孙衍是魏国人，他先来到魏国说服魏惠王。魏惠王听从了他的建议，罢免魏相张仪，将他驱逐回秦，任命公孙衍为新的魏相。后来，公孙衍又相继说服齐、赵、韩、燕、义渠等国，很快就形成了七国合纵攻秦的局面。但由于列国各怀心思，合纵很快就被张仪的"连横"所破。之后，天下形成了齐、楚、秦三足鼎立之势，而齐、楚间形成了联盟。

公元前312年，张仪来到楚国，说服楚怀王以与齐国断交为代价换取秦国割让六百里商于之地。楚怀王一时贪念，答应了张仪的建议。可是在与齐国断交之后，秦国只割让了六里地。楚怀王勃然大怒，立即派军队进攻秦国，在丹阳被秦军打败。怀王举全国之兵再次发动进攻，结果又惨败于蓝田，两年后召陵被秦国占领。楚国经历三次战败，再不敢与秦国为敌，国力一落千丈，大国地位瓦解，从此走向衰落。

公元前301年，齐国联合韩国、魏国进攻楚国，在垂沙大败楚军。楚国以太子熊横为人质换来秦国出兵相助。两年后，秦国派兵攻占了楚国的八座城池。不久，秦王以归还失地为由，约楚怀王到秦楚边界的武关会面。怀王不听屈原等大臣的劝告前往武关，结果被秦国扣留。秦王本以为楚怀王一定会割地保命，可是没想到楚怀王宁死也不愿割地。秦王无法实现不动刀兵就占领楚国领地的夙愿，可是就这么放楚怀王回去又心有不甘，便决定先把他扣留起来。可这一扣留就是三年，最后楚怀王忧郁成疾，命丧咸阳，到死也没回到楚国。

大　招

〔概论〕

《大招》和《招魂》一样，也是一篇招魂之作。但其作者和所招对象，学界多有争议。一说是屈原之作，乃屈原招楚怀王之魂，与《招魂》不同的是，《大招》是楚怀王归葬楚国时的招魂辞，而《招魂》是楚怀王死讯传回楚国时的招魂辞；一说为景差之作，乃景差招屈原之魂；还有一种说法是秦汉之际文士模仿《招魂》之作。但都没有确凿证据，至今尚无定论。

《大招》在内容上大致可分为两部分：第一部分极力渲染四方的凶险可怕；第二部分重点烘托楚国故居之美，接着又大力颂扬楚国任人唯贤、政治清明、国势强盛等，以诱导和呼唤亡魂归来。

本篇在结构上与《招魂》相似，但写法上却独具特色，它采用开门见山的手法，直接点题，一气呵成，环环相扣。语言精炼，词意醇古，风格雅淡，尤其是对美人的描写，既描绘出了美人出众的容貌、姿态与装饰，还展现出了美人的心灵性情。全篇在写景、状物、叙事时几乎纯以四言句构成，层层铺张，大段排比，显得异常简洁整齐，充满了古朴典雅的意蕴，显示了由辞到赋必然的发展与转变。

青春①受谢，白日昭②只③。

春气奋发，万物遽只。

冥凌浃行，魂无逃只。

魂魄归来！无远遥只。

【字词注解】

①青春：即春天。

②昭：光明。

③只：语气词，如同《招魂》的"些"字。

【精彩解说】

四季交替春天降临，太阳是多么灿烂辉煌。

春天的气息蓬勃奋发，万物繁荣急速地生长。

幽冥之神遍行于天地之间，魂你不要逃走。

魂魄归来吧！不要去遥远的地方。

原文

魂乎归来！无东无西，无南无北只。

东有大海，溺水①溦溦②只。

螭龙并流③，上下悠悠只。

雾雨淫淫④，白皓胶只。

魂乎无东！汤谷寂只。

魂乎无南！南有炎火⑤千里，蝮蛇蜒只。

山林险隘，虎豹蜿只。

鰅鳙⑥短狐，王虺骞只。

魂乎无南！蜮伤躬只。

魂乎无西！西方流沙，漭洋洋⑦只。

豕首⑧纵目⑨，被发鬤⑩只。

长爪踞牙，诶笑狂只。

魂乎无西！多害伤只。

魂乎无北！北有寒山，逴龙赩只。

代水⑪不可涉，深不可测只。

天白颢颢⑫，寒凝凝只。

魂乎无往！盈北极⑬只。

魂魄归来！闲以静只。

自恣荆楚，安以定只。

逞志究欲，心意安只。

穷身永乐，年寿延只。

魂乎归来！乐不可言只。

【字词注解】

①溺水：这里指由于水特别深，容易让人发生危险。

②潃（yóu）潃：水流迅疾的样子。

③并流：并走。

④淫淫：连绵的样子。

⑤炎火：指炎热。

⑥鰅（yú）鱅（yōng）：一种鱼名，传说为一种鬼怪。

⑦洋洋：没有边际的样子。

⑧豕（shǐ）首：猪头。

⑨纵目：竖目。

⑩鬤（ráng）：头发凌乱的样子。

⑪代水：神话中的水名。

⑫颢（hào）颢：白茫茫的样子。

⑬盈北极：比喻冰雪填满了北极。

【精彩解说】

魂啊归来吧！不要去东方和西方，也不要去南方和北方。

东方有苍茫大海，沉溺万物浩浩荡荡。

螭龙顺流而行，上上下下出波入浪。

迷雾阵阵阴雨绵绵,白茫茫像凝聚的胶冻一样。

魂啊不要去东方!日出之地旸谷空旷无人。

魂啊别到南方去!南方的炎热绵延千里,长长的蝮蛇来往奔走。

山林深险路途崎岖,虎豹来往盘踞。鳙鱼和短狐都集聚起来祸害人,大毒蛇时时把头高扬。

魂啊别去南方!鬼蜮会把你的身体伤害。

魂啊别去西方!西方到处都有流沙,茫茫没有边际。

那里的猪头妖怪眼睛竖起,毛发散乱地披在身后。

长长的爪子、锯齿般的牙,捉到人就发出狞笑。

魂啊别去西方那里!那里有太多害人之物。

魂啊别去北方!北方有严寒的冰山,烛龙身子通红闪亮。

又有代水不能渡过,水深无底没法测量。

天空飞雪一片白茫茫,寒气凝聚四面八方。

魂啊不要前去!北极冰天雪地多么荒凉。

魂魄归来吧!这里悠闲清静自在安康。

在荆楚故国可以自由安闲,不再漂泊生活能够安定。

万事如意随心所欲,无忧无虑心神安宁。

终身都能保持快乐,延年益寿得以长命。

魂魄归来吧!这里的快乐说不尽。

原文

五谷六仞,设①菰粱只。

鼎臑②盈望,和致芳③只。

内鸧鸽④鹄,味豺羹只。

魂乎归来!恣所尝只。

鲜蠵甘⑤鸡,和楚酪⑥只。

醢豚⑦苦狗,脍苴蓴只。

吴酸⑧蒿蒌,不沾薄只。

魂兮归来!恣所择只。

炙鸹烝凫，煔⁹鹑陈只。

煎鲫⁽¹⁰⁾臄⁽¹¹⁾雀，遽爽存只。

魂乎归来！丽⁽¹²⁾以先只。

四酎⁽¹³⁾并孰，不涩嗌⁽¹⁴⁾只。

清馨冻饮⁽¹⁵⁾，不歠役只。

吴醴白蘖，和楚沥只。

魂乎归来！不遽惕只。

——•【字词注解】

①设：设施，此处指拿来做饭的工具。

②鼎臑（rú）：用鼎做熟的食物。臑，熟透，煮烂。

③和致芳：把食品调理得很香。和，调理。

④鸹：黄莺。

⑤甘：肥美。

⑥酪：乳浆。

⑦醢（hǎi）豚：用猪肉做的酱。

⑧吴酸：吴地生产的醋。

⑨煔（qián）：陈肉于汤前，即煮肉。

⑩鲫（jì）：鲫鱼。

⑪臄（huò）：指带汁的肉，在此作动词，炒雀肉。

⑫丽：即美，指味美。

⑬四酎（zhòu）：四缸醇酒。酎，醇酒。

⑭不涩（sè）嗌（ài）：不使喉咙感到滞涩。涩，原文为"歰"，滞涩，不顺滑。嗌，咽喉。

⑮冻饮（yǐn）：冰镇饮品。饮，即"饮"。

——•【精彩解说】

这里有很多精细的五谷高高堆积，菰米做的饭香浓可口。

装着食物的鼎摆满了桌案，里面散发出芳香。

味美的鸽、黄莺、天鹅肉，再配上用豺狗肉做的汤。

魂魄归来吧！请任意品尝各种食物。

有新鲜甘美的大龟、肥鸡，调和楚国的酪浆滋味新鲜。

猪肉酱和略带苦味的狗肉，再加点儿切细的香菜茎。

吴国的香蒿做成酸菜，吃起来不浓不淡口味纯。

魂魄归来吧！请任意选择素菜荤腥。

火烤鸹鸟、清蒸野鸭，烫熟的鹌鹑案头陈列。

煎炸鲫鱼、炖煨山雀，多么爽口齿间香气留存。

魂魄归来吧！众多美味已经摆放上来了。

四重酿制的美酒已醇，喝起来不滞涩喉咙。

酒味清香最宜冰镇了喝，不能让仆役们偷饮。

吴国的甜酒，白酒曲酿制，再把楚国的清酒掺进去。

魂魄归来吧！你不用恐惧警惕。

原文

代秦郑卫①，鸣竽张只。

伏戏《驾辩》，楚《劳商》只。

讴和《扬阿》，赵箫②倡只。

魂乎归来！定空桑只。

二八接舞③，投诗赋④只。

叩钟调磬，娱人乱只。

四上竞气，极声变只。

魂乎归来！听歌譔只。

朱唇皓齿，嫭以姱只。

比德好闲⑤，习⑥以都只。

丰肉微骨，调⑦以娱只。

魂乎归来！安以舒只。

嫮⑧目宜笑，蛾眉曼⑨只。

容则秀雅，稚⑩朱颜只。

魂乎归来！静以安只。

娇修滂浩，丽以佳只。

曾⑪颊倚耳，曲眉规只。

滂心⑫绰态，姣丽施只。

小腰秀颈，若鲜卑⑬只。

魂乎归来！思怨移只。

易中利心，以动作只。

粉白黛黑，施芳泽只。

长袂拂面，善留客只。

魂乎归来！以娱昔只。

青色直眉，美目媔⑭只。

靥辅奇牙，宜笑嘕只。

丰肉微骨，体便娟只。

魂乎归来！恣所便只。

——●【字词注解】

①代秦郑卫：指代、秦、郑、卫四国的音乐。

②赵箫：赵国的洞箫。

③接舞：相继起舞。

④投诗赋：舞步和诗歌的曲调相匹配。

⑤好闲：娴静美好。

⑥习：指学习礼节。

⑦调：形态调和。

⑧嫭（hù）：同"嫭"，美丽，美好。

⑨曼：细且长。

⑩稚：幼小。

⑪曾：重累，层叠，这里指面颊丰满。

⑫滂心：心胸阔大。

⑬鲜卑：一种束在腰间的带子。

⑭嫇（mián）：形容眼睛美的样子。

【精彩解说】

这里有代、秦、郑、卫四国的曲子，竽管一起吹奏声音响亮。

奏响伏羲氏的《驾辩》，还有楚地的曲子《劳商》。

同唱《扬阿》这首歌；赵国精致的洞箫先吹响。

魂魄归来吧！请你调好空桑宝瑟的弦音。

十六位妙龄姑娘轮流起舞，配合着诗赋的节拍。

敲钟调磬，让人们更加欢快不已。

四国的音乐依次演奏，乐曲变化多样。

魂魄归来吧！来欣赏各种歌曲舞蹈。

美女全都唇红齿白，容貌漂亮啊。

才德兼备性情娴静，雍容高贵知礼节。

身材丰满纤巧，态度和蔼待人又亲切。

魂魄回来吧！你也会感到畅快安乐。

含笑的美目真漂亮，眉毛弯弯细又长。

仪容姿态秀美娴雅，红润的脸颊娇嫩迷人。

魂魄归来吧！你的心情也会宁静舒畅。

身体健美修长，艳丽佳妙无与伦比。

面颊饱满耳朵匀称，眉毛弯弯如同新月。

心胸宽广体态绰约，姣好艳丽会打扮。

腰肢纤细脖颈秀长，如同鲜卑带子束着一样。

魂魄归来吧！相思的幽怨你会统统忘记。

她们内心聪慧灵敏，举止端庄动作优美。

面如白玉眉黑如黛，再施上香脂。

柔软的长袖半遮面，殷勤地留客休息。

魂魄归来吧！晚上还可以娱乐一场。

黑色直眉英朗爽气，漂亮的眼睛流光溢彩。

迷人的酒窝整洁的门牙，嫣然一笑令人心舒神畅。

肌肉丰满骨骼纤细，体态轻盈翩然美丽。

魂魄归来吧！任你挑选称你心意。

夏屋①广大，沙堂②秀只。
南房小坛③，观绝霤④只。
曲屋步壛⑤，宜扰畜⑥只。
腾驾⑦步游，猎春囿只。
琼毂错衡，英华假只。
茝兰桂树，郁弥路只。
魂乎归来！恣志虑只。
孔雀盈园，畜鸾皇只。
鹍⑧鸿群晨，杂鹙鸧⑨只。
鸿鹄⑩代游，曼鹔鹴⑪只。
魂乎归来！凤凰翔只。

———•【字词注解】

①夏屋：高耸的房子。

②沙堂：用丹砂涂的殿堂。

③坛：小殿堂。

④观绝霤（liù）：小楼高过其他房屋。观，指楼。霤，本指屋檐流水，此处借指房屋。

⑤步壛（yán）：长廊。

⑥扰畜：驯养动物，这里指驯养马。

⑦腾驾：马车奔腾。

⑧鹍（kūn）：鸟类的一种，体形像鹤，长颈红嘴黄白色羽毛。

⑨鹙（qiū）鸧（cāng）：一种水鸟，头秃，也叫秃鹙，长颈，黑色的羽毛，喜食蛇、鱼等。

⑩鸿鹄（hú）：天鹅。

⑪鹔（sù）鹴（shuāng）：同"鹔鹴"，古书上说的一种水鸟，长颈绿羽毛，体形像雁。

【精彩解说】

这里的房屋又宽又大，朱砂图绘的厅堂明秀清妍。

南面的厢房有小坛，楼观高耸超越其他房屋。

深邃的屋宇、狭长的走廊，适合驯养鸟兽。

或驾车或步行一起出游，在春天的郊野打猎。

玉饰的车毂、金错的车衡，光彩夺目多么亮丽鲜艳。

茝草、兰草和桂树，浓郁的香气在路上弥漫。

魂魄归来吧！随你的心愿游玩。

满园的孔雀，还养着稀世的凤凰鸾鸟。

鹙鸟、鸿雁在清早争相鸣叫，叫声中夹杂着秃鹰的声音。

天鹅在池中轮流玩耍，追着一群水鹔鹴。

魂魄归来吧！看凤凰在天上自由飞翔。

【原文】

曼泽①怡面，血气盛只。

永宜厥身，保寿命只。

室家②盈廷，爵禄盛③只。

魂乎归来！居屋定只。

接径千里，出若云④只。

三圭重侯⑤，听类神只。

察笃⑥夭隐，孤寡存只。

魂兮归来！正始昆⑦只。

田邑千畛，人阜昌⑧只。

美冒众流,德泽章只。

先威后文,善美明只。

魂乎归来!赏罚当只。

名声若日,照四海只。

德誉配天,万民理只。

北至幽陵,南交阯只。

西薄羊肠⑨,东穷海只。

魂乎归来!尚贤士只。

发政献行,禁苛暴只。

举杰压陛,诛讥罢只。

直赢⑩在位,返禹麂只。

豪杰执政,流泽施只。

魂乎来归!国家为只。

雄雄赫赫,天德明只。

三公穆穆,登降堂只。

诸侯毕极,立九卿只。

昭质⑪既设,大侯张只。

执弓挟矢,揖辞让只。

魂乎来归!尚三王只。

—•【字词注解】

①曼泽:指细腻润泽。

②室家:宗族。

③爵禄盛:爵位俸禄极其繁盛。

④出若云:出行时侍卫众多的样子。

⑤重侯:子爵和男爵。

⑥笃:通"督",察。

⑦始昆:先后的意思。

⑧阜昌:人口众多。

⑨羊肠：西方山名。

⑩直赢：正直而有才华的人。

⑪昭质：箭靶的中心。

●【精彩解说】

红润的脸上满是笑容，血气充盈十分健康。

身心一直调养适当，保证长命益寿延年。

宗族中人布满朝廷，享受爵位俸禄盛况空前。

魂魄归来吧！安居的宫室已经安排定了。

楚国的路径连接千里，百姓众多像浮云舒卷。

国家的诸位大臣，审察政事如同天神明鉴。

体恤厚待夭亡的儿童和处境困苦的人，慰问孤儿寡妇为他们送去温暖。

魂魄归来吧！要分清先后再施仁政。

楚国原野广阔，道路众多，人口繁荣昌盛。

美善普及教化广大民众，德政和恩泽非常显明。

先施威严后行仁政，政治廉洁美好光明。

魂魄归来吧！楚国赏罚分明。

名声如同辉煌的太阳，光辉灿烂照耀四方。

荣誉与功德能和上天匹配，能够妥善治理天下的百姓。

北方抵达幽州，南方直到交阯。

西方到达羊肠，东方直到大海。

魂魄归来吧！这里尊重贤德之人。

发布政令进献良策，禁止苛政暴虐百姓。

推举俊杰坐镇朝廷，罢免责罚庸劣之臣。

让正直有才者居于高位，使他们近身辅弼楚王。

豪杰贤能的臣子把握权柄，德泽遍施使百姓感恩。

魂魄归来吧！国家需要有作为之君。

楚国势威雄壮，德行堪比上天。

三公和睦互相尊重，上上下下进出朝堂。

各地诸侯都已到达，辅佐君王设立九卿。

箭靶已经摆好，大幅的布靶也挂定。

射手们一个个持弓挟箭，相互揖让谦逊恭敬。

魂魄归来吧！崇尚效法前代的三王明君。

拓展阅读

"创世神"伏羲

伏羲，风姓，又名宓羲、庖牺、包牺、伏戏，也称牺皇、皇羲。在古代传说中，伏羲为人首蛇身，是中华民族人文始祖，是"三皇五帝"中的"三皇"之一，同时位居"三皇"之首，这种世系位序的排列在春秋战国到秦汉时期就已经确立了。据楚帛书记载，伏羲为创世神，这是我国关于创世神最早的文献记载。

伏羲是燧人氏之子，生于成纪，大约生活在旧石器时代中晚期，是我国古籍当中记载的最早的王。相传，他称王一百一十一年以后去世，留下了大量关于他的神话传说。在后世，人们将其与太昊、青帝等诸神合并，有"太昊伏羲氏"和"青帝太昊伏羲"（即东方上帝）的说法。

相传，伏羲根据天地万物的变化，创立了八卦，开启了中华民族的文化之源，这在司马迁《史记·太史公自序》中有相关记载："余闻之先人曰：'伏羲至纯厚，作《易》八卦。'"伏羲创造文字取代了"结绳记事"的形式。他还教人们用绳子编网，用来渔猎，提高了人类的生产力。此外，他还发明陶埙、琴瑟等乐器，创作乐曲歌谣，把音乐带入了人们的生活。

伏羲作为各民族团结协作、寻求生存与发展的历史象征，对中华民族的文明进步和发展产生了深远的影响。至今，汉族和许多少数民族依然保留着伏羲创世的神话和祭祀伏羲的习俗。

惜誓

〔概论〕

《惜誓》的作者存在争议。王逸《楚辞章句》中说:"《惜誓》者,不知谁所作也,或曰贾谊,疑不能明也。"自此之后,后人对此形成了两种观点:一说是贾谊之作,洪兴祖认为贾谊的《吊屈原赋》中的一些句子与本篇"词意颇同",所以将其归为贾谊之作,后世学者大多同意这一观点;一说不是贾谊之作,但具体是何人所作,说法不一。这里取洪兴祖一说。

贾谊是西汉初期著名的政论家和文学家,世称贾生,洛阳(今河南洛阳)人,十八岁时,以善文闻名。汉文帝初年,召为博士,得到文帝的赏识,不久就擢升为太中大夫。贾谊曾多次上疏言政,其所主张的法令、制度,损害了守旧权贵的利益,遭到大臣周勃、灌婴等人的排挤,而被贬为长沙王太傅。四年之后,贾谊又被召回长安,改任梁怀王太傅。后来,梁怀王骑马时坠马而死,贾谊深为自责,最终忧郁而死,年仅三十三岁。贾谊生前著作主要有散文和辞赋两类。其散文以《陈政事疏》《过秦论》等最为有名;《汉书·艺文志》中辑录有贾谊七篇辞赋,今存四篇,其中以《鹏鸟赋》《吊屈原赋》最为有名。

关于《惜誓》的含义,王夫之在《楚辞通释》中这样解释:"惜誓者,惜屈子之誓死,而不知变计也。"其中的"惜"是痛惜的意思,"誓"是指屈原誓死不高飞远举。本篇是贾谊代屈原抒情和叙事,他极力摹写屈原被楚怀王疏远、贬谪之后的复杂心境,通过具体形象描绘和对世俗昏暗的揭露,强调神德之人应当远离浊世而自隐，不要受制于小人，徒伤身而无功，突显了作者为屈原之死的痛惜之情。

惜余年老而日衰兮，岁忽忽而不反①。
登苍天而高举兮，历众山而日远。
观江河之纡曲兮，离四海之沾濡②。
攀北极而一息兮，吸沆瀣③以充虚。
飞朱鸟④使先驱兮，驾太一之象舆。
苍龙蚴虬⑤于左骖兮，白虎骋而为右騑⑥。
建日月以为盖兮，载玉女于后车。
驰骛于杳冥之中兮，休息乎昆仑之墟。
乐穷极而不厌兮，愿从容乎神明。
涉丹水⑦而驰骋兮，右大夏之遗风。
黄鹄之一举兮，知山川之纡曲。
再举兮，睹天地之圜方⑧。
临中国之众人兮，托回飙⑨乎尚羊⑩。
乃至少原之野兮，赤松王乔皆在旁。
二子拥瑟而调均⑪兮，余因称乎清商。
澹然而自乐兮，吸众气而翱翔。
念我长生而久仙兮，不如反余之故乡。

【字词注解】

①岁忽忽而不反：时光一去不复返。

②沾濡（rú）：沾湿，浸湿。这里指海水沾湿了衣服。

③沆（hàng）瀣（xiè）：北方夜间露气。

④朱鸟：朱雀，一种神鸟，又为南方七宿之总称。

⑤蚴（yòu）虬（qiú）：龙形屈曲游行的样子。

⑥右騑（fēi）：车驾右边的马。

⑦丹水：赤水，神话传说中的水名。
⑧圜方：天圆地方，代指天地。圜，同"圆"。
⑨回飙（biāo）：旋风。
⑩尚羊：徜徉，游荡。
⑪调均（yùn）：调理弦音。均，调音之器。

【精彩解说】

可叹自己已经年老体衰，岁月一去不复返。
我高飞登上苍天，经过了群山离故乡越来越远。
欣赏黄河长江曲折盘结，碰上四海风浪弄湿了衣服。
我登上北极星稍微休息，吸北方夜间露气充充饥肠。
让朱雀神鸟飞在前面为我开路，驾驭着太一象车四处游走。
蜿蜒盘曲的苍龙驾在左边，迅猛飞奔的白虎驾在右边。
我的车盖是日月的光辉，后面车上载着玉女。
在安静幽暗之中奔驰，在高高的昆仑之巅歇息。
我心中快乐到了极点没有丝毫的厌倦，还想随从神明逍遥游走。
我经过了赤水还要向前奔驰，风俗淳朴的大夏就在右边。
斗志凌云的黄鹄展翅飞翔，我把蜿蜒的山水看得很清楚。
展翅翱翔的黄鹄向远望去，就可以看到天圆地方。
朝下俯瞰华夏的人民百姓，我又借助旋风继续游赏。
最终来到了仙人居住的原野，赤松子和王子乔全都在身边。
两位先人已经把瑟弦调好，我来弹奏清商曲调。
我的心神安逸恬淡自得，我吸取众气而自由翱翔。
虽希望长生永远做神仙，可还是不如返回我的故乡。

黄鹄后时而寄处兮，鸱枭①群而制之。
神龙失水而陆居兮，为蝼蚁②之所裁。

夫黄鹄神龙犹如此兮，况贤者之逢乱世哉！
寿冉冉而日衰兮，固儃回③而不息。
俗流从而不止兮，众枉④聚而矫直。
或偷合而苟进兮，或隐居而深藏。
苦称量之不审兮，同权概而就衡。
或推移⑤而苟容兮，或直言之谔谔⑥。
伤诚是之不察兮，并纫茅丝以为索。
方世俗之幽昏兮，眩白黑之美恶。
放山渊之龟玉兮，相与贵夫砾石。
梅伯数谏而至醢兮，来革⑦顺志而用国。
悲仁人之尽节兮，反为小人之所贼⑧。
比干忠谏而剖心兮，箕子被发而佯狂。
水背流而源竭兮，木去根而不长。
非重躯⑨以虑难兮，惜伤身之无功。

——●【字词注解】

①鸱（chī）枭：一种猛禽。

②蝼蚁：这里指小人。

③儃（chán）回：运转。

④枉：邪佞的小人。

⑤推移：与世推移，随波逐流。

⑥谔（è）谔：直言的样子。

⑦来革：殷纣王的佞臣。

⑧贼：残害。

⑨重躯：看重自身。

——●【精彩解说】

黄鹄错过了高飞的时机而寄栖山林，鸱枭会对它群起而攻之。

神龙离开大海栖在陆地，就会遭遇蝼蛄和蚂蚁的危害。

黄鹄、神龙的处境尚且如此，更何况贤才遭逢乱世！

年岁越来越大了，身体日渐衰弱，时光不断流逝永不休止。

不能禁止俗人的随波逐流，众邪群聚在一起还想把正直改曲。

有人喜欢苟且进取迎合世俗，有的隐居山中深藏不仕。

君王不辨忠奸，二者混同放在一起衡量。

有人随波逐流苟合谄媚，有人直言敢谏为人忠直。

痛心君王这样是非不分，如同茅草和丝线合搓成绳。

当今之世混乱不堪，黑白和善恶分辨不明。

神龟和美玉丢弃大泽，反倒互相赞美砾石的贵重。

梅伯多次劝谏君王竟被剁成肉泥，喜好阿谀顺从的小人却受到重用。

痛心忠直的人保持气节，却被谗佞小人残害。

比干忠心劝谏却被剖去心脏，箕子披头散发装疯卖傻。

水流没有了源头就会干枯，树木脱离了树根就不能生长。

不是吝惜生命害怕受难，痛惜的是没有为国家做出贡献而已伤身。

原文

已矣哉！独不见夫鸾凤①之高翔兮，乃集大皇之野。
循四极而回周②兮，见盛德而后下。
彼圣人③之神德兮，远浊世而自藏。
使麒麟④可得羁而系兮，又何以异乎犬羊？

【字词注解】

①鸾凤：凤凰，指代贤者。

②回周：回旋周游。

③圣人：有盛德的人。

④麒麟：古代传说中的一种神兽，这里指贤士。

——●【精彩解说】

还是算了吧！难道没看见凤凰已经高翔而去了，成群地集聚在大荒的原野上。

它们在天地四方周游，看到盛世之德行才肯降下。

那些圣贤有美好的品德，远离污浊的社会自己躲藏起来。

如果麒麟被束缚起来，那和犬羊又有什么区别？

拓展阅读

箕子装疯

箕子，名胥余，是殷商末期商王帝乙的堂弟，商纣王的叔父。他曾官拜太师，封于箕，所以称为箕子。箕子是殷商末期有名的贤臣，与微子、比干齐名，他三人史称"殷末三贤"。在纣王还是王子之时，进餐必用象箸，箕子见后感觉非常奢侈，曾感叹："现在就用象箸，以后必定要求用玉杯，在那之后，他就更加奢想远方的奇珍异宝。这样的欲望是不能满足的，长此下去，殷商就危险了啊！"商纣王继位之后，最初还能励精图治，慢慢地，其暴虐本性就显露出来，整天酗酒淫乐，挥霍无度，荒废朝政。箕子不想殷商基业就此断送，便苦心谏阻，但纣王却始终充耳不闻。

箕子见纣王如此无道，心如刀割，回到家中就割发装疯，头发散乱，衣衫褴褛，隐居起来整日抚琴低吟，抒发心中悲愤，后来人们把他弹奏的古琴曲称作《箕子操》。纣王见到箕子这副模样，以为他真的疯了，就把他贬为奴隶，囚禁了起来。

商朝灭亡之后，周武王一心想把国家治理好，曾向箕子求得治国之法，为周朝近八百年基业奠定了坚实的基础。

招隐士

〔概论〕

《招隐士》是汉代骚体赋中的精品。本篇的作者署名"淮南小山",乃是泛指。一说为西汉淮南王刘安的门客。王逸《楚辞章句》中说:"《招隐士》者,淮南小山之所作也。昔淮南王安,博雅好古,招怀天下俊伟之士。自八公之徒,咸慕其德而归其仁,各竭才智,著作篇章,分造辞赋,以类相从,故或称小山,或称大山。其义犹《诗》有《小雅》《大雅》也。"另一说为刘安,《文选·招隐士》《艺文类聚》《初学记》《太平御览》等书都持这一观点。据《汉书·淮南衡山济北王传》记载"淮南王安为人好书、鼓琴,不喜弋猎狗马驰骋",而专喜招纳文士,编辑子书。可见,淮南小山为刘安的门客这一说法较为成立。

而本篇的创作目的,王逸认为"小山之徒闵伤屈原……故作《招隐士》之赋,以章其志也"。但屈原并非隐士,这一说法不足信。王夫之在《楚辞通释》中说《招隐士》是淮南小山"为淮南王召致山谷潜伏之士"而作,据本篇内容,这一说法较为合理。此篇极力陈说山中的艰苦险恶,劝告"王孙兮归来,山中兮不可以久留",召唤山中隐士(王孙)前来归附刘安,故以"招隐士"为名。

全篇很少抒情,而是刻意描绘山中孤独与恐怖的各种形象和极力渲染缠绵幽怨的氛围,以此来映射"王孙"处境的危险,委婉地表达深沉的思绪和情感,是一篇颇有意境的作品。

桂树丛生兮山之幽,偃蹇①连蜷兮枝相缭②。
山气茏葱兮石嵯峨,溪谷崭岩兮水曾波③。
猨狖④群啸兮虎豹嗥,攀援桂枝兮聊淹留。
王孙游兮不归,春草生兮萋萋⑤。
岁暮兮不自聊⑥,蟪蛄鸣兮啾啾。

【字词注解】

①偃蹇:屈曲的样子。

②缭:纠缠。

③曾波:指水波层层。曾,通"层"。

④狖(yòu):古书上说的一种猴,尾巴很长。

⑤萋萋:树草繁盛的样子。

⑥不自聊:指感情没有依靠,精神空虚。聊,依托。

【精彩解说】

那深山幽谷里桂树丛生,盘绕弯曲的树干与枝条纠缠。
山路云雾弥漫岩石巍峨,溪谷险峻泛起层层水波。
猿群悲啼虎豹咆哮,攀援在桂树枝上姑且停留。
落魄贵人在深山游玩乐而忘归,春草生长万物繁盛。
一年将尽孤苦伶仃,秋蝉鸣叫啾啾不停。

块兮轧①,山曲岪②,心淹留兮恫③慌忽。
罔兮沕,憭兮栗,虎豹穴,丛薄深林兮人上慄。
欸岑④碕礒⑤兮碅磳魂硊⑥,树轮⑦相纠兮林木茷骫⑧。
青莎杂树兮薠⑨草靃靡⑩,白鹿麏⑪麚⑫兮或腾⑬或倚。

状皃崟崟兮峨峨,凄凄兮漇漇。
猕猴兮熊罴⑭,慕类兮以悲⑮。
攀援桂枝兮聊淹留,虎豹斗兮熊罴咆,禽兽骇兮亡其曹。
王孙兮归来!山中兮不可以久留。

【字词注解】

①块(yǎng)兮轧:即"块轧",形容山气弥漫,雾色暗淡。"兮"为语气词。

②岪(fú):山势弯曲的样子。

③恫:难过。

④嵌(qīn)岑:山高危的样子。

⑤碕(qí)礒(yǐ):山石不平的样子。

⑥硱(jūn)磳(zēng)磈(wěi)硊(wěi):山石险峻的样子。

⑦树轮:指树的横枝。

⑧茷(fá)骫(wěi):树木的枝叶缠绕。

⑨蘋(fán):草名。

⑩霍(huò)靡:草木随风披散的样子。

⑪麏(jūn):古同"麇",指獐子。

⑫麚(jiā):公鹿。

⑬腾:走。

⑭罴(pí):熊类的一种,即马熊。

⑮慕类兮以悲:想念同类发出悲鸣。

【精彩解说】

云蒸雾迷山势盘旋曲折,心里恐惊不安却又想留下。

意志消沉,惊恐战栗,经过虎豹的巢穴感到犹疑恐惧,山中草林茂盛令人心惊。

突兀险峻的山石奇形怪状,枝叶茂盛的树木盘根错节。

莎草蘋草杂生随风拂动,白鹿与獐子在林间跑跑停停。

鹿角高耸尖锐,皮毛光滑又湿润。

深山老林里来往着猕猴与熊罴，声声悲鸣的它们思念着同类，攀援在桂树上暂且停留。

虎豹恶斗，熊罴横行咆哮着，鸟兽们都闻风丧胆消失得无踪影。

落魄贵人啊你还是赶快回来吧！深山里不能长久停留！

拓展阅读

刘安发明豆腐

刘安是汉高祖刘邦之孙，淮南厉王刘长之子，生于淮南（今安徽淮南）。汉孝文帝八年（前172年），刘安被封为阜陵侯，汉孝文帝十六年（前164年）被封为淮南王。

刘安喜好文学，是西汉有名的文学家、思想家。他又笃好神仙黄白之术，曾招宾客方术之士数千人，作《内书》（即《淮南子》）二十一卷，《外书》甚众；又著《中篇》八卷，所讲皆是神仙黄白之术。他还曾受命作《离骚传》，一日之内就作成，献给汉武帝。后来因为谋反失败而自杀，但关于他的轶事却留下了很多。安徽淮南地区著名的传统小吃"八公山豆腐"，相传就是刘安无意之中发明的。

刘安好神仙黄白之术，为求长生不老药，他带领手下方士在八公山下炼制灵丹妙药。当时淮南一带盛产优质的大豆，当地的百姓喜欢用山上珍珠泉水磨制豆浆来喝，刘安自然也不例外。一天，刘安端着一碗豆浆，来到炼丹炉旁看炼丹，不知不觉出了神，竟忘了手中端着的豆浆，手一滑，碗里的豆浆泼到炼丹炉旁供炼丹用的一小块石膏上。没过多久，那块石膏竟然消失不见了，洒在上面的豆浆却变成了一摊白花花的东西。众人不知道这是什么东西，其中一个人拿起来大胆地尝了尝，发现味道鲜美可口。众人都想尝一尝，可惜太少了。刘安就命人把石膏碾碎搅拌到盛放着豆浆的锅里，不一会儿就结出来一锅白花花的东西。刘安见状，连连称"离奇、离奇"。这就是后来有名的八公山豆腐，也叫"黎祁"，取"离奇"的谐音。

七 谏

〔概论〕

《七谏》的作者和主旨，王逸在《楚辞章句》中交代得很清楚："《七谏》者，东方朔之所作也。谏者，正也，谓陈法度以谏正君也。古者，人臣三谏不从，退而待放。屈原与楚同姓，无相去之义，故加为《七谏》，殷勤之意，忠厚之节也。或曰：《七谏》者，法天子有争臣七人也。东方朔追悯屈原，故作此辞，以述其志，所以昭忠信、矫曲朝也。"古今学者对此没有异议。

东方朔是西汉文学家，字曼倩，平原厌次（今山东陵县东北）人。汉武帝即位之初，征召天下四方士人。东方朔写三千片竹简上书自荐，被汉武帝赏识，官拜常侍郎中、太中大夫等职。东方朔性诙谐滑稽，言词敏捷多智，善辞赋，常在汉武帝前谈笑取乐而被当作俳优看待，在政治上始终得不到重用，于是作《七谏》《答客难》《非有先生论》等篇，来抒发心中愤懑。其中《答客难》《非有先生论》较为有名，是其代表作。

《七谏》中的"七"代表篇数，分别是《初放》《沉江》《怨世》《怨思》《自悲》《哀命》《谬谏》。这七篇短诗，简述了屈原忠而被谤、信而见疑、无辜放逐、最终投江的悲剧一生，作者借此也表达了自己怀才不遇、愤世嫉俗的心境。

《七谏》从内容到形式都模仿了屈原的《九章》，开了汉人抄袭屈辞的先例，但在艺术上并无创新，在艺术造诣上不及屈原。

初 放

平生于国兮，长①于原野。

言语讷涩兮，又无强辅②。

浅智褊③能兮，闻见又寡。

数言便事④兮，见怨门下⑤。

王不察其长利⑥兮，卒见弃乎原野。

伏念思过⑦兮，无可改者。

群众⑧成朋兮，上⑨浸以惑。

巧佞在前⑩兮，贤者灭息。

尧舜圣已没兮，孰为忠直？

高山崔巍兮，水流汤汤。

死日将至兮，与麋鹿同坑。

块兮鞠，当道宿。

举世皆然兮，余将谁告？

斥逐鸿鹄兮，近习鸱枭。

斩伐橘柚兮，列树苦桃。

便娟之修竹兮，寄生乎江潭。

上葳蕤⑪而防露兮，下泠泠⑫而来风。

孰知其不合兮，若竹柏之异心。

往者不可及兮，来者不可待。

悠悠苍天兮，莫我振理。

窃怨君之不寤兮，吾独死而后已。

【字词注解】

①长：长时间。

②强辅：有势力的朋党。

③褊（biǎn）：狭小，狭隘。

④便事：对国家有利的事。

⑤门下：指和君王亲近的人。

⑥长利：指所讲的忠言可以利民。

⑦思过：自省。

⑧群众：指奸佞之人众多。

⑨上：指国君。

⑩在前：指在君王之前。

⑪葳（wēi）蕤（ruí）：草木花叶盛茂的样子。

⑫泠（líng）泠：凉爽。

【精彩解说】

屈原我从小就生活在国都，如今却长期居住在原野。

不善言辞、口齿笨拙的我，又没有有势力的朋友帮忙。

能力微薄、才智疏浅的我，所见所闻又少。

屡次进谏有利于国家的事，却惹怒了君王手下的亲信。

君王也不明察我的好意，听信谗言把我放逐原野。

对于自己的行为我暗自反省，我还是觉得自己没有要改正的错误。

结党营私的奸诈群小们，无时不在蛊惑着君王。

佞臣投机取巧进出君王之前，忠直贤臣有话难以说出。

早已找不到尧舜这样的贤君了，又为谁忠心耿耿地服务呢？

巍峨耸立的崇山峻岭，流水浩浩荡荡东流不止。

我已衰老死期就要临近了，只能在荒野与禽兽为伍。

孤寂的我独自在道上露宿。

整个社会都是这样污浊，又能向谁倾诉我的衷情？

天鹅和鸿雁被他们赶走了，却亲近保护着恶禽鸱枭。

甜甜的橘柚被他们砍掉，四处栽种了苦桃这种树木。

婆娑摇摆的美竹，只能独处在江边泽畔。

树上茂盛的叶片能御寒，下边有阵阵清风送出凉爽。

谁知道我和君王不合，就像竹子与柏树的心不齐。

我追赶不上以前的圣君，而以后的明主我也等不到。

遥远没有边际的苍天啊，我的冤屈你为何不帮我申。

我怨恨至今都不醒悟的君王，唯有独抱一颗忠心一死了结。

沉 江

原文

惟往古之得失①兮，览私②微之所伤。
尧舜圣而慈仁兮，后世称而弗忘。
齐桓失于专任兮，夷吾③忠而名彰。
晋献惑于骊姬④兮，申生⑤孝而被殃。
偃王行其仁义兮，荆文⑥寤而徐亡。
纣暴虐以失位兮，周得佐乎吕望。
修⑦往古以行恩兮，封比干之丘垄⑧。
贤俊慕而自附⑨兮，日浸淫而合同⑩。
明法令而修理⑪兮，兰芷⑫幽而有芳。

【字词注解】

①得失：指在管理国家上的得与失。

②私：亲近。

③夷吾：管仲的名字。

④骊（lí）姬：晋献公的爱妃。骊姬，也称作"姬姬"，本书统称"骊姬"。

⑤申生：晋献公的长子。

⑥荆文：指楚文王。

⑦修：学习，遵循。

⑧丘垄：指坟墓。

⑨自附：指自己来归附。

⑩合同：合为一体。

⑪修理：在这指理顺朝政。

⑫兰芷（zhǐ）：兰花与香芷，这里比喻贤能之士。

【精彩解说】

我考虑着古往今来的兴衰，观察君王亲近奸臣的危害。

对待百姓仁慈的圣君尧舜，后代赞赏他们永不忘怀。

齐桓公因为专制任性而失了性命，管仲却因忠心耿耿而名声显赫。

晋献公被爱妃骊姬迷惑，申生因孝顺而遭受祸殃。

徐偃王施行仁政，楚文王发现机会把徐国消灭了。

殷纣王残暴因此失去了王位，周王有贤臣吕望因此得天下。

武王效仿先人施行恩惠，大力表彰比干并封赐陵墓。

贤能俊杰纷纷羡慕投奔，日渐增多的有才能之人齐心协力。

制定治国的良策理顺朝政，贤能之士默默地发挥着才干。

苦众人之妒予兮，箕子寤而佯狂。

不顾地①以贪名兮，心怫郁②而内伤。

联蕙芷以为佩兮，过鲍肆③而失香。

正臣端其操行兮，反离谤而见攘。

世俗更而变化兮，伯夷饿于首阳④。

独廉洁而不容兮，叔齐久而逾明。

浮云陈而蔽晦兮，使日月乎无光。

忠臣贞而欲谏兮，谗谀毁而在旁。

秋草荣其将实兮，微霜下而夜降。
商风⑤肃而害生兮，百草育而不长。
众并谐⑥以妒贤兮，孤圣⑦特而易伤。
怀计谋而不见用兮，岩穴处而隐藏。
成功隳而不卒兮，子胥死而不葬。
世从俗而变化⑧兮，随风靡⑨而成行。
信直⑩退而毁败兮，虚伪进而得当⑪。
追悔过之无及兮，岂尽忠而有功。
废制度而不用兮，务行私而去公⑫。
终不变而死节兮，惜年齿之未央。
将方舟而下流兮，冀幸君之发矇⑬。
痛忠言之逆耳兮，恨申子之沉江。
愿悉心之所闻兮，遭值君之不聪。
不开寤而难道兮，不别横之与纵⑭。
听奸臣之浮说⑮兮，绝国家之久长。
灭规矩而不用兮，背绳墨之正方。
离忧患而乃寤兮，若纵火于秋蓬。
业失之而不救兮，尚何论乎祸凶？
彼离畔而朋党兮，独行之士其何望？
日渐染而不自知兮，秋毫⑯微哉而变容。
众轻积而折轴兮，原咎杂而累重。
赴湘沅之流澌⑰兮，恐逐波而复东。
怀沙砾而自沉兮，不忍见君之蔽壅。

——•【字词注解】

①不顾地：不顾及楚国。

②怫（fú）郁：心情不愉快。

③鲍肆：出售盐腌的鱼的处所，比喻小人聚集之地。肆，贸易市集。

④首阳：山名，在今山西省永济市南，传说伯夷、叔齐饿死在此处。

⑤商风：指西风、秋风。

⑥谐：和谐。

⑦圣：指圣贤的人才。

⑧从俗而变化：指从俗变心。

⑨风靡：随风倾倒。

⑩信直：忠诚正直的臣子。

⑪当：显要的职位。

⑫行私而去公：徇私背离了公正。

⑬发矇：醒悟。

⑭横、纵：合纵连横简称纵横，战国时期纵横家所宣扬并推行的外交和军事政策。

⑮浮说：虚假的话。

⑯秋毫：指鸟兽的毛，秋季生长，细而末尖，称秋毫，比喻微小的事物。

⑰流澌：指流水。

●【精彩解说】

众人对我的妒忌令我苦恼，箕子看透了这一切就装疯卖傻。

他们不顾及楚国的安危只贪求名利，我为此内心悲伤胸中烦闷。

结成佩带的蕙芷芳香弥漫，经过卖腌鱼的铺子就失去了芳香。

忠贤臣子端正了自己的操行，却受到诽谤遭到流放。

世间风俗更替发生了变化，伯夷宁愿饿死也要守节。

独守廉洁不容于世，叔齐的名声随着时间推移越来越响。

层层乌云遮蔽了太阳月亮，让明亮的日月失去了光芒。

忠臣贞直想要进谏君王，谗言诽谤之人却在君王身旁。

百草的花都要在秋天结果，霜露在寒冷的夜里悄悄降下。

西风萧萧摧残着万物，使得百草凋枯难以存活。

奸党勾结起来残害忠良，孤寂的贤能人才更易受伤。

我身怀良策不被重用，只能栖身隐居在岩洞里。

伍子胥功成却不得善终，被逼死尸体却弃而不归葬。

众人从俗随波逐流，随风倒成了流行。

忠直诚信的人身退名毁，谗佞虚伪的人却身显名扬。

国家灭亡的时候追悔莫及，这时尽忠的人怎算有功。

废弃先王法制不用，毫不为公反而一心追求私利。

我始终不改变守着清白而死，叹惜我还寿数未到便死去。

乘着方舟的我将随江而下，盼君王不再迷茫快点醒悟。

哀痛忠直之言总是忤逆君耳，抱怨伍子胥因忠被沉江。

想告诉君王事情的全部真相，可惜碰上君王昏愦暗弱。

难以向昏庸的君王道明，连横与合纵的重要策略都不能区分。

君王喜欢听虚浮奸臣的假话，国家的命运难以长久。

放弃先王的法律而不实施，违背正确的原则和前进的方向。

只有遭受到危亡才会觉醒，犹如秋草被放火烧无可挽救。

君王既然失道难保自身，还谈什么国家吉祥安康？

聚集结党营私的谗佞小人，独行的忠臣对这个国家还有何指望？

君王日益受小人蒙蔽而不自知，秋天的毫毛虽然微小但也会改变外貌。

多载轻物的车子也会断轴，小错累积多了就会铸成大错。

我要投进那湘江沅水中去，唯恐随波逐流又会向东。

还是怀抱着石头投江，不愿意看到君王的昏庸糊涂。

怨 世

原文

世沉淖①而难论兮，俗岭峨而崟嵯②。

清泠泠而歼灭兮，溷湛湛③而日多。

枭鸮既以成群兮，玄鹤弭翼④而屏移。

蓬艾亲入御于床第⑤兮，马兰⑥踸踔⑦而日加。

弃捐药芷与杜衡兮，余奈世之不知芳何。

何周道之平易兮，然芜秽而险戏⑧。
高阳无故而委尘⑨兮，唐虞⑩点灼而毁议。
谁使正其真是兮，虽有八师而不可为。

【字词注解】

①沉淖（nào）：没落。

②参（cēn）嵯（cī）：高低不平的样子。

③湛湛：浓重的样子。

④弭翼：收起羽翼。

⑤第（zǐ）：竹子编的床席。

⑥马兰：恶草。

⑦蹍（chěn）踔（chuō）：恶草疯长的样子。

⑧险戏：阴险崎岖。

⑨无故而委尘：指平白无故被诬蔑。

⑩唐虞：尧舜。

【精彩解说】

难以诉说社会的腐败没落，俗世不分黑白、贤愚颠倒。
纯真洁白的东西已没有了，逐渐增多的是龌龊和肮脏。
猫头鹰已经成群结队，黑鹤被迫收敛两翅退缩。
受到欢迎的蒿艾铺满了床，越长越多的恶草马兰繁茂。
白芷杜衡被他们抛弃，世上的人不知何为香草。
为何平坦宽阔的大道，现在却已经破败荒芜、阴险崎岖。
无故受到诬蔑的古帝高阳，遭受逸言诽谤的圣君尧舜。
他们的是非能让谁来评判，就是有八师也难评断。

皇天①保其高兮，后土②持其久。

服清白以逍遥兮，偏与乎玄英异色。

西施媞媞③而不得见兮，嫫母④勃屑而日侍。

桂蠹不知所淹留兮，蓼虫⑤不知徙乎葵菜。

处湣湣之浊世兮，今安所达乎吾志？

意有所载⑥而远逝兮，固非众人之所识。

骥踌躇于弊輂⑦兮，遇孙阳⑧而得代。

吕望穷困而不聊生兮，遭周文而舒志。

宁戚⑨饭牛而商歌兮，桓公闻而弗置。

路室女之方桑兮，孔子过之以自侍。

• 【字词注解】

①皇天：对天的尊称。

②后土：对地的尊称。

③媞（tí）媞：美好的样子。

④嫫母：古时相传的丑女，黄帝的妃子。

⑤蓼（liǎo）虫：吃蓼的虫子。

⑥意有所载：指胸怀大志。

⑦弊輂：战败的车子。

⑧孙阳：春秋时善相马的伯乐。

⑨宁戚：春秋时卫国贤者。

• 【精彩解说】

上天永远保持高高在上，大地日久天长永存浓厚。

穿着清净洁白的衣裳无拘无束，偏偏不同于那些污浊的人。

西施漂亮却受到排挤，丑陋的嫫母却得到宠爱。

蠹虫不满足停留在桂树上，蓼虫不吃甜菜只知吃苦菜。

我活在这混乱污浊的世上，现在怎么能实现我的理想？

我要怀揣远大的抱负远走高飞，这本就不是小人们所能理解的。

骏马拉着破车踌躇不往前行，只有碰到伯乐才能解脱。

贫困时的吕望无以求生，遇到文王才施展雄才大略。

宁戚在夜里喂牛时唱着悲歌，齐桓公听到后使他不再闲置。

客舍的姑娘专心在采桑，孔子路过被她的贞信打动。

原文

吾独乖剌而无当兮，心悼怵①而怔思。

思比干之怦怦兮，哀子胥之慎事。

悲楚人之和氏兮，献宝玉以为石。

遇厉武之不察兮，羌两足以毕斩。

小人之居势②兮，视忠正之何若？

改前圣之法度兮，喜啜嚅而妄作。

亲谗谀而疏贤圣兮，讼谓间娸③为丑恶。

愉近习④而蔽远兮，孰知察其黑白？

卒不得效其心容兮，安眇眇⑤而无所归薄⑥。

专精爽以自明兮，晦冥冥⑦而壅蔽。

年既已过太半兮，然埳坷⑧而留滞。

欲高飞而远集兮，恐离罔⑨而灭败。

独冤抑而无极兮，伤精神而寿夭。

皇天既不纯命兮，余生终无所依。

愿自沉于江流兮，绝⑩横流而径逝。

宁为江海之泥涂兮，安能久见此浊世？

• 【字词注解】

①悼怵（chù）：悲伤慎惕。

②居势：居高临下。

③闾娵（jū）：古代美女名。

④近习：帝王的亲信。

⑤眇眇：渺茫的样子。

⑥归薄：归附。

⑦冥冥：昏昧。

⑧埳（kǎn）坷：即"坎坷"，不顺利，不得志。

⑨离罔：触犯法律。

⑩绝：自绝。

——•【精彩解说】

我不容于世又不遇明君，我的心中凄惨心烦意乱。
怀念忠心耿耿的比干，哀痛尽心侍君的子胥。
悲痛遭遇悲哀的楚人卞和，贡献的宝玉却被认为是石头。
碰到不加明察的厉王和武王，身受残害两脚都被砍掉了。
得势后身居高位的奸臣们，又是如何对待忠臣们的？
改变前代圣贤的法度，喜爱胡来妄作的阴谋诡计。
君王亲近小人却疏远忠臣，美女闾娵却被说成是丑女。
君王排斥忠臣却宠爱奸臣，他们是黑是白有谁能清楚。
我一直不能为君王尽忠尽职，我的前途渺茫归宿在哪里？
自己光明磊落忠心可照日月，社会黑暗混浊君王受蒙蔽。
现在的我已是年过半百，却毫无建树，终不得志。
我想远走高飞离开家乡，又怕触犯法律而身败名裂。
遭受冤屈压抑无穷无尽，我的精神被摧残寿命被减损。
既然上天这样变化无常，我终其一生都没有依靠。
宁可投身到那江流中去，我要自绝于流水漂向远方。
宁可成为江海里的泥沙，怎可长久地目睹这污浊尘世？

怨 思

贤士穷而隐处兮,廉方正而不容。
子胥谏而靡躯①兮,比干忠而剖心。
子推自割而食②君兮,德日忘而怨深。
行明白③而曰黑兮,荆棘④聚而成林。
江离⑤弃于穷巷兮,蒺藜⑥蔓乎东厢。
贤者蔽而不见兮,谗谀进而相朋。
枭鸮并进而俱鸣⑦兮,凤凰飞而高翔⑧。
愿壹往而径逝兮,道壅绝而不通。

【字词注解】

①靡躯:遭到杀害。

②食(sì):拿东西给人吃,这里指介子推自割股肉给重耳吃。

③行明白:指自己的操行清白。

④荆棘:喻指谗佞之辈。

⑤江离:即江蓠,香草名,指贤良之士。

⑥蒺藜:恶草名,刺多,喻指谗佞之人。

⑦枭鸮并进而俱鸣:猫头鹰成群上前一起鸣叫,喻指奸佞者互相吹捧。

⑧凤凰飞而高翔:喻指贤智之人皆高飞隐藏。

【精彩解说】

贤良的人身处困境而离世隐居,廉洁正直的人世上难容。
子胥规劝吴王却被杀害,比干忠心耿耿却被剖心。
子推割下腿肉救活君王重耳,恩德逐渐被忘反而怨恨加深。
品行清廉却被诬蔑对君王不忠,荆棘丛生甚至变成了树林。

香草江离被抛在陋巷，宫殿华堂到处长满刺丛恶草。

贤臣难见君王受到排斥，奸臣结为朋党受到重用。

猫头鹰成群飞进来鸣叫，凤凰只能向上高高飞翔离开。

我只想见一见君王就离开，但是道路已被阻隔不通。

自 悲

原文

居愁勤其谁告兮，独永思而忧悲。
内自省①而不惭兮，操②愈坚而不衰。
隐三年而无决③兮，岁忽忽其若颓。
怜余身不足以卒意④兮，冀一见⑤而复归。
哀人事之不幸兮，属天命而委之咸池。
身被疾而不闲⑥兮，心沸热其若汤⑦。
冰炭不可以相并⑧兮，吾固知乎命之不长。
哀独苦死之无乐⑨兮，惜予年之未央⑩。
悲不反余之所居兮，恨离予之故乡。
鸟兽惊而失群兮，犹高飞而哀鸣。
狐死必首丘兮，夫人孰能不反其真情？
故人疏而日忘兮，新人近而俞⑪好。
莫能行于杳冥兮，孰能施于无报⑫？

【字词注解】

①自省：省察自己的行为。

②操：操守。

③无决：没有君王召唤回来的指令。

④卒意：即尽意，指实现自己的梦想。

⑤一见：指跟君王再见一次面。

⑥不闲：没病愈。

⑦汤：开水。

⑧冰炭不可以相并：以喻忠佞不可以并处。

⑨哀独苦死之无乐：指孤苦无乐而死之可哀。

⑩未央：指未尽。

⑪俞：通"愈"，更加。

⑫施于无报：施恩不图报。

【精彩解说】

我处在愁苦抑郁中向谁去说，独自长久深思更加悲伤。
反思自己的品行问心无愧，我的操守更坚定不动摇。
被流放三年仍得不到回朝的诏令，岁月如水很快就流逝了。
可惜我的一生最终不能得志，期望重返家乡再见一次君王。
悲哀我总是遭受不幸，只能靠天命把自己托付给天神。
身患疾病不能痊愈，内心焦急得如同沸腾的热水。
冰和炭难以相并存，我本来就知道寿命不会久长。
孤苦无乐而死让人感到悲哀，叹惜我还命数未尽就要离开人世。
悲痛的是不能返回我的家乡，怨恨的是让我离开了故乡。
受惊离群的鸟兽，还会高高翱翔哀鸣自己的悲伤。
将死的狐狸头还朝着巢穴，人老将死时谁不思念故乡。
旧人遭疏离渐渐被淡忘了，新人得到亲近越来越被宠信。
谁能总是行走在黑暗中，谁会只施予不求回报？

苦众人之皆然①兮，乘回风而远游。
凌恒山其若陋兮，聊愉娱以忘忧。
悲虚言之无实兮，苦众口之铄金②。
过故乡而一顾兮，泣歔欷而沾衿。

厌白玉以为面兮,怀琬琰③以为心。
邪气入而感内兮,施玉色而外淫。
何青云之流澜④兮,微霜降之蒙蒙⑤。
徐风至而徘徊⑥兮,疾风过之汤汤⑦。
闻南藩⑧乐而欲往兮,至会稽⑨而且止。
见韩众⑩而宿之兮,问天道之所在。
借浮云以送予兮,载雌霓而为旌。
驾青龙以驰骛兮,班衍衍⑪之冥冥。
忽容容⑫其安之兮,超慌忽⑬其焉如?
苦众人之难信兮,愿离群而远举。
登峦山而远望兮,好桂树之冬荣。
观天火之炎炀兮,听大壑⑭之波声。
引八维⑮以自道兮,含沆瀣⑯以长生。
居不乐以时思兮,食草木之秋实。
饮菌若之朝露兮,构桂木而为室。
杂橘柚以为囿兮,列⑰新夷与椒桢。
鹍鹤孤而夜号兮,哀居者⑱之诚贞。

•【字词注解】

①众人之皆然:所有人都追求名利。

②众口之铄金:喻指人言可畏。

③琬(wǎn)琰(yǎn):美玉。

④流澜:遍布。

⑤蒙蒙:形容霜之微。

⑥徘徊:形容风之轻缓。

⑦汤(shāng)汤:形容风之强劲。

⑧南藩:指南方的边地。

⑨会(kuài)稽:山名,在浙江省,是历代帝王祭祀的镇山之一。

⑩韩众：仙人的名字。

⑪班衍衍：飞快的样子。

⑫容容：起伏流动的样子。

⑬慌忽：恍惚，不真切。

⑭大壑：大海。

⑮八维：指东、西、南、北四方和东南、西南、东北、西北四隅并称八维。

⑯沆（hàng）瀣（xiè）：夜间的露气。

⑰列：按顺序栽培。

⑱居者：隐居在山泽的人。

【精彩解说】

苦恼世人都追求名利，我只能乘着旋风外出远游。

俯瞰恒山感觉它太渺小，姑且在这里娱乐忘记忧愁。

没有根据的假话让人感到可悲，众人之口都能将金子熔解。

路过故乡时我回头望望，伤心的眼泪把衣襟都沾湿了。

我的品行如同白玉一样纯洁，我的内心如同琬琰美玉。

虽然邪气侵入体内，玉的本色不变外表还放光彩。

为什么天上的乌云会波澜翻卷，微霜正在迷迷蒙蒙降下。

轻风缓缓吹来摇摇摆摆，疾风吹过迅猛异常。

听说南国非常好令我向往，来到会稽山停下稍微歇息。

看到仙人韩众在此便停下来留宿，我向他请教天道在何方。

凭借着浮云送我去远游，车上飘扬着彩虹做的旗帜。

乘着青龙的车向前驰骋，我的车快速地朝远方奔去。

快速飞奔的青龙不知要去哪里，远处恍惚不知通向何方？

苦恼世人难以信任，宁可远走他乡离开他们。

登上小小的山冈向远处眺望，喜爱冬天里的桂树仍不凋谢。

观看天火炽盛异常，俯听大海汹涌激荡的涛声。

我按八维引导着自己前进的道路，为求长生来喝这夜露。

我居住在这里没有感到快乐是因为不时忧思，秋天草木结的果实是我的食物。

饮用菌若上清晨的露水，用桂木建造房屋。

我把橘和柚种在园圃里，还栽种着花椒、辛夷和女贞子。

鹍和鹤在夜里孤单悲啼，哀痛忠心耿耿却隐居的人。

哀 命

原文

哀时命之不合①兮，伤楚国之多忧。
内怀情之洁白兮，遭乱世而离尤②。
恶耿介③之直行兮，世溷浊而不知④。
何君臣之相失兮，上沅湘⑤而分离。
测⑥汨罗之湘水兮，知时固而不反⑦。
伤离散之交乱⑧兮，遂侧身而既远。
处玄舍之幽门兮，穴岩石而窟伏。
从水蛟而为徒兮，与神龙乎休息。
何山石之崭岩⑨兮，灵魂屈而偃蹇⑩。
含素水而蒙深兮，日眇眇⑪而既远。
哀形体之离解⑫兮，神罔两而无舍⑬。
惟椒兰之不反兮，魂迷惑而不知路。
愿无过之设行⑭兮，虽灭没⑮之自乐。
痛楚国之流亡兮，哀灵修⑯之过到。
固时俗之溷浊兮，志督迷而不知路。
念私门之正匠兮，遥涉江而远去。
念女嬃之婵媛⑰兮，涕泣流乎于悒。
我决死而不生兮，虽重追⑱吾何及。
戏疾濑⑲之素水兮，望高山之蹇产。
哀高丘之赤岸兮，遂没身而不反。

【字词注解】

① 时命之不合：指生的不是时候。

② 离尤：指遭遇忧患。

③ 耿介：忠直磊落。

④ 世溷浊而不知：谓时世昏暗不分善恶。

⑤ 上沅湘：指逆沅湘而上。

⑥ 测：测量流入湘江的汨罗的深度，即身体沉入江中。

⑦ 固而不反：指坚决不回来。

⑧ 交乱：相互怨恨。

⑨ 嶔岩：艰险。

⑩ 偃蹇：困顿。

⑪ 眇眇：遥远的样子。

⑫ 离解：懈怠。

⑬ 舍：止。

⑭ 设行：指依照自己的心意做事。

⑮ 灭没：指身败名灭。

⑯ 灵修：此处指楚怀王。

⑰ 婵媛：眷恋，眷顾。

⑱ 重追：多次追劝。

⑲ 濑：湍急的水。

【精彩解说】

可叹我生的真不是时候，楚国总是多难多忧让人悲伤。

我的内心情感纯洁无瑕，却碰到混乱的世道遭受忧患。

厌恶忠诚正直之人，世道混浊不懂得善恶美丑。

为什么君臣失和，我被放逐沅湘与君王分离？

我准备沉身于流入湘江的汨罗中，知道世道的丑恶便绝不回头。

悲伤与君王离散互相怨恨，于是转身远远走开隐居他处。

我身处岩室的暗门，在岩石洞穴之中隐居着。

我跟水中的蛟龙生活在一起，我跟随神龙一起休息活动。

山石那么险峻巍峨，我的灵魂压抑困顿难行。

我喝着无比洁净的清泉，太阳隐微渐渐远去。

哀叹我的身体已筋疲力尽，精神恍惚灵魂无所依附。

唯有佩带的椒兰执着不悔，我的魂魄迷惑不知去路。

我坚持自己的品行终无过错，就算身败名裂我也心甘情愿。

悲伤楚国就要消亡，哀伤君王昏庸积重难返。

这个世道本来就这样混乱，内心迷茫的我不知道出路。

想到都用私心治国的群臣，我便有渡过长江朝远方走去的打算。

想到关切爱护我的女媭，不禁叹息悲伤涕泪横流。

我下定决心求死而不愿求生，纵使再三追劝我也要这样。

我游玩于清水急流之中，仰望着险峻崎岖的高山。

悲痛楚国高丘的赤岸，我准备投身到江中不愿返回。

谬　谏

原文

怨灵修之浩荡①兮，夫何执操之不固②。

悲太山之为隍兮，孰江河之可涸。

愿承闲而效志兮，恐犯忌而干讳。

卒抚情以寂寞兮，然怊怅③而自悲。

玉与石其同匮④兮，贯鱼眼与珠玑⑤。

驽⑥骏杂而不分兮，服罢牛而骖骥。

年⑦滔滔而自远兮，寿⑧冉冉而愈衰。

心悇憛⑨而烦冤兮，蹇超摇而无冀。

【字词注解】

①浩荡：水奔流的盛貌，此喻怀王的恣意妄为。

②执操之不固：指经常改变心意。

③怊（chāo）怅：伤感失意。

④匮：同"柜"。

⑤珠玑：圆者为珠，不圆为玑。

⑥驽（nú）：劣马。

⑦年：岁月。

⑧寿：寿命。

⑨悇（tú）憛（tán）：忧愁不安的样子。

【精彩解说】

怨恨君王反复无常，为何他的意志会变化无常。

多么悲哀泰山将变为池塘，哪条江河会枯竭无水。

原准备趁君王闲暇时进献忠言，又怕得罪君王犯忌讳。

最终压制情感闭口不说，但内心自恨伤悲而懊恼。

石块和美玉放在同一个匣子里，宝珠和鱼眼看成一样的珍贵。

劣马和骏马夹杂在一起不分好坏，老牛驾车骏马在旁边跟随。

岁月流逝越走越远，年岁已老身体一天不如一天。

我满腔的烦闷忧愁难解，心里总不安定而前途更是无望。

固时俗之工巧①兮，灭规矩②而改错。

却骐骥而不乘兮，策驽骀③而取路。

当世岂无骐骥兮，诚无王良④之善驭。

见执辔者非其人兮，故驹跳而远去。

不量凿而正枘兮，恐矩矱⑤之不同。

不论世⑥而高举兮，恐操行之不调⑦。

弧弓弛⁸而不张兮，孰云知其所至？
无倾危⁹之患难兮，焉知贤士之所死⁽¹⁰⁾？
俗推佞而进富兮，节行⁽¹¹⁾张而不著⁽¹²⁾。
贤良蔽而不群⁽¹³⁾兮，朋曹比而党誉。
邪说饰而多曲⁽¹⁴⁾兮，正法弧而不公⁽¹⁵⁾。
直士隐而避匿兮，谗谀登乎明堂。
弃彭咸之娱乐兮，灭巧倕⁽¹⁶⁾之绳墨。
菎蕗⁽¹⁷⁾杂于䉺⁽¹⁸⁾蒸⁽¹⁹⁾兮，机蓬矢⁽²⁰⁾以射革⁽²¹⁾。
驾蹇驴而无策兮，又何路之能极？
以直针而为钓兮，又何鱼之能得？
伯牙⁽²²⁾之绝弦兮，无钟子期而听之。
和抱璞而泣血兮，安得良工而剖之？

——•【字词注解】

①工巧：指善于投机取巧。

②规矩：原指测量的工具，此处指法度。

③驽骀（tái）：不好的马，喻指蠢材。

④王良：春秋时善御马的人。

⑤矩蠖（huò）：指规则法度，引申为尺寸。

⑥论世：指察看世道。

⑦操行之不调：指操守品行和世俗不协调。

⑧弛：卸下或放松弓弦。

⑨倾危：指国家衰亡。

⑩贤士之所死：即贤士为国家的危难而死。

⑪节行：良好的节操与品质。

⑫张而不著：谓节行高者没得到地位。

⑬蔽而不群：被排挤而孤立。

⑭饰而多曲：粉饰邪说并非正理。

⑮弧而不公：枉曲正当之法不公平。弧，枉。

⑯巧倕（chuí）：传说中的巧匠。

⑰菎（kūn）蕗（lù）：一种香草。

⑱廄（zōu）：指麻秸。

⑲蒸：指细小的木柴。

⑳蓬矢：拿蓬蒿做成的箭。

㉑革：皮革，此处指犀牛皮做成的盾。

㉒伯牙：春秋时期人，擅长音律。

【精彩解说】

世俗之人原本就善于投机取巧，把法度废弃后又把良策改变了。

千里马闲置着不去乘驾，却驾着劣马上路缓慢前行。

现如今真的没有千里马吗？实在是没有王良善于驾驭啊。

骏马看到驾车的不是好手，就要连蹦带跳地向远处逃去。

不度量凿孔就把木柄装进去，恐怕尺寸的大小不会相符。

不了解世风却去推崇美德，恐怕节操品行不能与众人相合。

没有拉开松弛的强弓，有谁能说清它能射多远？

国家还没有出现灾难危险，如何能知道贤士会不惜生死。

世俗把奸佞富贵之人当成贤人，良好品行的人得不到重视。

贤良孤立无助遭到排斥，奸佞拉成党派互相推举。

歪曲之说多经巧饰，违背正确的法度造成不公。

忠诚的人已经避世隐居，善于吹捧的群小挤进朝中。

彭咸正直廉洁的行为被丢弃，废除巧倕订立的尺度。

将香草混在麻秆中一起燃烧，拿草箭射皮革。

驾驭跛脚的毛驴又没有鞭子，怎能到达目的地？

用直的针当钓鱼的鱼钩，怎么能钩得到大鱼呢？

伯牙不再拨弄琴弦，原因是失去了知音钟子期。

怀抱璞玉的卞和血泪尽出，从哪才能得到良匠可以剖开玉石？

同音者相和兮，同类者相似。

飞鸟号其群①兮，鹿鸣求其友。

故叩宫而宫应兮，弹角而角动。

虎啸而谷风至兮，龙举而景云往。

音声②之相和兮，言物类③之相感也。

夫方圆之异形④兮，势不可以相错⑤。

列子⑥隐身而穷处兮，世莫可以寄托。

众鸟皆有行列兮，凤独翔翔而无所薄。

经浊世而不得志兮，愿侧身岩穴而自托⑦。

欲阖⑧口而无言兮，尝被君之厚德。

独便悁⑨而怀毒兮，愁郁郁之焉极。

念三年之积思兮，愿壹见而陈词。

不及君⑩而骋说⑪兮，世孰可为明之⑫。

身寝⑬疾而日愁兮，情沉抑⑭而不扬。

众人莫可与论道⑮兮，悲精神之不通。

——•【字词注解】

①群：朋辈为群。

②音声：指声和音。

③物类：指万物同类。

④方圆之异形：方和圆形状不一。

⑤相错：交错混杂。

⑥列子：战国时郑人。

⑦岩穴而自托：指隐居在岩洞作为自己的托身。

⑧阖：闭。

⑨便（pián）悁（yuān）：忧愁。

⑩不及君：碰不到君王。

⑪骋说：尽情发挥自己的想法。

⑫孰可为明之：向谁去说。

⑬寝：卧。

⑭沉抑：沉重压抑。

⑮论道：讨论治国之道。

【精彩解说】

音调一样相互唱和，同类事物的性质彼此相似。

飞鸟鸣叫是在召唤群体，麋鹿鸣叫是在寻求自己的伴侣。

叩击宫器则宫调响应，弹奏角调则角音和鸣。

猛虎咆哮那么山谷便卷起大风，神龙飞到天上那么彩云就会前去相伴。

声和音相互对立而和谐，证明万物同类互相感应。

方和圆的形状不同，一定不能错杂在一起。

列子避世隐居处境艰难，因为社会不能依托寄命。

天上的群鸟都是结队成群，无所依凭的凤凰独自飞翔。

处身浊世的我非常不得志，宁可远远逃避隐居在岩洞。

我想对国家的事闭口不提，可曾受到君王的深厚恩德。

我独自感到忧愁心怀怨恨，何时才能了结无限的愁情。

思念君王三年积聚忧思，期望见到君王后向他诉说。

我没碰上能尽情直言的贤君，世道黑暗又能向谁去诉说。

我终日疾病缠身忧愁烦闷，感情压抑内心难以表达。

众人都不能与我谈论这些道理，悲哀的是我的想法君王难以明白。

原文

乱曰：鸾皇孔凤日以远兮，畜凫驾鹅。

鸡鹜满堂坛兮，蛙①黾②游乎华池③。

要褭④奔亡兮,腾驾橐驼⑤。
铅刀⑥进御兮,遥弃太阿。
拔搴玄芝兮,列树芋荷⑦。
橘柚萎枯兮,苦李旖旎⑧。
甒瓯登于明堂兮,周鼎⑨潜乎深渊。
自古而固然兮,吾又何怨乎今之人!

【字词注解】

①蛙:青蛙。

②黾(měng):蛙类的一种。

③华池:芳华之池。

④要褭(niǎo):骏马名。

⑤橐(tuó)驼:骆驼。

⑥铅刀:钝刀。

⑦芋荷:即芋头,因其叶似荷,故名。

⑧旖旎:枝叶茂盛的样子。

⑨周鼎:指周朝传国的九鼎,沦于泗水之渊。

【精彩解说】

乱辞:孔雀和凤凰日渐远去,人们都饲养着野鸭和野鹅。

呆鸡和笨鸭挤满了宫殿庭院,华丽的池中游荡着青蛙。

骏马逃走不见,骆驼却驾着车在道上行。

用钝拙的铅刀进献君王,锋利的太阿剑却被抛弃。

神草玄芝已被拔除干净,到处栽种的是芋头。

那柚树与橘树逐渐枯萎凋谢,苦李树却枝叶茂盛。

小瓦盆摆放在华丽的殿堂,周朝的宝鼎丢进了深渊。

自古就是如此颠倒是非,我何必怨恨如今的人们!

拓展阅读

申生尽孝自杀

公元前656年,晋献公的妃子骊姬想让晋献公废掉当时的太子申生,改立自己的儿子奚齐为太子。于是,骊姬和中大夫合谋定下一计。太子申生是齐姜的儿子,当时齐姜早已过世,葬在曲沃。骊姬就欺骗申生说,晋献公晚上梦见他的母亲齐姜,让申生速去曲沃祭祀,之后把祭祀用的胙肉带回来献给晋献公。申生不疑有他,就准备一番启程前往曲沃,祭祀完母亲,带着胙肉回到了都城。

申生回到宫中,听说晋献公外出打猎不在宫中,就把胙肉交给了骊姬。骊姬暗中派人在胙肉中下了毒。晋献公打猎回来后,骊姬命人将胙肉奉上,晋献公非常高兴,就准备食用。这时,骊姬在一旁阻拦,让晋献公试过之后再吃。晋献公便命人把肉喂给狗吃,不料狗吃完没一会儿就死了。骊姬哭着说:"这胙肉是太子从曲沃带回来的,他怎么这样残忍呢!为了能继位,竟连自己的父亲都想要杀害!更何况这个位子迟早都是他的,他又何苦如此迫不及待呢!"晋献公极为震怒,就打算召太子申生来当面质问他。

申生听说这个消息后,就逃到了曲沃。晋献公见太子逃走,就更加相信骊姬所说的话,一怒之下就处死了申生的老师杜原款。申生逃到曲沃后,他身边的人对他说:"骊姬放毒药分明是想陷害您,您如果为自己申辩,大王一定会把这件事查清楚。"申生说:"我父君已经年纪大了,如果没有骊姬,就会睡不着,吃不好。倘若我为自己申辩,这件事查明之后,骊姬必定有罪,这会使我父君不高兴,我也会因为父君不高兴而郁郁寡欢的。"又有人对申生说:"那您可以躲到别的国家去。"申生说:"我带着杀父的恶名逃走,又有谁会接纳我呢?我还是自杀算了。"于是,太子申生就在曲沃自杀了。

九 怀

〔概论〕

《九怀》为王褒所作。关于本篇的创作目的,王逸《楚辞章句》中说:"怀者,思也,言屈原虽见放逐,犹思念其君,忧国倾危而不能忘也。褒读屈原之文,嘉其温雅,藻采敷衍,执握金玉,委之污渎,遭世溷浊,莫之能识。追而愍之,故作《九怀》,以裨其词。"可见,本篇为王褒追思屈原所作。

王褒,字子渊,蜀资中(今四川资阳)人,是汉宣帝时期的宫廷文人,以辞赋著称。汉宣帝时期,王褒得到益州刺史王襄的举荐,受诏作《圣主得贤臣颂》而被宣帝赏识,被擢升为谏议大夫。王褒才华横溢,著有辞赋十六篇,其中《洞箫赋》较有名。原有集,已散佚,明人辑有《王谏议集》十一篇。

《九怀》由九篇诗歌组成,分别是《匡机》《通路》《危俊》《昭世》《尊嘉》《蓄英》《思忠》《陶壅》《株昭》,是作者代屈原立言、抒发情感之作。这九篇诗歌主要内容大体分为三部分:第一部分,写屈原遭逢污浊混乱的现实社会,为奸佞小人、世俗庸才所不容而感伤;第二部分,写屈原超脱现实,想象自己神游仙境,追求自己理想中的世界,以遣情怀;第三部分,写屈原内心无法忘怀故国,在神游之际总会情不自禁地想念家国。

《九怀》的结构重章复沓、跌宕有致,多采用幻想、夸张等手法,少有纪实之词,这是这九篇诗歌的主要特色。

匡 机

原文

极运兮不中①，来将屈②兮困穷。

余深愍③兮惨怛④，愿一列⑤兮无从⑥。

乘日月兮上征，顾游心⑦兮鄗⑧酆⑨。

弥览⑩兮九隅，彷徨兮兰宫⑪。

芷闾⑫兮药房，奋摇⑬兮众芳。

菌阁兮蕙楼，观⑭道兮从横。

宝金兮委积，美玉兮盈堂。

桂水⑮兮潺湲，扬流兮洋洋。

蓍⑯蔡⑰兮踊跃⑱，孔鹤兮回翔⑲。

抚槛兮远望，念君兮不忘。

怫郁⑳兮莫陈㉑，永怀兮内伤。

【字词注解】

①极运兮不中：《楚辞章句》解释为"周转求君，道不合也"。运，转动，移徙。

②屈：委屈，冤屈。

③愍（mǐn）：悲痛，忧伤。

④惨怛（dá）：忧伤，悲苦。

⑤一列：全部陈述出来。

⑥无从：无由，没有门径，这里指没有进言、讽谏之路。

⑦游心：浮想骋思。

⑧鄗（hào）：又作"镐"，古书多作"镐"。周武王所经营的都城，在今陕西长安西南。

⑨酆（fēng）：周文王所建都城，今陕西鄠县（1964年改为户县）东五里，有古酆城。

⑩弥览:历观,遍观。

⑪兰宫:宫即王宫,用"兰"字来修饰是对它的美称。

⑫闾:本指里巷的大门,也泛指门。

⑬奋摇:指各种香花芳草蓬勃生长开放。

⑭观:宫廷中高大华丽的建筑物。

⑮桂水:指散发着浓郁香气的水流。桂,一种香木。

⑯蓍(shī):即"耆",老。

⑰蔡:大龟。

⑱踊跃:跳跃。

⑲回翔:回旋飞翔。

⑳怫(fú)郁:忧懑。

㉑莫陈:无处陈述、申说的意思。陈,陈说,陈述。

——•【精彩解说】

周转求君却得不到信任,承受委屈啊困顿贫穷。
我心中忧伤啊无限悲痛,想尽诉衷肠啊却忧告无门。
乘坐日月啊向上飞升,顾念追思啊镐京酆邑。
遍观四方啊边远之地,徘徊徜徉啊在香洁高雅的宫廷。
芷草的大门啊白芷的房屋,百花开放啊四处飘香。
薰草为阁啊蕙草为楼,楼观间的道路啊交错纵横。
金银珠宝啊四处堆放,华美宝石啊摆满厅堂。
芳香水流啊潺潺流淌,扬起的波浪啊起伏涌流。
硕大老龟啊跳跃爬行,孔雀仙鹤啊回旋飞翔。
登高楼抚栏杆啊望远方,怀念君王啊无时不忘。
心中忧懑啊无处陈述,长久思念啊内心悲伤。

通 路

原文

天门兮地户[1]，孰由兮贤者？
无正兮溷厕[2]，怀德兮何睹？
假寐[3]兮愍斯，谁可与兮寤语[4]？
痛凤兮远逝，畜鷃[5]兮近处。
鲸鳣[6]兮幽潜，从虾[7]兮游陼[8]。
乘虬兮登阳[9]，载象[10]兮上行。
朝发兮葱岭，夕至兮明光[11]。
北饮兮飞泉，南采兮芝英[12]。
宣游[13]兮列宿，顺极[14]兮彷徉。
红采[15]兮骍[16]衣，翠缥[17]兮为裳。
舒佩兮綝缡[18]，竦[19]余剑兮干将。
腾蛇兮后从，飞駏[20]兮步旁。
微观[21]兮玄圃，览察兮瑶光。
启匮[22]兮探筴[23]，悲命兮相当[24]。
纫[25]蕙兮永辞，将离兮所思[26]。
浮云兮容与，道[27]余兮何之[28]？
远望兮仟眠[29]，闻雷兮阗阗[30]。
阴忧兮感[31]余，惆怅兮自怜。

—•【字词注解】

①户：单扇的门，也泛指房门。

②溷厕：胡乱杂错，是非不分。溷，《说文·水部》："乱也。"厕，间杂的意思。

③假寐：不脱衣冠，和衣而睡。王逸《楚辞章句》："不脱冠带而卧曰假寐。"

④寤语：即相对而语。寤，即"晤"，对、面对面的意思。

⑤鷃（yàn）：雀一类的小鸟。

⑥鱏（xún）：一种大鱼。

⑦从虾：小鱼虾。

⑧陼：同"渚"，水中小块陆地，洪兴祖引一本即作"渚"。

⑨登阳：上天。

⑩象：大约是一种神象。王逸《楚辞章句》："神象，白身赤头，有翼能飞也。"

⑪明光：东方神山名。

⑫芝英：灵芝的花。

⑬宣游：遍游。

⑭极：北辰，亦即北极星。

⑮红采：当从洪兴祖引古本作"虹采"，即彩虹。

⑯骍（xīng）：红色的马，这里用作形容词，红色的。

⑰缥（piǎo）：青白色，浅青色。这里当指青白色的云朵。

⑱绯（lín）缡（lí）：盛装的样子。

⑲竦（sǒng）：握，执。

⑳駏（jù）：駏驉，神话中的一种似马的动物，善于奔跑。

㉑微观：暗暗地看。

㉒匮：匣子。

㉓筴（cè）：同"策"，古代占卜用的蓍草。

㉔相当：所当，即所值、所遭逢的意思。洪兴祖引一本曰："相，一作所。"

㉕纫：连缀，联结。

㉖所思：这里指君王。

㉗道：借为"导"，引导。

㉘之：往，到……去。

㉙仟（qiān）眠：昏暗不明的样子。

㉚阗（tián）阗：形容声音很大。

㉛感：通"撼"，震动。

【精彩解说】

天上有天门啊地上有地户，贤士啊该走哪条路呢？
是非不分啊好坏混杂，高尚品德啊谁能看得出？
和衣而卧啊悲悯世风日下，有谁和我啊相对而语？
痛惜凤鸟啊已经远去，畜养鸱雀啊日益亲附。
巨鲸鲟鱼啊潜藏深水，小鱼小虾啊却游戏洲渚。
乘着虬龙啊飞上高空，骑着神象啊遨游苍穹。
早上出发啊在西方葱岭，晚上到达啊东方明光山。
来到北方啊饮昆仑飞泉，游到南方啊采瑞草灵芝。
遍游天上啊二十八星宿，环绕北辰啊漫步天空。
鲜艳的彩虹啊做我的红上衣，浅青云朵啊做我的下裳。
舒展玉佩啊光彩照人，手中紧握啊干将宝剑。
神蛇啊在后面跟随，駏驉奔跑啊在身旁。
暗暗地观看啊帝宫悬圃，总览观察啊北斗瑶光星。
打开匣子啊取蓍草占卜，悲叹命运啊遭逢祸患。
连缀蕙草啊发誓永辞浊世，将别时啊又想起我的君王。
乘驾浮云啊却徘徊不进，浮云飘忽啊要引我去何方？
遥望故国啊到处昏暗不明，听见雷声啊空中隆隆作响。
深重的忧愁啊填满胸中，惆怅无所依啊独自哀怜。

危俊

林不容兮鸣蜩①，余何留兮中州②？
陶嘉月③兮总驾④，搴玉英⑤兮自修。
结荣茝⑤兮逶逝⑥，将去烝⑦兮远游。
径岱土⑧兮魏⑨阙⑩，历九曲兮牵牛。
聊假日兮相伴，遗光耀⑪兮周流⑫。

望太一兮淹息⑬，纡⑭余辔兮自休。
晞⑮白日兮皎皎，弥远路兮悠悠。
顾列孛⑯兮缥缥⑰，观幽云兮陈浮。
钜宝⑱迁兮矵磝⑲，雉咸雊⑳兮相求㉑。
泱莽莽㉒兮究志，惧吾心兮愇愇㉓。
步余马兮飞柱㉔，览可与兮匹俦㉕。
卒莫有兮纤介㉖，永余思兮怞怞㉗。

—•【字词注解】

①蜩（tiáo）：蝉。

②中州：中土。

③陶嘉月：喜乐美好的时节，亦即良辰吉日。陶，喜乐。嘉，美好。

④总驾：聚集车辆。

⑤结荣茝：用茂盛的茝草作束结书信的带子。荣，繁盛。茝，一种香草。

⑥逶逝：驰而远去。

⑦烝：君王。

⑧岱土：指北方荒远之地。岱，或指泰山。

⑨巍：同"巍"，高大。

⑩阙：本指宫门外两边的楼台，这里指山，意思是两山如双阙对峙。

⑪遗光耀：发扬光彩，光芒四射。遗，显扬。

⑫周流：这里指光芒在周遭流动，照耀四方。

⑬淹息：止步休息。

⑭纡：本义指曲折、弯曲，这里是放缓、放松的意思。

⑮晞（xī）：天亮，旭日初升。

⑯孛（bèi）：彗星。

⑰缥（piāo）缥：形容遥远。

⑱钜（jù）宝：岁星。

⑲砏（pīn）磤（yīn）：形容声音很大。

⑳雊（gòu）：野鸡鸣叫。

㉑相求：雌雄相求，求为匹合。

㉒泱莽莽：广大的样子。

㉓悵（chóu）悵：忧愁的样子。

㉔飞柱：神山名。王逸《楚辞章句》："徘徊神山，且休息也。"

㉕匹俦（chóu）：本指夫妻结合，这里引申为君臣、朋友之相得无间之义。匹，匹配，配合。俦也有伴侣、匹偶之义。

㉖纤介：忠贞正直之士。

㉗怞（yóu）怞：忧愁。

──●【精彩解说】

树林里不容啊鸣叫的蝉停留，我为何还要啊留在中土之地？
选个良辰吉日啊聚集车马，采摘美玉花朵啊自我修饰。
用茂盛的菖草结扎书信啊驰而远去，我将离开君王啊外出远游。
经过北方荒远之地啊见到巍峨高山，穿越九曲苍穹啊看见牵牛星。
姑且趁着闲暇啊徘徊游荡，太阳光芒四射啊照耀四方。
仰望大神太一啊止步休息，放松马的缰绳啊略作休整。
早晨初升的太阳啊明亮灿烂，前方道路曲折漫长啊没有尽头。
回头望见彗星啊悠悠飞逝，远观山中云气啊飘浮弥漫。
岁星迁转运行啊隆隆震响，野鸡一齐鸣叫啊雌雄相求。
茫茫一片啊何处尽展心志，心生恐惧啊满腔抑郁忧愁。
马儿漫步啊在飞柱神山，看看有谁啊可做我的侣伴。
最终没有找到啊忠贞正直之士，我的思绪绵绵啊忧愁不断。

昭 世

世溷兮冥昏①,违②君兮归真。
乘龙兮偃蹇③,高回翔兮上臻④。
袭⑤英衣⑥兮缇䋺⑦,披华裳兮芳芬。
登羊角兮扶舆⑧,浮云漠⑨兮自娱。
握神精⑩兮雍容,与神人兮相胥⑪。
流星坠兮成雨,进瞵盼⑫兮上丘墟。
览旧邦兮滃郁⑬,余安能兮久居!
志怀逝兮心懰慄⑭,纡余辔兮踌躇。
闻素女兮微歌,听王后⑮兮吹竽。
魂凄怆⑯兮感哀,肠回回⑰兮盘纡。
抚余佩兮缤纷,高太息兮自怜。
使祝融兮先行,令昭明⑱兮开门。
驰六蛟兮上征,竦⑲余驾兮入冥⑳。
历九州兮索合㉑,谁可与兮终生?
忽反顾兮西囿㉒,睹轸丘㉓兮崎倾㉔。
横垂涕兮泫㉕流,悲余后㉖兮失灵㉗。

——•【字词注解】

①冥昏:昏暗无光。

②违:离开。

③偃(yǎn)蹇(jiǎn):形容龙的形体曲折夭矫的样子。

④臻(zhēn):至,达到。

⑤袭:穿衣。

⑥英衣:花衣。英,花的意思。

⑦缇(tí)䋺(qiè):用缇与䋺制成的英衣。缇,黄赤色的丝织物。䋺,

麻织的衣。

⑧扶舆：或即"扶摇"，形容旋风盘旋而上的样子。

⑨云漠：当依一本作"云汉"，即银河。

⑩神精：人的精神、神气。汉代时道家、神仙家术语。

⑪胥：等待。

⑫进瞵（lín）盼：凝视。进，当依洪兴祖引一本作"集"。瞵盼，左顾右盼。瞵，看。盼，看。

⑬滃（wěng）郁：形容云气涌起而弥漫的样子。这里指云气弥漫、遮蔽旧邦，使之暗昧不明，喻指邦国危乱。

⑭懰（liú）慄（lì）：悲伤。

⑮王后：神女名。

⑯凄怆（chuàng）：凄惨悲伤。

⑰回回：回转盘曲，这里形容心思郁结，错杂而混乱。

⑱昭明：炎神。王逸《楚辞章句》："炎神前驱，关梁发也。"则是作"炎神"解。

⑲竦：向上进发。

⑳入冥：进入幽深高远之境，指升天。

㉑索合：求索志同道合的人。

㉒西圃：西方的园圃。

㉓轸（zhěn）丘：高大险峻的山。

㉔崎倾：崎岖险峻。

㉕泫（xuàn）：形容流泪的样子。

㉖后：这里指君王。

㉗失灵：失掉灵性，昏庸糊涂。

──●【精彩解说】

世道混浊啊忠奸不分，离开君王啊回归本真。

乘坐神龙啊高高飞升，回旋翱翔啊直达苍穹。

穿上鲜艳美丽如花上衣，披着华美裙裳啊芳香浓郁。

乘旋风扶摇啊盘旋而上,飘浮在银河啊自娱自乐。
提握精气神啊温和娴雅,我且留下啊等待神仙。
流星纷纷坠落啊如同降雨,我左顾右盼啊登上山丘。
远远望见故国啊云气迷漫,我又怎么能够啊在这里久居。
决定远走高飞啊悲愁不已,舒缓我的马缰啊徘徊犹豫。
听素女啊浅吟低唱,闻宓妃啊吹奏竽妙曲。
神魂凄惨悲伤啊深感哀怨,思绪绵绵盘曲啊郁结愁肠。
抚摸我的佩饰啊叮当作响,不禁深长叹息啊自怜自伤。
遣火神祝融啊先行开路,令炎神昭明啊打开天门。
驾乘六蛟龙车啊向上飞升,龙车高升啊直上天空。
游遍九州啊寻找志同道合之人,谁又可以与我啊结伴终生?
忽然回头顾望啊西方园囿,只见山势高峻啊崎岖峥嵘。
不禁涕泪交横啊泫然滚落,悲伤君王啊糊涂昏庸。

尊 嘉

季春①兮阳阳②,列草兮成行。
余悲兮兰生③,委积兮从横。
江离兮遗捐④,辛夷兮挤臧⑤。
伊思兮往古⑥,亦多兮遭殃。
伍胥兮浮江,屈子兮沉湘⑦。
运余兮念兹⑧,心内兮怀伤。
望淮兮沛沛⑨,滨流⑩兮则逝。
榜⑪舫⑫兮下流,东注⑬兮磕磕。
蛟龙兮导引,文鱼⑭兮上濑。
抽蒲⑮兮陈坐,援芙蕖⑯兮为盖。
水跃兮余旌,继以兮微蔡⑰。

云旗兮电骛[18]，倏忽兮容裔[19]。
河伯兮开门，迎余兮欢欣。
顾念兮旧都，怀恨兮艰难。
窃哀兮浮萍[20]，泛淫[21]兮无根。

【字词注解】

①季春：阴历三月，为春季之末。

②阳阳：风和日丽的样子。

③生：洪兴祖引一本作"苹"，又作"悴"，当是。为憔悴、陨落、凋零的意思。

④遗捐：遗弃，丢弃。

⑤挤臧：遭排挤压抑而湮没不闻。臧，同"藏"。

⑥往古：前代，前世。

⑦湘：湘江，在今湖南。屈原自沉汨罗江，"沉湘"是泛称。

⑧运余兮念兹：即"余运兮念兹"，意为我转念来思考这一问题。运，转的意思。

⑨沛沛：水流动的样子。

⑩滨流：临水，站在水边。滨，临近，靠近。

⑪榜（bàng）：摇桨使船前进。

⑫舫（fǎng）：相并连的两艘船，也泛指船。

⑬注：流注，倾泻。

⑭文鱼：有斑彩花纹的鱼。一说鲤鱼。

⑮抽蒲：拔蒲草以编席。抽，拔取。蒲，一种水草，可用来织席。

⑯芙（fú）蕖（qú）：荷花。

⑰微蔡：小草。蔡，草，这里指水藻之类。

⑱骛：奔驰。

⑲容裔（yì）：这里形容船行水中高低起伏的样子。

⑳浮萍：一种水草，浮生在水面，下面有根。
㉑泛淫：飘浮不定。泛，浮的意思。淫，此处游的意思。

●【精彩解说】

晚春季节啊风和日丽，百花争艳啊芳草萋萋。
我心悲叹啊兰草凋零，委弃堆积啊凌乱不堪。
香草江离啊遗弃在山野里，美丽的辛夷啊受排挤而隐藏。
想起前世啊俊杰贤良，多半如此啊遭祸殃。
伍子胥被害啊弃尸水中，屈原遭放逐啊自沉湘江。
转而想起啊自身遭遇，心怀悲痛啊无限感伤。
望着淮河啊滚滚东流，伫立河边啊真想随波而去。
驾一叶扁舟啊顺流而下，东流入海啊水石相击。
水中蛟龙啊在前方引路导航，长着花纹的鱼啊带我逆流而上。
拔取蒲草啊铺设座席，采下荷花啊做成船篷。
水花飞溅啊溅湿我的旌旗，水草漂浮啊浮上我的船帮。
挂起云旗啊风驰电掣，波涛汹涌啊摇荡起伏。
水神河伯啊打开宫门，欢迎我啊前来拜访。
不禁思念啊故国都城，心怀悲愤啊举步维艰。
窃自哀怜啊身如浮萍，四处漂泊啊难回故乡。

蓄 英

原文

秋风兮萧萧①，舒芳兮振条②。
微霜兮眇眇③，病夭④兮鸣蜩。
玄鸟⑤兮辞归，飞翔兮灵丘⑥。
望溪兮滃郁⑦，熊罴⑧兮呴嗥⑨。
唐虞兮不存，何故兮久留？

临渊兮汪洋，顾林兮忽荒⑩。

修余兮袿衣⑪，骑霓⑫兮南上。

乘云兮回回⑬，亹亹⑭兮自强。

将息兮兰皋，失志兮悠悠⑮。

菸蕰⑯兮霉黧⑰，思君兮无聊。

身去兮意存，怆⑱恨兮怀愁。

【字词注解】

①萧萧：形容秋风萧瑟，大约是就风声而言的。

②振条：让树的枝条摇动。条，树枝。

③眇（miǎo）眇：形容霜微小的样子。

④病夭：蜷曲，萎缩。

⑤玄鸟：这里指燕子。

⑥灵丘：神山名。

⑦滃（wěng）郁：云烟弥漫。

⑧罴（pí）：熊的一种。

⑨吽（hǒu）嗥（háo）：吼叫，嚎叫。

⑩忽荒：即"荒忽"，模糊不清。

⑪袿（guī）衣：长袍。

⑫霓：虹的一种，又称雌虹、雌霓。

⑬回回：这里形容云气盘旋而上的样子。回，本义是回旋、回转。

⑭亹（wěi）亹：勉励、勤勉不倦的样子。

⑮悠悠：形容忧愁的样子。

⑯菸（fén）蕰：这里形容愁思蕰积的样子。

⑰霉（méi）黧（lí）：形容面色污黑的样子。

⑱怆（chuàng）：悲伤。

【精彩解说】

秋风阵阵啊萧萧瑟瑟,摇动芳草啊振荡树枝。

微霜降落啊白茫茫一片,鸣蝉敛翅啊不再鸣叫。

燕子辞别北方啊回归南方,振翅飞向啊神山灵丘。

远望山涧溪谷啊云气弥漫,山中熊罴猛兽啊声声吼叫。

唐尧虞舜啊已经不复存在,我为什么还要啊在此停留?

面临深渊啊广阔无际,回顾山林啊模糊不清。

整理修饰啊衣服行装,骑着虹霓啊直上南天。

驾起五彩祥云啊盘旋而上,勤勉不倦啊自强不息。

在长满兰草的岸边啊暂且休息,理想难实现啊忧思难忘。

愁思蓄积不散啊面色污黑,思念君王啊愁闷没有尽头。

身虽离去啊情意却长留,悲伤怨恨多啊心怀万古愁。

思 忠

原文

登九灵兮游神①,静女②歌兮微晨。

悲皇丘③兮积葛,众体错兮交纷。

贞枝抑兮枯槁,枉车④登兮庆云⑤。

感余志兮惨慄⑥,心怆怆⑦兮自怜。

驾玄螭⑧兮北征,向吾路兮葱岭。

连五宿⑨兮建旄⑩,扬氛气⑪兮为旌。

历广漠⑫兮驰骛,览中国兮冥冥⑬。

玄武步兮水母⑭,与吾期兮南荣⑮。

登华盖⑯兮乘阳⑰,聊逍遥兮播光⑱。

抽⑲库娄⑳兮酌醴,援匏瓜㉑兮接粮。

毕休息兮远逝,发玉軔㉒兮西行。

惟时俗兮疾正㉓,弗可久兮此方㉔。

寤辟摽㉕兮永思,心怫郁㉖兮内伤。

【字词注解】

①游神：舒放精神，使之畅快。游，舒散，放散。

②静女：神女。

③皇丘：大山。皇，大。

④枉车：这里形容车驾的邪恶不正，也是就奸邪小人而言的。枉，弯曲。

⑤庆云：祥云，瑞气，这里比喻尊贵显赫的地位。

⑥惨悷（lì）：悲痛的样子。

⑦怆怆：忧伤的样子。

⑧玄螭（chī）：黑色的无角龙，指山神。螭，传说中没有角的龙。

⑨五宿：天上的五个星宿，或指金、木、水、火、土五行而言。

⑩旄（máo）：古代用牦牛尾装饰的旗帜，这里泛指旗帜。

⑪氛气：雾气。

⑫广漠：辽阔空旷之地。广与漠都是广大、广阔的意思。

⑬冥冥：幽暗。

⑭水母：水神名。

⑮南荣：南方。

⑯华盖：星名，包括北斗等群星。洪兴祖《楚辞补注》："《大象赋》云：'华盖于是乎临映。'"

⑰乘阳：登阳，上天。乘，登。

⑱播光：或是"瑶光"之误，指北斗第七星。

⑲抽：引，持取。

⑳库娄：星名，形似斟酒器皿。

㉑匏（páo）瓜：本义果蔬名，这里是星名。

㉒发玉轫：启程。轫，制止车轮滚动的木头。

㉓疾正：憎恶正直之人。

㉔方：地，地方。

㉕擗（pì）摽（biào）：拍打胸口。擗，又作"擗"，拍胸。摽，击打的意思。

㉖怫（fú）郁：忧郁，心情不舒畅。

●【精彩解说】

登上九天啊舒放精神，神女歌唱啊黎明时分。
悲叹大山啊葛草成堆，盘根错节啊交错纷杂。
挺拔的枝干啊受压枯萎，弯枝曲杈啊反被尊崇珍爱。
想起这些啊我心惨痛如刀割，心中忧伤啊自哀自怜。
驾乘黑色螭龙车啊向北奔驰，我的道路指向啊西北葱岭。
连接五大星宿啊作旗旄，扬起满天云雾啊作旌旗。
在辽阔空旷之地啊驰骋如风，看到中土之地啊昏暗不明。
神龟和水神啊前来送行，和我约定啊在繁花似锦的南国相见。
登上华盖群星啊来到天上，姑且逍遥游荡啊在北斗群星中。
举起库娄群星啊斟满酒浆，援取匏瓜星啊作为粮食。
休息完毕啊我将远去，驱车出发啊直奔西方。
想起当今世俗啊憎恶正直之人，绝不可以长久啊留在混浊之地。
醒来捶胸顿足啊愁绪绵长，心中愁苦郁闷啊肝肠寸断。

陶壅

原文

览杳杳兮世惟①，余惆怅兮何归？
伤时俗兮溷乱，将奋②翼兮高飞。
驾八龙兮连蜷，建虹旌兮威夷③。
观中宇④兮浩浩，纷翼翼⑤兮上跻⑥。
浮溺水⑦兮舒光⑧，淹低佪兮京浠⑨。
屯余车兮索友，睹皇公⑩兮问师⑪。
道莫贵兮归真，羡余术兮可夷⑫。
吾乃逝兮南娭⑬，道⑭幽路兮九疑。

越炎火兮万里,过万首⑮兮巍巍⑯。
济江海兮蝉蜕⑰,绝⑱北梁⑲兮永辞。
浮云郁⑳兮昼昏,霾㉑土忽㉒兮塺塺㉓。
息阳城㉔兮广夏㉕,衰色罔㉖兮中怠。
意晓阳㉗兮燎寤㉘,乃自诉㉙兮在兹。
思尧舜兮袭兴㉚,幸咎繇兮获谋。
悲九州兮靡㉛君,抚轼㉜叹兮作诗。

【字词注解】

①惟:洪兴祖引一本作"维",当从之。纲纪、法纪的意思。

②奋:振羽展翅。

③威夷:同"逶迤""委蛇",形容旌旗随风飘扬、舒卷自如的样子。

④中宇:天下。

⑤翼翼:形容疾起高飞的样子。

⑥跻(jī):登,上升。

⑦溺水:水名。溺,与"弱"同。

⑧舒光:焕发光彩。

⑨京沶(chí):水中陆地。京,高大。

⑩皇公:天帝。

⑪问师:询问,请教。

⑫夷:喜悦。

⑬南嬉(xī):到南方游戏。嬉,同"嬉",游戏。

⑭道:取道,经过。

⑮万首:指海中众多岛屿。

⑯巍(yí)巍:高峻的样子。

⑰蝉蜕(tuì):蝉脱皮。此处比喻解散形体,魂离形骸而仙去,从而得到解脱。

⑱绝:渡过。

⑲梁：桥梁。

⑳郁：这里指云气蓄积而浓厚。

㉑霾（mái）：阴霾。

㉒忽：形容尘土飞扬而使空气混浊，视线模糊的样子。

㉓塺（méi）塺：这里形容尘土飞扬的样子。塺，尘土。

㉔阳城：春秋时楚地，或即《文选》中宋玉的《登徒子好色赋》"嫣然一笑，惑阳城，迷下蔡"之"阳城"。古籍中提及"阳城"这一地名者颇多，如夏朝都城——阳城，即今河南登封。

㉕广夏：大屋。夏，通"厦"。

㉖罔：同"惘"，忧伤，失意。

㉗晓阳："阳"当读为"畅"，晓畅即通达、明白的意思。

㉘燎（liǎo）寤：了悟，明白。

㉙诊（zhěn）：省视，察看。

㉚袭兴：相继兴盛。袭，相继，因袭。兴，兴起，兴盛。

㉛靡：无，没有。

㉜轼：古代车厢前供立乘者把扶的横木。

●【精彩解说】

看世道纲纪混浊啊世人多愚昧，我心中惆怅啊归向何方？

感伤世俗啊污浊混乱，我将要展翅翱翔啊远走高飞。

驾着八条飞龙啊蜿蜒向前，竖起彩虹旌旗啊随风飘扬。

看那天下广大无际啊浩浩渺渺，八龙疾起高飞啊向上升腾。

浮渡弱水啊焕发光彩，暂在沙洲啊停留游荡。

集合我的车马啊寻找挚友，看到天帝啊向他请教。

天帝说，大道最可贵之处在于返璞归真，称赞我的道术啊着实可喜。

我将要去南方啊周游嬉戏，经幽暗小径啊过那神山九嶷。

越过遍地烈火啊万里酷热地，路过万座海岛啊巍峨险峻。

横渡江海啊得到解脱，跨越北面的桥梁啊永别而去。

浮云蕴积浓厚啊白昼昏暗，尘土混浊啊四处飞扬。

我停歇在阳城啊大屋子里，容颜衰老啊精神疲怠。

心里清醒啊明白事理，于是就在此地啊自我内省。

想到圣王尧舜啊相继兴起，有幸得到贤臣皋陶啊为他们出谋划策。

悲叹天下啊没有明君，我只有扶着车轼叹息啊赋诗以表真心。

株 昭

悲哉于嗟①兮，心内切磋②。
款冬③而生兮，凋彼叶柯④。
瓦砾进宝兮，捐⑤弃随⑥和⑦。
铅刀⑧厉御⑨兮，顿⑩弃太阿⑪。
骥垂两耳兮，中坂⑫蹉跎⑬。
蹇驴⑭服⑮驾兮，无用日多⑯。
修洁⑰处幽兮，贵宠沙劘⑱。
凤皇不翔兮，鹌鹑⑲飞扬。
乘虹骖⑳蜺兮，载云变化。
鹔鹴㉑开路兮，后属㉒青蛇。
步骤㉓桂林兮，超骧㉔卷阿㉕。
丘陵㉖翔舞兮，溪谷悲歌。
神章灵篇㉗兮，赴㉘曲相和。
余私娱兹兮，孰哉复加㉙。
还顾世俗兮，坏败罔罗㉚。
卷佩将逝兮，涕流滂沲㉛。
乱曰：皇门㉜开兮照下土，株秽㉝除兮兰芷睹。
　　　四佞㉞放兮后得禹，圣舜摄㉟兮昭尧绪㊱，孰能若兮愿为辅㊲。

──●【字词注解】

①于（xū）嗟：即"吁嗟"，叹息声。

②切磋：古时雕刻骨器叫切，雕刻象牙叫磋。后每引以比喻学问之观摩或朋友之攻错。这里指心中如切如磋，如此则自然绞痛难当，引申为悲痛的意思。

③款冬：植物名，菊科，多年生草本植物，虽冰雪之下也能生芽，故名款冬。这里喻指小人。

④柯：草木枝茎。

⑤捐：丢弃。

⑥随：同"隋"，隋侯珠，宝物的名。

⑦和：和氏璧。

⑧铅刀：钝刀，比喻无用之人。

⑨厉御：受重用而居高位。厉，《广雅·释诂四》："高也。"御，进用。

⑩顿：舍弃，废弃。

⑪太阿：宝剑名。

⑫中坂（bǎn）：半山坡。坂，山坡。

⑬蹉（cuō）跎（tuó）：失足。

⑭蹇（jiǎn）驴：跛脚的驴。蹇，跛，瘸。

⑮服：古代一车驾四马，居中的两匹叫服。

⑯无用日多：无用之人而被任用者日益增多。

⑰修洁：修饰美好的意思，这里指美善之人。

⑱沙（suō）劘（mó）：即摩挲，用手抚摩，引申为亲昵。

⑲鹑鹦：都是小鸟名，这里喻指小人。

⑳骖（cān）：乘，驾驭。

㉑鷦（jiāo）䳢（míng）：鸟名。《广韵》解释"鷦䳢，似凤，南方神鸟"。

㉒属（zhǔ）：跟随。

㉓步骤：或慢或快地前进。步，缓行。骤，疾走。

㉔超骧（xiāng）：奔驰，穿越。超，越过。骧，奔驰，腾跃。

㉕卷阿：险峻的高山。卷，弯曲，引申为险峻。阿，大山。

㉖陵：大土山。

㉗神章灵篇：这里指歌曲而言。

㉘赴：应和，顺应。

㉙孰哉复加：即孰复加哉。还有什么可以再加于其上，比它更好呢？孰，何，什么。复加，达到顶点，没有什么可以再加于其上。

㉚罔罗：捕动物的用具，这里喻指法度纲纪。罔，同"网"，用绳线织成的捕鱼或捕鸟兽的工具。罗，一种捕鸟的网。

㉛滂（pāng）沱（tuó）：即"滂沱"，本指雨下得很大，这里形容眼泪流得很多。

㉜皇门：君王之门。

㉝株秽：污秽、腐败的草木，这里喻指奸邪小人。株，本指露出地面的树根、树干或树桩，又泛指草木。

㉞四佞（nìng）：指尧的四个佞臣——共工、驩兜、三苗、鲧。佞，奸臣。

㉟摄：摄政，代君王处理国家政务。

㊱绪：事业，基业。

㊲辅：辅佐之臣。

●【精彩解说】

我心悲伤仰天长叹啊，痛彻心扉好似刀割。

小草款冬竟然生长啊，百花香草却已枝叶凋残。

将瓦块石头当作宝贝啊，宝珠玉璧被丢在一旁。

铅刀钝劣受到重用啊，锋利的太阿却被丢弃。

良马默默低垂两耳啊，半山坡上蹉跎不前。

瘸腿的笨驴担起拉车的重任啊，无能庸人日益增多。

清廉之士退避归隐啊，奸佞的小人却得到重用。

凤凰神鸟无法翱翔啊，鹌鹑任意飞窜。

驾起霓虹凌空飞翔啊，乘坐云气变化无穷。

神鸟鹥鵬在前面开路啊，侍卫青蛇在身后紧随。

或慢或快地行走在桂林啊，骏马昂首穿越蜿蜒曲折的大山。

山丘起伏欢乐起舞啊，山谷溪流慷慨悲歌。

歌声婉转无比美妙啊，琴瑟齐奏宫商相和。

我私下里在这娱乐游赏啊，没有什么能和这相比了。

环顾人间世俗百态啊，纲纪败坏法度全无。

收拾行装我将离去啊，思念故国泪流满面。

乱辞：君王之门大开啊光照四方，扫除邪恶浊秽啊观百花绽放。四大佞臣被放逐啊得到大禹，虞舜摄国承继唐尧啊事业兴旺，谁能做到尧舜那样啊我愿意辅佐相帮。

拓展阅读

"赤帝"祝融

相传自燧人氏发明钻木取火之后，到了黄帝时期，人类已经学会用火烧熟食物，用火取暖，用火驱赶毒虫猛兽。但当时的人们过着迁徙不定的游牧、游猎生活，他们为了能一直有火用，每次迁徙都要带上火种同行。因此当时的人们只会用火，却没有很好的办法保存火种。

有一年，黄帝带领部落的人由南向北迁徙，命祝融负责管理火种。半路上忽然天降大雨，所有的人都被浇成了落汤鸡，祝融随身携带的火种也被大雨扑灭了。黄帝带领大家找到一个大石洞暂住下来，想等雨过天晴之后再上路。可是一连好几天，大雨一直下个不停。由于没有了火种，人们没有办法生火做饭和用火取暖，只得忍饥受冻。后来，饿得实在受不了了，大人只能吃生肉，老人和孩子只能用冷水泡蘑菇吃。黄帝对此也是无计可施。祝融看在眼里，急在心上，他找来木柴想用钻木取火的方法取火，可是木柴全被雨淋湿了，费了九牛二虎之力也没钻出一个火星来。

祝融一气之下，便把手里的钻头狠狠地扔在身旁的一块岩石上。谁知，钻头撞到岩石竟溅出了火星。祝融顿时转忧为喜，立刻找来好多石块，用力互相撞击，顿时火星四溅。可是，火星出来了，怎么才能把它变成火种呢？他不禁沉思起来，很快就想出来一个办法：他解下自己缠腰的腰围，从里面掏出一团芦花絮放在石头下面，接着用石头互相撞击，火星纷纷溅落在芦花絮上，祝融用嘴轻轻一吹，芦花絮立即燃烧起来！又有了火种，人们无不欢呼雀跃。黄帝也非常高兴，专门为祝融举行了庆功会，封他为"火正"。

祝融发明的"击石取火"的方法，使人们不再为保存火种而发愁，使人类的生产生活变得极为便利。后世的人们为了纪念祝融，又因火是红色的，所以尊称他为"赤帝"。

九 叹

〔概论〕

《九叹》为刘向所作。刘向，本名更生，字子政，沛（今江苏沛县）人，是西汉经学家、目录学家、文学家。刘向以门荫入仕，汉宣帝时任散骑谏大夫，汉元帝时任宗正卿。因反对宦官专权，刘向屡次上书弹劾宦官弘恭、石显而下狱，被废为庶人。汉成帝时刘向被重新启用，更名向，任光禄大夫、中垒校尉等职。刘向曾受命校阅群书，为保存整理古代文献做出了突出贡献。他撰有《别录》，为中国目录学之祖；作辞赋三十三篇，但大部分已佚；还曾辑录《楚辞》十六卷，末篇即《九叹》。

《九叹》由九篇短诗组成，分别为《逢纷》《离世》《怨思》《远逝》《惜贤》《忧苦》《愍命》《思古》《远游》，由于每篇都以"叹曰"结尾，所以题名"九叹"。《九叹》与《九怀》一样，也是代屈原立言之作，这九篇短诗均以屈原的口吻叙述了他在政治上的遭遇，通过反复抒发其不见容于君、不受知于世的忧思悲慨，表现了屈原强烈的爱国情怀和追求理想的执着精神，作者也借此表达了自己对屈原悲惨命运的愤慨。

逢 纷

伊伯庸之末胄①兮，谅②皇直之屈原。
云余肇祖③于高阳兮，惟楚怀之婵连④。

原生受命于贞节⑤兮，鸿永路⑥有嘉名。
齐名字于天地兮，并光明于列星。
吸精粹而吐氛浊⑦兮，横邪世而不取容。
行叩诚⑧而不阿兮，遂见排⑨而逢谗。
后听虚而黜实⑩兮，不吾理而顺情。
肠愤悁⑪而含怒兮，志迁蹇而左倾⑫。
心㤽慌⑬其不我与兮，躬速速⑭其不吾亲。
辞灵修而陨志⑮兮，吟泽畔之江滨。
椒桂罗⑯以颠覆兮，有竭信而归诚。
谗夫蔼蔼而漫著⑰兮，曷其不舒⑱予情。
始结言⑲于庙堂兮，信中途而叛之。
怀兰蕙与衡芷兮，行中野⑳而散之。
声哀哀而怀高丘㉑兮，心愁愁而思旧邦。
愿承闲而自恃㉒兮，径淫曀㉓而道壅。
颜霉黧㉔以沮败兮，精越裂㉕而衰耄。
裳襜襜㉖而含风兮，衣纳纳㉗而掩露。
赴江湘之湍流兮，顺波凑㉘而下降。
徐徘徊于山阿兮，飘风㉙来之汹汹。
驰余车兮玄石㉚，步余马兮洞庭。
平明㉛发兮苍梧，夕投宿兮石城㉜。
芙蓉盖而菱㉝华车兮，紫贝阙㉞而玉堂。
薜荔饰而陆离荐㉟兮，鱼鳞衣而白蜺裳。
登逢龙㊱而下陨㊲兮，违故都之漫漫。
思南郢之旧俗兮，肠一夕而九运。
扬流波之潢潢㊳兮，体溶溶㊴而东回。
心怊怅㊵以永思兮，意晻晻㊶而日颓。
白露纷以涂涂㊷兮，秋风浏㊸以萧萧。
身永流而不还兮，魂长逝而常愁。
叹曰：譬彼流水，纷扬磕㊹兮。
　　波逢汹涌，濆㊺滂沛兮。

揄扬⁴⁶涤荡，漂流陨往⁴⁷，触氂石⁴⁸兮。

龙邛⁴⁹脟圈⁵⁰，缭戾宛转，阻相薄兮。

遭纷逢凶，蹇离尤兮。

垂文⁵¹扬采，遗⁵²将来兮。

—— •【字词注解】

① 末胄（zhòu）：后裔，子孙。

② 谅：信，确实。

③ 肇（zhào）祖：始祖。

④ 婵连：族亲相连。屈原与楚王同姓，同为颛顼高阳氏的后裔。

⑤ 贞节：坚贞的德操。贞，正。节，节操。

⑥ 鸿永路：前途远大。

⑦ 氛浊：恶浊污秽之气。

⑧ 叩诚：真诚，忠诚。

⑨ 见排：被排挤。见，被。

⑩ 黜实：贬斥说实话的人。

⑪ 愤悁（yuān）：愤恨。

⑫ 左倾：意志颓丧不振。左，卑，下。倾，倒塌，破灭。

⑬ 憓（tǎng）慌：恍惚，失意，忧伤。

⑭ 速速：不亲近的样子。

⑮ 陨志：失意。

⑯ 罗："罹"的假借字，遭遇。

⑰ 漫著：打击别人，抬高自己。漫，玷污。著，夸耀。

⑱ 舒：展开，伸展，引申为抒发、表明。

⑲ 结言：用言辞约好。

⑳ 中野：荒野中。

㉑ 高丘：高山，这里比喻楚国都城和朝廷。

㉒ 自恃：自信有尽忠的机会。

㉓淫曀（yì）：暗昧，昏暗不明。

㉔霉（méi）黧（lí）：形容脸色黑。

㉕精越裂：精神上灰心失意。

㉖襜（chān）襜：衣服迎风飘动的样子。

㉗纳纳：衣服被濡湿的样子。

㉘波凑：聚集的波涛。凑，聚集。

㉙飘风：旋风。

㉚玄石：山名。王逸《楚辞章句》："玄石，山名。"

㉛平明：天刚亮的时候。

㉜石城：山名。

㉝菱：一种生水中、浮水面、夏日开花的水生植物。

㉞阙：皇宫前面两边的楼台，中间有道路。

㉟荐：卧席。

㊱逢龙：山名。

㊲下陨：这里指从上往下看。陨，本义向下落。

㊳潢（huàng）潢：水深而广。

㊴溶溶：波浪翻滚。

㊵怊怅：惆怅。

㊶唵（yǎn）唵：抑郁愁苦。

㊷涂涂：浓厚的样子。

㊸浏：形容风很快吹过。

㊹磕（kē）：水石撞击声。

㊺濆（pēn）：水波涌起。

㊻揄扬：挥扬，扬起。

㊼陨往：指波浪起伏向前。陨，下落。往，前往，前行。

㊽釜（yín）石：尖锐、锐利的石头。

㊾龙邛（qióng）：水波互相撞击的样子。

㊿脟（luán）圈：与下文"缭戾"义同，纠结缠绕的样子，这里形容流水回旋搏击。

(51)垂文：流传文章。

(52)遗（wèi）：赠予，给予。

【精彩解说】

我是伯庸的后代子孙啊，是正直诚信的屈原。

我的始祖是古帝高阳啊，楚怀王与我同根相连。

屈原我秉承坚贞的节操降生啊，前途远大被赐予美好的姓名。

我的名字与天地相齐啊，光辉灿烂如同群星。

我吸取天地的精华吐出污浊之气啊，身处邪恶之世却不混同俗流。

我行为忠诚刚直不阿啊，于是遭到排挤和诽谤。

君王听信谗佞贬斥忠臣啊，不理睬我反顺从邪恶奸佞。

我满腔怨愤怒火中烧啊，意志颓丧精神不振。

不被信任我内心忧伤啊，苦恼君王对我不亲近。

我告别君王怅然若失啊，低吟悲歌在泽畔水滨。

椒桂即使遭遇厄运啊，还是竭尽忠信诚挚。

众多谗人纷纷抬高自己贬低别人啊，为什么不让我表明心志？

当初我们曾在庙堂约好，如今却听信谗言中途变心。

我怀抱兰蕙衡芷啊，只好将它们抛撒在荒野中。

我叹息悲鸣怀念故土啊，心中忧愁且思念郢都。

我想等待时机为国尽忠啊，怎奈前途昏暗道路阻塞。

我面目黧黑气色差啊，灰心失意日渐衰老。

阵阵寒风吹动着我的下裳，露水沾湿了我的上衣。

在湘水急流中航行啊，波涛滚滚顺流而下。

我徘徊在山谷，迅猛旋风来势汹汹。

驾起我的车啊向玄石山奔驰，来到洞庭边暂作休息。

天刚亮时从苍梧山出发，傍晚时我在石城投宿。

荷花作盖菱花作车，紫贝砌楼台白玉铺堂厅。

薜荔作装饰香草作卧席，上衣像鱼鳞一样美丽啊下裳非常洁白。

登上逢龙山向下俯瞰，离开故国道路多么漫长。

想起郢都的风物习俗啊,一夜之间愁肠九转。

江水深广扬起波浪啊,浪涛翻滚奔向东方。

内心惆怅止不住的思念啊,精神抑郁一天天地颓唐。

霜露纷纷落下茫茫一片,秋风急吹萧萧作响。

身随江水长流不回返啊,我的灵魂远去常常忧愁。

叹道:你就像流水一样,浪花撞击巨石四处飞溅。

　　风卷大波浪翻滚,水波涌起波澜壮阔。

　　水花飞溅水流激荡,向前方奔腾而去,猛烈撞击在尖锐的山石上。

　　激流回旋搏击,盘旋不前,终究被阻挡啊。

　　遇到祸患灾殃,遭受冤屈诽谤。

　　挥笔写下美丽篇章,留给后人体会我的感怀。

离　世

原文

灵怀①其不吾知兮,灵怀其不吾闻。

就灵怀之皇祖②兮,诉③灵怀之鬼神。

灵怀曾不吾与④兮,即⑤听夫人之诼辞。

余辞上参于天墬兮,旁引之于四时。

指日月使延⑥照兮,抚⑦招摇以质正⑧。

立师旷⑨俾端词兮,命咎繇使并听。

兆⑩出名曰正则兮,卦⑪发⑫字曰灵均。

余幼既有此鸿节⑬兮,长愈固而弥纯。

不从俗而诐行⑭兮,直躬指⑮而信志。

不枉⑯绳以追曲兮,屈情素⑰以从事。

端余行其如玉兮,述⑱皇舆之踵迹⑲。

群阿容⑳以晦光㉑兮,皇舆覆以幽辟㉒。

舆中途以回畔㉓兮,驷马惊而横犇。

执组者㉔不能制兮,必折轭㉕而摧辕。

断镳[26]衔以驰骛兮,暮去次[27]而敢[28]止。
路荡荡[29]其无人兮,遂不御[30]乎千里。
身衡陷[31]而下沉兮,不可获而复登[32]。
不顾身之卑贱兮,惜皇舆之不兴。
出国门而端指[33]兮,冀壹[34]寤[35]而锡还。
哀仆夫之坎毒[36]兮,屡离忧而逢患。
九年之中不吾反兮,思彭咸之水游。
惜师延[37]之浮渚[38]兮,赴汨罗之长流。
遵江曲[39]之逶移[40]兮,触石碕[41]而衡游。
波沣沣[42]而扬浇[43]兮,顺长濑之浊流。
凌黄沱[44]而下低兮,思还流而复反。
玄[45]舆驰而并集兮,身容与而日远。
棹舟杭[46]以横濿[47]兮,济[48]湘流而南极。
立江界[49]而长吟兮,愁哀哀而累息[50]。
情慌忽[51]以忘归兮,神浮游以高厉[52]。
心蛩蛩[53]而怀顾兮,魂眷眷[54]而独逝。
叹曰:余思旧邦,心依违[55]兮。
　　日暮黄昏,羌幽悲兮。
　　去郢东迁,余谁慕兮?
　　谗夫党旅[56],其以兹故兮。
　　河水淫淫[57],情所愿兮。
　　顾瞻郢路,终不返兮。

【字词注解】

①灵怀:指楚怀王。因屈原《离骚》中称楚怀王为"灵修",所以刘向称楚怀王为"灵怀"。

②皇祖:君王的祖父或远祖。

③诉:诉说,告诉。

④与:任用。

⑤即：就，接近，靠近。

⑥延：长期，永远。

⑦抚：握持。

⑧质正：评断是非。

⑨师旷：春秋晋国乐师，善于辨音。

⑩兆：指古人占卜吉凶时烧灼甲骨所呈现的裂纹。

⑪卦：《周易》中一套有象征意义的符号。以阳爻、阴爻相配合，每卦三爻，组成八卦（即经卦），象征天地间八种基本事物及其阴阳刚柔诸性。

⑫发：显现，显露。

⑬鸿节：美好的节操。节，节操。

⑭诐（bì）行：偏邪不正的行为。诐，偏邪，不正。

⑮指：意旨，心志。

⑯枉：弯曲，引申为行为不合正道或违法曲断。

⑰情素：亦作"情愫"，本指真情、本心，这里指志向。王逸《楚辞章句》作"素志"解。

⑱述：遵循，依照。

⑲踵迹：足迹，比喻前人的事业。

⑳阿（ē）容：阿谀。阿，逢迎。容，取悦。

㉑晦光：蒙蔽光明，比喻蒙惑君王。

㉒幽辟：即幽僻，昏暗。

㉓回畔：走回头路，即反悔。

㉔执组者：指驾驶车马的人。

㉕轭（è）：驾车时套在牛马脖子上的曲木。

㉖镳（biāo）：马嚼子的两端露出嘴外的部分。

㉗次：旅舍。

㉘敢：不敢，岂敢。

㉙路荡荡：道路空阔广大的样子。

㉚御：息止，阻止。

㉛衡陷：即横陷。衡，横，意外。陷，陷害。

㉜登：加封，升任，得到任用。

㉝端指：笔直向前。

㉞壹：一旦，一经。

㉟寤：通“悟”，醒悟。

㊱坎毒：愤恨。

㊲师延：商纣王时期的乐师。武王起兵，纣王自焚于鹿台，师延惧祸东逃，后投濮水自杀。

㊳浮渚：浮在水边，谓投水自尽。渚，水中小块陆地。

㊴江曲：江水曲折处。

㊵逶移：同“逶迤”，曲折绵延。

㊶石碕：亦作“石圻”，曲折的石岸。

㊷沣（fēng）沣：波浪声。

㊸扬浇：水流回旋。浇，急流回旋的样子。

㊹黄沱（tuó）：古代长江的别称。

㊺玄：本指玄酒，古代祭祀时当酒用的清水，这里是水的意思。

㊻舟杭：同“舟航”，指船只。

㊼濿（lì）：渡水。

㊽济（jì）：渡水。

㊾界：边。

㊿累息：声声叹息。

(51)慌忽：亦作“慌惚”，迷茫，不明白，不清楚。

(52)高厉：上升，高高腾起。厉，在这里是飞扬的意思。

(53)蛩（qióng）蛩：忧虑。

(54)眷眷：形容恋恋不舍、频频回首的样子。

(55)依违：迟疑不决。

(56)旅：众人，这里指党人。

(57)淫淫：形容水流动的样子。

【精彩解说】

怀王不知道我的清白啊,怀王不了解我的忠诚。
我要向怀王的先祖,向那些神灵诉说苦闷。
怀王不信任我啊,却听信小人的谗言。
我说的话可以上合天地啊,也能够在四时得到验证。
让日月永远知道我啊,让北斗七星为我评断是非。
我的话可请师旷来考察啊,可令皋陶一起来听辨。
灸龟求得我的名叫正则啊,卜卦得到我的字是灵均。
我小的时候就有好的操行,长大后更加坚贞纯正。
从不随波逐流行为不端啊,立身正直心志鲜明。
决不违反正道追求邪曲啊,也委屈自己的心志苟合求容。
端正我的行为纯洁如玉啊,遵循先王治国的正道传统。
众小人阿谀蒙蔽君王啊,使朝廷昏暗衰败将倾。
车前进一半突然走回头路啊,四匹马受惊狂奔乱跑。
驾车的人不能控制啊,必然车轭折断车辕毁损。
马勒断裂马儿乱跑啊,傍晚经过旅舍也不敢停止。
宽阔的大道空无一人啊,脱缰的野马千里奔行。
我横遭陷害而陷入困境啊,不能重获信任而再被任用。
我不顾自身的卑微啊,只是叹惜楚国不能强盛。
我离开郢都一直向前行进,希望君王一朝醒悟召我回朝廷。
仆夫为我愤愤不平啊,可怜我屡受迫害遭逢祸患。
被放逐九年不让我回国都,想起彭咸投水自尽。
痛惜师延投濮水自杀,我将投身汨罗洪流。
沿着曲折江水蜿蜒前进啊,碰到曲折的石岸转而横走。
浪声隆隆水流回旋啊,顺着湍急江水驶入浊流。
乘着长江顺流而下啊,多想逆流而上返回去。
流水滔滔与船齐肩并进啊,从容而去越走越远。
划船横渡长江,渡过湘水驶向南方。
我站在江岸高歌长吟啊,心中愁苦止不住声声叹息。

心神恍惚忘了归路，魂魄浮游高高飞扬。

心里担忧思念君王，魂魄恋恋不舍却独自远游。

叹道：我思念故国啊，心中迟疑不决。

　　　太阳落山暮色苍茫，心中一片忧伤。

　　　离开郢都被放逐东方，谁值得我念念不忘啊？

　　　谗人朋党众多，我才会遭受祸患啊。

　　　河水滔滔东流，正是我所羡慕的。

　　　回望郢都漫漫长路，我最终也不能踏上归途啊。

怨　思

原文

惟郁郁之忧毒①兮，志坎壈②而不违。
身憔悴而考旦③兮，日黄昏而长悲。
闵④空宇之孤子兮，哀枯杨之冤鹛⑤。
孤雌吟于高墉⑥兮，鸣鸠栖于桑榆。
玄猿⑦失于潜林兮，独偏弃⑧而远放。
征夫⑨劳于周行兮，处妇⑩愤而长望。
申诚信而罔违兮，情素洁于纽⑪帛。
光明齐于日月兮，文采耀⑫于玉石。
伤压次⑬而不发兮，思沉抑而不扬。
芳懿懿⑭而终败兮，名靡散⑮而不彰。
背玉门以奔鹜⑯兮，寨离尤而干诟⑰。
若龙逢⑱之沉首兮，王子比干之逢醢。
念社稷之几危⑲兮，反为仇⑳而见怨。
思国家之离沮㉑兮，躬获愆而结难。
若青蝇㉒之伪质兮，晋骊姬㉓之反情㉔。
恐登阶之逢殆兮，故退伏于末㉕庭。
孽臣之号咷㉖兮，本朝芜而不治。

犯颜色㉗而触谏兮，反蒙辜㉘而被疑。
菀㉙蘼芜与菌若兮，渐藳本㉚于洿渎㉛。
淹㉜芳芷于腐井兮，弃鸡骇㉝于筐簏㉞。
执棠溪㉟以刜㊱蓬兮，秉干将以割肉。
筐㊲泽泻㊳以豹韛㊴兮，破荆和㊵以继筑㊶。
时溷浊犹未清兮，世殽乱犹未察。
欲容与以俟时兮，惧年岁之既晏。
顾屈节以从流兮，心巩巩㊷而不夷㊸。
宁浮沉而驰骋兮，下江湘以遵回。
叹曰：山中檻檻㊹，余伤怀兮。
　　　征夫皇皇㊺，其孰依兮。
　　　经营㊻原野，杳冥冥兮。
　　　乘骐骋骥，舒吾情兮。
　　　归骸旧邦，莫谁语兮。
　　　长辞远逝，乘湘去兮。

【字词注解】

①忧毒：忧愁病苦。

②坎壈（lǎn）：不平，比喻遭遇不顺利。

③考旦：直到天亮。考，至，到。

④闵：哀伤，怜念。后多作"悯"。

⑤冤鶵（chú）：烦冤、冤屈的雏鸟。鶵，同"雏"，幼鸟。

⑥墉（yōng）：城墙。

⑦玄猿：黑色猿猴。

⑧偏弃：被放逐于偏远之地。

⑨征夫：远行的人。

⑩处妇：指待在家中的妇女，指征夫之妻。处，居处，在家。

⑪纽：缠结，束，系。

⑫耀：原文为"燿"，意同，今通用耀。

⑬压次：指因受压抑而心境失常。

⑭懿懿：芳香。

⑮靡散：消灭，消散。

⑯奔骛：奔驰。

⑰干诟：自取其辱。干，求，求取。

⑱龙逢（páng）：也作"龙逢"，即关龙逢。夏末的贤臣，因劝谏夏桀而被杀，后用为忠臣之代称。

⑲几危：危险。几，也是危的意思。

⑳仇：原文中为"雠"，是仇视、仇恨的意思。

㉑离沮：遭到破坏。

㉒青蝇：比喻谗佞小人。

㉓骊姬：原是骊戎首领的女儿，后被俘虏成为晋献公的妃子，进谗言杀太子申生。

㉔反情：颠倒是非，违反人情，这里指骊姬乱晋之事。

㉕末：远。

㉖号咷（táo）：喧哗，呼喊，这里指谗人在朝堂上大声喧哗。

㉗颜色：眉眼之间的气色、容色，这里指君王的脸色。颜，指两眉之间，俗称印堂。

㉘辜：罪过，罪责。

㉙菀（yùn）：通"蕴"。蕴积，郁结。

㉚藁（gǎo）本：香草名，多年生草本植物。叶呈羽状，夏开白花，果实有锐棱，根紫色，可入药。

㉛洿（wū）渎（dú）：小水沟。

㉜淹：沤，浸，渍。

㉝鸡骇（hài）：一种犀牛的名称，这里指犀牛角名。

㉞筐簏（lù）：盛物的竹器。方为筐，高为簏。

㉟棠溪：古代一种产于棠溪的名贵的宝剑，故称。

㊱制（fú）：击，砍。

㊲筥：盛满，装满。

㊳泽泻：多年生草本植物。叶椭圆形，开白色小花。块茎可入药，为利尿剂。

㊴豹鞹（kuò）：豹皮制成的革。

㊵荆和：指楚国的和氏璧。

㊶筑：捣物的棒槌。

㊷巩（gǒng）巩：忧惧。

㊸不夷：不快，不安。夷，快乐。

㊹槛（jiàn）槛：车行驶中发出的声音。

㊺皇皇：同“惶惶”，恐惧不安的样子。

㊻经营：周旋往来。

【精彩解说】

我的心中忧伤愁苦啊，命运坎坷却不改初衷。

忧愁不安直到天亮啊，从清晨到傍晚难排悲伤。

怜悯独处空室的孤儿啊，哀伤幼鸟栖息在老树枯杨。

失偶的雌鸟高墙悲鸣啊，啼叫的斑鸠栖息于榆桑。

黑猿失去又密又深的丛林，独自被放逐到很远的地方。

远行的人在大道上奔波不息啊，思妇在家中饮恨翘首企望。

我一再重申不会违背诚信，我的感情就如束帛纯洁无瑕。

美德与日月齐辉啊，文采如美玉般闪耀。

可惜受压抑难以舒展啊，情思遭抑制不能显扬。

芬芳的鲜花最终也要凋谢啊，名声消失无从彰显。

离开朝廷我要奔向远方啊，遭受罪责自取其辱。

就像关龙逢劝谏夏桀反被斩首啊，比干劝谏纣王惨遭杀戮。

担心国运危在旦夕啊，我反成了仇人遭怨恨。

忧虑国家法度被破坏，自身反获罪而遭受灾难。

小人就像青蝇一样颠倒黑白，又像晋国骊姬挑拨亲情进谗言。

怕接近君王遭逢祸患啊，所以我只好退身隐世。

佞臣贼子在朝廷上大声喧哗啊，国家混乱无人整治。

我不惜触犯君王忠言直谏啊，反蒙罪过受到猜忌。
蘼芜和菌若胡乱堆积啊，藁本被浸在脏水沟里。
芳香的白芷被沤在臭水井啊，珍贵的犀牛角被丢进竹器。
用棠溪利剑去割蓬蒿野草啊，持干将宝剑当作刀割肉。
豹皮口袋装满恶草啊，用大杵打烂和氏玉璧。
时世混浊是非不分啊，世道混乱好坏不明。
我想悠闲自得等待时机啊，又担心年纪已老等不及。
想改变节操随波逐流啊，心中惶恐忧愁而不愿意这样做。
宁愿到沅水之上浮游驰骋啊，进长江入湘水徘徊嬉游。
叹道：山里车声阵阵，我心情苦闷又悲伤啊。

  远行的人惶恐不安，他去哪里寻找依靠啊？
  在原野上周旋往来，杳无人迹草木莽莽啊。
  骑上骏马尽情驰骋，使我的心情舒畅啊。
  死后尸骨想葬在故乡，此情此语该向谁倾诉啊？
  永别楚国从此远去，顺着湘水漂向远方。

远 逝

原文

志隐隐而郁怫①兮，愁独哀而冤结②。
肠纷纭以缭转兮，涕渐渐③其若屑④。
情慨慨而长怀⑤兮，信⑥上皇而质正。
合五岳与八灵⑦兮，讯九魁⑧与六神。
指列宿以白情⑨兮，诉五帝⑩以置词。
北斗为我折中⑪兮，太一⑫为余听之。
云服⑬阴阳之正道兮，御⑭后土之中和。
佩苍龙之蚴虬兮，带隐⑮虹之逶蛇⑯。
曳彗星之晧旰⑰兮，抚朱爵⑱与鹥䴖⑲。
游清灵⑳之飒戾㉑兮，服云衣之披披。

杖玉华㉒与朱旗兮,垂明月之玄珠。
举霓旌㉓之墆翳㉔兮,建黄缫㉕之总旄。
躬纯粹而罔愆㉖兮,承皇考之妙仪㉗。
惜往事之不合兮,横汨罗而下濿㉘。
乘隆㉙波而南渡兮,逐江湘之顺流。
赴阳侯㉚之潢洋兮,下石濑而登洲。
陵魁堆㉛以蔽视兮,云冥冥㉜而暗前。
山峻高以无垠兮,遂曾闳㉝而迫身。
雪雰雰而薄木兮,云霏霏㉞而陨集㉟。
阜隘狭㊱而幽险兮,石崟嵯㊲以翳日。
悲故乡而发忿兮,去余邦之弥久。
背龙门㊳而入河㊴兮,登大坟㊵而望夏首㊶。
横舟航而济㊷湘兮,耳聊啾㊸而懻慌㊹。
波淫淫㊺而周流兮,鸿溶㊻溢而滔荡。
路曼曼其无端兮,周容容而无识。
引日月以指极兮,少须臾而释思。
水波远以冥冥兮,眇不睹其东西。
顺风波㊼以南北兮,雾宵晦㊽以纷纷。
日杳杳以西颓㊾兮,路长远而窘迫。
欲酌醴㊿以娱忧兮,蹇㊼骚骚㊾而不释。
叹曰:飘风蓬龙㊽,埃坲坲㊾兮。
　　　草㊿木摇落,时槀悴㊼兮。
　　　遭倾㊾遇祸,不可救兮。
　　　长吟永欷㊿,涕究究㊼兮。
　　　舒情陈诗,冀以自免兮。
　　　颓流㊾下陨,身日远兮。

• 【字词注解】

①郁怫:犹"郁悒",心情郁闷不舒畅。

②冤结：忧思郁结。

③渐渐：形容眼泪流淌的样子。

④屑：碎末，这里形容眼泪不止。

⑤长怀：遐想，悠思。

⑥信：通"申"，申明，申诉。

⑦八灵：八方之神。

⑧九魁（qí）：北斗九星。魁，星名。

⑨白情：诉说衷情。白，表明，诉说。

⑩五帝：即五方之帝，一般指东方太皞、南方炎帝、西方少昊、北方颛顼、中央黄帝。

⑪折中：亦作"折衷"，调节，使适中。

⑫太一：亦作"太乙"，星名，即帝星，又名北极二。因离北极星最近，故隋唐以前文献多把它当作北极星。

⑬服：实行，施行。

⑭御：使用，应用。

⑮隐：长，大。

⑯逶蛇（yí）：同"逶迤"，形容长虹蜿蜒曲折、延续不断的样子。

⑰晧（hào）旰（hàn）：明亮。

⑱朱爵（què）：朱雀，古代传说中的一种祥瑞神鸟。爵，通"雀"。

⑲鵕（jùn）鷬（yí）：神俊之鸟。

⑳清灵：天庭。

㉑飙戾：凉爽的样子。

㉒玉华：即玉制的鞭子或佩以玉饰的鞭子。华，当依洪兴祖引一本作"策"。

㉓霓旌：相传仙人以云霞为旗帜。

㉔㙉（dì）翳（yì）：隐蔽。

㉕黄纁（xūn）：黄赤色。

㉖愆（qiān）：罪过，过失。

㉗妙仪：美好的法则，高妙的法度。

㉘下濿（lì）：向下渡水。

㉙隆：盛大。

㉚阳侯：古代神话传说中的波涛之神。

㉛魁堆：高大。

㉜冥冥：不明亮。

㉝曾闳（hóng）：高大。

㉞霏霏：这里形容云雾浓重的样子。

㉟陨集：向下汇集，下落聚集，此指浓云低垂。

㊱隘狭：险要狭窄。

㊲嵾嵯：同"参差"，不齐。

㊳龙门：古楚国郢都东门。

㊴河：水道的通称，从上下文意来看，这里当指长江与沅湘。

㊵坟：水中高地。

㊶夏首：夏水的起点。

㊷济：原文为"淦"，渡。

㊸聊啾：耳鸣。

㊹懭（tǎng）慌：忧愁失意。

㊺淫淫：水流不止的样子。

㊻鸿溶：形容水势盛大的样子。

㊼风波：江上的风浪。

㊽宵晦：天色昏暗，就像晚上一样。宵，晚上。晦，昏暗。

㊾颓：坠落，即日落西山之义。

㊿酌醴：酌酒。酌，斟酒。

㉕蹇：不顺利。

㉖骚骚：愁绪满怀的样子。

㉗蓬龙：形容风转动、旋转的样子。

㉘埻（fú）埻：尘埃扬起的样子。

㊺草：原文"艹"。
㊻槁悴：枯槁，憔悴。
㊼倾：危，倾覆。
㊽欷：哭泣时抽噎、哽咽，引申为悲叹声。
㊾究究：形容泪流不止的样子。
⑥颓流：水势下流。颓，有下落、下降义，故水流向下亦曰颓。

——●【精彩解说】

心中忧伤郁闷不快啊，独自哀伤忧思郁结。
愁肠百转心乱如麻啊，眼泪一直流个不停。
心中愤慨总是忧思不止啊，想向上皇申诉来评判是非公道。
五岳八方的神灵齐来考察啊，九星六宗众神灵同来讯问。
指着二十八宿表白心意啊，向五方之帝倾诉、陈词。
北斗星为我调节啊，太一星听我讼辩。
遵循天地阴阳的正义之道啊，使用大地的中和真谛。
行为要像苍龙一样能屈能伸，意志要像长虹一样连绵云际。
牵引天上明亮彗星啊，抚摩神鸟朱雀与鹔鹴。
遨游在清凉的高空啊，身披长长的五彩云衣。
手持玉鞭和红色战旗啊，身佩光彩熠熠的明月珠。
举起云霓旗遮蔽天日啊，竖起黄赤大旗。
我品行纯正没有瑕疵啊，我继承了先祖的美好风仪。
痛惜以前与君王政见不合啊，只好横渡汨罗江随波漂荡。
乘着滚滚波涛向南行进啊，顺着长江湘水追波逐浪。
奔向深远广阔的波涛之乡啊，越过急流登上岛屿。
高耸的大山挡住我的视线啊，乌云重重前方变得昏暗。
群山高峻连绵不断啊，山势峥嵘直逼面前。
大雪纷纷扬扬飘落树上啊，乌云密布汇聚低垂。
山高谷狭幽深险峻啊，山石参差遮住阳光。

思念故国心中充满忧怨啊，离开故土已很久。
离开郢都东门进入大河啊，登上高地眺望夏水的源头。
掉转船头横渡湘水啊，耳边涛声轰鸣精神恍惚。
波涛滚滚回旋奔腾啊，水势汹涌浩浩荡荡。
道路漫长没有尽头啊，四周一片纷乱难以辨识。
依靠日月北极来指引啊，暂时解除心中忧思。
流水深广没有边际啊，一片浩渺不能辨别方向。
顺风随波漂荡南北啊，大雾弥漫天色也昏暗了。
太阳渐渐向西坠落啊，路途迢迢处境艰难。
想自斟自饮借酒消愁啊，但愁绪满怀还是难以消除。
叹道：旋风呼啸盘旋，带起漫天飞扬的尘土。

　　　花草树木随风凋落，这时都已经枯萎了。

　　　遭受危难祸患，已经无法挽救啊。

　　　悲吟长叹，不断哭泣泪流不止啊。

　　　赋诗抒怀，希望免除灾祸啊。

　　　顺水而下被放逐，我离故国越来越远啊。

惜　贤

原文

览屈氏之《离骚》兮，心哀哀而怫郁①。
声嗷嗷②以寂寥兮，顾仆夫之憔悴。
拨③谄谀而匡邪兮，切淟涊④之流俗。
荡渨湟⑤之奸咎兮，夷蠢蠢⑥之溷浊。
怀芬香而挟蕙兮，佩江蓠之斐斐⑦。
握申椒与杜若兮，冠浮云⑧之峨峨。
登长陵⑨而四望兮，览芷圃之蠢蠢⑩。
游兰皋与蕙林兮，睨⑪玉石之嵾嵯。

扬精华以耀兮,芳郁渥⑫而纯美。
结桂树之旖旎⑬兮,纫荃蕙与辛夷。
芳若兹而不御⑭兮,捐林薄⑮而菀死。
驱子侨⑯之奔走兮,申徒狄⑰之赴渊。
若由夷⑱之纯美兮,介子推⑲之隐山。
晋申生⑳之离殃兮,荆和氏㉑之泣血。
吴申胥之抉眼㉒兮,王子比干之横废㉓。
欲卑身而下体㉔兮,心隐恻㉕而不置。
方圜殊而不合兮,钩绳用而异态。
欲俟时于须臾兮,日阴曀㉖其将暮。
时迟迟㉗其日进兮,年忽忽㉘而日度。
妄周容㉙而入世兮,内距闭㉚而不开。
俟时风之清激兮,愈氛雾其如塺㉛。
进雄鸠之耿耿㉜兮,谗介介㉝而蔽之。
默顺风以偃仰㉞兮,尚由由㉟而进之。
心懒悢㊱以冤结兮,情舛错㊲以曼忧。
搴薜荔于山野兮,采撚支㊳于中洲。
望高丘而叹涕兮,悲吸吸㊴而长怀。
孰契契㊵而委栋兮,日晻晻㊶而下颓。
叹曰:江湘油油㊷,长流汩㊸兮。
　　挑揄㊹扬汰,荡迅疾兮。
　　忧心展转,愁怫郁兮。
　　冤结未舒,长隐㊺忿兮。
　　丁㊻时逢殃,可奈何㊼兮。
　　劳心悁悁㊽,涕滂沱兮。

• 【字词注解】

①怫(fú)郁:心情不舒畅的样子。
②嗷(áo)嗷:叫喊声。

③拔：治理，整顿。

④涊（tiǎn）涊（niǎn）：污浊，卑污。

⑤浘（wēi）溞（wō）：污浊。

⑥蠢蠢：扰动不安，含贬义。

⑦斐（fēi）斐：香气浓郁。一本作"菲菲"。

⑧浮云：冠名，也比喻冠高。

⑨长陵：高大的山。

⑩蠡（lí）蠡：犹"历历"，行列分明的样子。

⑪睨：斜着眼看。

⑫郁渥：形容香气浓烈。

⑬旖（yǐ）旎（nǐ）：柔和美丽的样子。

⑭御：用。

⑮林薄：交错丛生的树林。

⑯子侨：王子侨，也作"王子乔"，古代神话传说中的仙人。

⑰申徒狄：商朝贤人，因不满纣王暴虐，投水自尽。

⑱由夷：许由、伯夷二人，二人为古代义士的表率。许由，相传尧时隐士。伯夷，商朝孤竹君幼子，后隐居，不食周粟而死。

⑲介子推：春秋晋人，曾跟随晋公子重耳（文公）流亡国外，后逃到绵山隐居。重耳为逼他出山，下令放火烧山，介子推和他的母亲抱树而死。

⑳申生：春秋时晋献公太子，为继母骊姬陷害而死。

㉑和氏：卞和，春秋时楚国的琢玉能手。

㉒抉（jué）眼：挖出眼珠。这里指伍子胥被谗殉身的典故。

㉓横废：突然遭到意外祸殃。这里指比干遭纣王剖心酷刑。横有突然、意外、不测的意思。

㉔下体：卑躬屈腰。下，此处作降低、放低解。

㉕隐恻：内心深处感到痛苦。

㉖阴曀（yì）：云气掩映日光，天气阴晦。

㉗迟迟：形容行走缓慢。

㉘忽忽：时光快速飞逝的样子。

㉙周容：谄媚逢迎，取好于人。

㉚距闭：指拒而不纳。距，通"拒"。

㉛塺（méi）：尘土。

㉜耿耿：诚信守节的样子。

㉝介介：分隔，离间。

㉞偃仰：或俯或仰，与世浮沉。

㉟由由：迟疑、犹豫的样子。

㊱懭（kuǎng）悢（lǎng）：失意怅惘。

㊲舛（chuǎn）错：错乱。舛，相违背。

㊳櫾（yān）支：应作"櫾枝"或"櫾支"，香草名。

㊴吸吸：呼吸急促，这里形容悲叹不已。

㊵契契：忧愁的样子。

㊶晻（yǎn）晻：日光渐暗的样子。

㊷油油：即浟浟，形容水流动的样子。

㊸汩（gǔ）：形容水流很快。

㊹挑揄（yú）：搅动，这里指水流激扬。

㊺隐：伤痛。

㊻丁：当，遭逢。

㊼奈何：同"奈何"。如何，怎样。

㊽悁（yuān）悁：忧闷的样子。

—•【精彩解说】

读完屈原的《离骚》啊，我满腔伤悲心情不畅快。

对着空旷的原野大声呼叫啊，回首见仆人也憔悴伤怀。

要整顿谗人纠正邪恶啊，要消灭这世上污浊的流俗。

要扫荡污秽以除谗佞啊，要消灭扰动不安的混乱行为。

怀抱的蕙草芳香馥郁啊，身佩的江离芳香浓郁。

手握申椒和杜若啊，头戴浮云高冠。
登上高山四面眺望啊，看见花圃香芷行列齐整。
在长满兰草的水边和蕙林游玩啊，侧目欣赏玉石林千姿百态。
繁花满枝光彩夺目，散发出醉人的浓香纯洁美好。
编织柔美的桂树枝条啊，再点缀上荃草香蕙和辛夷。
如此芳香的花草没人使用啊，被抛弃在丛林堆里枯萎。
我想跟随王子乔远游啊，又仰慕申徒狄投江洁身自好。
要像许由、伯夷纯洁高尚啊，要效仿介子推隐居深山。
可怜晋国申生遭受灾难啊，可叹楚国卞和抱玉泣血。
吴国子胥被挖去双眼啊，殷朝比干惨遭剖心之祸。
想卑躬屈节同流合污啊，但心中隐痛不愿这样做。
方和圆的形状本就不同啊，钩绳曲直有别而用处不同。
想暂时等待美好时光啊，但天色阴晦残阳即将西落。
时间每日从容过去了，岁月却快速地一天天逝去。
想取媚于人苟合于世啊，内心却拒绝接受这样做。
等待世风清明激发人心啊，可雾气愈来愈浓如尘蔽空。
想如雄鸠般诚信守节啊，却被逸人离间百般阻挠。
想保持沉默与世浮沉啊，心中却犹豫迟疑是否这样做。
心中失意怨恨郁结啊，心绪烦乱忧愁深长。
在荒山野岭采摘薜荔啊，在水中小洲采集樆支。
遥望高山叹息流泪啊，不断悲泣长久思念。
谁能忧国忧民奉献自己啊，日光渐暗太阳慢慢西沉。
叹道：长江湘水滚滚流淌，不停向东奔流啊。
　　　水流激荡扬起浪花，快速向前奔涌而去。
　　　辗转反侧忧愁难眠啊，心中无比愁苦悲痛啊。
　　　怨恨郁结无法舒展，心中常怀悲愤痛苦啊。
　　　生不逢时遭遇灾殃，命运如此无可奈何啊。
　　　心中忧愁无比悲伤，泪珠滚滚滑落如雨啊。

忧 苦

悲余心之悁悁兮，哀故邦之逢殃。
辞九年而不复兮，独茕茕①而南行。
思余俗之流风兮，心纷错②而不受。
遵野莽以呼风兮，步从容于山廋③。
巡陆夷之曲衍④兮，幽空虚以寂寞。
倚石岩以流涕兮，忧憔悴而无乐。
登巑岏⑤以长企兮，望南郢而窥⑥之。
山修远其辽辽⑦兮，涂漫漫其无时。
听玄鹤⑧之晨鸣兮，于高冈之峨峨。
独愤积而哀娱⑨兮，翔江洲而安歌。
三鸟⑩飞以自南兮，览其志而欲北。
愿寄言于三鸟兮，去飘疾⑪而不可得。
欲迁志而改操兮，心纷结⑫其未离。
外彷徨而游览兮，内恻隐⑬而含哀。
聊须臾⑭以时忘兮，心渐渐其烦错⑮。
愿假簧⑯以舒忧兮，志纡郁⑰其难释。
叹《离骚》以扬意兮，犹未殚于《九章》。
长嘘吸⑱以於悒⑲兮，涕横集而成行。
伤明珠之赴泥兮，鱼眼玑⑳之坚藏。
同驽骡与乘驵㉑兮，杂班驳与阘茸㉒。
葛藟㉓蔂㉔于桂树兮，鸱鸮集于木兰。
偓促㉕谈于廊庙兮，律魁㉖放乎山间。
恶虞氏之箫《韶》㉗兮，好遗风之《激楚》㉘。
潜周鼎㉙于江淮兮，爨㉚土鬵㉛于中宇。
且人心之持旧兮，而不可保长。
遭彼南道兮，征夫宵行。

思念郢路兮，还顾眷眷③²。
涕流交集兮，泣下涟涟③³。
叹曰：登山长望，中心悲兮。
菀③⁴彼青青，泣如颓兮。
留思北顾，涕渐渐③⁵兮。
折锐摧③⁶矜，凝泛滥③⁷兮。
念我茕茕，魂谁求兮？
仆夫慌悴³⁸，散若流兮。

【字词注解】

①茕茕：形容孤独无依无靠。

②纷错：形容内心烦乱。

③廋（sōu）：山崖弯曲之处。

④曲衍：曲折的湖泽。

⑤巑（cuán）岏（wán）：高峻的山峰。

⑥窥（kuī）：泛指观看。

⑦辽辽：形容遥远。

⑧玄鹤：传说中鸾凤一类的神鸟。

⑨哀娱：犹"哀乐"，悲伤与欢乐。

⑩三鸟：古代神话中西王母身边的三只青鸟，后泛指使者。

⑪飘疾：疾速。

⑫纷结：这里形容心思纷乱郁结。

⑬恻隐：悲痛，痛苦。

⑭须臾：优游自得。

⑮烦错：烦乱，烦闷。

⑯簧：用金属或其他材料制成的乐器里的发声薄片，亦指簧片振动发出的声音。这里代指一种乐器。

⑰纡郁：形容愁思郁结难解的样子。

⑱嚘吸：啼泣的样子。

⑲於悒：呜咽的样子。

⑳玑（jī）：不圆的珠子。一说小珠。

㉑驵（zǎng）：骏马。

㉒阘（tà）茸（róng）：庸碌低劣，指地位卑微或品格卑鄙的人。

㉓葛藟（lěi）：植物名，又称"千岁藟"，落叶木质藤本。

㉔虆（léi）：一种像葛的蔓生植物，这里指攀缘、缠绕。

㉕偓（wò）促：器量狭窄，这里代指奸佞小人。

㉖律魁：高大，这里代指贤士。

㉗《韶》：乐史称"舜乐"，相传为舜时代的乐舞，周代在祭祀四方时演奏。

㉘《激楚》：乐曲名，这里指民间俗乐，与上文《韶》等雅乐相对而言。

㉙周鼎：指周代的传国宝器九鼎。

㉚爨（cuàn）：烧火煮饭。

㉛䥷（qín）：釜类烹器。

㉜睠（juàn）睠：形容依恋不舍的样子。

㉝涟（lián）涟：泪流不止的样子。

㉞菀（yù）：茂盛。

㉟渐渐：形容眼泪往下流的样子。

㊱摧：挫伤。

㊲泛滥：沉浮。

㊳慌悴：憔悴。

———●【精彩解说】

可怜我心中忧苦悲伤啊，哀叹国家遭遇祸患。

离开郢都九年却不能回去啊，孤独一人流浪南方。

想到楚国的污浊世风啊，内心烦乱不能忍受。

沿着山野徐行迎风呼唤啊，在山崖弯曲的地方慢步行走。

行走在高山平地的曲折湖泽间啊，四周空荡无人寂静无声。

倚靠岩石痛哭流涕啊，身心憔悴没有欢乐。

登上高高山顶久立长望啊，眺望郢都远望故乡。

山峦连绵望不到头啊，道路漫漫没有归期。

耳听神鸟玄鹤引颈晨鸣啊，看见它站在那巍峨的山冈上。

孤愤郁积苦中作乐啊，来到江中小洲尽情歌唱。

三只青鸟从南方翩翩而来，观察它们想要飞往北方。

想请它们为我捎信啊，它们飞得太快我追赶不上。

想改变志向放弃节操啊，可心乱如麻不愿这样做。

表面安逸自在徘徊游荡啊，内心悲痛而满怀哀伤。

姑且追求片刻的欢乐来忘记痛苦啊，可心绪又渐渐烦闷忧愁。

想要借助乐器排解忧愁啊，可心中愁思百结无法开释。

吟诵《离骚》抒发情怀啊，心中忧苦难尽诉于《九章》。

我止不住抽泣哽咽啊，涕泪不断落下成行。

伤心明珠被丢进泥里啊，把鱼眼当作宝珠来珍藏。

劣骡骏马被同等看待啊，杂色劣马大受欣赏。

恶草葛藟围绕桂树生长啊，猫头鹰聚集在木兰树上。

卑鄙小人在朝堂高谈阔论啊，高士贤良被放逐山野蛮荒。

虞舜《箫韶》之乐遭人厌弃啊，民间《激楚》那样的俗乐却备受欣赏。

传国宝鼎沉入江水啊，反把烧饭土锅摆在殿堂上。

人心虽怀有淳朴之风啊，可是世风却难保长久。

我转身离开向南方前进啊，就像征夫昼夜辛苦不停奔忙。

思念回郢都的道路啊，不断回首难舍难忘。

涕泪纵横满面啊，顺着脸颊滚滚流淌。

叹道：登上高山眺望远方，心中非常悲伤啊。

　　看那草木茂盛一片青翠，泪如流水滚滚不断啊。

　　怀念故国向北顾盼，悲从中来泪如雨下。

锐气意志受到摧折,不愿与世浮沉啊。

想到自己孤单一人,魂魄向谁求助啊?

我的仆人愁苦憔悴,如同流水般散离啊。

愍 命

昔皇考之嘉志①兮,喜登能②而亮贤。

情纯洁而罔蔵③兮,姿盛质④而无愆。

放佞人与谄谀兮,斥谗夫与便嬖⑤。

亲忠正之悃诚⑥兮,招贞良与明智。

心溶溶⑦其不可量兮,情澹澹⑧其若渊。

回邪⑨辟而不能入兮,诚愿藏而不可迁。

逐下袟⑩于后堂兮,迎宓妃于伊洛⑪。

刺谗贼于中廇⑫兮,选吕管⑬于榛薄⑭。

丛林之下无怨士兮,江河之畔无隐夫。

三苗⑮之徒以放逐兮,伊皋⑯之伦以充庐。

今反表以为里兮,颠裳以为衣。

戚宋万⑰于两楹⑱兮,废周邵⑲于遐夷⑳。

却骐骥㉑以转运兮,腾驴骡以驰逐。

蔡女㉒黜而出帷兮,戎㉓妇入而彩㉔绣服。

庆忌㉕囚于阱室㉖兮,陈不占㉗战而赴围。

破伯牙㉘之号钟㉙兮,挟人筝㉚而弹纬㉛。

藏珉石㉜于金匮㉝兮,捐赤瑾㉞于中庭。

韩信㉟蒙㊱于介㊲胄兮,行夫㊳将而攻城。

莞㊴芎㊵弃于泽洲兮,蛾䗃㊶蠹㊷于筐簏。

麒麟㊸奔于九皋兮,熊罴㊹群而逸囿㊺。

折芳枝与琼华㊻兮,树枳棘㊼与薪柴。

掘荃蕙与射干㊽兮,耘㊾藜㊿藿⑤¹与蘘荷⑤²。

惜今世其何殊兮，远近思而不同。
或沉沦其无所达兮，或清激其无所通。
哀余生之不当兮，独蒙毒[53]而逢尤。
虽謇謇[54]以申志兮，君乖差[55]而屏[56]之。
诚惜芳之菲菲兮，反以兹为腐也。
怀椒聊[57]之蔎蔎[58]兮，乃逢纷[59]以罹诟也。
叹曰：嘉皇[60]既殁，终不返兮。
　　　山中幽险，郢路远兮。
　　　谗人谀谀[61]，孰可愬[62]兮。
　　　征夫罔极，谁可语兮。
　　　行吟累欷，声喟喟[63]兮。
　　　怀忧含戚，何侘傺兮。

● 【字词注解】

①嘉志：美好的志向。嘉，善。

②登能：举用有才能的人。

③罔薉（huì）：不脏脏。薉，同"秽"。

④姿盛质：即姿质盛，天生的才能丰富。姿，通"资"。

⑤便嬖（bì）：指能说会道、善于迎合的宠臣。

⑥悃（kǔn）诚：诚恳。

⑦溶溶：宽广的样子。

⑧澹澹：恬静，安静。

⑨回邪：不正，邪僻。

⑩下袟（zhì）：指嫔妃。

⑪伊洛：亦作"伊雒"。伊水与洛水皆在河南西部，两水在洛阳附近汇流，注入黄河。

⑫中霤（liù）：亦作"中雷""中溜"，堂的中央。

⑬吕管：吕尚与管仲的并称。

⑭榛（zhēn）薄（bó）：丛杂的草木，这里引申为山野僻乡。

⑮三苗：传说尧时佞臣，后被放逐三危山。

⑯伊皋：伊尹和皋陶，这里喻指良臣贤相。

⑰宋万：指春秋时宋国的南宫万，是宋湣公时的逆臣。

⑱两楹（yíng）：殿堂中间，是殿堂中最尊贵的位置。楹，堂屋前部的柱子。

⑲周邵（shào）：亦作"周召"。周成王时共同辅政的周公旦和召公奭的并称，两人皆以美政闻名。

⑳逖夷：指边远少数民族地区。夷，本指东方少数民族，后泛指少数民族。

㉑骐骥：千里马。

㉒蔡女：蔡国的女子，是贤德女子的代名词。

㉓戎：我国古代泛指西部的少数民族。

㉔彩：彩色的丝织品。

㉕庆忌：春秋时吴王僚的儿子，以勇武著称。吴王僚死后，庆忌逃亡魏国，后被吴王阖闾（即公子光）遣要离刺死。

㉖阱（jǐng）室：地牢。

㉗陈不占：春秋时齐国臣子，有义而无勇。据刘向《新序·义勇》记载，陈不占听说崔杼要杀齐庄公，准备去救，但到了现场被战斗的声音吓死了。

㉘伯牙：春秋时人，以善于弹琴著名。

㉙号钟：古琴名，伯牙弹奏的琴。

㉚人筝：小筝。徐仁甫《楚辞别解》："疑'人'为'小'字之误。"

㉛弹纬：弹奏。

㉜珉（mín）石：似玉的美石。

㉝匮（guì）：后多作"柜"，古代一种铜制的柜子，用于收藏文献或文物。

㉞赤瑾（jǐn）：一种赤色的美玉。

㉟韩信：西汉军事家，汉高祖刘邦手下名将，与萧何、张良合称汉兴三杰。

㊱蒙：覆盖，这里是披、穿上的意思。

㊲介：铠甲。

㊳行夫：士兵。

㊴莞（guān）：俗名水葱、席子草，亦指用莞草织的席子。

㊵芎（xiōng）：即芎䓖，一种植物，叶似芹，秋开白花，有香气。

㊶匏（páo）蠡（lí）：匏，原文为“瓟”，今称葫芦；蠡，原文为“蠡”，瓢，一种舀水的器具。

㊷蠹（dù）：“橐”的误字，盛装的意思。

㊸麒麟：古代传说中的一种动物，头上有角，身有鳞甲，尾像牛尾，形状像鹿。古人将其当作瑞兽，象征祥瑞。

㊹熊罴（pí）：熊和罴，皆猛兽，这里比喻贪残之人。

㊺逸囿：禽兽在苑囿奔跑。逸，奔跑。

㊻琼华：琼树之花。

㊼枳（zhǐ）棘：枳木和棘木，均为多刺的树，因而被视为恶木，常用以比喻恶人或小人。

㊽射（yè）干（gān）：一种香草，多年生草本，叶剑形，排成两行。

㊾耘（yún）：培土，除草。

㊿藜（lí）：亦称灰藋、灰菜，一年生草本植物。

(51)藿（huò）：豆类植物的叶子。

(52)蘘（ráng）荷：一名蘘草，亦名覆葅、蒚葙。多年生草本植物，夏季开花，白色或淡黄色。

(53)蒙毒：蒙受苦难。

(54)謇謇：忠正敢言。

(55)乖差：违异，抵触。

(56)屏（bǐng）：摒弃，除去。

(57)椒聊：即椒。聊，语气助词。

㊽菣（shè）菣：形容芳香气味弥漫。菣，古书上说的一种香草，也是茶的别称。

㊾逢纷：遭遇乱世。

⑥皇：君王。

㉑佞（jiàn）佞：巧言善辩，花言巧语，这里引申为进谗言的意思。

㉒愬：同"诉"，诉说。

㉓喟（kuì）喟：叹息声。

●【精彩解说】

从前我的先祖志向美好啊，喜欢推举俊才和贤能。
性情纯正没有不洁之处啊，天生才能出众没有过失。
放逐奸佞与逢迎的小人啊，斥退谄媚和邀宠的近臣。
亲近忠正诚恳的贤士啊，招纳贤良和明智之人。
心胸宽广不可度量啊，性情恬静有如深潭。
邪僻的言行难以侵入啊，永远保持真心不改变。
驱逐乱政贱妾进冷宫啊，从洛水边迎来贤女宓妃。
把奸谗小人赶出朝廷啊，从民间起用吕尚管仲。
让山野之中没有怨恨的高士啊，使江边泽畔没有隐居的贤人。
把三苗之类的奸佞小人通通放逐，让伊尹和皋陶这样的贤臣充满朝廷。
当今之世内外颠倒啊，把下裳当作上衣。
逆臣宋万居尊受宠啊，周公和邵公却被放逐到边远之地。
让千里马去拉车负重啊，却乘驾驴骡想要飞奔驰骋。
蔡国贤女被贬斥出帷帐啊，反让戎狄丑妇穿锦绣衣服。
勇士庆忌被关押在地牢里啊，懦夫陈不占却领兵去解围。
打破伯牙的号钟琴啊，却弹奏拨弄小筝。
劣质的玉石被珍藏在金柜之中，上等的美玉却被抛弃在庭院中。
猛将韩信披甲充当小卒啊，行伍懦夫却率兵攻城。
香草莞苈被丢弃在水泽之中啊，葫芦瓜瓢却被收藏在筐篓里。

麒麟在水泊大泽中奔窜啊,熊罴成群在苑囿中奔跑。

折断芳枝和琼树之花啊,种植枳棘和柴火。

挖掉荃蕙和射干这样的香草,栽种藜藿和蘘荷。

痛惜今世与往昔多么悬殊啊,想到古今之人如此不同。

有的人沉沦世俗不能显达啊,有的人清廉奋发却不能亨通。

可怜我生不逢时啊,独自蒙受苦难遭受祸患。

虽然忠正敢言表明心志啊,但与君心相违遭排斥。

浓郁的芳香本应受爱惜啊,却被君王认为是恶臭腐败的东西。

怀揣椒枝香气四溢啊,却因生逢乱世而遭人妒忌。

叹道:明君已经逝去,一去不回返啊。

　　深山之中幽暗险峻,回郢都的道路遥远漫长啊。

　　谗谀小人花言巧语,我能对谁诉说呢。

　　放逐远行没有尽头,我又能向谁倾诉呢。

　　边走边吟不断叹息,声声长叹断人肠啊。

　　满怀忧愁含悲伤,几多惆怅和失意啊。

思　古

冥冥深林兮,树木郁郁。

山参差以崭岩①兮,阜杳杳以蔽日。

悲余心之悁悁②兮,目眇眇而遗泣③。

风骚屑④以摇木兮,云吸吸⑤以湫戾⑥。

悲余生之无欢兮,愁倥偬⑦于山陆。

旦徘徊于长阪⑧兮,夕彷徨而独宿。

发披披⑨以鬤鬤⑩兮,躬劬劳⑪而瘏悴⑫。

魂佂佂⑬而南行兮,泣沾襟而濡袂⑭。

心婵媛⑮而无告兮,口噤⑯闭而不言。

违郢都之旧闾⑰兮,回湘沅而远迁。
念余邦之横陷兮,宗鬼神⑱之无次。
闵先嗣⑲之中绝兮,心惶惑而自悲。
聊浮游于山陿⑳兮,步周流于江畔。
临深水而长啸兮,且倘佯而泛观㉑。
兴㉒《离骚》之微文㉓兮,冀灵修之壹悟。
还余车于南郢兮,复往轨㉔于初古㉕。
道修远其难迁兮,伤余心之不能已。
背三五㉖之典刑兮,绝《洪范》㉗之辟纪㉘。
播㉙规矩以背度兮,错㉚权衡而任意。
操绳墨而放弃兮,倾㉛容幸㉜而侍侧。
甘棠㉝枯于丰草兮,藜棘树于中庭。
西施斥于北宫㉞兮,仳佯㉟倚于弥楹㊱。
乌获㊲戚而骖乘㊳兮,燕公㊴操于马圉㊵。
蹦瞵㊶登于清府㊷兮,咎繇弃而在野。
盖见兹以永叹兮,欲登阶而狐疑。
乘白水㊸而高骛兮,因徙弛㊹而长词㊺。
叹曰:倘佯炉㊻阪,沼水深兮。

  容与汉渚,涕淫淫兮。

  钟牙㊼已死,谁为声兮?

  纤阿㊽不御,焉舒情兮?

  曾㊾哀凄歔,心离离㊿兮。

  还顾高丘,泣如洒兮。

【字词注解】

①嶄岩:险峻的样子。嶄,通"巉"。

②悁(yuān)悁:形容忧伤、悲伤。

③遗泣:落泪。

④骚屑:风声。

⑤吸吸：形容云浮动或移动的样子。

⑥湫（qiū）戾：卷曲的样子。

⑦倥（kǒng）偬（zǒng）：困苦窘迫。

⑧长阪：亦作"长坂"，高坡。

⑨披（pī）披：头发散乱。

⑩纕（ráng）纕：头发纷乱。

⑪劬（qú）劳：劳累，劳苦。

⑫瘏（tú）悴：疲劳憔悴。瘏，疲病，困乏。

⑬㤮（guàng）㤮：惶恐、心神不定的样子。

⑭濡（rú）袂：沾湿衣袖。

⑮婵媛：牵引，情思牵萦。

⑯噤（jìn）：闭口，不言。

⑰闾：乡里。

⑱宗鬼神：宗族祖先的鬼神。王逸《楚辞章句》作"宗族先祖鬼神"解。

⑲先嗣：对先人功业的继承。

⑳陿（xiá）：同"峡"，峡谷。

㉑泛观：纵观，广泛地观览。

㉒兴：作。

㉓微文：隐寓讽喻的文辞。

㉔轨：本指车辙，这里喻指政治主张、法则。

㉕初古：前代。王逸《楚辞章句》作"古始"解。

㉖三五：三皇和五帝。

㉗《洪范》：《尚书》中的篇名，旧说为箕子作，以此向周武王陈述"天地之大法"，近人疑为战国时人伪托。洪，大。范，法，规范。

㉘辟纪：法纪。辟，法度。纪，纲领，法度。

㉙播：舍弃，背弃。

㉚错：违背，背离。

㉛倾：斜，不正，这里指小人而言。

㉜容幸：通过逢迎来讨人喜欢，王逸《楚辞章句》解作"容身谀谄之人"。

㉝甘棠：树名，即棠梨，也叫白棠、杜梨，高大的落叶乔木，果小而涩可食。

㉞北宫：侧室，偏居。

㉟仳（pí）倠（suī）：古代丑女名。

㊱弥楹：即宫殿朝堂。楹，柱子。

㊲乌获：战国时秦国的力士。一说可能为更古之力士。后被用于力士的泛称。

㊳骖（cān）乘（shèng）：在车右边陪乘。

㊴燕公：周代燕国的始祖召公，因封于燕，故称燕公，也称邵公、召康公。

㊵圄（yǔ）：原指养马，这里指养马的地方。

㊶蒯（kuǎi）聩（guì）：卫灵公的太子，他想刺杀灵公的夫人南子，失败后逃往晋国，回到卫国后被立为卫君。晋军攻破卫国后，将其杀死。

㊷清府：即清庙，古代帝王的宗庙。

㊸白水：神话中水名。

㊹徙弛：退却。

㊺长词：词，同"辞"，长词指长久告别，即永别。王逸《楚辞章句》："因徙弛却退而长诀也。"

㊻垆（lú）：黑色或黄黑色坚硬而质粗不粘的土壤。

㊼钟牙：指钟子期和伯牙，春秋时人，精于音律。

㊽纤阿：神话中为月神驾车的人。

㊾曾：重累，增加。

㊿离离：形容悲痛、忧伤的样子。

——•【精彩解说】

阴暗幽深的山林啊，树木繁茂郁郁葱葱。

峰峦起伏山势险峻啊，山岭遮蔽了太阳天色昏暗。

可怜我心中无限愁苦啊，纵目向远处望去泪流不止。

秋风作响摇动草木啊，团团浓云翻滚飘浮。

可怜我的一生没有欢乐啊，困苦窘迫久居在深山野岭。

白天我在高坡游荡啊，夜晚形单影只住于山间。

头发披散乱蓬蓬啊，身体劳累疲惫心神憔悴。

心魂不定匆匆南行啊，泪落衣襟沾湿衣袖。

愁思萦绕无处诉说啊，紧闭双唇闭口不语。

离开郢都我的故乡啊，经过湘江沅水继续远行。

想到故国横遭祸殃啊，宗庙无人祭祀香火断。

可惜先人的事业就此中断啊，内心惶恐暗自悲伤。

暂且在山谷行走闲逛啊，再来到江边四处游荡。

面临深渊放声长啸啊，倘徉漫游四处观赏。

创作《离骚》这样隐喻的文辞啊，希望君王能够一朝醒悟。

召还我的车驾回郢都啊，遵循前代君王的纲纪。

路途遥远难以返还啊，可怜我一片思君之心不断。

违背三皇五帝的旧法啊，背弃《洪范》中的法纪。

抛弃圆规直尺违背法度啊，丢开杆秤随意估量。

执行法纪的人遭到放逐啊，阿谀谗谄小人陪侍在君前。

棠梨枯死野草茂盛啊，庭院中种满了蒺藜荆棘。

美女西施被贬入侧室啊，丑妇嫫母却近侍君王。

莽夫乌获得宠在君王右边陪乘啊，贤臣燕公被贬到马房操劳。

武夫蒯瞶能够进入宗庙啊，贤明皋陶却被弃逐荒野山间。

见到此情此景我长久叹息啊，想要进宫劝谏却又迟疑不决。

还是乘着白水远走高飞吧，趁此隐居与浊世永别。

叹道：在黑黄土坡上游荡，池水幽深啊。

  在汉水边徘徊，涕泪涟涟。

  钟子期和伯牙已死，没有知音弹琴给谁听啊？

  月神的车夫纤阿不驾车马，骏马怎么会发挥力量啊？

我无限哀伤感觉凄凉,心痛欲裂如刀割啊。

回头遥望楚国方向的高山,眼泪抛洒如雨下啊。

远 游

悲余性之不可改兮,屡惩艾①而不移②。
服觉晧③以殊俗兮,貌④揭揭⑤以巍巍。
譬若王侨之乘云兮,载赤霄⑥而凌⑦太清⑧。
欲与天地参寿⑨兮,与日月而比荣。
登昆仑⑩而北首⑪兮,悉灵圉⑫而来谒。
选鬼神于太阴⑬兮,登阊阖于玄阙⑭。
回朕车俾⑮西引兮,褰⑯虹旗⑰于玉门⑱。
驰六龙于三危⑲兮,朝⑳西灵㉑于九濒㉒。
结㉓余轸㉔于西山兮,横㉕飞谷㉖以南征。
绝㉗都广㉘以直指兮,历㉙祝融于朱冥㉚。
枉㉛玉衡㉜于炎火㉝兮,委㉞两馆㉟于咸唐㊱。
贯濆濛㊲以东捋㊳兮,维六龙于扶桑。
周流览于四海兮,志升降以高驰。
征㊴九神㊵于回极㊶兮,建㊷虹采㊸以招指㊹。
驾鸾凤以上游兮,从玄鹤与鹔鹴㊺。
孔鸟㊻飞而送迎兮,腾群鹤于瑶光㊼。
排㊽帝宫㊾与罗囿㊿兮,升县圃㉛以眩灭㉜。
结琼枝以杂佩兮,立长庚㊝以继日。
凌惊雷以轶㊞骇电兮,缀㊟鬼谷㊠于北辰㊡。
鞭风伯使先驱兮,囚灵玄㊢于虞渊㊣。
溯㊤高风以低佪兮,览周流于朔方㊥。
就颛顼而陈㊦词兮,考㊧玄冥㊨于空桑㊩。
旋车逝㊪于崇山㊫兮,奏虞舜于苍梧。

济⁶⁸杨舟⁶⁹于会稽兮，就申胥于五湖⁷⁰。
见南郢之流风⁷¹兮，殒余躬⁷²于沅湘。
望旧邦之黯黮⁷³兮，时溷浊其犹未央。
怀兰茝之芬芳兮，妒被离而折之。
张绛帷以襜襜⁷⁴兮，风邑邑⁷⁵而蔽之。
日噭噭⁷⁶其西舍⁷⁷兮，阳焱焱⁷⁸而复顾。
聊假日以须臾兮，何骚骚⁷⁹而自故⁸⁰？
叹曰：譬彼蛟龙，乘云浮兮。
　　　泛淫⁸¹涌溶⁸²，纷若雾兮。
　　　澩湀镠辖⁸³，雷动电发，驭⁸⁴高举兮。
　　　升虚⁸⁵凌冥⁸⁶，沛⁸⁷浊浮清，入帝宫兮。
　　　摇翘⁸⁸奋⁸⁹羽，驰风骋雨，游无穷兮。

【字词注解】

①惩艾（yì）：惩处，惩罚，也指从失败中吸取教训。

②移：改变，变动。

③觉晧（hào）：即"皎皓"，明亮，鲜明。

④貌：相貌，形象。

⑤揭揭：高高的样子。

⑥赤霄：红云，指红霞之类。

⑦凌：升，登上。

⑧太清：天空。

⑨参寿：寿命等同。参，等同。

⑩昆仑：昆仑山。

⑪首：朝向。

⑫灵圉（yǔ）：仙人的统称。

⑬太阴：极盛的阴气。

⑭玄阙：天宫，神话中天帝的住所。

⑮俾(bǐ)：使（达到某种效果）。

⑯褰(qiān)：举起。

⑰虹旗：画有虹霓的旗，或谓以虹为旗。

⑱玉门：神话中的山名。

⑲三危：神话中的山名，据说在西方昆仑山下的黑水之南。

⑳朝：通"召"，召集，会聚。

㉑西灵：西方的神灵。

㉒九滨：九曲水滨。

㉓结：旋转，掉转。

㉔轸(zhěn)：古代指车厢底部四周的横木，这里引申为车子。

㉕横：跨越，横渡。

㉖飞谷：神话中的地名，即位于昆仑山西南的飞泉谷。

㉗绝：穿越，渡过。

㉘都广：古代神话传说中的地名。

㉙历：经过。

㉚朱冥：指南方。朱为赤色，古代南方尚赤，故称朱冥。

㉛枉：弯曲，回转。

㉜玉衡：车前辕的横木的美称，这里代指车子。

㉝炎火：神话中的地名。

㉞委：放弃。

㉟馆：止宿，住宿。

㊱咸唐：即咸池，神话传说中的日浴之处。

㊲澒(hòng)濛(méng)：也作"鸿蒙"，意为混沌之气。

㊳朅(qiè)：离去。

㊴征：征召。

㊵九神：古代神话传说中的九天诸神。

㊶回极：天极回旋的枢轴，即古人所认为的天体的轴心。

㊷建：竖起，树立。

㊸虹采：彩旗。

㊹招指：指挥。

㊺鹪（jiāo）明：亦作“鹪䴉”，传说中的神鸟，凤凰之类。

㊻孔乌：即孔雀。

㊼瑶光：北斗七星的第七星名，古代以其象征祥瑞。

㊽排：推开。

㊾帝宫：天宫。

㊿罗囿：天苑，天帝游乐打猎的场所。

(51)县圃：即悬圃，神话中的地名，在昆仑山顶，后来泛指仙境。

(52)眩灭：眼睛昏花，看不清楚。

(53)长庚：古代指傍晚出现在西方天空的金星，亦名太白星、启明星。

(54)轶：后车超前车，引申为超过。

(55)缀：缝合，连缀。

(56)鬼谷：当从一本作“百鬼”，众多鬼怪的意思。

(57)北辰：北极星。

(58)灵玄：即玄灵，也叫玄帝、黑帝，是神话中的北方之帝。

(59)虞渊：亦称“隅谷”，传说为日没的地方。

(60)溯（sù）：向着，面对。

(61)朔方：北方。

(62)陈：原文为“敶”，陈述，倾诉。

(63)考：稽考，询问。

(64)玄冥：神名，北方水神，主刑杀。

(65)空桑：传说中的山名，产琴瑟之材。

(66)逝：往。

(67)崇山：山名，相传是舜流放驩兜之处。

(68)济：原文为“泲”，古“济”字，渡水的意思。

(69)杨舟：杨木制成的船。

(70)五湖：大约即今太湖。

㉛流风：指当时流行的风俗。

㉜躬：身。

㉝黯（àn）黮（dǎn）：形容昏暗不明，这里比喻政治腐败黑暗。

㉞襜（chān）襜：形容色彩鲜明。

㉟邑邑：微弱的样子。

㊱暾（tūn）暾：本义是初升的太阳，这里当是用来形容日光明亮、炽盛。

㊲舍：休息。

㊳焱（yàn）焱：同"炎炎"，热气炽盛，灼热。焱，火花，火焰。

㊴骚骚：忧愁痛苦。

㊵自故：依然如故。

㊶泛淫：浮游不定的样子。

㊷溈溶：深广，这里用来形容云层的广阔浓厚。

㊸轇（jiāo）轕：交错，杂乱。一作"胶葛"。

㊹驷（sà）：马快跑，引申为迅疾。

㊺虚：太虚，太空。

㊻冥：高远的天空。

㊼沛：排除。

㊽翘（qiáo）：本指鸟尾上的长羽，这里指龙尾。

㊾奋：振羽展翅。

——•【精彩解说】

悲叹我的本性不可改变啊，虽屡次遭受惩罚却坚定不移。

服饰鲜明与众不同，形象高大端正顶天立地。

像仙人王侨那样腾云驾雾啊，乘着红云直飞上天空。

想要和天地一样长寿啊，与日月一样光耀四方。

登上昆仑山面朝北方啊，所有的仙人都来拜见迎接。

从太阴之气中挑选鬼神啊，和我一起登天门进入天宫。

回转车头向西方行进啊,举起虹旗直奔玉门山。

驾驭着六龙奔驰在三危山上啊,召集西方的神灵会聚在九曲水滨。

掉转我的车子向着西山啊,跨越飞泉谷又向南行进。

穿越都广山一直前行啊,在南方之地与祝融相会。

回转车驾绕过炎火山啊,两次经过咸池都没有留宿。

穿越混沌之气离开东方啊,将六条神龙拴在扶桑树上。

周行天下游览四海啊,想上上下下奔驰翱翔。

召集九天神明聚集在天轴啊,竖起彩虹大旗来指引。

驾乘鸾鸟凤凰向上飞翔啊,玄鹤鹍鹍紧随其后。

孔雀在空中飞舞迎来送往啊,仙鹤成群飞越北斗的瑶光星。

推开帝宫进入天苑啊,登上悬圃眼花缭乱。

系结美玉枝条装点佩饰啊,太阳隐没升起长庚星。

乘滚滚惊雷追逐闪电啊,把众鬼怪拘束在北极星。

驱赶风伯让他前面开路啊,把玄帝囚禁在虞渊中。

迎着高天大风徘徊游荡啊,我要把北方周游行遍。

向颛顼倾诉苦衷啊,再到空桑山询问玄冥。

掉转车头前往崇山啊,到九嶷山向舜帝进言。

乘坐杨木轻舟行驶到会稽啊,在五湖请教伍子胥。

看见郢都的风俗污浊啊,投身自沉于沅湘坚守操行。

遥望故国昏暗不明啊,世风混乱污浊没有改变。

怀抱芳香的兰花蕙草啊,反遭小人嫉妒纷纷来摧残。

张设红帷帐鲜艳明亮啊,微风轻轻将它遮挡。

太阳的光亮在西山隐没啊,余光炽热反射到天上。

暂且趁此时悠闲片刻啊,为何心中还是忧愁苦闷?

叹道:就像那蛟龙一样,乘云浮游在空中。

  广阔浓厚的云层浮游不定,变化纷纷如同大雾一般啊。

  水波浩荡纵横交错,像惊雷震动闪电破空而出,迅速飞升到高空。

  登上高远的天际,排除浊气浮游在清气中,进入天帝居住的宫殿啊。

  摆动龙尾展开羽翼,在狂风和暴雨中驰骋,在无穷的太空尽情遨游。

拓展阅读

伯牙摔琴谢知音

《高山流水》是中国十大古曲之一，相传为伯牙所创。伯牙从小酷爱音乐，在弹琴方面很有天赋。他曾跟随老师成连到蓬莱山，领略大自然的壮美神奇，有所感悟，从而创作出了这曲《高山流水》。他弹奏的琴声优美动听，意境高远，常有人称赞他的琴艺，却没有一个人听懂其中的韵味。有一年，伯牙坐船出行，到一座山下时，突降大雨，风急浪涌，伯牙就命人把船停在山脚下。这一日，正值中秋佳节，夜幕降临，雨过天晴，天空现出一轮明月，映照得江面波光粼粼。伯牙见景色如此迷人，不禁兴致大发，立刻摆好琴弹奏起来。一曲未了，他忽然看见岸边有一个人，心里一惊，弹断了一根琴弦。这时，忽听岸上那人说："船上大人不必惊疑，我是一个樵夫，适才被你的琴声吸引。大人所弹可是孔子赞叹弟子颜回的曲谱？"伯牙一听，非常高兴，忙邀请他上船深谈。

两人互通了姓名，樵夫名叫钟子期。伯牙打算弹奏那曲《高山流水》，看钟子期是否理解其中意境。当琴声激越高亢时，钟子期说："巍峨壮美呀！大人志在高山。"当琴声清新流畅时，钟子期说："宽广优美呀！大人志在流水。"伯牙喜不自胜，没想到自己苦寻多年的知音就在面前。伯牙立即摆下酒宴，款待钟子期，并与他结拜为兄弟。二人约定来年的中秋还在这里相会。

第二年中秋，伯牙如期赴约，却始终没有等来钟子期，他四处打听才得知，钟子期已经染病去世。去世前，钟子期要家人将他葬在江边，以便中秋节再听伯牙弹琴。伯牙非常悲痛，他来到钟子期的墓前祭拜一番之后，再次弹起了《高山流水》，以怀念钟子期。曲子弹完之后，伯牙长叹一声，说道："我唯一的知音不在了，这琴还弹给谁听呢？"说罢，就把琴摔碎了，直到去世也没再弹过琴。

九 思

〔概论〕

《九思》为王逸所作,是继王褒《九怀》、刘向《九叹》之后,又一组代屈原立言、抒发忧愤之情的作品。王逸在《楚辞章句》中自言:"《九思》者,王逸之所作也……逸与屈原同土共国,悼伤之情与凡有异。窃慕向、褒之风,作颂一篇,号曰《九思》,以禆其辞。"

王逸,字叔师,南郡宜城(今湖北襄阳宜城县)人,是东汉著名文学家。汉安帝时曾任校书郎,汉顺帝时官拜侍中,汉桓帝时官至豫章太守。他所著的《楚辞章句》,是现存《楚辞》最早的完整注本,颇为后世楚辞学者所重视;又作有赋、诔、书、论和杂文等共二十一篇;另有《汉诗》一百二十三篇,大部分已佚,仅存《九思》一篇。

《九思》为哀悼屈原而作,共有九篇诗歌,分别是《逢尤》《怨上》《疾世》《悯上》《遭厄》《悼乱》《伤时》《哀岁》《守志》。九篇诗歌在内容上以两条线索连贯在一起:一条是心理变化的虚的线索,也就是屈原遭到排挤,被楚怀王疏远而愤愤不平,然后由自身遭遇升格为对时世、对国家命运的关注,最后为了坚守高洁操守誓死抗争;第二条则是历史变迁的实的线索,也就是楚怀王误信谗言,贬谪忠良,直至身死异乡、国破家亡的全过程。

这九篇诗歌皆为代言体,以屈原的口吻,抒发忧愤之情,借以哀思屈原。《九思》采用比喻和象征的手法,使作品形象具体,便于读者理解,同时以理想与现实环境的变换和强烈对比,折射出屈原的矛盾心态,深刻地反映了他内心的痛苦与挣扎和那种悲愤难平的复杂情感。

逢 尤

悲兮愁，哀兮忧。
天生我兮当暗时，被①诼谮②兮虚③获尤。
心烦愦④兮意无聊⑤，严⑥载驾兮出戏游⑦。
周⑧八极⑨兮历九州⑩，求轩辕⑪兮索重华。
世既卓⑫兮远眇眇，握佩玖⑬兮中路踌⑭。
羡咎繇⑮兮建典谟⑯，懿⑰风后⑱兮受瑞图⑲。
愍⑳余命兮遭六极㉑，委玉质兮于泥涂。
遽㉒偟遑㉓兮驱林泽，步屏营㉔兮行丘阿㉕。
车軏㉖折兮马虺颓㉗，憃怅㉘立兮涕滂沲㉙。
思丁㉚文㉛兮圣明哲，哀平㉜差㉝兮迷谬愚。
吕㉞傅㉟举兮殷周兴，忌㊱嚭㊲专兮郢㊳吴虚㊴。
仰长叹兮气噎结㊵，悒殟㊶绝㊷兮咶㊸复苏。
虎兕㊹争兮于廷中，豺狼斗兮我之隅。
云雾会兮日冥晦，飘风㊺起兮扬尘埃。
走鄷冈㊻兮乍东西，欲窜伏㊼兮其焉如㊽。
念灵闺㊾兮陬㊿重深，愿竭节㊿兮隔无由㊿。
望旧邦兮路逶随㊿，忧心悄㊿兮志勤劬㊿。
魂茕茕兮不遑㊿寐，目眈眈㊿兮寤终朝㊿。

————【字词注解】

①被：蒙受。

②诼（zhuó）谮（zèn）：造谣诬陷。诼，毁谤，谮毁。

③虚：平白无故。

④烦愦（kuì）：烦乱。

⑤无聊：不快乐。

⑥严：整肃，整饬。

⑦戏游：游玩。

⑧周：周游。

⑨八极：八方极远的地方。

⑩九州：古中国有九个州，在这里泛指中国。

⑪轩辕：黄帝。传说黄帝居住在轩辕之丘，故名轩辕。

⑫卓：遥远。

⑬佩玖（jiǔ）：作佩饰用的浅黑色美石，似玉。

⑭躇（chú）：踌躇，彷徨。

⑮咎繇：即"皋陶"，舜之贤臣，掌管刑狱。

⑯典谟（mó）：《尚书》中《尧典》《舜典》和《大禹谟》《皋陶谟》等篇的并称，后用来指大经大法。

⑰懿（yì）：赞美。

⑱风后：相传为黄帝之贤臣。

⑲瑞图：旧指上天赐予的、表示受命的图籍。

⑳愍（mǐn）：怜悯。

㉑六极：六种极凶恶之事。《尚书·洪范》："六极，一曰凶短折，二曰疾，三曰忧，四曰贫，五曰恶，六曰弱。"孔颖达疏："六极，谓穷极恶事有六。"

㉒遽：一作"遂"，于是。

㉓偟（zhāng）遑（huáng）：犹仓皇，惊慌失措的样子。

㉔屏（bīng）营（yíng）：彷徨。

㉕丘阿：山丘的曲深僻静处。

㉖軏（yuè）：古代车上置于辕前端与车横木衔接处的销钉，这里指车辕。

㉗虺（huī）颓：疲病。

㉘惷（chōng）怅：惆怅失意的样子。"惷"当从一本作"惆"。

㉙滂沱（tuó）：指泪水多。沱，同"沱"。

㉚丁：武丁，商代国君，在位五十九年。他励精图治，选贤任能，商朝

得到大治。一说"丁"为"当",遇到的意思。

㉛文:周文王,商朝末年周部落的首领。他在位时勤于理政,发展农业,选贤任能,使国力日盛。关于周文王与姜子牙之间的君臣遇合,先秦典籍记载甚多,大约是当时广为传诵之事。

㉜平:楚平王。

㉝差:吴王夫差。

㉞吕:吕尚,即姜子牙,因其先祖于吕(今河南南阳),故从封地改姓。他辅佐周文王兴周。

㉟傅:傅说。殷商王武丁的宰相,是殷商时期卓越的政治家、军事家,帮助武丁开创了"武丁中兴"。

㊱忌:楚大夫费无忌,春秋末年楚国的佞臣,事迹见《史记·楚世家》。

㊲嚭(pǐ):吴大夫太宰嚭,他好大喜功、贪财好色,事迹见《史记·吴太伯世家》。

㊳郢:楚国都城。

㊴虚:被灭亡,被占领,使成为废墟。

㊵噎(yē)结:气梗塞郁结。

㊶悒(yì)殟(wēn):昏厥。

㊷绝:气绝。

㊸咶(huài):喘息。

㊹虎兕(sì):虎与犀牛,比喻凶恶残暴的人。

㊺飘风:旋风。

㊻怅(chàng)罔(wǎng):怅惘失意的样子。怅,通"怅"。

㊼窜(cuàn)伏:逃匿,隐藏。

㊽焉如:到哪里去。

㊾灵闺:君王的宫殿。

㊿隩(ào):同"奥",古时指室内西南角,引申为房屋深处。

㉛竭节:尽臣子的责任与义务。

㉜隔无由:遭到阻隔而没有途径接近君王。

㊳逶（wēi）随：曲折而遥远。

㊴悄（qiǎo）：忧伤。

㊶劬（qú）：劳累。

㊷遑（huáng）：闲暇。

㊸眹（mò）眹：凝视的样子。

㊹寤终朝：整夜无法入睡。

【精彩解说】

悲伤啊忧愁，哀伤啊烦忧。

生不逢时偏遇到这昏暗的世道啊，受到毁谤啊无故遭受祸患。

我心烦意乱啊闷闷不乐，整装驾车啊出门远游。

周游八方之地啊走遍天下九州，访求圣贤黄帝啊寻找明君虞舜。

圣贤时代已经远去啊路途遥远，手握玉佩啊在半路徘徊。

羡慕皋陶得遇明君建立了治国大略，赞美风后啊有缘秉承瑞图。

可怜我命运多舛啊遭受种种苦难，就像美玉被丢弃在那污泥之中。

仓皇失意啊进入山林水泽，步履彷徨啊走在僻静的山中。

车辕断折啊马匹疲惫，怅然若失啊泪雨滂沱。

思慕武丁文王啊圣明智慧，哀叹平王夫差啊糊涂荒唐。

吕尚、傅说受重用啊殷周得以兴盛，费无忌、太宰嚭得宠啊国家就会灭亡。

仰天长叹啊忧愤之气郁结心头，以致昏厥啊很久才苏醒过来。

奸臣如虎兕在朝廷上争权，恶人如豺狼在我身边争斗。

云雾弥漫啊太阳昏暗不明，旋风猛烈刮起啊尘土漫天飞扬。

惆怅迷惘啊忽东忽西到处奔走，想要逃避隐藏啊又能到哪里去呢。

想念君王但宫殿深远难入，愿意尽忠效劳却道路不通。

回望故国啊道路曲折遥远，忧心忡忡啊心志辛苦劳累。

魂魄孤单啊无法入睡，只能睁着眼啊直到天明。

怨 上

令尹①兮謷謷②,群司③兮譨譨④。
哀哉兮溷溷⑤,上下兮同流。
菽藟⑥兮蔓衍,芳蠲⑦兮挫枯⑧。
朱紫⑨兮杂乱,曾⑩莫⑪兮别诸⑫。
倚此兮岩穴,永思兮窈悠⑬。
嗟怀⑭兮眩惑⑮,用志⑯兮不昭⑰。
将丧兮玉斗⑱,遗失兮钮枢⑲。
我心兮煎熬,惟是兮用忧。
进恶⑳兮九旬㉑,复顾兮彭务㉒。
拟㉓斯兮二踪㉔,未知兮所投。
谣吟兮中野㉕,上察兮璇玑㉖。
大火㉗兮西睨㉘,摄提㉙兮运低。
雷霆兮硠磕㉚,雹霰㉛兮霏霏㉜。
奔电兮光晃㉝,凉风兮怆凄㉞。
鸟兽兮惊骇,相从兮宿栖。
鸳鸯兮噰噰㉟,狐狸兮徼徼㊱。
哀吾兮介特㊲,独处兮罔依㊳。
蝼蛄㊴兮鸣东,蟊蠈㊵兮号西。
螯㊶缘兮我裳,蠋㊷入兮我怀。
虫豸㊸兮夹余,惆怅兮自悲。
伫立兮忉怛㊹,心结縎㊺兮折摧。

——•【字词注解】

①令尹:春秋战国时楚国的最高官职,相当于宰相。
②謷(áo)謷:傲慢而妄言。
③群司:文武百官。

④譳（nóu）譳：多言的样子。

⑤淈（gǔ）淈：水泉涌出的样子，这里形容混乱。

⑥菽（shū）藟（lěi）：泛指小草，这里比喻小人。菽，豆类。藟，蔓草。

⑦藕（xiāo）：香草名，即白芷。

⑧挫枯：摧折，枯萎。

⑨朱紫：红色和紫色。朱为正色，紫为杂色，这里比喻正邪、是非、优劣等。

⑩曾：乃，竟。

⑪莫：无人。

⑫别诸：辨别，区别。

⑬窈（yǎo）悠：悠远，遥远。

⑭怀：楚怀王。

⑮眩（xuàn）惑：被迷惑。

⑯用忠：行忠尽义。用，使用，引申为行。

⑰昭：显明，明白。

⑱玉斗：北斗七星。北斗七星包括天枢、天璇、天玑、天权、玉衡、开阳、瑶光。因其色明朗如玉，故称玉斗。这里指斗柄。

⑲钮（niǔ）枢：天枢星，北斗七星的第一星。"天枢"和"斗柄"在这里都比喻国家的权柄。

⑳进恶：当从一本作"进思"。

㉑九旬：当从一本作"仇荀"。仇，即仇牧，宋万弑宋闵公时，仇牧持剑叱之，被宋万所杀，后用于借指忠良。荀，即荀息，春秋时晋国大夫，里克弑公子卓时，荀息因之而死。

㉒彭务：彭咸和务光，指清白正直之士。

㉓拟：模仿，效法。

㉔二踪：指仇牧、荀息和彭咸、务光两类人的踪迹。

㉕中野：荒野之中。

㉖璇（xuán）玑（jī）：北斗前二、三星的星名，即天璇、天玑。

㉗大火：星名，是二十八星宿之一的心宿中央的红色大星，即荧惑星。大火星自每年秋季开始自西而下，又叫流火。

㉘睨（nì）：偏斜。

㉙摄提：星名，共六星，位于大角星两侧。左三星叫左摄提，右三星叫右摄提。

㉚硠（láng）磕（kē）：本义是石头相击发出的声音，这里引申为雷声。

㉛霰（xiàn）：小雪珠。

㉜霏霏：形容雨雪很大的样子。

㉝光晁：照耀。

㉞怆（chuàng）悢：悲伤。

㉟噰（yōng）噰：鸟和鸣声。

㊱徾（méi）徾：相互跟随。

㊲介特：孤独。

㊳罔依：无依。

㊴蝼（lóu）蛄（gū）：一种昆虫，对农作物有害。

㊵蟊（máo）蠽（jié）：一种青色的小蝉。

㊶蛓（cì）：一种毛虫。

㊷蠋（zhú）：鳞翅目昆虫的幼虫。

㊸虫豸（zhì）：昆虫。

㊹忉（dāo）怛（dá）：忧伤，悲痛。

㊺结縎（gǔ）：形容思绪错乱，郁结不解。縎，结不解。

——•【精彩解说】

令尹啊傲慢妄言，百官啊多有佞言。

可悲啊举国混乱不堪，从上到下啊同流合污。

杂草啊四处滋生蔓延，香草啊枯萎腐烂。

红色紫色啊混杂在一起，竟然没有人啊可以辨别。

身体倚靠着岩石洞穴，长久思考啊绵绵不断。

可叹怀王啊遭到奸佞迷惑，行忠尽义之心啊难以昭显。

眼看国家社稷啊将要丧失，君王将要失去权柄。

我的内心受煎熬，却只能悲愤忧愁。

思念为主而死的仇牧和荀息，回想投水舍生的彭咸和务光。

我要追随啊忠贞贤人的遗迹行进，却不知道啊该去往哪里。

浅唱低吟啊在荒野之中，仰天察看啊天上的北斗七星。

我看到荧惑星啊向西斜，摄提星啊向下运行。

惊雷啊隆隆作响，冰雹雪珠啊纷纷落下。

闪电呼啸啊光芒闪耀，寒风刺骨啊凄怆悲伤。

飞禽走兽啊恐慌惊惧，相互依偎啊栖息在一起。

鸳鸯双双相互鸣和，狐狸成群相互依傍。

可怜自己啊孤独寂寞，独自在这荒野啊无依无靠。

蝼蛄啊在东边鸣叫，蟊蠈啊在西边号叫。

毛虫沿着我的下裳蠕动，蠋虫钻入我的衣中。

昆虫野兽啊将我包围，惆怅无助啊自哀自怜。

长久站立啊伤痛满怀，愁绪郁结啊沮丧不已。

疾　世

原文

周[1]徘徊兮汉渚[2]，求水神兮灵女[3]。

嗟此国兮无良[4]，媒女[5]诎[6]兮谩嫭[7]。

鹦雀[8]列兮哗讙[9]，鸧鸹[10]鸣兮聒[11]余。

抱昭华[12]兮宝璋[13]，欲衔鬻[14]兮莫取。

言[15]旋迈[16]兮北徂，叫我友兮配耦[17]。

日阴曀[18]兮未光[19]，阒[20]睄窕[21]兮靡睹。

纷载驱兮高驰，将谘询[22]兮皇羲[23]。

遵河皋兮周流，路变易兮时乖[24]。

濿[25]沧海兮东游，沐盥[26]浴兮天池[27]。
访太昊[28]兮道要[29]，云靡[30]贵兮仁义。
志欣乐兮反征，就周文兮邠岐[31]。
秉玉英[32]兮结誓，日欲暮兮心悲。
惟[33]天禄[34]兮不再，背我信兮自违[35]。
逾[36]陇堆[37]兮渡漠，过桂车[38]兮合黎。
赴昆山[39]兮馽[40]騄[41]，从邛[42]遨兮栖迟[43]。
吮玉液兮止渴，啮[44]芝华[45]兮疗[46]饥。
居嵺廓[47]兮尠畴[48]，远梁昌[49]兮几迷。
望江汉兮濩渃[50]，心紧綦[51]兮伤怀。
时昢昢[52]兮旦旦[53]，尘莫莫[54]兮未晞[55]。
忧不暇兮寝食，吒[56]增叹兮如雷。

【字词注解】

①周：周游。

②汉渚：汉水之滨。

③灵女：神女，即汉水女神。

④良：贤人。

⑤媒女：媒人。

⑥诎（qū）：嘴笨，不善言辞。

⑦謰（lián）謱（lóu）：犹啰唆，形容言语繁杂。

⑧鴳（yàn）雀：一种小鸟，后用来比喻小人。

⑨哗（huá）讙（huān）：喧哗。

⑩鸲（qú）鹆（yù）：鸟名，俗称八哥。

⑪聒（guō）：喧哗，吵闹。

⑫昭华：美玉名。

⑬宝璋（zhāng）：宝玉。璋，一种玉器，形状像半个圭。

⑭衒（xuàn）鬻（yù）：夸耀自己的货物以便卖出。

⑮言：语气助词，无实义。

⑯旋迈：即刻出行。

⑰配耦（ǒu）：即配偶，这里用夫妻关系比喻朋友关系。

⑱阴曀（yì）：阴暗。曀，昏暗。

⑲未光：见不到光亮。

⑳阒（qù）：寂静。

㉑睄（xiāo）窕（tiǎo）：犹萧条，幽深的样子。

㉒谘询：询问，拜访。

㉓皇羲：指伏羲氏，为"三皇五帝"之首。皇是对伏羲氏的尊称。

㉔时乖：时世反常。乖，不顺，不和谐。

㉕漓（lì）：渡过。

㉖盥（guàn）：洗手。

㉗天池：咸池，神话中太阳沐浴的地方。

㉘太昊：指上文的"皇羲"，即伏羲氏。

㉙道要：天道的要务。

㉚靡（mǐ）：没有什么。

㉛邠（bīn）岐：邠，古国名，也作"豳"，周人始祖迁居于此。岐，古地名，周人曾在此建国。

㉜玉英：玉的花。

㉝惟：思。

㉞天禄：天赐的福禄，这里指寿命。

㉟自违：自相违背。

㊱逾：越过，经过。逾，原文为"窬"。

㊲陇堆：山名，或即今陇山，位于甘肃、陕西交界处。

㊳桂车：与后文的"合黎"都是西方山名。

㊴昆山：昆仑山。

㊵絷（zhí）：拴缚马的足。

㊶騄（lù）：骏马。

㊷邛（qióng）：传说中的异兽，善于奔跑。

㊸栖迟：歇息停留。

㊹啮（niè）：咬。

㊺芝华：灵芝的花朵。

㊻疗：治疗，使消退，这里是止住的意思。

㊼嵺（liáo）廓（kuò）：空旷。

㊽尟（xiǎn）俦：缺少同道中人，形单影只。尟，同"鲜"，少。俦，匹，同类。

㊾梁昌：处境狼狈，进退失所。

㊿濩（huò）渃（ruò）：形容水势浩大。

(51)紧綣（juàn）：纠缠，萦绕。

(52)晱（pò）晱：形容日月初出，光线不明的样子。

(53)旦旦：天色将亮。

(54)莫莫：同"漠漠"，形容尘土飞扬的样子。

(55)晞（xī）：消散。

(56)吒（zhà）：愤怒大叫声。

•【精彩解说】

我在汉水之滨周游徘徊，想要遇到水神啊灵女。
哀叹这个国家啊没有贤人，媒人嘴笨啊不善言辞。
小鸟群聚啊喧哗吵闹，八哥鸣叫聒噪啊令人心烦。
怀抱啊罕有美玉，想要出售啊却无人问津。
转身远去啊向北行进，召唤啊我的朋友和良偶。
太阳昏暗啊见不到光亮，寂静幽深啊让人无法看清。
整顿马车啊纵马飞驰，要去拜访啊上皇伏羲。
沿着黄河岸边啊周游，道路曲折啊时世反常。
渡过茫茫沧海啊向东行进，在天池之中啊沐浴盥洗身体。
向上皇伏羲请教啊天道的要务，没有什么比仁义更宝贵的了。

我满心欢喜啊反向行进，为找周文王啊到达邠岐。
手持美丽的花啊相对立誓，天色将暗啊心中悲伤。
想到天赐的福禄啊不再有了，背弃了我的忠诚啊自我违约。
越过陇堆山啊穿过大漠，走过桂车山啊还有合黎山。
登上昆仑山啊拴好骏马，跟从邛兽啊遨游歇息。
喝那美玉之液啊来止渴，吃那灵芝花朵啊来充饥。
身居空旷之野啊形单影只，踉跄远行啊目眩神迷。
眺望江汉之水啊浩大广阔，心绪纠结啊悲伤满怀。
太阳初升啊天色尚暗，尘土飞扬啊还没有消散。
忧思绵长啊无心吃饭睡觉，大声怒吼啊声震如雷。

悯 上

原文

哀世兮睩睩①，诶诶②兮嗌喔③。
众多兮阿媚④，骪靡⑤兮成俗。
贪枉⑥兮党比，贞良兮茕独。
鹄⑦寠兮枳棘⑧，鹈⑨集兮帷幄⑩。
蘮挐⑪兮青葱，藁本⑫兮萎落。
睹斯兮伪惑⑬，心为兮隔错⑭。
逡巡⑮兮圃薮⑯，率⑰彼兮畛陌⑱。
川谷兮渊渊⑲，山昷⑳兮嵺嵺㉑。
丛林兮崟崟㉒，株榛㉓兮岳岳㉔。
霜雪兮漼溰㉕，冰冻兮洛泽㉖。
东西兮南北，罔㉗所兮归薄㉘。
庇荫兮枯树，匍匐㉙兮岩石。
蹐跼㉚兮寒局数㉛，独处兮志不申，年齿尽兮命迫促。
魁垒㉜挤摧㉝兮常困辱，含忧强老㉞兮愁不乐。

须发苧[35]悴[36]兮颡[37]鬓白,思灵泽[38]兮一膏沐[39]。
怀兰英兮把琼若[40],待天明兮立踯躅。
云蒙蒙兮电倏烁[41],孤雌惊兮鸣呴呴[42]。
思怫郁[43]兮肝切剥[44],忿悁悒[45]兮孰诉告?

——•【字词注解】

①睩(lù)睩:谨慎小心的样子。

②戋(jiàn)戋:巧言善辩的样子。

③嗌(yì)喔(wō):形容恭维奉承的声音。

④阿(ē)媚:阿谀逢迎。

⑤觤(wěi)靡:同"萎靡",委曲取悦他人。

⑥贪枉:贪婪邪恶。

⑦鹄:鸿鹄,后用来比喻志向远大的人。

⑧枳棘:枳木与棘木。

⑨鹈(tí):水鸟名,即鹈鹕,这里指卑鄙小人。

⑩帷幄(wò):帷帐。

⑪蘮(jì)蕠(rú):草名。

⑫藁(gǎo)本:一种香草。

⑬伪惑:虚假,丑恶。

⑭隔错:因阻隔而受挫。

⑮逡(qūn)巡:有所顾虑而徘徊不前的样子。

⑯薮(sǒu):湖泊,也指水少而草木茂盛的沼泽。

⑰率:沿着,顺着。

⑱畛(zhěn)陌:田间的小路。

⑲渊渊:很深的样子。

⑳垍(fù):同"阜",土山。

㉑峉(è)峉:山高大的样子。

㉒鉴(yín)鉴：繁茂的样子。

㉓柣榛(zhēn)：丛生的榛树。

㉔岳岳：树木挺立的样子。

㉕灌(cuī)湿(yí)：霜雪聚集的样子。

㉖洛泽：冰冻的样子。

㉗罔：没有。

㉘归薄：归附，依傍。

㉙匍匐：以腹贴地前行，引申为隐藏之义。

㉚踡(quán)跼(jú)：拳曲不伸，局促，不舒展。

㉛局数(cù)：即局促。

㉜魁垒(lěi)：心情郁闷，盘结不解。

㉝挤摧：排斥摧挫。

㉞强老：指由于忧愁而过早衰老。

㉟苎(zhù)：本指苎麻，此处形容头发散乱，乱麻般。

㊱悴：困病，劳累。

㊲颢(piǎo)：头发斑白。

㊳灵泽：滋润万物的雨水，也比喻君王的恩德。

㊴膏沐：古代润发的油脂，这里用作动词洗沐润泽。

㊵琼若：如玉般的杜若，指很珍贵。

㊶倏(shū)烁：疾闪，闪烁。

㊷响(gòu)响：鸟鸣声。

㊸怫(fú)郁：愤懑不平，心情不舒畅。

㊹切剥：形容心情极端痛苦急切。

㊺悁(yuān)悒(yì)：忧郁。

—•【精彩解说】

可悲世人啊谨慎小心，巧言善辩啊恭维奉承。

众人大多啊谄媚之态，柔弱顺从啊成风而行。

贪官污吏啊结党营私，忠臣贤士啊形单影只。

鸿鹄藏身啊在枳林和荆棘之中，鹈鹕聚集啊在帷帐之中。

杂草啊生长得郁郁葱葱，香草啊被丢弃枯萎凋零。

看到这些啊世俗乱象，内心受挫啊失去本性。

我徘徊啊在园圃湖泽，顺着它们啊走过田间小路。

山川河谷啊幽深，山岭土山啊高大险峻。

树木草丛啊繁盛，榛树丛啊密布四周。

寒霜白雪啊积聚，水流冰冻啊滑溜溜。

寻遍东西南北啊，没有地方可以归附啊。

寻求庇荫啊在枯树下，隐藏啊在岩洞中。

蜷缩此处啊寒风让人局促，独自居住啊壮志难伸，寿命将尽啊生命短促。

心情郁闷命运坎坷啊常遭困苦屈辱，心怀忧苦过早衰老啊愁闷不快乐。

须发蓬乱啊双鬓斑白，希望君王的恩泽啊沐浴到我身上。

怀抱兰花啊手持如玉杜若，在黑夜中徘徊等待天亮。

乌云密布啊电光划过天空，孤单雌鸟受惊啊不停地鸣叫。

心中愤懑啊肝肠寸断，怨愤之情向谁倾诉？

遭 厄

原文

悼屈子①兮遭厄，沉玉躬②兮湘汨③。
何楚国兮难化④，迄于今兮不易。
士莫志兮羔裘⑤，竞佞谀兮谗阋⑥。
指正义兮为曲，訑⑦玉璧兮为石。
鸥雕⑧游兮华屋，鹪鹩⑨栖兮柴蔟。
起奋迅⑩兮奔走，违⑪群小兮謑訽⑫。
载青云兮上升，适昭明⑬兮所处。
蹑⑭天衢⑮兮长驱，踵⑯九阳⑰兮戏荡⑱。

越云汉⑲兮南济,秣⑳余马兮河鼓㉑。
云霓纷兮晻翳㉒,参辰㉓回㉔兮颠倒。
逢流星兮问路,顾我指兮从左。
径㉕嫩嵳㉖兮直驰,御者迷兮失轨。
遂踢达㉗兮邪造㉘,与日月兮殊道。
志阏绝㉙兮安如,哀所求兮不耦㉚。
攀天阶㉛兮下视,见鄢郢㉜兮旧宇。
意逍遥兮欲归,众秽盛兮杳杳㉝。
思哽饐㉞兮诘诎㉟,涕流澜㊱兮如雨。

【字词注解】

①屈子：即屈原。子，对人的尊称。

②玉躬：玉体，对屈原身体的敬称。

③湘汨（mì）：即汨罗江。汨罗江是湘水支流。

④化：教育感化。

⑤羔裘：用小羊皮做的袍服，古时是诸侯、卿、士大夫的朝服。语出《诗经·郑风·羔裘》："羔裘如濡，洵直且侯，彼其之子，舍命不渝。"是郑人赞美其大夫的诗。这里借此典故，比喻正直廉洁，以抨击当时士人志行低俗鄙恶。

⑥阋（xì）：争斗，争吵。

⑦訿（zǐ）：同"訾"，诋毁，说别人坏话。

⑧鸱雕：原文中为"鸱"（chī）"鵰"（diāo）。鸱，"鵄"的错体，恶鸟。

⑨鵔（jùn）鸃（yì）：传说中凤凰一类的神鸟名。

⑩奋迅：形容鸟飞或兽跑迅疾而有气势。

⑪违：躲避，离去。

⑫謑（xǐ）訽（gòu）：耻辱，辱骂。

⑬昭明：光明，这里指太阳。

⑭蹑（niè）：踩，踏。

⑮天衢（qú）：天路。衢，四通八达的大路。

⑯踵（zhǒng）：走到。

⑰九阳：神话中日出的地方。

⑱戏荡：游荡。

⑲云汉：银河。

⑳秣（mò）：喂牲口。

㉑河鼓：星名，属牛宿，在牵牛星的北面。一说即牵牛星。

㉒晻（yǎn）翳（yì）：遮蔽而使阴暗。

㉓参辰：参星和辰星，分别在西方、东方出没各不相见，用来比喻彼此隔绝。

㉔回：回转。

㉕俓（jìng）：经过，越过。

㉖娵（jū）訾（zī）：星宿名，在二十八宿为室宿和壁宿。

㉗踢达：形容行动不走正轨，放荡佻达的样子。

㉘邪造：斜向行进，这里指不走正道。

㉙阏（è）绝：阻断，断绝。

㉚耦（ǒu）：符合。

㉛天阶：星名。

㉜鄢（yān）郢：楚国都城。春秋时楚文王定都于郢，楚惠王曾迁都于鄢（在今湖北宜城），仍称郢。

㉝杳杳：幽暗的样子，这里指世俗风气恶浊。

㉞哽饐（yē）：因悲伤而气息滞塞。饐，同"噎"。

㉟诘（jié）诎（qū）：弯曲，引申为冤枉。

㊱澜：本指大的波浪，这里形容泪如泉涌的样子。

——•【精彩解说】

哀悼屈原啊遭受灾难，玉体啊沉入汨罗江。

楚国为何啊那么难教育感化，到现在啊依然改变无多。

大臣中没有人有精忠报国之志，竞相谄媚取宠争斗不休。

指责公理正义啊为邪曲，诋毁玉璧啊成了顽石。

恶鸟鸱雕啊在华堂之上盘桓嬉闹，神鸟鹓鶵啊只能在柴草堆中栖息。

振奋起精神啊离开这里，躲避这群小人的辱骂诽谤。

乘着青云啊冉冉上升，奔向太阳啊所在之处。

踏着天路啊长途奔驰，走到太阳的住所啊游荡。

穿越银河啊向南而奔，喂马休整啊在河鼓星旁。

云团浓厚啊遮住了太阳，参辰二星回旋啊颠倒了位置。

遇到流星啊向它问路，回头为我指路啊往左驰骋。

经过娵觜二星啊径直奔驰，车夫偏离正道啊不知该往何方。

这才知道乱投啊走上邪路，与日月的轨道啊相背离。

志向被阻隔啊该去何处，哀叹所追求的理想啊无人认同。

爬上天阶啊向下望，看见郢都啊我的故乡。

心意动荡摇摆啊想要回去，奸臣贼子众多啊世风混浊。

悲伤哽咽啊深感冤枉，涕泪横流啊零落如雨。

悼　乱

原文

嗟嗟兮悲夫，殽乱①兮纷拿②。
茅丝③兮同综④，冠屦⑤兮共絇⑥。
督万⑦兮侍宴，周邵⑧兮负刍⑨。
白龙⑩兮见射，灵龟⑪兮执拘。
仲尼⑫兮困厄⑬，邹衍⑭兮幽囚。
伊余⑮兮念兹，奔遁兮隐居。
将升兮高山，上有兮猴猿。
欲入兮深谷，下有兮虺蛇⑯。
左见兮鸣鵙⑰，右睹兮呼枭⑱。

惶悸[19]兮失气[20]，踊跃[21]兮距跳[22]。
便旋[23]兮中原[24]，仰天兮增叹。
菅蒯[25]兮野莽，藿[26]苇兮仟眠[27]。
鹿蹊[28]兮躅躅[29]，貒[30]貉[31]兮蟫蟫[32]。
鹛[33]鹆[34]兮轩轩[35]，鹑鹤[36]兮甄甄[37]。
哀我兮寡独，靡有兮齐伦。
意欲兮沉吟，迫日兮黄昏。
玄鹤兮高飞，曾逝[38]兮青冥[39]。
鸧鹒[40]兮喈喈[41]，山鹊兮嘤嘤[42]。
鸿鸹[43]兮振翅，归雁兮于征[44]。
吾志兮觉悟，怀我兮圣京[45]。
垂屣[46]兮将起，跓俟[47]兮硕明[48]。

——•【字词注解】

①殽（xiáo）乱：混杂，错乱。

②纷拏：乱纷纷的样子。

③茅丝：茅草与丝线，这里比喻善恶、忠奸。

④同综：织。综，织布时使经线上下交错以受纬线的一种装置。

⑤屦（jù）：鞋子。

⑥共絇（qú）：指装饰相同。絇，古时鞋头上的装饰，有孔，可穿系鞋带。

⑦督万：华督和宋万，两人都是宋国大夫，皆有弑君之行。

⑧周邵：周公和邵公，皆是周朝开国功臣，曾共同辅佐周成王。

⑨负刍（chú）：背柴草，指从事樵柴之事。

⑩白龙：河伯的化身。洪兴祖《楚辞补注》："河伯化为白龙，羿射之眇其目。"

⑪灵龟：有灵应的龟兆。

⑫仲尼：即孔子。孔子，名丘，字仲尼。

⑬困厄：遭受困苦灾难。这里指孔子困厄于陈蔡之事。

⑭邹衍：战国时齐国哲学家，受佞臣诬陷入狱后，六月天降飞霜。

⑮伊余：自指，我。伊，发语词，无实义。

⑯虺（huǐ）蛇：毒蛇，这里比喻恶人。

⑰鵙（jú）：鸟名，即伯劳。

⑱枭（xiāo）：鸟名，一种与猫头鹰相似的鸟，旧传枭是食母的恶鸟，故常用来比喻恶人。

⑲惶悸（jì）：惊恐。

⑳失气：这里形容因害怕恐惧而停止呼吸。

㉑踊跃：跳跃。

㉒距（jù）跳：跳跃，超越。

㉓便旋：徘徊，回旋。

㉔中原：平原，原野。

㉕菅（jiān）蒯（kuǎi）：茅草之类，可用来编绳索。

㉖萑（huán）：同"萑"，获类植物，形状像芦苇，茎可编织苇席。

㉗仟（qiān）眠：草木丛生的样子。

㉘蹊（xī）：路径，这里是在路上走的意思。

㉙踹（duàn）踹：形容野兽行进的样子。

㉚猯（tuān）：猪獾。

㉛貉（hé）：一种哺乳动物，外形似狐，毛棕灰色，在河谷、山边和田野间穴居，以鱼、鼠、蛙、虾、蟹和野果等为食。现北方通称貉子。

㉜蟫（xún）蟫：相互跟随。

㉝鹯（zhān）：一种鹞类猛禽。

㉞鹞（yào）：一种凶猛的鸟，通称雀鹰、鹞鹰。

㉟轩轩：形容飞舞、飞动的样子。

㊱鹌鹑：即鹌鹑。鹌在原文中为"鹌"（ān）。

㊲甄（zhēn）甄：形容小鸟飞翔的样子。

㊳曾逝：高飞。

㊴青冥：天空。

㊵鸧（cāng）鹒（gēng）：黄鹂，又作"仓庚"。

㊶喈（jiē）喈：禽鸟和鸣声。

㊷嘤（yīng）嘤：象声词，形容叫声清脆。

㊸鸬（lú）：鸬鹚，又名"鱼鹰""水老鸦"，一种水鸟，羽毛黑色，嘴扁而长，尖端有钩。因善捕鱼，渔人常用它来捕鱼。

㊹于征：将去。

㊺圣京：指故都"鄢郢"。

㊻垂屣（xǐ）：穿鞋。

㊼跙（zhù）俟（sì）：停下脚步等待。

㊽硕明：天大亮。

●【精彩解说】

可叹啊可悲，乱糟糟啊混乱。

茅草和丝线啊一起被编织，帽子和鞋子啊装饰相同。

杀害君王的华督、宋万啊在堂上侍宴，开国功臣周邵二公啊被放逐以砍柴为生。

白龙啊被箭射中，灵龟啊被捉拿拘禁。

圣人孔子啊遭受困厄，贤人邹衍啊被囚禁在监狱里。

我一想到啊这些令人悲伤的史事，就想远走他乡啊隐藏安身。

打算登上啊高山，上面却已有啊猿猴占据位置。

想要下至啊深谷，下面却有啊毒蛇盘踞等候。

左边看见啊鸣叫的伯劳，右边看见啊呼应的猫头鹰。

惊惧惶恐啊忘记了呼吸，挣扎跳跃啊想要逃离这里。

盘旋徘徊啊在原野里，仰望苍天啊长叹不已。

丛丛茅草啊郁郁葱葱，块块荻草芦苇啊茂密丛生。

野鹿奔跑啊在小路上，野猪貉子啊前呼后拥。

鹨和鹞鹰啊在空中翩翩飞舞，小鸟鹌鹑啊振翅飞翔。

可怜自己啊孤孤单单，世间没有啊志同道合的人。

想要深思吟咏啊我这一生，可是日落西山啊已近黄昏。

玄鹤啊振翅高飞，远远消逝啊在天空中。

黄鹂鸣叫啊此起彼伏，山鹊啼唱啊声音清脆。

水鸟鸱鹉啊振动翅膀，南归大雁啊将要远行。

我的内心啊已然觉悟，但仍怀念啊故都鄢郢。

穿好鞋子啊站起身来，停下脚步啊等待天明。

伤 时

原文

惟①昊天②兮昭灵③，阳气④发兮清明⑤。

风习习⑥兮和暖⑦，百草萌兮华荣⑧。

堇⑨荼⑩茂兮扶疏⑪，蘅芷凋兮莹嫇⑫。

愍⑬贞良兮遇害，将夭折兮碎糜⑭。

时混混⑮兮浇饡⑯，哀当世兮莫知。

览往昔兮俊彦⑰，亦诎辱⑱兮系累⑲。

管⑳束缚兮桎梏㉑，百㉒贸易㉓兮傅卖㉔。

遭桓缪㉕兮识举，才德用兮列施㉖。

且从容㉗兮自慰，玩琴书兮游戏。

迫㉘中国兮迮狭㉙，吾欲之兮九夷㉚。

超五岭㉛兮嵯峨㉜，观浮石㉝兮崔嵬㉞。

陟丹山㉟兮炎野㊱，屯余车兮黄支㊲。

就祝融㊳兮稽疑㊴，嘉㊵已行兮无为㊶。

乃回揭㊷兮北逝，遇神孀㊸兮宴娭㊹。

欲静居兮自娱，心愁戚㊺兮不能。

放余辔兮策驷，忽飚腾兮浮云。

跖㊻飞杭㊼兮越海，从安期㊽兮蓬莱㊾。

缘天梯兮北上，登太一㊿兮玉台㉛。

使素女㉜兮鼓簧，乘戈㉝和㉞兮讴谣㉟。

声嗷誂[56]兮清和[57]，音晏衍[58]兮要淫[59]。
咸[60]欣欣[61]兮酣乐，余眷眷[62]兮独悲。
顾章华[63]兮太息，志恋恋兮依依。

—•【字词注解】

①惟：发语词，无实义。

②昊（hào）天：春天，一说夏天。

③昭灵：显示神通。

④阳气：暖气，生长之气。

⑤清明：清澈明朗。

⑥习习：和煦。

⑦和暖：原文为"龢煖"，犹和煦温暖。

⑧华荣：欣欣向荣。

⑨堇（jǐn）：堇菜，也叫堇葵，一种蔬类植物。

⑩荼（tú）：苦菜。

⑪扶疏：树叶茂盛纷披的样子。

⑫莹嫇（míng）：形容枯萎凋落的样子。

⑬愍（mǐn）：怜悯，哀怜。

⑭碎糜：粉碎。

⑮混混：指水、空气等含有杂质，混浊不清，这里比喻社会环境的阴暗、肮脏。

⑯浇饡（zàn）：把肉汤倒进饭里，比喻混乱。

⑰俊彦（yàn）：杰出的人，贤才。

⑱诎（qū）辱：受到委屈和耻辱。诎，同"屈"。

⑲系累：拘禁，捆绑。

⑳管：管仲，春秋时齐桓公的贤相，著名的政治家。

㉑桎（zhì）梏（gù）：刑具，脚镣和手铐。

㉒百：百里奚，春秋时秦穆公的贤相，著名的政治家。

㉓贸易：变易，变换。

㉔傅卖：转卖。傅，一本作"传"。

㉕桓缪（mù）：春秋五霸中齐桓公和秦穆公的并称。缪，通"穆"。

㉖列施：充分施展。

㉗从容：舒缓自得。

㉘迫：迫于，受逼迫。

㉙迮狭：狭小，狭窄。

㉚九夷：古代对东方的九个民族的总称，也指他们居住的地方。

㉛五岭：越城岭、都庞岭、萌渚岭、骑田岭和大庾岭，在今两广与湖南、江西交界一带，是长江流域与珠江流域的分水岭。

㉜嵯（cuó）峨：形容山势高峻的样子。

㉝浮石：山名，位于东海。

㉞崔嵬：高大，高耸。

㉟丹山：南方山名。

㊱炎野：南方地名。

㊲黄支：南方古国名。

㊳祝融：南方火神，高辛氏之火正。

㊴稽疑：决断疑事。

㊵嘉：夸奖。

㊶无为：顺应自然。

㊷回揭（qiè）：转身离去。

㊸獬（xié）：古代北方的神。

㊹宴娭（xī）：宴饮嬉戏。

㊺愁感：忧愁感伤。

㊻跖（zhí）：跳上，乘上。

㊼杭：行船。

㊽安期：亦称"安期生""安其生"，仙人名。

㊾蓬莱：神话中渤海有蓬莱、方丈、瀛洲三座仙人居住的神山。

(50)太一：星名，也是天神之名。

(51)玉台：太一居住的地方。

(52)素女：古代传说中的神女，擅长音乐。

(53)乘戈：传说中的仙人名。

(54)和（hè）：唱和。

(55)讴谣：歌唱。

(56)嗷（jiào）誂（tiǎo）：歌声清畅的样子。

(57)清和：清越和谐。

(58)晏衍：旋律悠长。

(59)要淫：指舞容柔美妖冶的样子。

(60)咸：皆，都。

(61)欣欣：欢乐的样子。

(62)眷（juàn）眷：形容依依不舍的样子。

(63)章华：章华台，春秋时楚灵王所造之台，当时被誉为“天下第一台”。

【精彩解说】

春天之神啊显示神通，阳气生发啊空气清澈明朗。

春风习习啊和煦温暖，百草萌生啊欣欣向荣。

堇菜、苦菜啊郁郁葱葱，杜蘅、白芷啊凋落萧瑟。

哀怜贤良之士啊遭受祸患，将要早逝啊身体衰败。

时世混浊啊好像用肉汤泡饭，哀叹当世啊无一知己。

观历史上啊那才智出众的人，也受到委屈和耻辱啊遭到拘禁。

管仲被捆绑啊又给戴上刑具，百里奚迫于无奈啊被转卖给秦。

得到了齐桓公、秦穆公啊赏识，他们的才智啊得以充分施展。

姑且安于现状啊自我安慰，抚琴读书啊自娱自乐。

迫于国内啊人心险恶，我想要前往啊东方九夷之地。

飞越五岭啊山势高峻，远观浮石山啊高大雄伟。

走过丹山啊奔向炎野,停下我的车马啊在黄支古国。
向火神祝融啊询问疑事,他夸奖我的行为啊顺应自然。
于是转身离开啊向北而行,遇到神嬬啊宴饮嬉乐。
想要住在安静的地方啊自娱自乐,心情忧愁伤感啊无法做到。
我放开缰绳啊纵马奔驰,转眼飞腾而上啊到达浮云。
乘坐飞船啊横渡大海,跟随仙人安期啊到达了蓬莱仙山。
沿着天梯啊向北而上,登上太一星啊在白玉高台上。
让神界素女啊吹奏笙竽,乘戈相和啊清歌盈室。
声音清畅啊音调清越和谐,旋律悠长啊舞容柔美妖冶。
大家都很高兴啊沉醉其中,我却眷恋故国啊独自伤悲。
俯视章华台啊长长叹息,心中不舍啊依恋故国。

哀 岁

原文

旻天①兮清凉,玄气②兮高朗。
北风兮潦冽③,草木兮苍唐④。
蚑蛷⑤兮嚾嚾⑥,蟋蟀⑦兮穰穰⑧。
岁忽忽兮惟暮,余感时兮凄怆⑨。
伤俗兮泥浊,曚蔽⑩兮不章⑪。
宝彼兮沙砾,捐⑫此兮夜光⑬。
椒瑛⑭兮涅污⑮,莫耳⑯兮充房。
摄⑰衣兮缓⑱带⑲,操我兮墨阳⑳。
升车兮命仆,将驰兮四荒㉑。
下堂兮见虿㉒,出门兮触蜂。
巷有兮蚰蜒㉓,邑多兮螳螂。
睹斯兮嫉贼㉔,心为兮切伤。
俯㉕念兮子胥,仰怜兮比干。

投剑兮脱冕,龙屈㉖兮蜿蟤㉗。
潜藏兮山泽,匍匐兮丛攒㉘。
窥见兮溪涧,流水兮沄沄㉙。
鼋㉚鼍㉛兮欣欣,鳣㉜鲇兮延延㉝。
群行兮上下,骈罗㉞兮列陈。
自恨兮无友,特处兮茕茕。
冬夜兮陶陶㉟,雨雪兮冥冥。
神光兮颎颎㊱,鬼火兮荧荧㊲。
修德㊳兮困控㊴,愁不聊㊵兮遑㊶生。
忧纡㊷兮郁郁,恶所㊸兮写情㊹。

•【字词注解】

①旻(mín)天:秋天。

②玄气:一说为自然之气,一说为九月之气。此处原注:"秋冬阳气升,故高朗也。"

③潦(liáo)冽(liè):寒冷凛冽。

④苍唐:草木开始凋谢时黄绿相间的样子。

⑤蛜(yī)蚗(jué):虫名,蝉的一种。

⑥噍(jiāo)噍:鸟鸣声,这里指虫鸣声。

⑦蝍(jí)蛆(jū):一说蟋蟀,一说蜈蚣。从文意来看,当为蜈蚣。

⑧穰(rǎng)穰:纷乱的样子。

⑨凄怆:悲伤。

⑩矇(méng)蔽:同"蒙蔽"。

⑪章:同"彰",显明,明亮。

⑫捐:丢弃。

⑬夜光:夜明珠。

⑭椒瑛(yīng):这里指品德良好之人。椒,香木。瑛,美玉。

⑮涅(niè)污:染污,玷污。涅,一种矿物,古代用作黑色染料,这里

引申为染黑。

⑯菓（xǐ）耳：苍耳，菊科，这里比喻奸佞小人。

⑰摄：整理。

⑱缓：放宽。

⑲带：衣带。

⑳墨阳：古代宝剑名。

㉑四荒：四方荒远之地。

㉒虿（chài）：蝎子一类的毒虫。

㉓蚰（yóu）蜒（yán）：虫名，生活在阴暗潮湿的地方，似蜈蚣而略小。

㉔嫉贼：痛恨奸邪小人。嫉，痛恨。贼，危害社会的人。

㉕俯：低头。

㉖龙屈：像龙一样屈曲。

㉗蜿蟺（zhuān）：屈曲而不伸展的样子。

㉘丛攒（cuán）：罗列分布，这里指草木丛生的地方。

㉙沄（yún）沄：水流回旋汹涌的样子。

㉚鼋（yuán）：鳖。

㉛鼍（tuó）：扬子鳄，俗称"猪婆龙"。

㉜鱓（shàn）：同"鳝"。

㉝延延：众多的样子。

㉞骈（pián）罗：并列分布。

㉟陶陶：漫长的样子。

㊱颎（jiǒng）颎：明亮的样子。

㊲荧（yíng）荧：光芒闪烁的样子。

㊳修德：修养德行。

㊴困控：无人引进。

㊵聊：快乐。

㊶遑：如何，怎能。常用于反问句，不能的意思。

㊷忧纡：忧思郁结。

㊸恶（wū）所：何所，何处。
㊹写情：抒发、宣泄感情。

●【精彩解说】

正值秋天啊天气凉爽，元气充足啊天高气朗。
北风萧萧啊寒冷凛冽，草木凋敝啊青黄相杂。
蟋蟀啊嘁嘁鸣叫，蜈蚣啊成群结队。
岁月匆匆啊已到暮年，感慨时世啊心中悲伤。
悲伤世俗啊如泥淖污秽，贤才蒙蔽啊不显扬。
沙子碎石啊被视作珍宝，夜明珠啊却被随意丢弃。
香木美玉啊被染黑玷污，恶草苍耳啊却摆满了厅堂。
整理衣服啊放宽衣带，拿起我的宝剑墨阳。
我登上马车啊命令仆从，准备驰向啊那荒远的地方。
走下堂来啊看见毒蝎，走出大门啊又遇到毒蜂。
街巷里面啊有蚰蜒，城镇里面啊多螳螂。
看到这些害虫啊就痛恨奸臣，气愤填膺啊心里感到悲伤。
低头想起啊伍子胥，仰天又怜悯啊比干。
掷剑于地啊脱掉冠冕，像龙一样屈曲啊不再伸展。
潜身遁形在啊深山大泽，匍匐安身在啊草木丛中。
远远窥见啊那山涧溪水，流水汹涌啊奔流不息。
大鳖鳄鱼啊怡然自得，鳝鱼鲇鱼啊聚集成群。
成群结队啊上下游动，横向成排啊纵向成列。
只恨自己啊没有知己，一人独处啊孤单寂寞。
寒冷冬日啊长夜漫漫，雨雪交加啊昏暗不明。
神灵之光啊焕发光明，幽灵之火啊莹莹闪烁。
修身养性啊却无人引荐，忧愁不乐啊怎么生活。
忧思郁积啊心中苦闷，无处可以啊排遣愁绪。

守 志

陟①玉峦②兮逍遥，览高冈兮嶢嶢③。
桂树列兮纷敷④，吐紫华⑤兮布条⑥。
实⑦孔鸾⑧兮所居，今其集兮惟⑨鸮⑩。
乌鹊⑪惊兮哑哑⑫，余顾瞻兮怊怊⑬。
彼日月兮暗昧⑭，障覆天兮祲氛⑮。
伊⑯我后⑰兮不聪，焉陈诚兮效忠。
摅⑱羽翮⑲兮超俗，游陶遨⑳兮养神。
乘六蛟兮蜿蝉㉑，遂驰骋兮升云。
扬彗光㉒兮为旗，秉电策㉓兮为鞭。
朝晨发兮鄢郢，食时㉔至兮增泉㉕。
绕曲阿兮北次，造我车兮南端。
谒玄黄㉖兮纳贽㉗，崇忠贞兮弥坚。
历九宫㉘兮遍观，睹秘藏㉙兮宝珍。
就傅说兮骑龙，与织女兮合婚㉚。
举天罼㉛兮掩㉜邪，彀㉝天弧㉞兮射奸。
随真人㉟兮翱翔，食元气㊱兮长存。
望太微㊲兮穆穆，眡三阶㊳兮炳分㊴。
相辅政兮成化㊵，建烈业㊶兮垂勋㊷。
目瞥瞥㊸㊹兮西没，道遐迥㊺兮阻叹。
志蓄积㊻兮未通㊼，怅敞罔㊽兮自怜。
乱曰：天庭明兮云霓藏，三光㊾朗兮镜㊿万方。
　　　斥蜥蜴㈤㈠兮进龟龙㈤㈡，策谋从兮翼㈤㈢机衡㈤㈣。
　　　配㈤㈤稷契㈤㈥兮恢唐㈤㈦功，嗟英俊兮未为双。

•【字词注解】

①陟（zhì）：从低处往高处走，登上。

②玉峦:旧注认为是昆仑山,这里泛指仙山。

③峣(yáo)峣:形容山巅巍峨高峻的样子。

④纷敷(fū):形容纷纭茂盛的样子。

⑤紫华:紫色的花朵。华,同"花"。

⑥布条:舒展枝条。

⑦实:相当于"是",此、这的意思。

⑧孔鸾:孔雀和鸾鸟,都是神鸟。

⑨惟:只有。

⑩鸮(xiāo):猫头鹰。

⑪乌鹊:乌鸦和喜鹊。

⑫哑(yā)哑:象声词,形容乌鸦的叫声。

⑬怊(chāo)怊:失意、怅惘的样子。

⑭暗昧:暗淡无光。

⑮祲(jìn)氛:古代迷信称不祥之气。

⑯伊:句首语气助词。

⑰后:君主。

⑱摅(shū):张开,舒展。

⑲羽翮(hé):翅膀。

⑳陶遂:无牵无挂的样子。

㉑蜿(wān)蝉(shàn):蛟龙盘曲的样子。

㉒彗光:彗星之光。

㉓电策:电光,这里形容闪电的形状像鞭子。策,鞭子。

㉔食时:用膳的时候,这里特指进早餐的时刻。

㉕增泉:银河。

㉖玄黄:天地之神。

㉗纳贽(zhì):向初次拜见的长者馈赠礼物。

㉘九宫:天宫。

㉙秘藏:这里指珍藏的宝物。

㉚合婚：结下姻缘。

㉛天罼（bì）：天毕，星名，因其形状好像罗网而得名。

㉜掩：一网打尽的意思。

㉝彀（gòu）：拉满弓。

㉞天弧（hú）：星名，形状像箭搭在弓上，所以叫弧矢。

㉟真人：道家称存养本性或修真得道的人，也是"成仙之人"的泛称。

㊱元气：指阴阳混一之气，神仙家、方士服食导引术所用术语。

㊲太微：亦作"大微"，古代星官名，三垣之一。

㊳三阶：星名，又名"三台"，分上台、中台、下台，共六星，两两相邻。古人以天象象征人事，以"三台"对应官职中的"三公"，所以才说"相辅政"。

㊴炳分："缤纷"之音变，这里指光辉灿烂。

㊵成化：完成教化。成，实现，完成。

㊶烈业：显赫的业绩。

㊷垂勋：遗留功勋于后世。

㊸目：一说应作"日"。

㊹瞥（piē）瞥：倏忽，忽然，光或声迅速消失的样子。

㊺遐迥：遥远。

㊻蓄积：积聚，积蓄，这里指愁绪压抑。蓄，原文为"稸"。

㊼未通：没有实现。

㊽欹罔：怅惘失意的样子。

㊾三光：指日、月、星。

㊿镜：照耀。

㉑蜥蜴：这里指奸佞小人。

㉒龟龙：皆为灵物，这里代指忠贤。

㉓翼：辅助，辅佐。

㉔机衡：北斗七星中第三星璇玑与第五星玉衡的并称，也代指北斗星。

㉕配：相匹配，比得上。

㊎稷契：唐尧时代的两位贤臣。稷为后稷，周先祖；契为商先祖。
㊗唐：唐尧。

——•【精彩解说】

登上仙山啊徘徊游荡，看到高高的山冈啊巍峨雄壮。
桂树罗列啊纷纭茂盛，开着紫色的花朵啊舒展着枝条。
这本是孔雀鸾鸟啊居处所在，现在聚集在此啊只有猫头鹰。
乌鸦喜鹊惊惧啊哑哑乱叫，我见到这种情景啊内心失意怅惘。
看那太阳月亮啊暗淡无光，遮蔽天空啊是不祥之气。
我的君主啊受到蒙蔽，怎么向他表明我的心志啊贡献我的忠诚。
我要展翅高飞啊超越这混浊的世俗，无牵无挂地遨游啊修养精神。
驾着六条蛟龙啊蜿蜒前行，驰骋而上啊直达云间。
挥动彗星之光啊作为我的旗帜，抓起闪电之鞭啊策马前行。
清晨出发啊从故都鄢郢，早餐时候啊到达银河之上。
绕过曲阿啊在北边留宿，又驾我的车啊赶往南方。
拜见天地之神啊献上珍贵礼物，崇尚忠诚贞节啊更加坚定。
遍游天宫啊到处游历，奇珍异宝啊尽入眼底。
骑着神龙啊拜见贤相傅说，结交织女啊结下姻缘。
高举天网啊消灭邪恶，拉满天弓啊射杀奸佞。
跟随仙人啊在碧空遨游，服食天地元气啊以求长生。
望见太微星啊庄严肃穆，看到三台星啊熠熠生辉。
它们在辅助天帝啊教化万民，建立丰功伟业啊造福后人。
太阳迅速啊向西方下沉，前方道路遥远啊阻隔重重。
满怀壮志啊报国无门，惆怅迷惘啊自叹自怜。
乱辞：天庭光明灿烂啊云霓深藏，日月星辰光芒四射啊照耀四方。
斥退邪恶的蜥蜴啊请来忠贤的龟龙，由它们出谋划策啊辅佐君王。
才智堪比稷契啊发扬唐尧功绩，可叹今世英贤啊无人与您相匹。

拓展阅读

不听谏言，国破身死

公元前496年，吴王阖闾率军攻打越国，惨遭失败，自己也身受重伤而死。夫差继位后，为报杀父之仇，励精图治，使得吴国实力迅速增强。公元前494年，越王勾践决定先发制人，出兵攻吴，却损失惨重，仅剩五千余人，被吴军围困在会稽山（今浙江绍兴南）。越王勾践没有办法，只得采纳大夫范蠡、文种的建议，用美女和财宝贿赂吴太宰伯嚭，请他劝说吴王夫差准许越国成为吴国的附属国。

太宰伯嚭得了好处，对夫差进言："如果继续攻打越国，勾践必然杀妻灭子，焚烧宫室，与吴国拼死一战，越国将士定会同仇敌忾，到时我们很难从中取利。"伍子胥却极力反对，他说："现在正是灭越的好时机，如果此时不灭越国，此后将会后悔莫及。"夫差认为太宰伯嚭说得有道理，就接受了越国的投降，率军回了吴国，越王勾践为了使夫差相信自己是真心臣服，也随吴军到了吴国。两年之后，夫差赦免勾践，放他回了越国。勾践回国之后，卧薪尝胆，奋发图强，以早日洗掉这一耻辱。

公元前489年，齐景公去世，新立国君年幼无知，齐国大臣开始争夺权力。夫差知道后，打算趁机攻打齐国。伍子胥劝谏说："我听说越王勾践发愤图强，勤政爱民，这是想举全国之力伐吴报仇啊。现在，越国才是我国的心腹大患，请您把力量用于越国。"夫差不听，决意发兵攻打齐国，之后几年，他接连对齐国、鲁国用兵。直到公元前485年，夫差又一次北伐齐国大败，才领兵回国。

公元前482年，夫差率领大军北上，与诸侯在黄池会盟。勾践趁吴国国内空虚，率军攻打吴国，俘获了吴国太子友。夫差得知这一消息后，急忙领兵归国。由于太子被俘，国内空虚，士兵长久在外疲惫不堪，夫差只好派使者带上厚礼向越国求和。勾践觉得一时无法灭掉吴国，就同意了。公元前476年，勾践再次举兵攻打吴国，最终于公元前473年攻破吴国。夫差面临国破家亡，说道："我后悔没有听子胥之言，才落到如今这个地步。"说完，就拔剑自刎了。

中华传统文化国粹经典文库书目

	第一辑		
序号	书名	作者/编者	导读者
1	三国演义	[明]罗贯中/著	郑铁生
2	水浒传	[明]施耐庵/著	宁稼雨 石麟
3	西游记	[明]吴承恩/著	孟昭连
4	红楼梦	[清]曹雪芹 高鹗/著	郑铁生
5	镜花缘	[清]李汝珍/著	欧阳健
6	白话聊斋	[清]蒲松龄/著	王晓华
7	阅微草堂笔记	[清]纪昀/著	吴波
8	西厢记	[元]王实甫/著	周传家
9	世说新语	[南朝宋]刘义庆/著	侯忠义
10	山海经	[汉]刘歆/编	马文大
11	道德经	[春秋]老子/著	王蒙
12	四库全书	[清]纪昀等/编	林骅
13	唐诗三百首	立人/编	徐刚
14	元曲三百首	立人/编	查洪德
15	宋词三百首	立人/编	韩小蕙
16	中华成语典故	立人/编	陈世旭
17	中华寓言故事	立人/编	陈世旭
18	颜氏家训	[南北朝]颜之推/著	孙钦善
19	治家格言	[清]朱伯庐/著	李硕儒
20	了凡四训	[明]袁了凡/著	俞前
21	增广贤文	立人/编	孙立仁
22	牡丹亭	[明]汤显祖/著	周传家
23	随园诗话	[清]袁枚/著	潘务正
24	人间词话	王国维/著	陈世旭
25	楚辞	[战国]屈原等/著	石厉
26	吴越春秋	[东汉]赵晔/著	田秉锷
27	菜根谭	[明]洪应明/著	俞前
28	小窗幽记	[明]陈继儒等/著	陈喜儒
29	围炉夜话	[清]王永彬/著	陈喜儒
30	浮生六记	[清]沈复/著	王晓华
31	传习录	[明]王阳明/著	王建新
32	说文解字	[东汉]许慎/著	冯蒸

	第二辑		
序号	书名	作者/编者	导读者
1	史记	[西汉]司马迁/著	关四平
2	资治通鉴	[北宋]司马光/编	张秋升
3	春秋左传	[春秋]左丘明/著	石定果
4	战国策	[西汉]刘向/编	李瑞兰
5	汉书	[东汉]班固/著	关四平
6	三国志	[晋]陈寿/著	郑铁生
7	古文观止	[清]吴楚材 吴调侯/编	牛倩
8	论语	[春秋]孔子等/著	石厉
9	孟子	[战国]孟子/著	邵永海

中华传统文化国粹经典文库书目

序号	书名	作者/编者	导读者
10	庄子	[战国]庄子/著	尚学峰
11	荀子	[战国]荀子/著	尚学峰
12	管子	[春秋]管子等/著	官铎
13	墨子	[战国]墨子等/著	陈鹏程
14	韩非子	[战国]韩非/著	邵永海
15	列子	[战国]列子/著	陈鹏程
16	鬼谷子	[战国]鬼谷子/著	张世林
17	淮南子	[西汉]刘安等/著	张秋升
18	诸子百家	立人/编	张弦生
19	孔子家语	孔子门人/编	薄克礼
20	吕氏春秋	[战国]吕不韦等/编	田秉锷
21	礼记·尚书	[西汉]戴圣/著	冯蒸
22	三言二拍	[明]冯梦龙 凌濛初/著	宁宗一
23	隋唐演义	[清]褚人获/著	欧阳健
24	聊斋志异	[清]蒲松龄/著	林骅
25	儒林外史	[清]吴敬梓/著	吴波
26	东周列国志	[明]冯梦龙/著	侯忠义
27	弟子规·千家诗	[清]李毓秀/著 [南宋]谢枋得 王相/编	郑铁生
28	孙子兵法·三十六计	[春秋]孙武/著	李海涛
29	容斋随笔	[南宋]洪迈/著	李硕儒
30	纳兰词	[清]纳兰性德/著	李硕儒
31	豪放词·婉约词	立人/编	韩小蕙
32	唐宋散文八大家	立人/编	卓然

第三辑

序号	书名	作者/编者	导读者
1	中华上下五千年	立人/编	林海清
2	二十五史	立人/编	林海清
3	四书五经	立人/编	张弦生
4	智囊全集	[明]冯梦龙/编	周传家
5	贞观政要	[唐]吴兢/著	张弦生
6	诗经	[春秋]孔子/编	石厉
7	孝经	[春秋]孔子/著	田秉锷
8	挺经	[清]曾国藩/著	王建新
9	易经	立人/编	李树果
10	冰鉴	[清]曾国藩/著	陈喜儒
11	糊涂经	立人/编	周传家
12	周易全书	立人/编	郑铁生
13	黄帝内经	立人/编	廉玉麟
14	本草纲目	[明]李时珍/著	廉玉麟
15	三字经·百家姓·千字文	[南宋]王应麟 [南北朝]周兴嗣/著	乔卉林
16	大学·中庸	[春秋]曾子 [战国]子思/著	牛倩
17	曾国藩家书	[清]曾国藩/著	武道房
18	唐诗·宋词·元曲	立人/编	卓然
	未完待续……		

书香文雅